香港文庫
學術研究專題

從香港想像中國

中國現代作家的香港書寫
與現代文學的轉折

侯桂新 —————— 著

三聯書店（香港）有限公司

總序

香港，作為中國南部海濱一個重要的海港城市，有着特殊的社會經歷和文化特質。它既是中華文化值得驕傲的部分，又是具有強烈個性的部分。尤其在近現代時期，由於處於中西文化交匯的前沿地帶，因而還擁有融匯中西的大時代特徵。回顧和整理香港歷史文化積累的成果，遠遠超出整理一般地域文化歷史的意義。從宏觀的角度看，它在特定的時空範疇展現了中華文化承傳、包容的強大生命力，從而也反映了世界近代文化發展的複雜性和多面性。

梁啟超在《中國歷史研究法》中對有系統地收集史料和研究成果的重要性，曾作這樣的論述：

> 大抵史料之為物，往往有單舉一事，覺其無足輕重；及彙集同類之若干事比而觀之，則一時代之狀況可以跳活表現。比如治庭院者，孤植草花一本，無足觀也；若集千萬本，蒔以成畦，則絢爛炫目矣。[1]

近三十年來香港歷史文化研究，已有長足的進步，而對香港社會歷史文化的認識，到了一個全面、深入認識、整理和繼續探索的階段，因而《香港文庫》可視為時代呼喚的產物。

（一）

曾經在一段時間內，有些人把香港的歷史發展過程概括為從"小漁村到大都會"，即把香港的歷史過程，僅僅定格在近現代史的範疇。不知為什麼這句話慢慢成了不少人的慣用語，以致影響

1　梁啟超：《中國歷史研究法》〔香港：三聯書店（香港）有限公司，2000〕，頁69。

到人們對香港歷史整體的認識，故確有必要作一些澄清。

從目前考古掌握的資料來看，香港地區有人類活動的歷史起碼可以上溯到新石器中期和晚期，是屬於環珠江口的大灣文化系統的一部分。由此我們可以清楚地看到，香港的地理位置從遠古時期開始，就決定了它與中國大陸不可分割的歷史關係。它一方面與鄰近的珠江三角洲人群有着文化互動交流，同時與長江流域一帶的良渚文化有着淵源的關係。到了青銅器時代，中原地區的商殷文化，透過粵東地區的浮濱文化的傳遞，已經來到香港。[1]

還有一點不可忽視的是，香港位於中國東南沿海，處於東亞古代海上走廊的中段，所以它有着深遠的古代人口流動和文化交流的歷史痕跡。古代的這種歷史留痕，正好解釋它為什麼在近現代能迅速崛起所具備的自然因素。天然的優良港口在人類歷史的"大航海時代"被發掘和利用，是順理成章的事，而它的地理位置和深厚的歷史文化根源，正是香港必然回歸祖國的天命。

香港實際在秦代已正式納入中國版圖。而在秦漢之際所建立的南越國，為後來被稱為"嶺南"的地區奠定了重要的政治、經濟和文化基礎。[2]香港當時不是區域政治文化中心，還沒有展示它的魅力，但是身處中國南方的發展時期，大區域的環境無疑為它鋪墊了一種潛在的發展力量。我們應該看到，當漢代，廣東的重要對外港口從徐聞、合浦轉到廣州港以後，從廣州出海西行到南印度"黃支"的海路，途經現在香港地區的海域。香港九龍漢墓的發現可以充分證實，香港地區當時已經成為南方人口流動、散播的區域之一了。[3]所以研究中國古代海上絲綢之路，不應該完全忘卻對香港古代史的研究。

1　參看香港古物古蹟辦事處：〈香港近年的考古發現與研究〉，載《考古》第 6 期（2007），頁 3—7。

2　參看張榮方、黃淼章：《南越國史》（廣州：廣東人民出版社，1995）。

3　參看區家發：〈香港考古成果及其啟示〉，載王賡武主編：《香港史新編》（增訂版）〔香港：三聯書店（香港）有限公司，2017〕，頁 3—42。

到了唐宋時期，廣東地區的嶺南文化格局已經形成。中國人口和政治重心的南移、珠江三角洲地區進入“土地生長期”等因素都為香港人口流動的加速帶來新動力。所以從宋、元、明開始，內地遷移來香港地區生活的人口漸次增加，現在部分香港原住民就是這段歷史時期遷來的。[1] 香港作為一個地區，應該包括港島、九龍半島和新界三個部分，所以到十九世紀四十年代，香港絕對不能說“只是一條漁村”。

　　我們在回顧香港歷史的時候，常常責難晚清政府無能，把香港割讓給英國，但是即使是那樣，清朝在《南京條約》簽訂以後，還是在九龍尖沙咀建立了兩座炮台，後來又以九龍寨城為中心，加強捍衛南九龍一帶的土地。[2] 這一切說明清王朝，特別是一些盡忠職守的將領一直沒有忘記自己國家的土地和百姓，而到了今天，我們卻沒有意識到說香港當英國人來到的時候只是“一條漁村”，這種說法從史實的角度看是片面的，而這種謬誤對年輕一代會造成歸屬感的錯覺，很容易被引申為十九世紀中期以後，英國人來了，香港才開始它的歷史，以致完整的歷史演變過程被隱去了部分。所以從某種意義上看，懂得古代香港的歷史是為了懂得自己社會和文化的根，懂得今天香港回歸祖國的歷史必然。因此，致力於香港在十九世紀中葉以前歷史的研究和整理，是我們《香港文庫》特別重視的一大宗旨。

1　參看霍啟昌：〈十九世紀中葉以前的香港〉，載《香港史新編》（增訂版），頁 43—66。

2　其實我們如果細心觀察九龍寨城在第一次鴉片戰爭以後形成的過程，便可以看到清王朝對香港地區土地力圖保護的態度，而後來南九龍的土地在第二次鴉片戰爭中失去，主要是因為軍事力量對比過於懸殊。

（二）

　　曲折和特別的近現代社會進程賦予這個地區的歷史以豐富內涵，所以香港研究是一個範圍頗為複雜的地域研究。為此，本文庫明確以香港人文社會科學為範疇，以歷史文化研究資料、文獻和成果作為文庫的重心。具體來說，它以收集歷史和當代各類人文社會科學方面的作品和有關文獻資料為己任，目的是為了使社會大眾能全面認識香港文化發展的歷程而建立一個帶知識性、資料性和研究性的文獻平台，充分發揮社會現存有關香港人文社會科學方面資料和成果的作用，承前啟後，以史為鑒。在為人類的文明積累文化成果的同時，也為香港社會的向前邁進盡一份力。

　　我們希望《香港文庫》能為讀者提供香港歷史文化發展各個時期、各種層面的狀況和視野，而每一種作品或資料都安排有具體、清晰的資料或內容介紹和分析，以序言的形式出現，表現編者的選編角度和評述，供讀者參考。從整個文庫來看，它將會呈現香港歷史文化發展的宏觀脈絡和線索，而從具體一個作品來看，又是一個個案、專題的資料集合或微觀的觀察和分析，為大眾深入了解香港歷史文化提供線索或背景資料。

　　從歷史的宏觀來看，每一個區域的歷史文化都有時代的差異，不同的歷史時期會呈現出不同的狀況，歷史的進程有快有慢，有起有伏；從歷史的微觀來看，不同層面的歷史文化的發展和變化會存在不平衡的狀態，不同文化層次存在着互動，這就決定了文庫在選題上有時代和不同層面方面的差異。我們的原則是實事求是，不求不同時代和不同層面上數量的刻板均衡，所以本文庫並非面面俱到，但求重點突出。

　　在結構上，我們把《香港文庫》分為三個系列：

　　1、"香港文庫・新古今香港系列"。這是在原三聯書店（香港）出版有限公司於 1988 年開始出版的"古今香港系列"基礎上編纂的一套香港社會歷史文化系列。以在香港歷史中產生過一定影響的人、事、物和事件為主，以通俗易懂的敘述方式，配合珍貴的歷史圖片，呈現出香港歷史與文化的各個側面。此系列屬於普及類型作品，但絕不放棄忠於史實、言必有據的嚴謹要求。作品可適當運用註解，但一般不作詳細考證，書後附有參考書目，以供讀者進一步閱讀參考，故與一般掌故性作品以鋪排故事敘述形式為主亦有區別。

"香港文庫‧新古今香港系列"部分作品來自原"香港古今系列"。凡此類作品，應對原作品作認真的審讀，特別是對所徵引的資料部分，應認真查對、核實，亦可對原作品的內容作必要的增訂或說明，使其更為完整。若需作大量修改者，則應以重新撰寫方式處理。

本系列的讀者定位為有高中至大專水平以上的讀者，故要求可讀性與學術性相結合。以文字為主，配有圖片，數量按題材需要而定，一般不超過 30 幅。每種字數在 10 到 15 萬字之間。文中可有少量註解，但不作考證或辯論性的註釋。本系列既非純掌故歷史叢書，又非時論或純學術著作，內容以保留香港地域歷史文化為主旨。歡迎提出新的理論性見解，但不宜佔作品過大篇幅。希望此系列成為一套有保留價值的香港歷史文化叢書，成為廣大青少年讀者和地方史教育的重要參考資料。

2、"香港文庫‧研究資料叢刊"。這是一套有關香港歷史文化研究的資料叢書，出版目的在於有計劃地保留一批具研究香港歷史文化價值的重要資料。它主要包括歷史文獻、地方文獻（地方誌、譜牒、日記、書信等）、歷史檔案、碑刻、口述歷史、調查報告、歷史地圖及圖像以及具特別參考價值的經典性歷史文化研究作品等。出版的讀者對象主要是大、中學生與教師，學術研究者、研究機構和圖書館。

本叢刊出版強調以原文的語種出版，特別是原始資料之文本；亦可出版中外對照之版本，以方便不同讀者需要。而屬經過整理、分析而撰寫的作品，雖然不是第一手資料，但隨時代過去，那些經過反覆證明甚具資料價值者，亦可列入此類；翻譯作品，亦屬同類。

每種作品應有序言或體例說明其資料來源、編纂體例及其研究價值。編纂者可在原著中加註釋、說明或按語，但均不宜太多、太長，所有資料應注明出處。

本叢刊對作品版本的要求較高，應以學術研究常規格式為規範。

作為一個國際都會，香港在研究資料的整理方面有一定的基礎，但從當代資料學的高要求來說，仍需努力，希望叢刊的出版能在這方面作出貢獻。

3、"香港文庫·學術研究專題"。香港地區的特殊地理位置和經歷，決定了這部分內容的重要。無論在古代作為中國南部邊陲地帶與鄰近地區的接觸和交往，還是在大航海時代與西方殖民勢力的關係，以至今天實行的"一國兩制"，都有不少是值得深入研究的課題。人們常用"破解"一詞去形容自然科學方面獲得新知的過程，其實在人文社會科學方面也是如此。人類社會發展過程的地區差異和時代變遷，都需要不斷的深入研究和探討，才能比較準確認識它的過去，如何承傳和轉變至今天，又如何發展到明天。而學術研究正是從較深層次去探索社會，探索人與自然的關係，把人們的認識提高到理性的階段。所以，圍繞香港問題的學術研究，就是認識香港的理性表現，它的成果無疑會成為香港文化積累和水平的象徵。

由於香港無論在古代和近現代都處在不同民族和不同地區人口的交匯點，東西不同的理論、價值觀和文化之間的碰撞也特別明顯。尤其是在近世以來，世界的交往越來越頻密，軟實力的角力和博弈在這裏無聲地展開，香港不僅在國際經濟上已經顯示了它的地位，而且在文化上的戰略地位也顯得越來越重要。中國要在國際事務上取得話語權，不僅要有政治、經濟和軍事等方面的實力，在文化領域上也應要顯現出相應的水平。從這個方面看，有關香港研究的學術著作出版就顯得更加重要了。

　　"香港文庫‧學術研究專題"系列是集合有關香港人文社會科學專題著作的重要園地，要求作品在學術方面達到較高的水平，或在資料的運用方面較前人有新的突破，或是在理論方面有新的建樹，作品在體系結構方面應完整。我們重視在學術上的國際交流和對話，認為這是繁榮學術的重要手段，但卻反對無的放矢，生搬硬套，只在形式上抄襲西方著述"新理論"的作品。我們在選題、審稿和出版方面一定嚴格按照學術的規範進行，不趕潮流，不跟風。特別歡迎大專院校的專業人士和個人的研究者"十年磨一劍"式的作品，也歡迎翻譯外文有關香港高學術水平的著作。

（三）

　　簡而言之，我們把《香港文庫》的結構劃分為三個系列，是希望把普及、資料和學術的功能結合成一個文化積累的平台，把香港近現代以前、殖民時代和回歸以後的經驗以人文和社會科學的視角作較全面的探索和思考。我們將以一種開放的態度，以融匯穿越時空和各種文化的氣度，實事求是的精神，踏踏實實做好這件有意義的文化工作。

　　香港在近現代和當代時期與國際交往的歷史使其在文化交流方面亦存在不少值得總結的經驗，這方面實際可視為一種香港當代社會資本，值得開拓和保存。

　　毋庸置疑，《香港文庫》是大中華文化圈的一部分，是匯聚百川的中華文化大河的一條支流。香港的近現代歷史已經有力證明，我們在世界走向融合的歷史進程中，保留中華文化傳統的重要。香港今天的文化成果，說到底與中國文化一直都是香港文化底色的關係甚大。我們堅信過去如此，現在如此，將來也一定如此。

鄭德華

2017 年 10 月

目
錄

序言

中國現代作家的"香港書寫"，具體來說就是二十世紀三四十年代從中國內地到香港的一些作家的創作及文學活動。從中國現代文學研究的角度看，這是另一種"租界文學"、"孤島文學"（不僅借用空間，還和租界、島上的文學文化發生聯繫）。從香港文學研究的角度看，則是較早期的"南來作家"的文學。"香港書寫"在中國現代文學史上的轉折意義，至今沒有得到學界充分重視；但"南來作家"在香港文學史裏的作用、影響，卻已經很受關注甚至已被過分強調。

在香港新文學的百年歷史上，至少有四五批"南來作家"。並不是出生在內地的香港文人均是"南來作家"，三蘇、西西、金庸等香港作家也在廣東或江浙出生，從不會被稱為"南來作家"。"南來作家"這個概念，意思是"南來"時已是"作家"。（像劉以鬯那樣雖然在上海也從事新文學活動，但並未怎麼出名，主要成就在香港建立，故也不算"南來作家"。）

五十年代以後的"南來作家"，如徐訏、張愛玲、曹聚仁等，雖然也可以在廣義的二十世紀中國文學進程中討論，但他們的"香港書寫"的文學史意義，與侯桂新所討論的三四十年代的"南來作家"截然不同。如果說張愛玲、徐訏等是準備"逃離中國"的悲情文學，茅盾、夏衍等則是準備"解放中國"的革命文學。

無論在劉登翰、袁良駿等內地學者撰寫的《香港文學史》、《香港小說史》，還是在鄭樹森、黃繼持、盧瑋鑾等香港、海外學者編著的香港新文學史料中，三四十年代南來作家的影響都得到很大篇幅的關注和強調——但關注的角度是不同的。劉登翰主編的《香港文學史》認為，"內地作家的南來，對於香港新文學發展的影響是巨大的，他們以傳播新思想、新文化、新文學、宣傳抗日等實績性行為，為香港正在興起的新文學注入了新鮮的思想和藝術養料……南來作家以自己積極參與現實鬥爭的憂國憂民的作品，培植並影響了香港本土的青年作家，從思想和藝術兩個方面，提高了香港新文學的水準。"[1] 但黃繼持等學者卻認為，"（內地文人）來港後香港作家的主體性反而降低了，甚至幾乎被淹沒了，或者是被'邊緣化'了。……香港的主體性被中國主體性取代了。……"[2]

侯桂新的研究沒有就這些"南來作家"與本土文學的複雜關係作出太多與前人有爭議的分析判斷，但他在重新整理這種關係和影響的時候，引入了另一個文學史的視野：即"南來作家"怎樣受到中國共產黨地下組織的指揮而在香港從事文學活動，怎樣有意識地展開一些在中國其他地區（解放區除外）無法展開的文學運動和文化批判，怎樣運用這些文學批評（包括"方言文學運動"）來影響文學的政治傾向和社會效用。簡而言之，1949 年以後"中國當代文學"的種種意識形態策略和技巧，發軔於延安，實驗於香港，後來才推廣於全國——這種文學生產體制，幾經演變，至今仍然存在。從這個角度看，中國現代作家的"香港書寫"，實際上也是中國現代文學向當代文學的一個演習式的轉折，其文學史意義值得重新評析。

正是在這個學術背景上，我很樂意看到侯桂新"越界"（從北大到嶺南）的研究成果並為之寫序。文學史研究，也與族群意識、性別研究或民族主義一樣，糾結廬山真面目，只緣身在此山中。

許子東

1　劉登翰主編：《香港文學史》（香港：香港作家出版社，1997 年），頁 77。

2　鄭樹森、黃繼持、盧瑋鑾編：《早期香港新文學作品選》（香港：天地圖書有限公司，1998年），頁 24。

緒論

……現在到香港來的"外江佬"和本地的同胞，大家用不着再記憶着那地域給我們劃出來的種種區別，而應當為中國的將來想，在這裏共同努力樹立起來中國的新文化中心。

——薩空了（1938，香港）[1]

正因為我們知識份子在新中國將擔負巨大的工作，所以我們無論在思想意識方面或工作能力方面，都要感到無論如何還不夠得很。

——茅盾（1948，香港）[2]

第一節　研究動機及目的

本書論述的對象是"中國現代作家的香港書寫"，主要關注的是現代旅港作家——即學界所稱"香港南來作家"——在香港旅居時期進行的文學書寫，所要研究的核心問題是：在這一時間段，中國現代作家在其香港書寫中展現了怎樣的現代民族國家想像？與此緊密相關的問題則是：中國現代文學在香港發生了什麼？它為香港文學帶來了什麼？

中國現代文學與香港的大規模遭遇，始於現代史上中華民族抗日戰爭及接踵而來的國共內戰兩次大型戰爭的爆發。受戰亂影響，一批又一批內地作家為了避難或從事海外宣傳，紛紛南下香港以及新加坡、馬來亞、菲律賓、印度尼西亞等地，形成日後學界所稱的"南來作家"現象。事實上，在整個二十世紀中國文學史版圖上，作家南下香港或南洋等地是一個持續不斷而引人注目的現象。僅以香港為例，其中形成較大規模的共分五批，分別集中於抗日戰爭時期（代表作家有茅盾、戴望舒、蕭紅、許地山、葉靈鳳、端木蕻良、夏衍、蕭乾、徐遲等）、國共內戰時期（代表作家有茅盾、郭沫若、夏衍、馮乃超、邵荃麟、周而

1　了了〔薩空了〕：〈建立新文化中心〉，《立報·小茶館》，1938 年 4 月 2 日。
2　茅盾：〈歲末雜感〉，《文藝生活》總第 44 期（1948 年 12 月 25 日），頁 3。

復、袁水拍、司馬文森、聶紺弩等）、中華人民共和國成立前後（代表作家有劉以鬯、曹聚仁、徐訏、徐速、李輝英、司馬長風、金庸、梁羽生、倪匡等）、"文革"中及以後（代表作家有陶然、東瑞、顏純鈎、梅子、張詩劍、楊明顯等），以及改革開放時期即八九十年代以後（代表作家有王璞、程乃珊、蔡益懷、黃燦然、廖偉棠等）。從時間段上看，前兩個時期的南來作家規模和對當時文壇的影響最大，而從南來作家的分佈看，以香港最為集中，是以本書即選取前兩批香港南來作家為研究對象。[1]

自 1937 年 7 月全面抗戰爆發至 1949 年 10 月中華人民共和國成立期間，南下香港的內地知名作家超過二百人，郭沫若、茅盾、胡風、蕭紅、戴望舒、葉靈鳳、夏衍、蕭乾等都與香港有過或深或淺的關聯，茅盾、戴望舒等更是多次南來，在當時的香港文壇極為活躍。據筆者初步統計，這二百多名作家中，雖然大半只屬過境性質，在香港只有短暫逗留，但也有相當比例的作家由於各種原因滯留於此，居港時間較長：胡風、施蟄存等十餘人長於半年，郭沫若、蕭紅、蕭乾、穆時英、馮乃超等十餘人在一年至兩年之間，茅盾、夏衍、端木蕻良、邵荃麟、周而復、樓適夷、歐陽予倩、徐遲、葉君健、秦牧等二十餘人在兩年至三年左右，黃谷柳、林默涵、黃藥眠、陳殘雲、司馬文森、袁水拍等二十餘人在港居住三至五年，戴望舒、許地山、葉靈鳳、林煥平等則長達五年以上，有的在此長期定居乃至終老。倘若拋開"作家"的狹義定義，將南下的新聞、戲劇、電影、音樂、美術、教育等方面的專業知識人士一併納入，更是組成了一支浩浩盪盪的文化大軍，人數上千。[2]

這支文化大軍，以其豐富多彩的文化活動，將當時的香港（淪陷時

---

1 除了規模和影響相似，將這兩批南來作家合在一起研究，還由於以下原因：其一，這兩批作家南來原因相似，背景相似，主要是受戰爭影響，在人員上也有較大程度的重合，在文學活動和文化建設方面有較強的延續性；其二，這兩批作家的南來發生在中國現代文學史上的"第三個十年"和香港新文學史的發軔期，在文學史格局中的地位相似。

2 據《中華全國文學藝術工作者代表大會紀念文集》（北京：新華書店，1950 年）統計，1949 年 7 月中華全國文學藝術工作者代表大會（第一次文代會）在北京召開，與會代表648 人，其中從香港或經香港北上的代表即超過 110 人。

期除外。主要集中於 1938—1941、1947—1949 年間）塑造成了一個引人注目的全國性的"臨時文化中心"。[1] 這一文化中心雖則是"臨時"的，卻不僅在當時轟轟烈烈，同時也在整個二十世紀中國（亦包括香港）文學史、文化史和思想史等方面留下了鮮明的印記。尤其是在文學史領域，一方面，南來作家群體在港創作發表了大量不同文體及風格的文學作品，不少成為流傳後世的傑作，如茅盾的《腐蝕》、蕭紅的《呼蘭河傳》、許地山的《玉官》、黃谷柳的《蝦球傳》、戴望舒的《災難的歲月》等，都早被公認為中國現代文學史或香港新文學史上的經典，對後來的作家產生潛移默化的影響。另一方面，南來作家在港期間開展的內容豐富的諸多文學論爭，包括抗戰期間的"民族形式"論爭、"反新式風花雪月"論戰，以及國共內戰期間的文藝大眾化與"方言文學"論爭、對"反動文藝"的批判等，或者是全國性論爭的重要組成部分，或者是香港文壇獨有的理論批評活動，對中國現代文藝思想的發展進行了較深入的探索。其中發生於 1948 年《大眾文藝叢刊》等刊物上的對"反動文藝"的批判，更是中國當代文學史上頻繁發生的文藝批判運動的預演，對新文學的整體走向產生了具有決定性的影響。同時，南來作家積極引進毛澤東著作，在對毛澤東文藝思想進行權威闡釋和經典化方面作出了前瞻性的貢獻。

　　南來作家在文學史上的重要地位理應得到學界關注。對這一群體的深入研究，有益於"中國現代文學"與"香港文學"[2]的完整建構，有助於豐富我們對文學史的理解。倘非如此，不管是中國現代文學缺少了它

1　這既是南來文化人努力的目標，也是達成的現實結果。有學者認為，1938—1942 年間，武漢陷落後，"重慶、桂林、延安、香港等城市，就都經常發揮着文化中心的作用。"見王瑤：《中國新文學史稿（下冊）》（上海：上海文藝出版社，1982 年），頁 361。另一位文學史家則如此表述 1946 年後香港的文化地位："內戰開始以後，由中共中央安排，在國統區的左翼文化人士和'進步作家'，先後來到香港，香港成為 40 年代後期的左翼文化中心。"見洪子誠：《中國當代文學史》（北京：北京大學出版社，2007 年，2 版），頁 10。

2　依目前慣例，本書中出現的"中國現代文學"、"香港文學"，以及"中國當代文學"、"二十世紀中國文學"等概念，如無特別說明，均指各自範疇中的"新文學"，即以現代白話為載體寫就的文學。與之類似，文中出現的"文壇"一詞，一般也專指由新文學作者組成的文學界。

的香港環節，還是香港文學無視它的南來影響，我們對於文學史的想像都將殘缺不全。

第二節　現有研究述評

一、香港學者

對南來作家進行較有系統的研究始於二十世紀七十年代中後期的香港。其中，在史料建設方面，香港中文大學學者盧瑋鑾耕耘數十載，成績最著。1981年，盧瑋鑾以論文〈中國作家在香港的文藝活動（1937—1941）〉獲香港大學碩士學位，並於此後延續了對這一課題的關注，編纂出版了大量作品選、史料集及研究專著。最早的一本名為《香港的憂鬱：文人筆下的香港（1925—1941）》[1]，集中收錄了數十篇內地作家描寫香港的散文，而以樓適夷的一篇〈香港的憂鬱〉作為書名，大致可以看出中國現代作家對於殖民統治時期香港的基本觀感和態度。緊接的是《茅盾香港文輯（1938—1941）》[2]，收錄了此期茅盾在香港報刊上發表的全部隨筆評論作品，有助於從中理解茅盾三四十年代之交的思想與創作風貌。這也是時至今日，為單個南來作家的香港書寫編訂的唯一一部作品集。1987年，盧瑋鑾出版了她的重要著作《香港文縱》[3]，副題為"內地作家南來及其文化活動"。該書仔細梳理了香港新文學早期發展流變的歷史軌跡，對茅盾、戴望舒、蕭紅、豐子愷等人在香港的行蹤和文學活動進行了鈎沉，尤其是對當時香港兩個最重要的文學文化團體——中華全國文藝界協會香港分會與中國文化協進會的活動史實作了詳細考辨，從中可以窺見其時香港文壇的基本面貌。此書可謂對南來作家進行專題研究的拓荒性的著作。此後，她與鄭樹森、黃繼持合作，於1998—1999年連續推出了四本有關二十至四十年代香港新文學的"作品

1　盧瑋鑾編：《香港的憂鬱：文人筆下的香港（1925—1941）》（香港：華風書局，1983年）。

2　盧瑋鑾、黃繼持編：《茅盾香港文輯（1938—1941）》（香港：廣角鏡出版社，1984年）。

3　盧瑋鑾：《香港文縱——內地作家南來及其文化活動》（香港：華漢文化事業公司，1987年）。

選"和"資料選"[1]，並於"資料選"書末附有"香港文學大事年表"，將長期於香港早期報刊上爬梳剔抉獲得的珍貴資料公之於眾，大大便利了後來的研究者。此四書所收文學作品與史料，雖然涵蓋了南來作家與香港本地作家，不過反映當時的實際情況，南來作家的部分所佔比重遠大於本地作家。與此相似，陳智德編選的兩本三四十年代香港詩選和詩論集[2]，南來詩人的作品也佔了很大比重。此外，侶倫在報章發表了大量回憶香港早期新文學當事人及其活動的散文，[3]劉以鬯描繪辨析了蕭紅、端木蕻良、葉靈鳳等人在港的文藝活動與創作，[4]而對於二十世紀五十年代以前香港文學書籍和報刊的出版情況，在南來學者胡從經編纂的《香港近現代文學書目》中有較完整的反映。[5]

2014年，由陳國球總主編的《香港文學大系（一九一九——一九四九）》[6]開始陸續出版。該書煌煌十二冊，分為新詩、散文、小說、戲劇、評論、舊體文學、通俗文學、兒童文學、文學史料各卷，全面展現了現代時期香港文學三十年的發展面貌，是迄今為止有關這一時期香港文學的最大的一套叢書。其中收入的有關南來作家的資料，頗可彌補此前相關史料書籍的不足。

正是通過以上諸位及其他香港學者的扎實工作，完成了南來作家研究較為堅實的史料建設，後續研究才能夠持續展開。在此過程中，盧瑋鑾、黃繼持、鄭樹森、黃維樑、梁秉鈞、王宏志、陳國球、黃子平、劉

1　鄭樹森、黃繼持、盧瑋鑾編：《早期香港新文學作品選》、《早期香港新文學資料選》（香港：天地圖書有限公司，1998年），《國共內戰時期香港本地與南來文人作品選》（上、下冊）、《國共內戰時期香港文學資料選》（香港：天地圖書有限公司，1999年）。

2　陳智德編：《三、四〇年代香港詩選》（香港：嶺南大學人文學科研究中心，2003年）、《三四〇年代香港新詩論集》（香港：嶺南大學人文學科研究中心，2004年）。

3　其中較重要的一部分已收入侶倫：《向水屋筆語》（香港：三聯書店，1985年）。

4　參見劉以鬯：《短綆集》（北京：中國友誼出版公司，1985年）。

5　參見胡從經編纂：《香港近現代文學書目》（香港：朝花出版社，1998年）。該書選擇對象為1840—1950年間在香港創作或出版的文學書籍、文藝期刊和報章文藝副刊，範圍較寬，其中約收1937—1949年間的文學書籍五六百種。

6　陳國球總主編：《香港文學大系香港文學大系（一九一九——一九四九）》（香港：商務印書館（香港）有限公司，2014—2016年）。

以鬯、黃康顯、張詠梅、陳智德、陳德錦、陳順馨、葉輝、蔡益懷等一眾學者，分別從各個角度就不同議題展開論述，取得了不少成果。黃繼持針對茅盾 1941 年在香港所寫涉及中國歷史文化的散文、抗戰期間文藝 "民族形式" 問題討論及戰後香港 "方言文學" 運動等具體問題，有過較深入挖掘，作出了文學史意義上的評價。[1] 鄭樹森、黃繼持、盧瑋鑾在前述 "作品選" 和 "資料選" 書前以 "三人談" 形式對全書內容進行解讀，就南來作家與香港新文學關係進行高屋建瓴的評價，具有史論性質。[2] 王宏志亦在內地重要期刊發文，就此問題有過明確闡述。[3] 梁秉鈞、黃維樑、黃康顯等雖多討論香港文學、香港作家，卻常涉及中國現代文學、南來作家，或以之為背景、對照，[4] 如梁秉鈞有專文討論抗戰詩、鷗外鷗的詩歌。進入二十一世紀以來，對南來作家的研究仍然綿延不衰，更有年輕學人以之作為高級學位論文的選題。如張詠梅討論五六十年代左翼南來作家在小說中如何呈現 "香港" 形象，對不少作品有着細緻解讀。[5] 陳智德對早期香港新詩的考察，從特定文體出發，不斤斤計較於詩人的籍貫及居港時長，而以作品為重點，論及的詩人很多都屬南來一族。[6] 魯嘉恩對來自上海的南來作家進行專題論述，重點討論了葉靈鳳、劉以鬯、馬朗、徐訏四位南來作家，[7] 其中前兩位都是在 1949 年前來港。如果說上述學人的工作基本上屬於文學史研究範疇，另外的個別學者則

---

1 相關文章收入黃繼持：《文學的傳統與現代》（香港：華漢文化事業公司，1988 年），頁 116—172。

2 此外，三人還收集各自有關香港文學的論文，編為一本合集。見黃繼持、盧瑋鑾、鄭樹森：《追跡香港文學》（香港：牛津大學出版社，1998 年）。

3 參見王宏志：〈我看 "南來作家"〉，《讀書》1997 年第 12 期，頁 28—32。

4 參見也斯〔梁秉鈞〕：《香港文化空間與文學》（香港：青文書屋，1996 年）、黃維樑：《香港文學初探》（香港：華漢文化事業公司，1985 年）、黃康顯：《香港文學的發展與評價》（香港：秋海棠文化企業，1996 年）等。

5 參見張詠梅：《邊緣與中心——論香港左翼小說中的 "香港"（1950—67）》（香港：天地圖書有限公司，2003 年）。該書在版權頁標明 "本書主要改編自作者於 2001 年度呈交香港中文大學研究院中文學部之博士論文"。

6 參見陳智德：〈論香港新詩 1925—1949〉（香港：嶺南大學哲學博士學位論文，2004 年）。

7 參見魯嘉恩：〈香港文學的上海因緣（1930—1960）〉（香港：嶺南大學哲學碩士學位論文，2005 年）。

已另闢新徑，擴大視野，以文化研究的方法考察南來作家的文化活動，當中值得關注的是陳順馨借助布爾迪厄的文化生產場域等理論，研究抗戰勝利以後南來文人與中國四五十年代文化轉折的關係。[1]

二、內地學者

在內地，對南來作家的研究活動起步較香港學者大約遲了十年。此前，伴隨着"文革"結束，一批老作家重獲寫作權利，紛紛撰寫回憶錄，其中不少對當年香港歲月的追憶濃墨重彩而不乏溫馨。這一自傳風潮一直持續到九十年代中期，茅盾、胡風、周而復、蕭乾等都留下了各自的香港"剪影"，而許地山、郭沫若、戴望舒、夏衍、黃谷柳、邵荃麟、廖沫沙、司馬文森等人的香港經歷則由其親友或學者寫出。[2] 不過，此類回憶或鈎沉文章主要具有史料價值，而且沒有從整體上對南來作家進行觀照，因而只是進一步從事學術研究的基礎。直到 1989 年，潘亞暾發表論文〈香港南來作家簡論〉，明確提出了"香港南來作家"的概念和界定。[3] 這既標誌着內地研究者一個新課題的開闢，同時這一名稱本身暗示着此類研究至少在其開初階段是受到了香港學者既有研究的啟發。因為，盧瑋鑾等香港學者頻頻使用"南來"一詞，蓋因其立足點是在香港，"南來"具有"從北方來到南方"、"向南而來"的方位指向意味，對於內地學者來說，當年內地作家遠赴香港，應稱"南下"、"南去"更為準確。他們最終沒有創造和使用"南下作家"、"南去作家"等概念，而選用"南來作家"一詞，當然不是說明他們立場或位置的悄然挪移，而是證明了其研究來自對香港同行工作的認可和延伸。[4]

一方面是對概念的自覺，另一方面則由於面臨着香港"回歸"的大

1　這是一個研究項目，其導論〈香港與 40—50 年代中國的文化轉折〉發表於陳平原主編：《現代中國·第六輯》（北京：北京大學出版社，2005 年 10 月），頁 176—196。

2　這些自傳和他傳文字最初多發表於《新文學史料》這一大型文學期刊，此外《出版史料》等刊物亦有登載。

3　潘亞暾：〈香港南來作家簡論〉，《暨南學報》1989 年第 2 期，頁 13—23。

4　與之類似，筆者進行此項研究，本着對前賢的尊重，兼考慮到概念約定俗成的用法，在本書中也採用"南來作家"的說法。

事件，加之在內地，中國現代文學日益成為一門"擁擠的學科"，[1] 部分研究者從中分流而出，從事"臺港澳暨海外華文文學"研究。種種因素使得九十年代以後，對香港文學的研究吸引了不少學者，甚至一時成了熱點，短短十來年產生了一批具有代表性的成果，而包含於其中的南來作家研究自然跟着"水漲船高"。首先是幾種香港文學史性質著作的面世。早在 1990 年，有學者就寫出了香港新文學的"簡史"，[2] 五年之後，第一部直接以"香港文學史"命名的專著出現，[3] "九七回歸"當年，又有兩部同名著作先後於香港和內地推出。[4] 到了二十世紀末，第一部"香港小說史"隨之登場。[5] 在這些文學史或小說史著作中，南來作家都佔據了比較醒目的篇幅，他們的重要作品與活動得到評述。其次，一些主題性或專題性的研究也得以開展，參與的學者主要有王劍叢、潘亞暾、汪義生、劉登翰、袁良駿、趙稀方、黃萬華、古遠清、朱崇科、計紅芳等。其中，趙稀方從後殖民理論切入，通過討論香港小說的"歷史想像"與"本土經驗"，一窺香港的文化身份，其專著先後在北京和香港出版。[6] 黃萬華以 1937—1949 年的"香港文學"為關注重點，發表了多篇論文，提出這一時期的香港文學呈現出中原化與本地化進程相糾結的特點。[7] 與此同時，內地一些研究中國現代文學或當代文學的學者，也從文學史的角度着眼，對南來作家在香港時期的某些文學實踐予以高度重視，強調

1　早在 1984 年，就有學者公開撰文討論這一問題，參見許子東：〈現代文學："擁擠"的學科？〉，《中國現代文學研究叢刊》1984 年第 3 期，頁 172—178。

2　謝常青：《香港新文學簡史》（廣州：暨南大學出版社，1990 年）。該書所述截至"戰後香港文學"，而所稱"戰後"是指 1945—1949 年，因此基本是一部有關南來作家的小型文學史專書。

3　王劍叢：《香港文學史》（南昌：百花洲文藝出版社，1995 年）。

4　分別是劉登翰主編：《香港文學史》（香港：香港作家出版社，1997 年）和潘亞暾、汪義生：《香港文學史》（廣州：暨南大學出版社，1997 年）。

5　袁良駿：《香港小說史（第一卷）》（深圳：海天出版社，1999 年）。

6　趙稀方：《小說香港》（北京：生活·讀書·新知三聯書店，2003 年；香港：三聯書店（香港）有限公司，2018 年）。

7　參見黃萬華：〈戰時香港文學："中原心態"與本地化進程的糾結〉，《中國現代文學研究叢刊》2003 年第 1 期，頁 87—102；〈1945～1949 年的香港文學〉，《中國現代文學研究叢刊》2004 年第 2 期，頁 89—104。

其在中國現、當代文學轉折過程中的重要作用。在錢理群、洪子誠、賀桂梅等的研究中，1948 年在香港創辦的《大眾文藝叢刊》尤其被放到了異常重要的位置，例如，錢理群在其專著中以整整一章的篇幅分析這一刊物。[1] 雖則他們沒有把南來作家從中國現代或當代文學史的框架中獨立出來加以研究，但對具體對象的分析相當深入。

　　與香港的情況相似，經過一定積累，二十一世紀以來，內地亦開始有年輕學者在高級學位論文中以南來作家作為一個整體進行析論。周雙全的〈大陸作家在香港（1945—1949）〉是第一次以博士學位論文的規模專題討論國共內戰時期的香港南來作家，文中將南來作家分成不同類別，討論了幾份重要文藝副刊、不同體裁的文學作品和幾次文藝批判活動，對南來作家的家國想像有簡略論述。[2] 郭建玲的〈1945—1949 年中國現代文學格局轉型研究〉全文除〈緒論〉、〈餘論〉外，正文五章，其中第五章專論當時香港左翼主導下的文藝批判，目的在探討中國現代文學格局轉型過程中香港南來作家所起的作用。[3] 計紅芳的〈跨界書寫——香港南來作家的身份建構〉集中論述南來作家的文化身份建構問題，宏觀與微觀結合，不過文中所論限於 1949 年後的三批南來作家；該文在學術界得到肯定，被認為對南來作家成功進行了"整體"和"系統"的研究。[4] 南來作家能夠成為多篇博士論文的選題或考察重點之一，亦證明這項研究有着較大的學術容量和發展前景。此外，近年亦有學位論文選擇南來作家創辦的報刊進行個案研究，當中《大眾文藝叢刊》仍然最受關注。[5]

1　錢理群：《1948：天地玄黃》（濟南：山東教育出版社，1998 年），頁 21—47。

2　周雙全：〈大陸作家在香港（1945—1949）〉（上海：復旦大學中文系博士學位論文，2004年）。

3　郭建玲：〈1945—1949 年中國現代文學格局轉型研究〉（上海：華東師範大學中文系博士學位論文，2007 年）。

4　計紅芳：〈跨界書寫——香港南來作家的身份建構〉（蘇州：蘇州大學博士學位論文，2006年）。該文後經修訂出版，此處所引評價來自封底所附專家評語，參見計紅芳：《香港南來作家的身份建構》（北京：中國社會科學出版社，2007 年）。

5　參見姚藝藝：〈《大眾文藝叢刊》研究〉（北京：中央民族大學文學與新聞傳播學院碩士學位論文，2018 年）、高鵬程：〈《大眾文藝叢刊》對《在延安文藝座談會上的講話》精神的傳播與實踐研究〉（長春：吉林大學文學院博士學位論文，2021 年）。

三、簡評及展望

綜觀兩地（香港與內地。其他地區尚未見有成規模的南來作家研究）對於南來作家的研究，各有優勢及特點。香港學者的優勢主要在於得"地利"之便，因有關南來作家的史料主要保存於香港各大學及市政圖書館，因而他們在史料鈎沉輯佚方面貢獻甚大。在選取研究對象時，香港學者多矚目於那些較有香港特色、可以歸入他們心目中的"香港文學"的作品，如黃谷柳的《蝦球傳》等，而於茅盾的《腐蝕》等不加注意，雖則後者在文學史上的地位可能要高於前者。內地學者的優勢則主要來自"天時"之助，在內地實行"改革開放"的時代背景下，自 1984 年中英聯合聲明簽訂以後，香港的"回歸"進入倒計時，幾乎與此同時，內地的閩粵京滬等地紛紛成立"港臺文學"研究室、所，開設課程，成立學會，舉辦研討會，對香港文學的研究作為一項"國家工程"一時成為"顯學"。[1] 這一熱潮至"九七"達到高潮，及至"九七"過後，許多學者論及當前的香港文學仍多從"回歸 X 週年"說起，戴着"回歸"的大帽子，以之作為思考的背景和參照。在對南來作家的研究過程中，只有少數內地學者利用赴港訪學之便積累了一些一手材料，大部分人都要依靠香港學者供給。一些論者相互轉引二手材料的情況也不鮮見。在具體論述中，學者們在多年來形成的文學史框架內駕輕就熟，但比較普遍地缺乏新意，直至一批相對比較年輕的學人加入研究陣營，這一狀況才有了較大改變。

從二十世紀七十年代末至今，對南來作家的研究已持續四十餘年，兩地學者既分工又有合作，從不同方面作出了富有成果的探索，尤其是對於戴望舒、蕭紅、許地山、茅盾等幾位在文學史上佔重要地位作家的文學活動與作品有過較詳細分析，對南來作家在香港文壇的影響、南來作家與黨派的關係、南來作家在文學史上的定位也比較關注。不過總體來看，對南來作家的研究尚不夠成熟，存在較大的突破空間。這體現在

1　參見黃子平：〈"香港文學"在內地〉，載黃子平：《害怕寫作》（香港：天地圖書有限公司，2005 年），頁 16。

諸多層面。

其一，對"南來作家"的定義存在分歧，不同的論者，他們視野中的"南來作家"所指不一。潘亞暾對"南來作家"的界定分狹義和廣義兩種，狹義的"南來作家"是指"民主革命時期"由中國大陸南來香港的作家，並且他們在大陸已有文名，而廣義的"南來作家"則指凡來自大陸者，而不問其來港之際是否已有文名。[1] 對南來作家素有研究的盧瑋鑾不想就其定義進行爭議，而願意思索一些相關的問題，其中的一點是，"'南來'與'北返'應該存在着相對的意義"，因此，稱三四十年代來港的茅盾、夏衍等為"南來作家""是很合理的"，而四十年代末以後因政治因素而南來的作家，有的"終老於斯"，還有的"愈走愈遠"，"一去不歸"，稱他們為"南來作家"，"究竟有什麼意義？"[2] 與之相反，計紅芳眼中的"南來作家"在時間上限定於 1949 年後，指的是"具有內地教育文化背景的、主動或被動放逐到香港的、有着跨界身份認同的困惑及焦慮的香港作家"，而"抗戰後及內戰期間'南下'香港的作家不在筆者的研究視域內，因為他們是由於某種原因暫時避居到香港的'過客'型作家，只要時機成熟最終還要回到內地。而'南來作家'的立足點是在香港，不管是被迫還是主動來港，最後大都以香港為家。"[3] 不過，她的定義是直接和盤托出，先驗地認定南來作家屬於香港作家，而未說明其理由。綜合考慮學界對"南來作家"的研究現狀與認識，筆者對"香港南來作家"的簡明定義是：出於政治、經濟、文化等各種原因，由中國大陸南下香港的中國作家。其中，"作家"的概念從寬，包括從事小說、詩歌、散文、劇本、文藝理論與批評等創作的知識分子。考慮到"南來"與"北返"應具有的相對意義，或可認為，在二十世紀的五批南來作家中，抗戰與國共內戰時期南下的兩批是最"典型"的"南來作家"。

1　潘亞暾：〈香港南來作家簡論〉，《暨南學報》1989 年第 2 期，頁 13。

2　盧瑋鑾：〈"南來作家"淺說〉，載盧瑋鑾：《香港故事：個人回憶與文學思考》（香港：牛津大學出版社，1996 年），頁 119。

3　計紅芳：《香港南來作家的身份建構》（北京：中國社會科學出版社，2007 年），頁 10、頁 1。

其二，史料建設需要進一步完備。[1] 除了少數幾位在濃縮的現代文學史上佔有一席之地的作家，對許多當年在香港文壇非常活躍的中堅分子，如徐遲、司馬文森、邵荃麟、馮乃超、周而復等，都沒有總結出居港時期詳細的年表和作品目錄，更不用說那些難以進入現代文學史敘述的作家作品了。

其三，研究範圍較窄，深度和廣度不無欠缺。這一方面是由於史料積累不夠，許多作家作品無法進入研究者的視野，另一方面也是由於眾多研究者僅就個別作家立論，未能意識到南來作家作為一個群體的特殊性，即它正好位於中國現代文學和香港文學的交叉點上，同時具有二者的某些特性，又同時對於二者具有相對的獨立性，不完全歸屬於任何一方，因而不能從整個二十世紀華文文學的高度看待，除了少數幾篇學位論文，將其作為一個整體進行較大規模研究的少之又少。

其四，受限於不同的歷史文化語境，大陸和香港兩地學者的學養構成、學術心態、立場和視點不一，導致對相關問題的看法往往相左，甚至在一些基本問題上觀點也頗為分歧。[2] 例如在南來作家與文學史（主要是香港文學史）的關係定位上，就存在幾種不同的研究思路和價值判斷。香港學者一般較少關注南來作家和中國現當代文學的關係，認為不言自明，而較多探討其和香港新文學的關係，在價值判斷上較多注意其

1　盧瑋鑾多次撰文談到這一問題及解決的困難。參見其〈香港文學研究的幾個問題〉（《香港文學》總第 48 期，1988 年 12 月，頁 9—15）、〈眾裏尋它——追尋香港文學資料小記〉（《香港文學》總第 100 期，1993 年 4 月，頁 33—34）、〈造磚者言——香港文學資料蒐集及整理報告（以二十年代至四十年代為例）〉（《香港文學》總第 246 期，2005 年 6 月，頁 65—71）等文。不過二十一世紀以來，隨着《香港文學大系（一九一九——九四九）》等的出版，史料建設的問題已大為改觀。

2　對於大陸和香港學者在研究香港文學（包括南來作家）過程中的得失及存在的主要問題，張詠梅和蔡益懷各有過集中總結。張詠梅主要分析大陸研究者因具有"中原心態"導致謬誤與偏差，蔡益懷則認為內地研究者的研究存在資料不足、觀念過時、不夠科學與公正的問題，他同時提到香港研究者中存在山頭主義、小圈子風氣、視野狹窄、生吞活剝西方理論的毛病。分見張詠梅：《邊緣與中心——論香港左翼小說中的"香港"（1950—67）》（香港：天地圖書有限公司，2003 年），頁 5—9；蔡益懷：《想象香港的方法：香港小說（1945～2000）論集》（北京：中國社會科學出版社，2005 年），頁 224—225。

負面影響。以盧瑋鑾為例，她在研究初期基本採取就事論事的中立態度，並無強烈的"香港意識"，但九十年代後越來越重視將南來作家與香港文化背景——在其中突出的是香港文學的"主體性"或"本土"意識——聯繫起來，其潛臺詞是南來作家與香港文學史的關係。在《早期香港新文學資料選》等書前的"三人談"中，她不斷發問："這與香港有何關係？""這與香港文學有何關連？"[1] 換一種說法也就是：南來作家對香港文學"本土"意識的發展起的是什麼作用？對此問題，另一位香港學者撰文明確指出："在大量成名作家南下後，香港文學本身的發展，在某一程度上說，其實是受到了牽制，或甚至是窒礙的。"[2] 認為南來作家對香港文學主要起一種壓抑作用，令香港文學的發展出現中斷和"真空"，這種看法在香港本土學者中有一定代表性。內地學者則多不同意這種看法。這主要又可區分為兩種情況。從事華文文學、臺港文學研究的學者，較多探討南來作家和香港新文學的關係，在價值判斷上強調其積極影響。在他們看來，"香港文學本來就是中國文學的一部分"，"這是毋庸多論的"，"香港新文學的發生"主要是由於內地新文學運動的"催生與推動"，在抗戰和國共內戰期間，南來作家兩度"主導了香港的文壇"，對此"應當肯定它對香港文學發展的意義"。[3] 已經出版的幾部《香港文學史》，南來作家都在其中佔有較大比重。[4] 對於南來作家和香港文學的關係，從章節內容安排本身就已顯示，這些學者是把南來作家在香港期間的創作歸入香港文學，認定南來作家對本土作家主要起扶持和提高作用。從事中國現當代文學研究的學者，則較少考慮南來作家

1　鄭樹森、黃繼持、盧瑋鑾編：《早期香港新文學資料選》（香港：天地圖書有限公司，1998年），頁 13、19。

2　王宏志：〈我看"南來作家"〉，《讀書》1997 年第 12 期，頁 31。

3　劉登翰：〈總論〉，載劉登翰主編：《香港文學史》（香港：香港作家出版社，1997 年），頁23、21、23、24。

4　例如劉登翰主編的《香港文學史》（香港：香港作家出版社，1997 年），除〈總論〉外，正文共 550 頁，對抗戰及國共內戰時期南來作家的敘述約 87 頁。潘亞暾、汪義生主編的《香港文學史》（廈門：鷺江出版社，1997 年），正文八章共 860 頁，對 1937－1949 年間南來作家的敘述佔兩章，共 168 頁。這樣的篇幅安排被王宏志在〈我看"南來作家"〉一文中形容為"大書特書"（《讀書》1997 年第 12 期，頁 29）。

和香港文學史的關係，也不把南來作家作為中國現當代文學史的一個單獨敘述部分，但對南來作家在香港時期的某些文學實踐予以高度重視，強調其在中國現當代文學轉折過程中的重要作用。

顯然，面對同一問題，不同研究者有不同的側重點和思維方向。研究者的立場和視野受限於兩地不同的文化環境，不可強求，而加強對話交流、增進相互理解則是必要之舉。面對種種問題，本書無力一一回應，不過，利用個人在港旅居三年之便，查閱儘可能多的原始資料，並在充分借鑒現有研究成果的基礎上，對一些基本問題嘗試提出個人理解，同時為兩地的南來作家研究搭起一座小小的橋樑，則可以成為本書的努力方向。

第三節 研究思路及架構

一、研究思路

在借鑒現有研究成果的基礎上，筆者在進行南來作家研究時，個人遵循以下三條方法論原則：一是群體研究與個案研究相結合。由於香港和內地文化空間迥異，造成南來作家文學實踐總體上的特殊性，需要將其作為一個整體加以把握，同時通過對重點作家作品的解讀深化對其特性的認識。[1] 二是外部研究與內部研究相結合。南來作家深受特定時空的影響，大部分與黨派關係密切，創作具有鮮明的意識形態訴求，因此必須努力復現和還原當年的文化氛圍和文學生產背景，同時注意文本內和文本外的現實內涵，而不能僅僅以作品為解讀依據。三是文學史研究與思想史研究相結合。對南來作家的研究，只局限於文學史內部是難以深度把握的，必須吸收政治學、社會學、文化史、思想史等相關學科的研究成果，尤其是南來作家的創作和論爭涉及到一些重要的思想史命題，

---

1 因南來作家作品眾多，本書無法對其進行全面深入闡釋，因此主要依據作家知名度、居港時長（通常長於半年）、作家作品對文壇的影響等因素，從中選取約 90 位作為關注對象，並以近十位作家為論述重點。關於這約 90 位作家的基本情況，參見本書〈附錄 香港南來作家傳略〉。

例如民族主義意識的發揚和知識分子身份意識的變遷等，必須置於二十世紀知識分子思想史甚至更大的背景下才能有較清晰的顯影。以此，在理論方法上，本書將拓展視野，多方借鑒，例如會對安德森（Benedict Anderson）"想像的共同體"等學說加以吸收，有的還將結合具體對象稍作引申。

在研究思路上，本書選取"從香港想像中國"這一角度，着重考察南來作家文藝活動及文本書寫中呈現出來的現代民族國家想像，亦即他們如何以文學想像的方式從事對現代民族國家的意識形態建構，以及這種建構所帶來的現代文學質地的變化。以下對"從香港想像中國"這一論題稍作解釋。"從"是一個方位介詞，表明"想像"這一動作發出的起點（"香港"）和指向（"中國"）。對這兩批南來作家而言，他們絕大多數具有強烈的"過客"心態，身處香港，心懷祖國，因而往往"身在曹營心在漢"，"言在此而意在彼"。這裏所稱的"香港"，既有地域上的意義，更主要是從文化空間的角度來看，而"中國"既指南來作家筆下的故土、中原，更多的時候則指他們憧憬中的作為現代民族國家的一個政治文化目標，相對於此前的政治文化實體，這一新的想像目標常被稱為"新中國"。不同派別的作家對於"新中國"有着各自不同的想像，對於在南來作家中佔據主體部分的共產黨和左翼作家來說，他們頭腦中的"新中國"日漸清晰，其權威闡釋來自毛澤東，最後歸結為用以指稱各革命階級聯合專政的新民主主義共和國。至於"想像"，可說是文學的本質特徵。凡文學都具想像，而某些時期、某些類型的文學，其想像具有鮮明的意識形態性，南來作家創造的文學即是如此。

民族主義思潮的湧動不息是二十世紀中國乃至全世界的一個重要歷史現象，反映在文學史上，即許多作家在其作品中從不同側面表現出對於現代民族國家的某種想像。這既是一個文學史命題，也是一個思想史命題，關涉到近幾十年來學界廣泛討論的現代性話題。在中國現當代文學研究界，對思想史的關注已經蔚然成風，甚至有學者認為："20世紀中國文學史研究正在成為一部思想史長編，統攝這部思想史的核心理念是作為一種普遍主義知識體系的現代性。"[1] 不過，現有對南來作家的研究，較少強調這一方面。不管在香港還是內地，學者們在研究南來作家時，可能多會關注他們如何想像"香港"，而較少論及南來作家對"中國"的想像。[2] 即便有所涉及，也一般不從思想史層面進行闡釋。事實上，結合思想史研究的某些方法與成果進行文學史研究，南來作家是一個很好的個案。因此，本書從事的工作雖可算是一項有明確主題統攝的文學史專題研究，但在具體論述過程中卻有很多對思想史研究的借鑒。

南來作家的現代民族國家想像主要通過兩種話語實踐來表達：一種是民族主義話語，另一種是階級／革命話語。這兩種話語和啟蒙話語等一樣，是現代中國歷史上佔有主導地位的話語類型，在現代文學史上早已存在，而在全民抗戰和國共內戰時期得到最強烈的表述。話語的不斷強化與當時的戰爭和政黨政治的文化背景直接相關。相當比例的作家兼具鮮明的政治身份，其寫作代表了某一特定集團的利益，是明確的意識形態實踐。從表面來看，這兩種話語各有其內涵，並在不同時期處於不同地位，如抗戰時期民族主義話語居主導位置，國共內戰時期階級／革命話語幾乎籠罩了一切，不過二者顯然具有相關性。正如劉少奇所言："世界各國革命的經驗和中國革命的經驗，都充分地證明了馬克思列寧主義關於民族問題是與階級問題相聯繫、民族的鬥爭是與階級的鬥爭相聯繫的科學分析，是完全正確的。"[3] 在現代中國，將民族主義話語及階級／革命話語聯繫起來的一個共同目標，即是建立一個完全獨立充分自主的現代民族國家。為了這一共同目標，兩種話語往往糾纏在一起，相輔相成。

1　劉忠：《思想史視野中的中國現當代文學》（上海：上海人民出版社，2006 年），頁 1。

2　張詠梅《邊緣與中心——論香港左翼小說中的"香港"（1950—67）》（香港：天地圖書有限公司，2003 年）、蔡益懷《想象香港的方法：香港小說（1945～2000）論集》（北京：中國社會科學出版社，2005 年）以及計紅芳《香港南來作家的身份建構》（北京：中國社會科學出版社，2007 年）三書都主要是論述南來小說家們的"香港想像"。

3　劉少奇：《論國際主義與民族主義》（北京：人民出版社，1951 年，二版），頁 37。

二、本書架構

本書的論述架構是，除了前後的〈緒論〉和〈結語〉之外，論文主體部分分為“文學生產”和“話語實踐”上下兩篇。兩篇所論，大致分屬文學的“外部研究”和“內部研究”，但也存在交錯，二者互見、互證，從而有可能在“文學史”和“一般歷史”之間實現某種程度的溝通。[1]

上篇“文學生產”着重梳理南來作家在香港特定的文化時空裏，如何從事包括寫作在內的文學活動，這些活動如何被體制化，以生產出相應的物質和精神產品——以現代傳媒為代表。其中，第一章〈殖民空間的言說主體〉在查閱大量史料的基礎上，力求較為清晰地勾勒出當年內地作家因戰爭幾度南下的景觀，包括其南來的不同原因、身份，在港的主要文化活動與基本生存處境等，並運用統計等方法，篩選出數十位較為重要的作家作為主要關注對象。從時間上看，作家們南下比較集中於三個時期：一是抗戰全面爆發尤其是上海淪陷以後，二是皖南事變以後，三是國共內戰爆發以後。1938、1941 和 1946 這三個年份南下的作家最多，其中又以 1946 年南下的平均居港時間最長。從作家們在香港的生存處境看，由組織派來從事文藝宣傳的與個人流亡而來賣文為生的，以及著名的“五四”作家與初出茅廬的青年作家之間，存在較大差異。但不管是為個人還是為集體，為謀生還是為宣傳，作家們（及其他文化人）來港後都必須兢兢業業，從事多方面的文藝活動，從而在客觀上使得當時的香港成為一個與上海、重慶、桂林、延安等地相比肩的全國性的文化中心。不過這一中心與其他幾個中心相比有很大的不同，源於這裏的文化空間具有其特殊性。在英國殖民當局的統治下，當時的香港相比內地各大城市具有更大的言論自由，這使得不同派別的作家，基本處於一個平等競爭的地位，他們競相成為這一殖民空間下的言說主體，形成多元文化共生與自主競爭的生態景觀。此外，由於內地被不同

1　漢斯‧羅伯特‧堯斯：“文學史只有當它不僅按文學生產體系的秩序共時和歷時地去描述文學生產，而且還在文學生產與一般歷史的特有關係中把文學生產看作特殊歷史才算完成了自己的任務。”見中國藝術研究院馬克思主義文藝理論研究所外國文藝理論研究資料叢書編委會編：《讀者反應批評》（北京：文化藝術出版社，1989 年），頁 166。

的政治勢力分割成幾大塊,日本侵略者、國民黨政府和共產黨民主政權各有其勢力範圍,相互難以溝通,因而香港就成為一個重要的物資和文化"中轉站",這樣一來,雖然南來作家的文學生產基地是在香港,但他們產品的消費者卻主要在香港以外,包括南洋和內地。香港不僅是經濟方面的貿易中轉站,同時也是文化與意識形態的中轉站。

第二章〈現代傳媒與"想像的共同體"〉主要討論現代傳媒與民族主義想像的關係,為本書提供一個分析的理論框架。筆者將概述"民族主義"的基本定義,討論現代民族主義在中國的萌發,以及現代傳媒作為重要平臺對民族主義傳播所起的作用。在此基礎上,分析黨派政治對傳媒生產的影響,可以"體制化"來加以概括。作家們南來之後,多數並沒有切斷和內地的聯繫。尤其是那些與"組織"關係密切的黨派作家,他們一舉一動的背後,大都是奉命行事,這使得南來作家的文學生產具有很強的體制化特點,"計劃性"和"規劃性"很強。各黨派利用現代傳媒,將南來作家們組織成一個個小團體,各自負責相關的報刊、出版社、學校、製片公司等,從經濟和人力上給以大力扶助。在這種嚴密的組織下,當時與新文學有關的主要的文學期刊和報紙文藝副刊,大都具有黨派背景,而當時出版的文學書籍,有一半左右被列入各種叢書,毛澤東的著作也以選集形式在港出版發行,其中的〈論文藝問題〉(即〈在延安文藝座談會上的講話〉)更是在解放區以外首次全文發表,可見其生產體制化的程度之深。黨派文人在這種體制化的文學生產中,着重引進了兩種話語——民族主義話語與革命話語,並將其輸出到南洋和內地,從而產生實際的與象徵的影響。在以上討論過程中,筆者選取了幾份較重要的報刊進行分析,從中庶幾可見三四十年代南來作家文學生產的概貌與意旨。

下篇"話語實踐"則專注於分析隱含在南來作家文學產品中的話語內涵,考察民族主義話語和階級/革命話語如何滲透進作家的思想意識和文學作品,規範其現代民族國家想像。筆者將選取部分重要的文學作品和文藝論爭,從中管窺南來作家文學想像的方式和內容,以及作家自我身份意識的變遷。

第三章〈鄉土與旅途〉討論南來作家民族國家想像與土地的關係，以蕭紅、許地山等的作品為重點。南來作家的筆下常常有對故鄉和旅途的描繪，往大了說，只有他們成長的地方才是家鄉，一旦離開，不管到了哪裏，都是旅途，而他們都成了過客。南來作家在香港有很強的"過客"意識，他們對故國、故土充滿思念，而對旅居的腳下這片土地一般難有深情，充滿了異己感，這讓他們大量的懷鄉之作具有濃郁的抒情色彩，而在對異地的遊記或觀感中常常筆帶諷刺語調。這一時期的南來作家最終多數沒有成為香港作家，正是由於其強烈的"中原心態"和"過客"意識。民族主義的一個重要功能是增強民眾的凝聚力，而這就需要有一個想像投射的中心，與之相對的都是邊緣，於是我們看到，儘管個別作家甚至有一些異域（南洋）的革命想像，但這種想像無一例外地都要被整合進他們對"中原"的想像。當然，南來作家並非生活於真空，他們對香港也必須有限度地融入，具體到他們和香港作家的關係，也並非一味排斥或忽視，對於本地的年輕作者，南來作家還是給予了一定的團結和指導，這在《文藝青年》等刊物上有着鮮明反映。

第四章〈創傷記憶與革命敘事〉集中分析南來作家對革命的敘述，以茅盾、黃谷柳等的作品為重點。近年學界有許多關於革命歷史小說的研究，[1] 不過選取的對象一般集中於 1949—1966 年即所謂 "十七年" 時期的大陸小說。事實上，伴隨着革命的發生，關於革命的敘事也就開始了，某些時候甚至是先有革命的想像和召喚，後有革命的現實。三四十年代的許多革命故事可能未必完全吻合後來的學者對 "革命歷史小說" 的定義（比如說，部分作品所述事件剛剛發生不久或正在進行，或許該稱為 "革命現實小說"），而是既具有這類小說的一些基本特徵，又帶着某種新興敘事初創時期的含混與複雜性，但無疑值得深入考察。從大的方面說，所有關於革命的敘事都是在講述革命為什麼發生、如何發生

1　重要的成果有黃子平：《革命‧歷史‧小說》（香港：牛津大學出版社，1996 年）。另可參楊厚均：《革命歷史圖景與民族國家想象：新中國革命歷史長篇小說再解讀》（武漢：湖北教育出版社，2005 年）。

以及如何一步步走向勝利，這其中，對"革命何以發生"的敘述最為緊要，這關係到革命以及革命敘述的合法性。從這一角度看，所有的革命敘事，必不可少的元素之一便是提供一個革命的"起源神話"。瀏覽這一時期的革命文學作品，很容易發現其中具有不少雷同之處。例如，故事中革命之所以發生，幾乎無一例外地來自主人公的某種"創傷記憶"：自然，根據中共發展出來的階級論，這種創傷都是由"階級敵人"造成的。被壓迫民眾中，有的覺悟較快，很快便發現了自身悲慘處境的罪魁禍首，有的較為麻木，需要一遍一遍地進行啟蒙（通常以"訴苦"的方式進行），才能發現傷口的由來，但不管怎樣，一旦找到和確認了敵人，革命民眾接下來要做的就是一件事：血債血還，而這正是革命的最高定律。對這些流血衝突場面的描寫，有時比較恐怖殘忍。[1]茅盾、黃谷柳等人的革命敘事，則分別代表了政治化與通俗化兩個發展方向。

第五章〈民族形式・方言文學・大眾化〉討論在南來作家中影響較大的兩次文藝論爭，包括抗戰時期文藝"民族形式"討論、戰後"方言文學"論爭，以及隱含其中的文藝大眾化取向。抗戰期間在香港展開的"民族形式"討論是全國範圍內大論爭的重要組成部分，經歷了"舊形式的利用"與"民族形式"的創造兩個階段。和延安、重慶等地不一樣的是，香港的論者更多地強調為了達成民族形式，必須加強方言土語的運用，以此為創造"民族形式"的重要來源，這就和戰後"方言文學"論爭的內容聯繫起來了，而這兩次論爭的目的都是為了實現文藝大眾化，因此可將其放在一起討論。正如安德森在《想像的共同體：民族主義的起源與散布》裏所論證的，歐洲民族主義的興起和方言變遷之間有着深刻聯繫。在歐洲，現代民族國家的出現，伴隨着各國的地方語言取代原來的作為書面共同語的拉丁語這一過程。[2]然而在中國，文言、白話

1　關於革命敘事的暴力美學，可參唐小兵：〈暴力的辯證法——重讀《暴風驟雨》〉，載唐小兵編：《再解讀：大眾文藝與意識形態》（香港：牛津大學出版社，1993 年），頁 108—126。

2　參見班納迪克・安德森著、吳叡人譯：《想像的共同體：民族主義的起源與散布》（臺北：時報文化出版企業股份有限公司，1999 年），頁 19—24。

與方言三者中，擔任現代民族國家意識形態建構功能的卻並非方言，而是普通話。因此，"方言文學" 運動注定在造成短期的轟動效應後便面臨着謝幕。至於兩次論爭中強調的 "大眾化" 問題，本身也是問題多多。

第六章〈現代詩人的 "自我"〉選取戴望舒、徐遲、黃寧嬰、聶紺弩等幾位南來詩人，通過對他們詩作的細讀，分析現代詩人們如何被時代話語攫住，通過寫作向 "人民" 或 "革命" 靠近，在此過程中逐漸失去 "自我"，將 "小我" 融入 "大我" 之中。其中，戴望舒在抗戰以後，"自我" 的歸宿由愛情、事業轉向民族、集體，詩中流露出強烈的民族主義意識。徐遲、黃寧嬰、聶紺弩等則在這一時期皈依革命，詩歌的表現主題之一是對革命領袖的歌頌。詩歌通常被認為是最具個人性的文體，然而這一時期的詩歌，多數卻成為某種話語的代言。

第七章〈"文藝的新方向" 與 "新中國" 的誕生〉主要討論 1948 年以後左翼南來作家一方面通過學習毛澤東《在延安文藝座談會上的講話》等進行自我改造，另一方面通過《大眾文藝叢刊》等發動猛烈的文藝批判運動，進一步分析南來作家的現代民族國家想像與自我身份意識建構的關係。關於 "新中國" 的美好憧憬令作家們熱血沸騰，然則並非每一位作家都曾經仔細思量過，自己將在這一馬上就要到來的 "新中國" 裏居於一個什麼樣的位置？將如何安放 "自我"？討論的重點放在《大眾文藝叢刊》進行的文藝大批判和文壇意識形態大清理上，在現有研究的基礎上，着重考察這一刊物所形成的新的批評模式和批評文體，分析它和 "毛文體"[1] 的緊密關聯，看看對這一文體的實踐，如何導致批評家們為了獲取 "革命" 的主體性地位，而產生對權威的無條件服從和對 "自我" 的無條件放棄。當想像中的 "新中國" 真的來到眼前，作家們卻驀然發現已然失去自己的聲音，而只能加入人群鼓掌歡呼了。

1　此處借用批評家李陀提出的一個概念，詳細分析參見本書第七章。

在對南來作家的文學生產和話語實踐分別進行考察後，本書〈結語〉部分將集中闡釋南來作家現代民族國家想像的方式和特點，並對南來作家的文學史地位作出評價。

文學生產

第一章 殖民空間的言說主體

抗戰質經改變了——至少是部分的——我的氣質，這是到香港以後才發覺的……

——施蟄存（1940，香港）[1]

我們認為：一切悲劇的發生，根源於最多數的生產者勞而無獲，最少數的浪費者坐享其成……這是歷史的不幸，這饑餓的時代，血的時代，比起屈原的時代還要慘苦，更為黑暗。但又不同於屈原的時代。那百姓起來點燈，不準州官放火的信號上升了。這是悲劇時代里的福音。

——黃藥眠等（1947，香港）[2]

第一節 戰爭與流亡

一、歷史上的作家南來現象

香港雖然歷來屬於 "中國" 領土，自秦漢以來即一直歸屬中土[3]政權管轄，至唐代更於屯門設軍鎮治所，屯門從此成為粵港交通重要孔道，來往商旅日多。不過總體看來，由於地處大陸南端，孤懸海外，在鴉片戰爭以前，香港社會經濟的發展是緩慢的，直至十九

---

1 施蟄存：〈薄鳧林雜記〉，《大風》第 69 期（1940 年 6 月 20 日），頁 2149。
2 黃藥眠等：〈一九四七年詩人節宣言〉，《華商報》，1947 年 6 月 23 日，第三版。
3 西周初年，周成王即位，輔政的周公在原先的洛邑城（今河南洛陽附近）的基礎上，重新營建了一座規模宏大的新都城，史稱 "新洛"，又被稱為 "中土" 或 "中國"。"中土"、"中國" 與 "華夏族" 合稱 "中華"。此後，"中華" 逐漸成為整個中國的代稱。

世紀前期仍然只是一個人口不足八千的海島漁村。[1] 歷史上，中原人士南遷至此定居，多是由於戰亂，相對於中土的烽煙時起，這一遠離政治中心的海外島嶼顯得寧靜和平。至於文人踏足此地，通常若非為了避難，便是由於遭貶流放。據有心人搜集史料，發現從古至今，南來香港的知名詩人不下百人，早在唐代，韓愈、劉禹錫等大詩人就曾留下歌詠香港的詩篇。[2] 如果考慮到其他文學體裁，對香港進行過描繪的作家自然更多。不過在人們腦海中，古代沒有任何一位文化名人是"屬於"香港的，因為他們只是路過，並未長住，更談不上建立深厚的感情聯繫。

隨着大英帝國在全球海外貿易的大力擴張，進而發展到通過戰爭和不平等條約一步一步將香港島、九龍和新界攫取為殖民統治之地，香港因其具有一條天然良港，又處於歐亞各國貿易的交通要道，作為一個轉口貿易港便迅速發展起來。與此同時，被強行納入世界歷史進程的近代中國更加動盪不安，戰亂頻仍（第二次鴉片戰爭、太平天國、中日甲午戰爭、辛亥革命、軍閥混戰……）。於是，人口的流動大大加快，在這片土地上，文化人的身影也就出現得越來越頻繁了。但大致而言，近代文人來此，或為避難，或為中轉（由此轉赴南洋或歐美等地），一般不出此二途，因此長居的很少。例如曾與香港發生密切關係，在此創辦著名的《循環日報》並第一個在香港中文報紙上開闢副刊的王韜（1828—1897）[3]，當初避居香港，就是為了逃避清政府的通緝。另外一批被目為前清遺老的舊文人，如鄭孝胥、林琴南等，則是因辛亥革命的爆發而來避居。[4]

伴隨着香港社會經濟、文化教育等各方面的發展，民國時期，開

---

1 據港務局人口統計，1841 年香港（不含九龍和新界）人口僅為 7450 人，另據一份教會實地考察記錄，若不含水上居民，當時港島人口估計不到 2500 人。參見高添強編著：《香港今昔（新版）》（香港：三聯書店（香港）有限公司，2005 年，三版），頁 106。

2 參見胡從經編纂：《歷史的跫音：歷代詩人詠香港》（香港：朝花出版社，1997 年）。

3 近代中國著名文化人物，因給太平軍上書獻計而被清廷通緝，避難香港長達 23 年。在港期間，一方面辦報論政，開風氣之先，另一方面廣收香港史料，並以〈香港略論〉、〈香海羈蹤〉、〈物外清遊〉三文奠定了自己"南來文化第一人"的歷史地位。

4 參見劉登翰主編：《香港文學史》（香港：香港作家出版社，1997 年），頁 51、55。

始有名作家、名學者為了文化交流和文化建設的目的來到香港演講、訪問和講學。1927年2月18日及19日，魯迅（1881—1936）應香港基督教青年會邀請，在該會禮堂連續作了兩次演講，題為〈無聲的中國〉與〈老調子已經唱完〉，前者由聽眾記錄的講稿於《華僑日報》刊出。[1]在不少文學史敘述中，魯迅這次南來被視為促成了香港新文學的萌芽。1935年初，胡適（1891—1962）南來香港，接受香港大學頒予的名譽博士學位，在港住了五天，演講五次，並支持港大延聘教授、改革文科教學。[2]胡適當時推薦的人選是許地山。1935年底，許地山（1893—1941）因在燕京大學與校長司徒雷登關係不洽，被解聘，為了工作和生活，攜全家來港，應聘就任香港大學中文學院主任教授。他上任後大力改革教學內容，在中文學院設文學、史學和哲學三系，並加強新文學教育，推行新文字運動。[3]由此可見，至二十世紀三十年代中期，文人南來香港已漸漸增多，交流也趨向深入。不過，這時作家南下基本是出於個人原因，屬於個別現象，尚未形成規模。

二、抗戰爆發與作家大規模南下

1937年日本軍隊在北平發動七七事變，8月13日又進攻上海，在兩地均遭到中國軍民的頑強抵抗，至此中華民族的全面抗日戰爭宣告爆發。正如歷史上屢次發生內亂或外敵入侵時的情形一樣，戰爭帶來了大規模的人口流動。而和歷史上的逃難大潮不同，抗戰引發的難民潮中，有着不少作家的身影。這是由於戰爭爆發後，國內各黨派組織很快意識到香港是從事海外宣傳、爭取輿論支持的最佳基地，因而有組織地分批委派文化界人士南下，在港建立宣傳基地，將國內的聲音從此傳播到海

---

1 劉隨：〈魯迅赴港演講瑣記〉，收入小思編著：《香港文學散步》（香港：商務印書館（香港）有限公司，2004年，新訂版），頁23—26。

2 參見胡適：〈南遊雜憶〉，收入盧瑋鑾編：《香港的憂鬱——文人筆下的香港（1925—1941）》（香港：華風書局，1983年），頁55—61。

3 參見周俟松、邊一吉：〈許地山傳略及作品〉，《新文學史料》1980年第2期，頁177—178。

外，以從海外華僑及支持中國抗戰的人們那裏獲得道義和物質上的支援。和歷史上內地作家的南下不同，這一時期作家們南下固然也有一部分是個人的避難行為，但更多的是集體行為，因而數量和規模遠超以往。

1937 年 9 月，抗戰爆發不久，杜埃（1914—1993）由廣州來港，在八路軍駐港辦事處從事抗日文藝宣傳工作，在共產黨與十九路軍合辦的《大眾日報》寫社論、編副刊一年，期間在《文藝陣地》等報刊發表政論、文藝理論、散文、小說。1939 年春被派赴廣東東江游擊區工作。[1]

1937 年 11 月上海失陷後，蔡楚生（1906—1966）轉赴香港從事電影活動。他與司徒慧敏合編了粵語電影劇本《血濺京山城》和《游擊隊進行曲》，與趙英才合編《孤島天堂》，獨自編導電影《前程萬里》等。[2]與他幾乎同時，歐陽予倩（1889—1962）因受漢奸特務逼迫，也由上海前往香港，編寫古裝片電影《木蘭從軍》，為中國旅行劇團導演話劇《流寇隊長》、《魔窟》、《一心堂》、《欽差大臣》、《日出》等。[3]

同年，杜衡、袁水拍、黃秋耘、黃繩、樓棲、林煥平等先後由廣州等地來港，通過從事文藝工作積極進行抗戰宣傳，有的還直接從事與抗戰軍事有關的工作，如黃秋耘（1918—2001）曾在八路軍駐香港辦事處和其他部門做軍事工作和地下工作，打進日寇情報機關刺探軍事情報，後又打進國民黨軍事機關當過尉級軍官和中校軍官，曾率領小部隊和日本侵略軍作戰。[4]

1938 年 2 月底，茅盾（1896—1981）應生活書店約請主編《文藝陣地》，遷居香港。4 月 16 日，《文藝陣地》半月刊開始出版，創刊號

1 杜埃：〈我的小傳〉，收入徐州師範學院《中國現代作家傳略》編輯組編：《中國現代作家傳略（下集）》（成都：四川人民出版社，1981 年），頁 168。

2 參見北京語言學院《中國文學家辭典》編委會編：《中國文學家辭典（現代第三分冊）》（成都：四川文藝出版社，1985 年），頁 597。

3 參見歐陽敬茹：〈歐陽予倩傳略〉，收入徐州師範學院《中國現代作家傳略》編輯組編：《中國現代作家傳略（上集）》（成都：四川人民出版社，1981 年），頁 458。

4 參見陳衡、袁廣達主編：《廣東當代作家傳略》（廣州：中山大學出版社，1991 年），頁 147。

刊登了張天翼的〈華威先生〉，第三期發表姚雪垠的〈差半車麥秸〉，都是抗戰初期具有全國影響的佳作。該刊大力推動抗戰文化，是名副其實的宣傳"陣地"，而他同年主編、4月1日開始出版的《立報·言林》也不例外。此時在港的青年作者杜埃、林煥平、李南桌、黃繩、袁水拍等成為〈言林〉和《文藝陣地》的常見撰稿人。由於《文藝陣地》雖為讀者叫好卻銷路不暢，編者自己還得墊付費用，加之香港生活程度較高，茅盾一家每月的開支入不敷出，十個月虧蝕了一千元，該年12月，茅盾遠赴迪化（今烏魯木齊）擔任新疆學院文學院長。[1]

1938年5月，戴望舒（1905—1950）與徐遲（1914—1996）各攜家人同船自上海來港。戴望舒由《大風》旬刊主筆陸丹林（1896—1972）推薦，任8月1日新創刊的《星島日報·星座》主編。從此，他在港島長住了下來，直到1949年春天，除了1946—1948年間返回上海居住，其餘時間都在香港度過，前後相加達八九年之久。在港期間，他除了編輯過眾多報刊，如與金仲華、張光宇等合編《星島週報》，與艾青合編《頂點》詩刊，與馮亦代、徐遲、葉君健等創辦英文版《中國作家》（*Chinese Writers*）之外，更積極參與中華全國文藝界抗敵協會香港分會等文藝組織的活動，在抗戰期間，他與許地山是該組織事實上的領導人。[2]

1938年夏，蕭乾（1910—1999）到港，參加港版《大公報》籌備工作。8月13日《大公報》在香港復刊，蕭乾編輯《大公報·文藝》至1939年8月底，期間連載過沈從文的長文〈湘西〉等。1939年春，副刊逐漸放棄純文藝傳統，開始出綜合版，只要有利於抗戰的作品都可以發表，如大量關於日本研究的文章。1月，副刊出了一個連載專刊"日本這一年"，後結集為《清算日本》，以"大公報文藝編輯部"名義於3

1　參見茅盾：〈在香港編《文藝陣地》——回憶錄〔二十二〕〉，《新文學史料》1984年第1期，頁1—20。

2　參見馮亦代：〈戴望舒在香港〉，《新文學史料》1980年第4期，頁164—168；以及鄭擇魁、王文彬：〈望舒傳——從雨巷到昇出赤色太陽的海〉，《新文學史料》1986年第4期，頁154—172。

月出版。同年 9 月 1 日，蕭乾離港赴倫敦。[1]

除了以上幾位，1938 年還有眾多作家來港，包括馮亦代、胡蘭成、黃寧嬰、金仲華、樓適夷、鷗外鷗、葉君健、葉靈鳳、鄒荻帆等。其中，時任中華全國文藝界抗敵協會組織部副主任的樓適夷（1905—2001）在"保衛大武漢"的呼聲中南下，於 11 月輾轉抵港，協助茅盾編輯《文藝陣地》，並在茅盾前往新疆之後代理主編工作。1939 年 6 月樓適夷因安全原因回到上海，《文藝陣地》的編輯地同時轉移。[2] 葉君健（1914—1999）則是在武漢失守前夕撤退到香港，參加樓適夷編輯的畫報《大地》與金仲華編輯的《世界知識》，並主編對外宣傳刊物《中國作家》，出版兩期後，1939 年秋離港。在港期間，他用英文翻譯劉白羽、嚴文井、楊朔、姚雪垠等解放區和國統區作家的作品，寄到紐約《小說》月刊（Story）、倫敦《新作品》（New Writing）叢刊與莫斯科《國際文學》（International Literature）等刊物發表。[3]

1939 年，又有楊剛、郁風等作家來港。共產黨員楊剛（1909—1957）是前來接替蕭乾之職，編輯《大公報》的〈文藝〉副刊直至 1941年冬。在她主編期間，〈文藝〉繼續堅持宣揚抗戰民主文化，發表了很多延安文學作品。[4]

1940 年 1 月下旬，端木蕻良（1912—1996）與蕭紅（1911—1942）夫婦應復旦大學教務長、時任香港大時代書局總經理的孫寒冰之請，由重慶來港編輯《大時代文藝叢書》。其時，重慶空氣緊張，屢遭日軍空襲，兼以生活水準較差，而端木蕻良的長篇小說《大江》已經開始在《星島日報·星座》連載，這些可能也是促成二人離開的因素。到港後，端木蕻良積極從事《大時代文藝叢書》的編輯工作，1941 年夏又主編《時代文學》，同時筆耕不輟，發表出版了不少作品。蕭紅也在生命的最後兩年完成了《呼蘭河傳》、《馬伯樂》、〈小城三月〉等重要作品。太平洋戰爭爆發後，蕭紅因病於 1942 年 1 月 22 日逝於香港，端木蕻良隨後離開。[1]

1940 年，胡仲持、柳亞子等文化名人被迫潛往香港，施蟄存（1905—2003）亦於香港旅居半年以上，在《大風》旬刊與《星島日報·星座》等發表文章。[2]

在抗戰爆發後的三年多時間裏，來港作家漸漸增多，至 1940 年底，聚居此地的知名作家已達數十人之多，在很大程度上改變了香港的文化空氣。從政治傾向看，既有茅盾、蕭紅、林煥平、歐陽予倩、楊剛、袁水拍、鄒荻帆、黃寧嬰、杜埃等不折不扣的共產黨及左翼作家，也有戴望舒、葉靈鳳等"政治上左傾，藝術上自由主義"、相對更為注重藝術追求的作家，還有簡又文、胡春冰、陸丹林等國民黨作家，以及胡蘭成等逐漸走向"汪派"的作家。他們大多由上海、廣州或武漢等大城市而來，從事的工作各有不同，但也有着大致相同的指向：多數作家在避難的同時，從不同方面對抗戰作出自己的回應。

三、皖南事變後左翼作家的流亡

抗戰初期，共產黨與國民黨及其他社會團體力量建立了廣泛的抗日民族統一戰線，不過各個政治勢力之間亦常產生利益衝突和現實摩擦。1941 年初發生的皖南事變是其中一次比較嚴重的事件。事故發生後，共產黨方面認為身處國統區的作家們工作環境惡化，人身安全也受到威

1　參見劉以鬯：〈端木蕻良在香港的文學活動〉，載劉以鬯：《見蝦集》（瀋陽：遼寧教育出版社，1997 年），頁 52—73。

2　施蟄存〈自傳〉（收入徐州師範學院《中國現代作家傳略》編輯組編：《中國現代作家傳略（上集）》，成都：四川人民出版社，1981 年，頁 480—483）中回憶自己旅居香港的時間是 1940 年 6 月至 11 月，當屬誤記。查他寫作的〈薄鳧林雜記〉一文起首便說"來到香港，轉眼便是三月"，文刊 1940 年 6 月 20 日出版的《大風》第 69 期（頁 2149），可知他是在 1940 年 3 月到港的。

脅，因此迅速作出反應，由周恩來親自安排，明確指令部分知名作家緊急疏散，或進解放區，或撤至香港等地，繼續從事抗日民主宣傳活動。因此，短期內又有不少作家奉命來港，只不過因應時事，這一年來的幾乎全部是共產黨與左翼作家。

1941 年 1 月下旬，夏衍（1900—1995）奉周恩來急電，轉移赴香港，任中共南方工作委員會委員，並建立黨對海外的宣傳據點。大致在同一時期，范長江、鄒韜奮、廖沫沙、張友漁等分別從重慶和桂林等地來港，加上此前在港的胡仲持等，在廖承志領導下，共同籌辦中共海外機關報《華商報》。4 月 8 日，《華商報》正式出版。夏衍除了擔任社務委員，撰寫社論和時事述評，監管文化評論工作和文藝副刊〈燈塔〉，並兼任《大眾生活》編委，同時根據周恩來指示，從事黨的統戰工作。在此期間，他創作和連載了生平唯一的長篇小說《春寒》。太平洋戰爭爆發後，《華商報》停辦，1942 年 1 月 8 日，夏衍化名撤退出香港。[1] 其餘同仁也紛紛撤離。

1941 年 3 月，茅盾二度來港，任務是開闢 "第二戰線"。同前次一樣，他在編輯和寫作方面花了大量精力。他加入鄒韜奮主持的《大眾生活》，擔任編委，並應對方邀請，開始寫作日記體長篇小說《腐蝕》於雜誌連載，同時於《華商報‧燈塔》連載散文〈如是我見我聞〉十八篇（後更名《見聞雜記》），其後為之撰寫雜文超過 30 篇。此外，他還在《大公報》、《國訊》等報刊發表短論和雜感。幾個月後，他創辦並主編半月刊《筆談》，9 月 1 日出版創刊號，不到五天即出版再版本，共出版七期。這次他居港九個月，總計除了長篇《腐蝕》與短篇〈某一天〉之外，還寫了近百篇雜文，如此高產，無怪乎晚年回憶這段時光，要將之形容成 "戰鬥的一年" 了。年底香港淪陷，茅盾等第一批撤退，於 1942 年初由東江游擊隊保護離港。[2]

1　參見巫嶺芬、莊漢新：〈夏衍傳略〉，《新文學史料》1983 年第 3 期，頁 79—86。

2　參見茅盾：〈戰鬥的一九四一年——回憶錄〔二十八〕〉，《新文學史料》1985 年第 3 期，頁 52—70；戈寶權：〈憶和茅盾同志相處的日子〔二〕〉，《新文學史料》1981 年第 4 期，頁 52—58、227。

1941 年 5 月 7 日，為抗議國民黨發動皖南事變，按照共產黨的安排，胡風（1902—1985）全家離開重慶，6 月 5 日抵達香港。在港半年間，胡風沒有具體工作崗位，生活大半由黨組織照料和維持。他所做的，便是為《筆談》、《華商報》、《光明日報》、《大眾生活》等撰稿。1942 年 1 月 12 日，經黨組織籌劃安排，脫險出九龍。[1]

此外，因皖南事變而轉赴香港的還有戈寶權、葉以群、胡繩、華嘉、黃藥眠、林林、宋之的、于伶、章泯等。其中，戈寶權（1913—2000）與葉以群（1911—1966）秘密來港的任務是創辦文藝通訊社，開展對海外華僑文藝社團及報刊的文藝通訊聯絡活動，將大陸文藝作品寄往南洋一帶報刊發表。[2] 宋之的（1914—1956）來港後，與于伶、章泯、司徒慧敏等人組織了"旅港劇人協會"，演出《霧重慶》（自編自導）、《希特勒的傑作》（《馬門教授》）、《北京人》（曹禺編劇）等劇，在《華商報》、《大眾生活》等發表短論雜文，此外也從事團結統戰工作。香港淪陷後隨東江游擊隊北撤。後來，宋之的寫作劇本《祖國在呼喚》，描寫香港之戰期間中共對文化界人士的"偉大的搶救"工作。[3]

1941 年 12 月 8 日，日軍發動太平洋戰爭，從珍珠島等地向盟軍進攻，香港也經歷了十八天的戰爭，至 12 月 25 日，港督宣佈投降，在經歷了一個"黑色聖誕"之後，香港落入日本人手中，從這時直到 1945 年 8 月日本宣佈投降期間，統治香港的是日本軍政府。香港淪陷後，共產黨經過周密籌劃，分批將留港文化人士和民主人士營救出去。於是，接下來的三年多裏，除了戴望舒、葉靈鳳等少數幾人羈留於此，南來作家全部撤離，香港的文化活動和文學生產歸於沉寂。

---

1 參見曉風：〈胡風年表簡編〉，《新文學史料》1986 年第 4 期，頁 173—187；胡風：〈在香港——抗戰回憶錄之十二〉，《新文學史料》1988 年第 1 期，頁 21—30。

2 參見戈寶權：〈我的自傳〉，收入徐州師範學院《中國現代作家傳略》編輯組編：《中國現代作家傳略（上集）》（成都：四川人民出版社，1981 年），頁 126；周而復：〈往事回首錄·二、臨時文化中心〉，《新文學史料》1992 年第 2 期，頁 115。

3 參見宋時：〈宋之的傳略〉，及夏衍：〈之的不朽〉，均刊《新文學史料》1984 年第 1 期，頁 115—117、頁 142—146。

四、國共內戰時期作家再次集結香港

抗戰勝利後，香港重歸英國管轄，中共鑒於香港作為海外宣傳基地的獨特地位，很快派員來到香港，恢復戰前部分文化陣地，首要的便是《華商報》。早在戰前就曾在港從事黨的工作的饒彰風（1913—1970）被指派領導報紙的復刊工作，親任總經理（後由薩空了接任）。饒彰風同時擔任香港工委下設的文化委員會和報刊委員會（以下簡稱"文委"和"報委"）領導工作，負責對民主黨派、愛國民主人士和文化界的統戰工作。[1]在重慶的廖沫沙（1907—1991）接受周恩來和王若飛的指示，於1945年11月初啟程，因交通困難，長達千里的一半路程只能靠步行或搭乘小木船，因此直到12月中旬才到達香港，這時報紙的籌備工作已經完成，只等出版了。1946年1月4日，《華商報》正式復刊，廖沫沙任副總編輯兼主筆，撰寫社論，並負責軍事評論專欄〈每週戰局〉。總編輯是劉思慕，編輯主任是高天，呂劍任副刊編輯。廖沫沙加入了香港工委報委，離開報社後，主持新民主出版社的編輯工作，直至1949年6月初離港赴京。[2]

不過，作家再度大量南下，則是由於1946年後國共內戰正式爆發。與皖南事變後的情形相似，左翼作家又被迫流亡，而其規模則超過了此前任何一個時期。

1946年夏，由黨組織安排，周而復、龔澎、喬冠華、林默涵等同日乘船離開上海，前往香港。為了安全，各人秘密登船，在甲板上"不期而遇"。10月下旬，馮乃超（1901—1983）與李聲韻夫婦自上海抵港。10月30日，夏衍和潘漢年乘飛機抵港。章漢夫與胡繩夫婦亦先後來到。除了夏衍是受周恩來之命前往新加坡從事宣傳，其餘各人都進入中共在香港的組織，各司其職，從事文藝與統戰工作。[3]

1 參見陳衡、袁廣達主編：《廣東當代作家傳略》（廣州：中山大學出版社，1991年），頁294。

2 參見司徒偉智、陳海雲：〈廖沫沙的風雨歲月〔四〕〉，《新文學史料》1985年第4期，頁206—217。

3 參見周而復：〈往事回首錄〉，《新文學史料》1992年第1期，頁34—42。

同年 6 月，因《文藝生活》被國民黨封閉，陳殘雲（1914—2002）撤退到香港，繼續從事民主運動與文藝運動，社會職業是香島中學教師，並在《大公報》上與黃秋耘合編〈青年週刊〉，與章泯合編〈電影週刊〉。[1]《文藝生活》的主編、曾從事地下黨工作的司馬文森（1916—1968）也被迫由廣州撤退來港，他復刊了《文藝生活》，出版海外版，後擔任中共南方局文委委員、港澳工委委員、達德學院文學教授、《文匯報》主編等職，倡導報告文學，同時擔負統戰工作。[2] 秦似與宋雲彬則是由於在桂林同人雜誌《野草》被封來港，在此與夏衍、聶紺弩、孟超以不定期刊形式復刊了《野草》，秦似（1917—1986）任執行編輯，主要發行地區是香港和南洋，至 1949 年共出版十二期。[3]

　　1946 年秋，華嘉與黃寧嬰、黃藥眠結伴由廣州乘船抵達香港。華嘉（1915—1996）進入《華商報》工作，任副刊編輯。[4] 黃藥眠（1903—1987）參與創辦達德學院，任文哲系主任，並參與民盟領導工作，主編民盟機關報《光明報》，在各報刊發表大量詩作和評論。[5]

　　同年，韓北屏、洪遒、黃谷柳、劉思慕、樓棲、歐陽予倩、秦牧、薛汕、章泯等亦分別由上海或廣州等地來港，其中不少人是第二次撤退至此了。

　　1947 年 1 月，邵荃麟（1906—1971）由周恩來親筆介紹，自上海來港。三個月後，妻子葛琴帶着孩子前來。在港期間，邵荃麟任香港工委文委委員，後任文委書記和工委副書記，從事統戰工作。1948 年參與創辦《大眾文藝叢刊》，是主要編輯者，在刊物上發表了〈對於當前文藝運動的意見〉、〈新形勢與文藝〉等多篇重要理論文章。期間還翻譯了一些馬列主義文藝理論，如阿·梅耶斯涅可夫的《列寧與文藝問題》；

1　陳殘雲：〈我的小傳〉，收入徐州師範學院《中國現代作家傳略》編輯組編：《中國現代作家傳略（上集）》（成都：四川人民出版社，1981 年），頁 424。

2　參見陳衡、袁廣達主編：《廣東當代作家傳略》（廣州：中山大學出版社，1991 年），頁 305。

3　秦似：〈回憶《野草》〉，《新文學史料》1979 年第二輯，頁 170—174。

4　華嘉：〈憶記香港《華商報》及其副刊〉，《新文學史料》1986 年第 1 期，頁 142—152。

5　〈黃藥眠同志生平〉，《新文學史料》1988 年第 1 期，頁 222—223。

寫過一些介紹馬列文論的小冊子，如《文藝的真實性與階級性》等。[1]

1947 年夏，鍾敬文（1903—2002）因"左傾思想"被中山大學解除教授職務，7 月末化裝離開廣州，避難香港，"在共產黨和民主黨派共同辦理的達德學院文學系任教"。除了學校工作，兼任文協香港分會常務理事、方言文學研究會會長，發表關於一般文藝、民間文藝和方言文學的論文，及一些關於彭湃、冼星海、郁達夫、朱自清的回憶紀念文章，並主編《方言文學》文集。[2]

1947 年秋天，吳祖光（1917—2003）因受國民黨當局警告和威脅，應香港大中華影業公司之聘，赴港任電影編導。行前為香港永華影業公司編寫了兩個電影劇本：由話劇本《正氣歌》改編的《國魂》，與喜劇《公子落難》。在港期間，為大中華影業公司編導電影《風雪夜歸人》及聊齋故事《莫負青春》，為永華影業公司導演唐漠編劇的《山河淚》及改編自黃谷柳小說的《春風秋雨》。[3]

1947 年 9 月，夏衍在新加坡被英國殖民當局禮送出境，返抵香港。10 月，巴人亦自南洋被逐回港。11 月，在上海的郭沫若（1892—1978）與茅盾一道，在黨組織安排下，由葉以群護送撤退到香港。郭沫若住在九龍山林道，這是香港的天官府，文藝界一些聚會不便在其他地方舉行的，便於郭家聚會。[4]

同年，杜埃、林煥平、柳亞子、樓適夷、孟超、聶紺弩、沙鷗等作家亦因時局緊張而撤至香港。眾多文化人的聚集使得從這一年開始，香港的文化運動趨於高潮，文學、戲劇、電影、音樂、舞蹈、美術等各方面活動不斷，豐富多彩。

進入 1948 年，內戰的國共雙方實力已經逆轉，戰局朝着有利於共

1　參見周而復：〈回憶荃麟同志〉，《新文學史料》1980 年第 3 期，頁 73—82；小琴：〈辛勤奮鬥的一生——追念我的父親邵荃麟〉，《新文學史料》1983 年第 2 期，頁 106—123。

2　鍾敬文：〈自傳〉，收入徐州師範學院《中國現代作家傳略》編輯組編：《中國現代作家傳略（上集）》（成都：四川人民出版社，1981 年），頁 531。

3　吳祖光：〈自傳〉，收入徐州師範學院《中國現代作家傳略》編輯組編：《中國現代作家傳略（上集）》（成都：四川人民出版社，1981 年），頁 371—372。

4　周而復：〈緬懷郭老〉，《新文學史料》1980 年第 2 期，頁 132—154。

產黨的方向轉化。與此同時，國統區的"白色恐怖"仍然存在乃至變本加厲，因此仍有不少作家出走香港。

1948 年 2 月，公劉（1927—2003）為逃避國民黨逮捕，從大學三年級輟學，由南昌經上海來港，參與共產黨領導的"全國學聯"宣傳部工作，任"全國學聯"地下機關刊物《中國學生》編輯。[1] 5 月，柯靈（1909—2000）由於國民黨特務搜捕，由上海逃往香港，參與創辦港版《文匯報》，兼任永華影業公司編劇，並任中國民主促進會中央常務委員。[2] 這年夏天，戴望舒因在上海從事民主運動被國民黨通緝，再度流亡香港。

蔡楚生、端木蕻良、黃繩、金仲華、于伶、林林、袁水拍等於 1948 年再度來港。秋天，蕭乾、楊剛自國外回來，再到香港，重入《大公報》工作。于逢與張天翼則分別於春天和秋天至港養病，同時在報刊發表作品。

1948 年秋天，隨着共產黨開展對國民黨的"戰略決戰"，"蔣家王朝"的覆滅已在數難逃，召開"新政協"、建立"新中國"的宏偉工作已排上日程。另一方面，港英當局對戰爭形勢感到驚愕，害怕解放軍越過邊境進入香港，於是增派兵力，加強治安，制定法例，干涉民眾生活自由，南來文人的活動日益受到嚴厲限制。在這種背景下，中共中央決定將在港文化人士分批護送撤離。自 1948 年 8 月至 1949 年 8 月一年間，中共香港分局和工委共分二十批（人數較多的有四批）護送民主、文化人士及其他人員一千多人，進入解放區。[3]

這樣，在中華人民共和國建立之後，於 1948 年前來港的南來作家群體中除了個別人（如葉靈鳳等）選擇留居香港，還有少數人（主要是一些廣東籍作家，如陳殘雲、韓北屏、洪遒、司馬文森、呂志澄、于逢

1　公劉：〈小傳〉，收入徐州師範學院《中國現代作家傳略》編輯組編：《中國現代作家傳略（下集）》（成都：四川人民出版社，1981 年），頁 35。

2　柯靈：〈自傳〉，收入徐州師範學院《中國現代作家傳略》編輯組編：《中國現代作家傳略（上集）》（成都：四川人民出版社，1981 年），頁 518。

3　參見袁小倫：《戰後初期中共與香港進步文化》（廣州：廣東教育出版社，1999 年），頁 137—156。

等）因工作需要堅持到 1950 年以後才離開之外，絕大多數都和這片土地永遠告別了。他們曾經在此製造的抗戰與民主文化繁榮景象，也一去不復返了。

第二節　從 “文化的荒漠” 到 “臨時文化中心”

一、戰前香港社會文化概況

香港自開埠以後，經過半個多世紀的發展，至二十世紀三十年代，已成為亞太地區一大都市，被譽為 “東方倫敦”。市面之繁華、建築之雄麗、風光之秀美、風氣之開放，常讓內地來的客人讚歎不已，即便是來自另一大都市上海的文人們，對於此地物質生活的富裕和商業的發達程度也嘖嘖稱奇。如有位作者寫道：“香港之種種情形，我一見後，不禁佩服英人辦事魄力之雄厚，雖號稱 ‘中國之花’ 之上海，幾不可比擬。”[1] 南來文人形諸筆墨，留下了當日香港的許多剪影：

廣闊的馬路隨着地勢的高下穿貫全島，汽車可以直駛山頂。水管煤氣管理好了，電線架好了，教堂的尖樓蓋起花紋石來了，庭園裏盛植的棕櫚樹，都成綠陰了。

荒島變成了人煙稠密的海上蜃樓。跑馬場，夜總會，網球場，哥爾夫球場，把海濱裝綴得像伊甸樂園一樣。到處是大不列顛帝國的偉大表現，到處是英國人的威風，中國人士，都在那到處展颺的大英旗下，過着安居樂業的生活。[2]

海濱之區，原為峭壁，英人移山填海，造成陸地，繁華隆盛之商場，即建築於其上，山坡山腹，則因地修街，就坡建屋，或左右相成而鑿之，或上下相連而通之，曲折迂迴，有如遊龍蜿轉，高低起伏，宛若雲梯通

1　二難：〈香港一瞥〉，收入盧瑋鑾編：《香港的憂鬱——文人筆下的香港（1925—1941）》（香港：華風書局，1983 年），頁 75。

2　張若谷：〈香港與九龍〉，收入盧瑋鑾編：《香港的憂鬱——文人筆下的香港（1925—1941）》（香港：華風書局，1983 年），頁 41—42。

天，山巔巨廈連雲，華屋成村，自海面望之，彷彿空中樓閣蓬萊仙闕，天上人間，令人神往，若夜立九龍之濱，望香港正面之市，則星辰點點，閃灼空際，金光萬道，照耀塵寰，不復知為世俗市塵矣。[1]

國商最大之營業即為飲食，店粵名曰“酒家”，五步一樓，十步一閣，燈壁輝煌，建築雄麗，友人雷君邀余就食某酒家，人聲喧囔，客座無餘，至五樓後始得一空室，余方驚此樓之大，為北方所無，而雷君示余曰：“此為港埠最小之酒家，其數大者且較此為倍蓰。”[2]

然而，來自北方的旅客在對大英帝國的統治倍感驚訝、對香港的繁華美麗頗有些“嘆為觀止”之餘，多數卻對此地的教育文化視之甚低，認為無論是中小學教育還是大學教育均遠遠無法與內地城市相比：

香港為商業之地，文化絕無可言，英人之經營殖民地者，多為保守黨人，凡事拘守舊章，執行成法，立異趨奇之主張，或革命維新之學說，皆所厭惡，我國人之知識淺陋，與思想腐迂者，正合其臭味，故前清之遺老遺少，有翰林，舉人，秀才等功名者，在國內已成落伍，到香港走其紅運，大顯神通，各學校之生徒，多慕此輩，如吾國學校之慕博士碩士焉，彼輩之為教也，言必稱堯舜，書必讀經史，文必尚八股，蓋中英兩舊勢力相結合，牢不可破，一則易於統治，一則易於樂業也。[3]

香港大學最有成績的是醫科與工科，這是外間人士所知道的。這裏的文科比較最弱，文科的教育可以說是完全和中國大陸的學術思想不發生關係。這是因為此地英國人士向來對於中國文史太隔膜了，此地的中國人士又太不注意港大文科的中文教學，所以中國文字的教授全在幾個舊式科第

1 友生：〈香港小記〉，收入盧瑋鑾編：《香港的憂鬱——文人筆下的香港（1925—1941）》（香港：華風書局，1983年），頁48。

2 杜重遠：〈香港所見〉，收入盧瑋鑾編：《香港的憂鬱——文人筆下的香港（1925—1941）》（香港：華風書局，1983年），頁79。

3 友生：〈香港小記〉，收入盧瑋鑾編：《香港的憂鬱——文人筆下的香港（1925—1941）》（香港：華風書局，1983年），頁51。

文人的手裏，大陸上的中文教學早已經過了很大的變動，而港大還完全在
那變動大潮流之外。[1]

　　從以上引文可知，內地文化人對香港的教育和文化不滿，主要是
由於此地崇洋和守舊勢力太強，以致教育以英文、傳統國學和實用內容
為主，獨獨缺少內地"五四"以來的"新文化"、"進步文化"。如當時
在港的老教育家吳涵真認為，香港大學教育的"程度連上海的高中都不
及；學校注重英文，但目的僅為訓練洋行的買辦和商店的職員，並不在
培養人才"。[2]而這種局面的形成，被歸因於殖民統治的本性。抗戰爆發
後，大批作家南下，對香港的文化空氣和市民的精神狀態進行了嚴厲批
評，如茅盾所說：

　　一九三八年的香港，是一個畸形兒——富麗的物質生活掩蓋着貧瘠的
精神生活，這在我到達香港不久就感覺到了。香港的報紙很多，大報近十
種，小報有三四十，但沒有一張是進步的；金仲華任總編輯的《星島日報》
那時還在籌備中。除了幾份與香港當局有關係的大報外，其他都是純粹的
商業性報紙，其編輯人眼光既狹窄，思想也落後。至於大量充斥市場的小
報，則完全以低級趣味、誨淫誨盜的東西取勝……用"醉生夢死"來形
容抗戰初期的香港小市民的精神狀態，並不過份。幾十年的殖民統治，英
帝國主義所希望於香港民眾的，就是這種精神狀態。而我們進步文化界，
雖然在上海、在全國搞得轟轟烈烈，卻唯獨忘記了這個小島。當然，港英
當局對進步活動十分嚴厲的箝制和壓迫，也是重要的原因。因此，當我在
一九三八年二月底來到香港時，似乎進入了一片文化的荒漠，這是我始料

1　胡適：〈南遊雜憶〉，收入盧瑋鑾編：《香港的憂鬱——文人筆下的香港（1925—1941）》
　　（香港：華風書局，1983 年），頁 56—57。
2　茅盾：〈在香港編《文藝陣地》——回憶錄〔二十二〕〉，《新文學史料》1984 年第 1 期，
　　頁 2。

所不及的。[1]

這一段文字，既體現出文化精英的痛心，也反映了一位民族主義者的憤慨。儘管是日後的追憶，但可以看出，茅盾心目中的"文化"無疑是"五四新文化"，是一種啟蒙文化和精英文化，以這把標尺來衡量，在香港瀰漫的這種專事俘獲大眾的商業性、娛樂性精神"食糧"自然是要被逐出"文化殿堂"的。

當時的香港人是否真的"醉生夢死"、對時局麻木不仁呢？似乎也不盡然。許多人記述，每當社會團體發動籌款運動支援前線將士時，市民都行動踴躍，慷慨解囊，有些下層百姓甚至節衣縮食，奉獻綿薄。有人觀察到，反倒是"許許多多（不敢說是大多數）從事文化工作的人，都表現着對抗戰的淡冷。他們不是全然冷淡，他們也有時表現出熱情，但是，很可惜，他們的熱情只表現在口頭上，只表現在每天經常的看戰事消息上，除此外，他們的生活和抗戰不發生什麼關係"。例如，有些中學教員每月收入數十元，但"所獻的金額仍不及每月數元入的校役獻的多"，勸他們寫慰問信，有人也以沒有時間來推託。[2]

香港歷來被形容為華洋雜處，五光十色。出於不同立場，看到不同的景象，實在正常不過。我們很難說哪一種描述更接近歷史事實，也無需詳列歷史研究著作提供的一些統計數據，重要的是，知道南來作家們如何看待香港，對於理解他們此期的一些文化活動，包括作品，無疑會有幫助。例如在茅盾等人看來，既然香港是一片"文化的荒漠"，於是迫切需要南來文人播下新文化的種子，經過數載努力（客觀上則是由於英、日關係日益緊張，丘吉爾上臺後對日採取強硬態度，對於抗日宣傳不再阻攔），到了一九四一年，香港"已有了很大的變化，政治空氣濃厚了，持久抗戰的道理，在先進工人和知識界中已成常識，一般市民

1　茅盾：〈在香港編《文藝陣地》——回憶錄〔二十二〕〉，《新文學史料》1984 年第 1 期，頁 1。

2　岑橋：〈關於香港的文化人〉，收入盧瑋鑾編：《香港的憂鬱——文人筆下的香港（1925—1941）》（香港：華風書局，1983 年），頁 117—118。

對於國家大事也不再漠不關心……進步文藝界很活躍……與三八年相比，香港是大大的不同了，那時還是一片‘文化荒漠’，現在已出現了片片綠洲……”[1]

文學界的情況同樣經歷了大變化。在二十世紀二十年代中後期，香港市面上雖然可見到十餘份“新聞紙”、十份小報，以及一些畫報和《墨花》、《伴侶》、《脂痕》、《香聲》等雜誌，經常發表作品的作者亦有二十餘位，不過總體上“香港的文藝是在一個新舊過渡的混亂，衝突時期”。[2] 進入三十年代初，香港第一個新文藝團體“島上社”出版了三期《島上》，“梁國英”藥局資助出版文藝雜誌《紅豆》，長達兩年多。1935年1月1日，《時代風景》創刊，但只出版一期。同時，自1936年以來，由本地文化人為主召開的“文藝界茶話會”經常舉行，來港的穆時英等因此與之有較多聯繫，1937年5月27日成立的“香港中華藝術協進會”也以本地文化人為主要成員。[3] 種種跡象表明，香港的新文藝無論是活動還是創作都日益豐富起來。

不過，抗戰的爆發和內地作家的南下，中止了這一自然進化的歷程，並造就了一個全新的局面。

二、作家南來與文化中心的轉移

南來作家，尤其是由上海南下的作家，很快就有意識地要將香港建成為一個全國性的文化中心。

薩空了（1907—1988）是上海《立報》的創辦者，該報副刊曾創造了上海報紙副刊的銷售紀錄。1938年4月1日，薩空了在香港復刊《立報》，第二天他就在報紙上發表短文，呼籲全港同胞迅速起來在香港建設新的文化中心。文章開頭描繪十幾萬上海人來到香港後，“帶給香港

1　茅盾：〈戰鬥的一九四一年——回憶錄〔二十八〕〉，《新文學史料》1985年第3期，頁52。

2　吳灞陵：〈香港的文藝〉，收入盧瑋鑾編：《香港的憂鬱——文人筆下的香港（1925—1941）》（香港：華風書局，1983年），頁23—27。

3　盧瑋鑾：《香港文縱》（香港：華漢文化事業公司，1987年），頁13—15。

的只是揮金如土一類的豪舉",而令香港人對其文化中心的憧憬漸漸破碎,接着筆鋒一轉,認為香港可以取代上海成為全國的文化中心:

> 本來所謂文化中心的形成,多半是人為的,地域環境,只有一小部份的關係。在交通的關係上講,現在香港已代替上海來作全國的中心了,所以只要加上"人力",今後中國文化的中心,至少將有一個時期要屬香港。
>
> 並且這個文化中心,應更較上海為輝煌,因為它將是上海舊有文化和華南地方文化的合流,兩種文化的合流,照例一定會濺出來奇異的浪花。[1]

薩空了的倡議當時似乎沒有得到太多的文字回應,但在實際行動上,南來作家們以各自的"人力"、"人為",從事着不同的文化工作,為這一中心的形成奠基。僅以文藝報刊而言,僅在 1938 年就創辦了多種,包括茅盾主編的《立報‧言林》(4 月 1 日創刊)、《文藝陣地》(4 月 16 日創刊)、戴望舒主編的《星島日報‧星座》(8 月 1 日創刊)、蕭乾主編的《大公報‧文藝》(8 月 13 日創刊)、陸詒主編的《光明報》雙週刊(3 月創刊)、陸丹林主編的《大風》旬刊(3 月 5 日創刊)、周鯨文主編的《時代批評》(6 月創刊)、金仲華主編的《世界知識》(8 月創刊)、馬國亮主編的《大地》(11 月創刊)等。這些報刊的撰稿陣容幾乎囊括了當時全國的知名作家,貢獻了一批名家名作,如沈從文的《湘西》、《長河》分別連載於《大公報‧文藝》、《星島日報‧星座》,張天翼的〈華威先生〉、姚雪垠的〈差半車麥秸〉發表於《文藝陣地》,郁達夫的〈毀家詩紀〉、謝冰瑩〈一個女兵的自傳〉等發表於《大風》,穆旦的〈防空洞裏的抒情詩〉初刊《大公報‧文藝》等。可以說,正是從 1938 年開始,香港就隱隱然成為中國文化中心之一了。

到了 1939 年,隨着南來的文人日多,成立相應的文藝組織、改變文人各自為戰的局面就日益迫切了。這年 3 月 26 日,中華全國文藝界

1　了了〔薩空了〕:〈建立新文化中心〉,《立報‧小茶館》,1938 年 4 月 2 日。

協會香港分會[1]成立，首屆幹事九人：樓適夷、許地山、歐陽予倩、戴望舒、葉靈鳳、劉思慕、蔡楚生、陳衡哲、陸丹林。由許地山起草的〈成立宣言〉強調留港會員"必須變更過去留港同人們人自為戰的方式，而一致歸趨于全文協的旗幟之下，立刻團結起來"，目的則在於"擴大文藝的事功，實踐以文藝動員全民的神聖任務"、實現"國民精神動員，國際同情爭取"，乃至"策勵精進，奠國民文藝之基，齊一步驟，赴抗戰建國之路"。[2]在此前後，許多作者在報刊發文造勢，力陳建立文藝統一組織的必要，討論香港的特殊環境與地位及分會會員的使命。在他們看來，香港其時已成為海內外的一個文化"運輸站"，如葉靈鳳所言，會員們"應該一面克服身邊的困難，說服爭取工作圈外的同伴，一面利用環境負起一個運輸站的責任，將淪陷區民眾的希望和世界的同情寄回祖國，再將祖國新生的氣息傳遞到黑暗的區域和全世界。"[3]另一篇評論文章也稱，希望利用香港這個"溝通國內外聲氣的地位"，"在積極方面"，"特別是要多做點國際宣傳工作"；"在消極方面，應該盡量的檢舉失敗主義者以及發和平謬論的漢奸，和 × 人的種種宣傳，並隨時予以打擊。"[4]

　　文協香港分會成立後，在兩年多的時間內，舉辦了大量活動，尤其集中在推廣文藝通訊活動、弘揚抗戰文藝創作、開展文藝理論探討，及"送往迎來"、加強與來港文化人聯絡方面，[5]從而成為戰前香港最重要的文藝組織。不到半年之後，9 月 27 日，另一個文化組織"中國文化協進會"宣告成立。該會與文協香港分會相比，範圍更寬，成員不限於文藝界，並確定了固定的活動場所。表面看來，這是另一個抗日統一戰線性

上篇　文學生產

1　時稱"中華全國文藝界協會留港會員通訊處"。這一組織名稱多次更易，另有"中華全國文藝界抗敵協會香港分會"等稱呼。參見盧瑋鑾：《香港文縱》（香港：華漢文化事業公司，1987 年），頁 61—63。下文一般簡稱"文協香港分會"。

2　陸丹林：〈文藝統一戰線〉，《大風》第 33 期（1939 年 4 月 5 日），頁 1041。

3　葉靈鳳：〈留港文藝工作者的責任——遙祝文協總會一週年紀念〉，《立報·言林》，1939 年 3 月 26 日。

4　〈文協香港通訊處成立 希望能全始全終奮鬥到底〉，《立報》，1939 年 4 月 10 日。

5　參見盧瑋鑾：《香港文縱》（香港：華漢文化事業公司，1987 年），頁 63—70。

質的文藝組織，首屆二十七名理事中包括許地山、戴望舒等文協香港分會人士，但實際上它與國民政府關係密切，成員多為右翼文人，與學術界及社會高層人士來往較多，而和文協香港分會有分庭抗禮之意。到了第二屆以後，戴望舒等文協香港分會會員被排除在其理事會之外，而到皖南事變之後，兩派文人的鬥爭更由暗湧變為明爭。[1]

除了這兩個規模較大的組織，來港文化人還按不同界別成立了一些文化組織，教育、學術、文藝、新聞、戲劇、電影、音樂、美術各界幾乎都有自己的組織，如戲劇電影界的"旅港劇人協會"、新聞界的"文藝通訊社"等，通過不同途經盡量將知名文化人"組織"進來。

到了國共內戰時期，南來文人更多，香港的文化組織也進一步增加。當事人對此有鮮明印象。茅盾在 1947 年 11 月再抵香港，不久後，"香港文協分會舉行了新年團聚大會，歡迎我們這些陸續來港的文化人。到會三百餘人。這是全國的文化人在香港的又一次大聚會。前一次聚會是在一九四一年，也是由於政治形勢的惡化，大批文化人來到了香港，不過這一次的規模比四一年那一次大得多。"[2]周而復日後如此形容："香港當時形成以郭沫若、茅盾為首的臨時文化中心，重慶的、上海的和廣東的文化界著名人士幾乎都來了，'群賢畢至，少長咸集'，極一時之盛……可以說，這是全國文藝界著名人士第二次在香港大集會（第一次是抗日戰爭時期太平洋戰爭爆發以前），其陣容、聲勢和影響遠遠超過第一次。"而且，"全國各民主黨派與民主人士也大半到了香港……香港不只是成了文藝界臨時中心，同時也成為民主黨派和民主人士的中心，民主活動的中心之一了。"[3]犁青則回憶起當年的詩歌運動，認為"1947—1948 年，香港的詩歌運動在整個中國國民黨統治區，華南地區起了主流的作用。""香港，代替了華南地區、上海地區而成為當

1　參見盧瑋鑾：《香港文縱》（香港：華漢文化事業公司，1987 年），頁 93—107。

2　茅盾：〈訪問蘇聯．迎接新中國——回憶錄〔三十三〕〉，《新文學史料》1986 年第 4 期，頁 29。

3　周而復：〈往事回首錄．二、臨時文化中心〉，《新文學史料》1992 年第 2 期，頁 111。

時中國國民黨統治區詩的中心地位。"[1]

當事人由於情感與記憶等因素，日後的描述未必準確，而可能產生無形中的誇大。不過如果我們通觀當時全國的情況，為其時的中國畫下一張文化地形圖，還是能夠體會香港的重要地位。在全面抗戰爆發以前，上海毫無疑問是中國首屈一指的文化中心。無論是文化人的數量、文化設施的齊全、印刷與出版的發達、新聞與電影事業的興盛等等，全國都沒有其他城市可與上海匹敵。不過，日軍發動的侵華戰爭中止了上海現代文化的黃金時代。1937 年 8 月 13 日，戰火延燒到上海，11 月上海淪陷，從這時起直到太平洋戰爭爆發以前，上海成為"孤島"，文化人多數轉移至別地，少數滯留的基本託庇於租界的保護，得以維持日常生活，並發表作品。1941 年底太平洋戰爭爆發後，日軍更佔領了上海租界，滯留的文化人頓時無法自由發聲。在這種歷史情境下，上海作為全國文化中心一枝獨秀的局面不再，這一中心經歷了一個分裂和轉移的過程。文化人隨着時事的變化而不斷流徙到武漢、廣州、桂林、重慶、昆明、延安、香港等地，這幾個城市也便成為三四十年代全國性的幾個文化中心。其中武漢和廣州在 1938 年秋天失守，作為文化中心地位的保持非常短暫。桂林主要是在此後的五六年間成為著名的"文化城"，發揮了文化中心的作用，至 1944 年秋湘桂大撤退而淪落。重慶是戰時陪都，聚集的文化人最多，不過其文化設施基礎遠不如上海，而且抗戰勝利後國民政府回遷南京，重慶也就失去了文化中心的地位。真正跨越抗戰和國共內戰時期的文化中心，算來只有位於"海外"的香港和根據地延安了。也就是說，除了淪陷期的三年多，無論戰前戰後香港都是全國屈指可數的四五個文化中心之一，這樣重要的地位，在香港有史以來絕對是獨一無二的。

如果我們換一個角度，從香港人口的變化情況，亦可看出它作為一個臨時文化中心的盛衰歷程。戰前香港人口不足百萬，盧溝橋事變後，自 1937 年 7 月至 1938 年 7 月，短短一年間，香港人口驟增 25 萬。隨着

上篇 文學生產

1　犁青：〈從"南來作家"到"香港作家"〉，《新文學史料》1996 年第 1 期，頁 186—187。

戰事的進行，上海、南京、天津、青島、武漢、廣州等眾多城市和鄉村相繼淪陷，逃難來港的民眾仍源源不斷，至 1941 年底香港淪陷前夕，人口總數已高達 160 萬。[1] 值得注意的是，新增的六七十萬移民中，大部分來自內地文化發達城市，其中來自上海的就超過 10 萬。這些人口中存在閱讀需求的比例相對較高。香港淪陷後，日本軍政府為了減輕人口負擔，將大量移民遣返內地，使得香港人口驟減至 60 萬左右。香港光復後，人口回流，至 1945 年底回復到 100 萬人。1946 年國共內戰爆發導致內地局勢不穩，大量難民再度湧至香港，香港人口迅猛增加，至 1947 年底達 180 萬人，超過戰前最高水準。[2] 大量人口的湧入，不但為香港的經濟建設提供了大量資金和勞動力，同時也為文化的繁榮造就了大量閱讀人口。因為香港報業一貫發達，僅靠本地原有讀者，報刊市場已趨飽和，南來文人滲入、革新原有報刊，創辦新的傳媒，除了從原有讀者群中爭奪部分受眾，其主要讀者群正來自這大量的新移民，以及廣大海外華僑。有學者注意到，抗戰期間，香港民眾的民族意識空前高漲，主要歸功於兩個因素：一是中文報刊的宣傳，一是由內地遷港的中文學校。這些學校的特殊性在於，它們雖然遷到了香港，但仍要"秉承中華民國教育部的抗日政策"，"要培訓學生全面投入抗日、救國、建國和振興中華民族"。[3] 這些學校的學生，無疑是較為集中的報刊閱讀群體。從各報刊發行量來看，1941 年 5 月在香港復刊的《大眾生活》，儘管只出版了七個月，平均每期發行多達 10 萬份。到了戰後，《華僑日報》每日發行 38000 份，居全港各報之首；《正報》平日發行 8000 份，重大節日曾達 20000 份；而《華商報》解放戰爭初期在港澳和東南亞各國銷量達

1　丁新豹：〈移民與香港的建設和發展——1841—1951〉，收入歷史與文化：香港史研究公開講座文集編輯委員會編：《歷史與文化：香港史研究公開講座文集》（香港：香港公共圖書館，2005 年），頁 38。

2　元邦建編著：《香港史略》（香港：中流出版社有限公司，1987 年），頁 201。

3　霍啟昌：〈香港在中國近代史的重要貢獻〉，收入歷史與文化：香港史研究公開講座文集編輯委員會編：《歷史與文化：香港史研究公開講座文集》（香港：香港公共圖書館，2005 年），頁 117。

10 萬份。[1] 雜誌方面，司馬文森主編的《文藝生活》海外版，每月都能收到幾千封來自新加坡、印尼、馬來亞、美國等地華僑讀者的來信。[2] 據此推測，其發行量至少也有數萬之多。一方面激於時代需要，一方面香港處於便利宣傳的特殊地位，加之閱讀人口的迅猛增長，南來作家受益於這幾大客觀因素形成的合力，這才令其將香港建成為文化中心的企圖變為現實。

第三節　殖民空間的多元言說

上篇
文學
生產

一、殖民統治下的文化空間

南來作家能夠將香港建成為一個文化中心，除了自身的人力、物力因素，客觀上還得力於港英殖民當局奉行的外交、文化、法制政策，由此形成的較為寬鬆的言論空間。

作家們進入香港，不可避免地面臨着一個新的文化空間，進而影響到自己的寫作。文學史家早就注意到，三四十年代的香港為南來作家提供了遠比大陸更為寬鬆的言論空間，使得其表達更為明白曉暢。例如王瑤發現："默涵的《獅和龍》……因為其中大部的文字是在香港發表的，所以文筆就比較開朗，可以比較直接地說明自己的論點，不必多用隱晦曲折的方式，因此文章也就顯豁有力。"[3] 因此今天要準確理解南來作家的文學生產和文學想像的方式，就必須對當年香港的文化空間有較清晰的認識。

1937—1949 年間的香港文化空間特點何在？從縱向、歷時的角度看，這一時期的文學，是整個二十世紀中國文學史上受戰爭文化影響最大的，香港雖然在這一時期的大部分時段沒有捲入戰爭，然而卻無法自外於戰爭文化：一方面，香港處於中、日、英之間，隨時存在戰爭威脅

1　陳昌鳳：《香港報業縱橫》（北京：法律出版社，1997 年），頁 18、28、31、32。

2　楊益群等編：《司馬文森研究資料》（北京：北京十月文藝出版社，1998 年），頁 93。

3　王瑤：《中國新文學史稿（下冊）》（上海：上海文藝出版社，1982 年），頁 772。

和陰影，另一方面，正是由於戰亂，帶來人口的大規模流動，作為文化生產者的作家們也才遠離故土，大量進入香港，從事他們各種因應戰爭而起的文學文化實踐。從橫向、共時的角度看，香港的特殊地位在於它為作家們提供了一個比內地任何城市享有更大言論自由的公共空間。關於公共空間（public sphere），亦有人翻譯為“公共場域”，最初是由德國哲學家哈貝馬斯提出的一個概念，指的是一種“介於國家和市場之間的中產階級機制，也就是通過媒體和公共輿論的方式，來形成的‘公共場域’”，“它獨立於經濟利益與國家管轄之外，發展出對於公共事務的關懷。在這樣的背景下，形成了所謂的理性而又批判的話語（rational critical discourse），認真討論何謂大眾利益，而不以某些階級或性別為主要的考慮。”[1]對於現代中國是否具有經典意義上的公共空間，學界存在一定爭議。如果將重點放在能夠包容理性批判話語的空間方面，那麼可以說這種公共空間在某些局部和某種程度上還是存在的。例如戰前的上海租界裏，《申報·自由談》等報紙副刊為知識分子開闢了一個新的批評空間，令魯迅這樣享有很高聲譽的作家可以採用雜文文體寫作，通過剪貼、套用、使用“××障眼法”等手法，與國民黨的新聞檢查制度作戰，有限度地表達個人對時事社會的觀感，雖然這一時期的公共空間似乎反而較軍閥時期更為縮小。[2]不過抗日戰爭爆發以後，尤其是上海租界被日本佔領以後，在中國內地，這樣的批評空間難以存在了：在被日本侵略者佔領的廣大淪陷區，作家們的表達權利幾乎喪失殆盡；在國統區（大後方），國民黨嚴苛的書刊檢查制度、對李公樸和聞一多等民主人士的暗殺等則說明無論是在抗戰還是國共內戰時期，在國統區的進步文化勢力始終面臨壓抑，進步作家難以自由發聲；在解放區（根據地），1942年延安文藝整風運動過程中發生的王實味事件、愈演愈烈的要求作

---

1 廖炳惠編著：《關鍵詞200：文學與批評研究的通用詞彙編》（南京：江蘇教育出版社，2006年），頁209、210。

2 參見李歐梵：〈“批評空間”的開創——從《申報》“自由談”談起〉，載李歐梵：《現代性的追求——李歐梵文化評論精選集》（臺北：麥田出版股份有限公司，1996年），頁15—34。

家積極進行思想改造的風潮以及日益明確的文學"一體化"進程，也都證明這裏其實也不允許作家們多種聲音的存在。或如學者所言："中國的革命特質——和世界上其他過激的革命一樣——是全盤否定、徹底破壞式的。在這個革命過程中，是不容許任何'公共空間'的存在。"[1]在這樣的背景下，三四十年代英國殖民統治下的香港反而成了各路作家的庇護所，給他們提供了一個不可多得的公共空間，令他們可以卸下人身安全的憂患和思想越軌方面的壓力，高談闊論，直言無忌。國民黨作家自然可以指斥共產黨作家不聽命令、誣衊元首，左翼作家也能嚴厲批評國民黨統治腐敗政治黑暗，照罵不誤。時隔四十多年，當年的南來作家犁青仍然清晰地記得："四十年代後期的香港詩歌，是特定的時期在特殊的地域香港的文學現象。它基本上是中國國統區文學的延伸，但它在英國的'借來的'地方香港，又享有言論上反'蔣'的自由（在大陸則是焚書坑儒的特殊統治），因此，其詩歌更能把中國國統區包括香港的各階層人民真實情況和內心的呼喊直接表達出來。"這一時期香港詩歌的語言體式非常豐富：有的直接呼喊打倒國民黨政府統治，迎接人民解放；有的直接描述國統區農村農民鬥爭；有的直接寫國統區城市平民與學生的反飢餓、反迫害、反內戰鬥爭；有的從各不同角度反映國統區城鄉的官僚腐敗，人民貧困，經濟崩潰，人民造反等的末世現象。[2]可以說，寄居於香港的南來作家分屬不同派別，因其代表的各方政治勢力受國際法約束，無法行政，因而作家們基本處於一個平等競爭的地位，各說各話，眾聲喧嘩。

作家們能夠參與創建這一公共空間，與當時英國殖民統治的特點有關；同時因應着港英當局政策的變化，這一公共空間也經歷了一個不時擴大或縮小的過程。大致說來，英國殖民當局在中日、國共關係上採取近似中立的曖昧立場，以自利為前提，對於南來作家的言論活動，只

1　李歐梵：〈"批評空間"的開創——從《申報》"自由談"談起〉，載李歐梵：《現代性的追求——李歐梵文化評論精選集》（臺北：麥田出版股份有限公司，1996 年），頁 33。

2　犁青：〈四十年代後期的香港詩歌〉，《新文學史料》2005 年第 3 期，頁 139。

要不挑戰到殖民統治的權威和利益，一般不橫加干涉，因而各方意志能夠得到較大限度的表達。但殖民者的立場也時有調整和變化。在抗日戰爭初期，英國殖民當局為了英日友好以換取自身安全，取締抗日文字，華民政務司曉諭各報刊負責人，規定在報刊上不得出現"敵，倭寇，倭奴，倭夷，蝦夷，島夷，東虜，日寇，暴寇，暴日，獸行，獸性，獸兵，強盜，無恥，焚劫，姦淫，擄掠，屠殺"以及"其他類似此等字句者"。因有這等限制，當時報刊"開天窗"是常見景象。"打開一張報紙，在論著，新聞，通訊等的文字裏，東也××，西也××，或者全段空白開天窗。"[1]1941年後，日軍南進的企圖日益明顯，香港進入積極備戰狀態，丘吉爾上臺後，為了維護英國在遠東的利益，對日態度日益強硬，對於抗日宣傳不再阻攔。例如，文協香港分會於這年十月開始公開使用"中華全國文藝界抗敵協會香港分會"這一"最正確"的名稱，恢復了"抗敵"一詞。[2]可是不久香港淪陷，在日本軍政府統治下，由報刊傳媒開闢的公共空間幾乎完全喪失了。

　　戰後，大英帝國元氣大傷，自顧不暇，對於國共事務採取中立不介入的態度，這更便利了進步作家的民主宣傳。尤其是與國統區相比，作家們感覺到莫大的解放。茅盾晚年回憶道："一九四八年的香港，在我們這些政治流亡客的眼裏，又是個小小的自由天地。在報刊上，只要不反對港英當局，不干涉香港事務，你什麼都能講，包括罵蔣介石和美帝國主義……這樣便利的條件，對於我們這些握了半輩子筆桿卻始終不能想寫什麼就寫什麼的人來說，真象升入了'天堂'。"[3]林默涵、夏衍、聶紺弩等人當年的雜文極盡嬉笑怒罵之能事，正得益於這樣一個"自由天地"。對多數左翼作家而言，遭遇1948年香港的公共空間很可能成為他們一生中的大幸。但到了1948年底、1949年初，國民黨在大陸的統

1　陸丹林：〈續談香港〉，收入盧瑋鑾編：《香港的憂鬱——文人筆下的香港（1925—1941）》（香港：華風書局，1983年），頁176。

2　盧瑋鑾：《香港文縱》（香港：華漢文化事業公司），頁63。

3　茅盾：〈訪問蘇聯‧迎接新中國——回憶錄〔三十三〕〉，《新文學史料》1986年第4期，頁28—29。

治已到敗亡前夕，港英政府因對即將統治中國的共產黨政權心存忌憚，無形中又加強了言論管制，包括以推行政治活動為名取消了達德學院的註冊。不過這時，左翼作家已開始分批北撤了。

此外，在具體的移民、新聞出版等政策方面，也有利於形成一個眾聲喧嘩的公共空間：例如，當時香港實行自由出入境政策，保證了作家們能夠方便地進出這一空間；在出版管制方面，規定只要繳納押金三千元，有人擔保，即可自由創辦報刊。由於三千元不是個小數目，有時還可以採取某些規避措施，如以書代刊，或以原先註冊的名義復刊，都不需繳納押金。所有這些都為作家"想寫什麼就寫什麼"、寫了還能有地方發表創造了條件。

總體來看，"在政治及法制層面上"，香港"為南來文化人提供了一個特殊的活動空間"，甚至因此形成了"一個頗為完整的南來文化人模式"，或稱"王韜模式"，其中包含幾個元素："一、因政治因素而被迫離開中國大陸，南來香港，尋求護蔭；二、以中原文化心態觀照香港文化的邊緣位置，深感不滿；三、在香港受到西方文化的衝擊，思想上跟國內人士有所不同；四、利用香港特殊空間從事各種各樣的文化活動，發表作品和言論，以尖銳的言詞及其他形式向祖國'喊話'；五、仍然希望'落葉歸根'，離開香港，返回故鄉。"[1]

二、文學場中的多元言說

香港表面上是個很自由的地方，但長期以來其公共空間並不發達，殖民統治對人文事業的冷落造成文人社會地位的低下，充滿功利主義的商業文化則四處蔓延，使得大眾媒體缺乏一種"公共性"的理念，一般的本地寫作者頭腦中都缺乏"公共性"的意識。這一點直到二十世紀末仍是如此。[2]

1　王宏志：〈"借來的土地，借來的時間"：香港為南來文化人所提供的特殊文化空間（上編）〉，載王宏志：《本土香港》（香港：天地圖書有限公司，2007年），頁31、42。

2　參見李歐梵：〈香港媒介缺乏"公共性"〉，載李歐梵：《尋回香港文化》（桂林：廣西師範大學出版社，2003年），頁94—99。

殖民統治只是給南來作家提供了一個相對寬鬆的寫作環境，真正要建設一個有質量的公共空間，還是得依靠他們自身的努力。好在他們中的大部分來港前已是訓練有素的職業文人，不少是著名文學期刊與報紙副刊的編輯，人脈甚廣，到港後只要謀得合適的位置，從事文化宣傳可謂駕輕就熟。很快，香港的文化面貌便煥然一新。

　　南來作家內部分成不同派別，他們各自利用香港的和平環境，競相成為這一殖民空間下的言說主體，外來言說主導了當時的文壇，形成多元文化共生與自主競爭的生態景觀。不過，既然背後代表着不同的政治勢力，作家們也就無可避免地時時面臨着話語的紛爭，各方話語並非處於一個勢均力敵的狀態，但都留下了各自的歷史軌跡。大致而言，戰前香港南來作家主要形成了三個陣營：追隨共產黨的左翼作家群，認同國民政府的右翼作家群，以及投靠汪精衛政權的"汪派"作家群。這幾派作家相互都有矛盾，也各有自己的宣傳陣地，常常在紙上打起筆仗來，"左右派更是兩大陣營，在這彈丸之地展開外表若無其事，內則驚心動魄的鬥爭。"[1]

　　1940 年 3 月，汪精衛在南京組織偽政府，發表〈和平建國宣言〉。這一有違民族大義的舉動，引起了左右翼文人的一致譴責。兩派作家在共同的敵人面前，在抗日民族統一戰線的名義下，聯合起來，一致行動，包括舉行理事聯誼會，聯合舉辦音樂欣賞會，共同推行"文化清潔運動"與"文化肅奸運動"等。受到聯手打擊的汪派則反過來進攻左派，這年 7 月，娜馬在《南華日報》文藝副刊上發表致《大公報・文藝》編者（楊剛）的公開信，批評文協香港分會所屬"文藝通訊部"（簡稱"文通"）面向香港文藝青年舉辦的"文藝競賽"，文章最後露骨地表示抗戰運動已卻現實基礎，應轉向"革命的和平建國運動"。而《南華日報》副刊上多刊載傷感的反映思鄉和流亡情緒的空洞抒情文字，於是楊剛 10 月於"文通"機關刊物《文藝青年》半月刊上發表了〈反新式風花雪月——對香港文藝青年的一個挑戰〉，本意是引導文藝青年如何創

1　盧瑋鑾：《香港文縱》（香港：華漢文化事業公司，1987 年），頁 41。

作，當然暗中對汪派報紙《南華日報》也是一種批評。這篇文章成為一場論爭的導火索，出乎意料的是，批評楊剛的論者大多來自右翼的《國民日報》，而非汪派的《南華日報》（在左右翼論戰的時候，汪派文人便"隔岸觀火，煽風點火，唯恐天下不亂"[1]）。胡春冰、潔夫、曾潔孺等均發表文章向楊剛反攻，而左翼陣營內的黃繩、許地山、林煥平、喬木等則向楊剛表示聲援，形成一場混戰。11 月 24 日，文協香港分會召開了"反新式風花雪月座談會"，兩派文人共二百多人出席，雙方主力戰將展開正面交鋒，結果左翼文人取得了一面倒的勝利。左右翼雙方另一回合的交鋒是在皖南事變後，《星島日報》主筆金仲華發表社論〈中山先生十六週年忌辰〉，引發《國民日報》總主筆王新命連串猛烈攻擊，《星島日報》予以強烈還擊，雙方大戰三個多月。後來，《星島日報》方面可能受到某方面壓力，被迫辭退了金仲華、郁風、羊棗等人。[2]

以上事實說明，由媒體和輿論營造出來的公共空間，即使在奉行言論和出版自由的香港，背後仍然受到內地各派政治勢力的牽制。如果說左右翼文人在某些場次的論爭中看似勢均力敵（事實上，左翼作家不但人數眾多，名望也高，在這個"文學場"中無疑擁有更多"文化資本"），那麼汪派文人的聲勢在香港就很弱了，"從報紙副刊上看，來來去去便只有五六個名字"，"主要的只有兩三個人"。而對他們來說，"反共似乎比反國民黨更重要"。[3]

以上是香港戰前的情況。到了戰後，各派勢力嚴重失衡：汪派已不復存在，右翼文人的聲勢隨國民黨在戰場上的潰敗而日趨微弱，幾乎佈不成陣，左翼文人取得了一枝獨秀、主導文壇的地位。但此期的文藝論爭乃至批判仍不斷進行。隨着對"革命性"的要求越來越高，左翼陣營開始將一些原來的"同路人"和內部的持異見者視為批評或打擊的對

1　鄭樹森語。見〈早期香港新文學資料三人談〉，載鄭樹森、黃繼持、盧瑋鑾編：《早期香港新文學資料選》（香港：天地圖書有限公司，1998 年），頁 17。

2　本段史料引自盧瑋鑾：《香港文縱》（香港：華漢文化事業公司，1987 年），頁 45—49。

3　〈早期香港新文學資料三人談〉，載鄭樹森、黃繼持、盧瑋鑾編：《早期香港新文學資料選》（香港：天地圖書有限公司，1998 年），頁 18。

象，清理自身隊伍，蕭乾、胡風等由朋友變成了敵人。當左翼主流文人的聲音越來越強勢，逐漸成為唯一 "正確" 的聲音，此前那個能夠包容平等競爭的多元文化空間受到了很大損害。不過，這一時期的香港文壇雖然看上去壁壘森嚴，被批判者仍有一定的生存空間，例如蕭乾在 1948 年春被郭沫若在刊於《大眾文藝叢刊》第一輯中的那篇著名的〈斥反動文藝〉怒斥過後，仍能在左翼作家編輯的《文藝生活》等報刊上發表作品，說明香港文壇的多元性並未完全喪失。

在簡述了南來作家內部的不同派別及其一般性關係後，有必要回顧一下本土作家在這一時期的創作動向。香港本土新文學萌芽於二十世紀二十年代中後期，侶倫、張吻冰、謝晨光等取法上海，在文壇嶄露頭角。然而抗戰爆發內地作家大量南下後，這一批香港作家卻從新文學陣營銷聲匿跡了。他們中的一部分改用筆名寫作流行的通俗小說，如黃天石改名傑克，張吻冰改名望雲，岑卓雲改名平可，而他們創作的通俗小說在市場上大受歡迎。至於在嚴肅文學領域，本土作家 "完全沒有生存空間"，既不被南來作家接納參加他們的文學活動，作品也不能在南來作家掌握的報刊發表，由此造成香港文學主體性的成長被 "腰斬" 和 "中止"，"香港的主體性被中國主體性取代了" 的情況。於是，在香港的文化戰場上，便形成 "左派"、"國民黨"、"汪派" 及 "英方" "四方面的角力，而香港人則缺席了" 的現象。[1] 造成這種現象的原因，盧瑋鑾推測是由於 "大概國內作家的寫作水準的確高，以 '君臨' 姿態來港，使本地作家失色了。"[2] 黃繼持也認為，本地文學青年的文藝活動 "雖然算是本地自發，但文學觀念乃至形式內容仍不免是 '移入' 的，而且成績未豐，一旦面對來自內地作家的強勢，只能退處一隅。"[3] 通俗一點說就

1　黃繼持、盧瑋鑾、鄭樹森：〈早期香港新文學作品三人談〉，載鄭樹森、黃繼持、盧瑋鑾編：《早期香港新文學作品選》（香港：天地圖書有限公司，1998 年），頁 24、26。

2　盧瑋鑾：〈香港早期新文學發展初探〉，載盧瑋鑾：《香港文縱》（香港：華漢文化事業公司，1987 年），頁 16。

3　黃繼持：〈香港文學主體性的發展〉，載黃繼持、盧瑋鑾、鄭樹森：《追跡香港文學》（香港：牛津大學出版社，1998 年），頁 93。

是，本地文學青年原本是向上海等內地作家學習寫作，但當他們文學上的老師來到香港後，卻對這批學生完全無視，令其只好另謀出路，從事通俗文學的創作了。但問題是，在三十年代初期，侶倫等向上海的文學期刊投稿，還經常被採用，何以這一時期的香港新文學報刊反而不接納他們的作品呢？僅僅以作品的水準原因似乎不足以解釋。或許，另外有兩個因素值得考慮：一是南來作家的文學生產是相當體制化的，作家的組織也是半政治性乃至黨派性的，因而這些自發從事創作的本土青年就很難被納入這些組織。二是時事的變化引起了文學風尚的變化，而本土文學青年一時難以適應。在三十年代初期，侶倫等人的作品以其異國情調和都市色彩，易為上海的作家引為同道，作品較易被刊登。而抗戰以後，民族意識高漲，南來作家在港努力推行抗戰文化，要求作品與此相適應，這樣一來，侶倫等人原先風格的作品就顯得格格不入，而要他們從事抗戰文藝的創作顯然又勉為其難。於是，倘若還想靠寫作謀生，他們便只有另闢蹊徑，以通俗文學為突破口，以市場為取向了。這也就是為什麼在三四十年代的香港文壇（限於新文學界），儘管存在着多元言說，卻並不存在本土作家這一"元"了。

第二章　現代傳媒與"想像的共同體"

　　然而今日我中華民族正在和侵略的惡魔作殊死戰，〈言林〉雖小，不敢自處於戰線之外；〈言林〉雖說不上是什麼重兵器，然亦不甘自謂在文化戰線上它的火力是無足輕重的。它將守着它的崗位，沉着射擊。

──茅盾（1938，香港）[1]

　　開仗以來，中國人臨危終能團結禦侮的長處雖已充分表現出來，但暴露的弱點為數必也不少。這次可說是一個全民族的大會考。及格的固多，落榜的必也有。凡此種種，都足以影響戰爭長久的支持。即使基於國民的天良，我們也不能視若無睹。

──蕭乾（1938，香港）[2]

第一節　"想像的共同體"與中國近現代民族主義思潮

一、民族主義的概念

　　在二十世紀以來的學術思想史上，"Nation（民族），nationality（民族歸屬），nationalism（民族主義）──這幾個名詞涵義之難以界定，早已是惡名昭彰"，"民族主義已經對現代世界發生過巨大的影響了；然而，與此事實適成對比的是，具有說服力的民族主義理論卻明顯的屈指可數。"[3] 以"想像的共同體"學說被廣泛稱引的美國學者安德森在其著作中如此感嘆。當代英國學者安東尼·史密斯（Anthony D. Smith）顯

1　茅盾：〈獻詞〉，《立報·言林》，1938 年 4 月 1 日。

2　編者〔蕭乾〕：〈這個刊物──代復刊詞〉，《大公報·文藝》，1938 年 8 月 13 日。

3　〔美〕班納迪克·安德森著，吳叡人譯：《想像的共同體：民族主義的起源與散布》（臺北：時報文化出版企業股份有限公司，1999 年），頁 8。

然也有類似的看法，在“民族主義”那五花八門的豐富含義中，他總結出最重要的幾個是：（1）民族的形成和發展過程；（2）民族的歸屬情感或意識；（3）民族的語言和象徵；（4）爭取民族利益的社會和政治運動；（5）普遍意義或特殊性的民族信仰和（或）民族意識形態。[1] 其中的每一種含義都涉及對“民族”的理解，而在這方面學者們也莫衷一是，言人人殊。大致而言，對“民族”的理解有的強調其客觀因素，典型的如斯大林的定義：“民族是人們在歷史上形成的一個有共同語言、共同地域、共同經濟生活以及表現於共同文化上的共同心理素質的穩定共同體。”[2] 有的強調其主觀因素，如安德森依循人類學精神對“民族”所作的界定：“它是一種想像的政治共同體——並且，它是被想像為本質上有限的（limited），同時也享有主權的共同體。”[3] 史密斯認為，這兩種定義都表述了民族概念的一些重要特徵，同時也都存在缺陷，一般的學者則選擇跨越“主觀—客觀”譜系的標準，或偏於理論，或偏於歷史，從不同角度出發，形成了對於“民族主義”解釋的四種基本範式。

第一種是現代主義的解釋範式。現代主義認為，民族、民族國家、民族認同等都是人類進入現代才有的現象，確切地說，是自 1789 年法國大革命之後才有的歷史現象，民族主義是現代化的產物。在現代主義範式內部，存在着社會經濟的、社會文化的、政治的、意識形態的、建構主義的等不同形式和視角。這一範式代表着民族主義研究的主流和正統。[4]

這一範式的形成經歷了一個長久的過程。早在第一次世界大戰結束後不久，美國學者海斯（Carlton J. H. Hayes）就出版了一部《民族主義

1　〔英〕安東尼・史密斯著，葉江譯：《民族主義：理論，意識形態，歷史》（上海：上海人民出版社，2006 年），頁 6。

2　〔蘇〕斯大林：〈馬克思主義和民族問題〉，《斯大林全集（第二卷）》（北京：人民出版社，1953 年），頁 294。

3　〔美〕班納迪克・安德森著，吳叡人譯：《想像的共同體：民族主義的起源與散布》（臺北：時報文化出版企業股份有限公司，1999 年），頁 10。

4　〔英〕安東尼・史密斯著，葉江譯：《民族主義：理論，意識形態，歷史》（上海：上海人民出版社，2006 年），頁 48—51。

論文集》，討論其時極端好鬥的某種民族主義。二十世紀三十年代初，他出版了專著《現代民族主義演進史》，詳細論述了自法國大革命以來"現代民族主義"演進的歷程，詳述其各個不同的發展階段，例如人道民族主義、雅各賓民族主義、傳統民族主義、自由民族主義、完整民族主義（含法西斯主義）等。在此基礎上，作者在全書的末章"結論"部分進一步討論了民族主義在近代盛行的原因。他斷言："民族主義無疑地是現代文化的一個主要特徵。"[1] 它的盛行，很難找到確切的單一原因，而是多種因素共同作用的結果，其中的一個因素是它填補了對於宗教的懷疑主義所造成的信仰真空，"無論如何，現代民族主義開始就含着一種宗教的性質。"此外，另一種信仰——認為國家尤其是民族國家"能夠幫助而且應當幫助人類的進步"的信仰——也對民族主義的盛行起到推動作用。[2] 總之，現代主義的民族主義觀一般認為從歷史發展演變看，民族主義經歷了原型（傳統）民族主義（protonationalism）與近代（現代）民族主義（modern nationalism）兩種，二者最大的不同是前者沒有"民族國家"意識。近代民族主義的認同符號由過去的王權、種族等文化因素而變為國家，以建立民族國家為第一要務。從空間起源與散佈看，近代民族主義起源於歐洲，之後逐步向亞洲等地擴散、變形。[3]

馬克思主義的民族主義在經歷了自身的發展過程後，部分融入現代主義之流中。馬克思主義的創始人之一恩格斯於 1884 年出版了《家庭、私有制與國家的起源》，這被視為馬克思主義民族學的奠基著作。在書中，恩格斯受摩爾根影響，認為民族是在原始社會末期，隨着部落合併、融合而形成的。到了野蠻時代的高級階段，"住得日益稠密的居民，對內和對外都不得不更緊密地團結起來。親屬部落的聯盟，到處都

1 〔美〕海斯著，帕米爾譯：《現代民族主義演進史》（上海：華東師範大學出版社，2005年），頁 227。

2 〔美〕海斯著，帕米爾譯：《現代民族主義演進史》（上海：華東師範大學出版社，2005年），頁 236。

3 參見〔美〕班納迪克・安德森著，吳叡人譯：《想像的共同體：民族主義的起源與散布》（臺北：時報文化出版企業股份有限公司，1999 年）。

成為必要的了；不久，各親屬部落的融合，從而分開的各個部落領土融合為一個民族〔VOLK〕的整個領土，也成為必要的了。”例如，雅典人“相鄰的各部落的單純的聯盟，已經由這些部落融合為單一的民族〔VOLK〕所代替了。”[1] 不過，斯大林則認為“民族不是普通的歷史範疇，而是一定時代即資本主義上升時代的歷史範疇。封建制度的消滅和資本主義發展的過程同時就是人們形成為民族的過程。”[2] 與此相應，民族主義被認為是專屬於資產階級的一種意識形態，基本是一個否定性的概念，無產階級對於民族問題的看法和基本處理準則則被稱為“國際主義”。這樣的理解長期被中國共產黨所接受和闡發，以致今天在大陸最有權威和影響的辭典仍對“民族主義”這樣解釋：“資產階級對於民族的看法及其處理民族問題的綱領和政策。在資本主義上升時期的民族運動中，在殖民地、半殖民地國家爭取國家獨立和民族解放的運動中，民族主義具有一定的進步性。”[3]

第二種範式是永存主義。持這種觀念的學者認為，“即使民族主義的意識形態是現近的，但民族卻始終存在於歷史的每一個時期，並且許多民族甚至在遠古時代就已存在”。[4] 永存主義有兩種形式：“持續的永存主義”，以及“週期性發生永存主義”。前者“斷言各個民族都有長久的、持續不斷的歷史，它們的起源可以追溯到中世紀或古代”（如法蘭西、英格蘭、西班牙等民族都可以得到歷史記錄的證明），後者則認為“特定的民族是歷史性的”，但是“總體的民族”“則是永存的和無處不

---

1 恩格斯：〈家庭、私有制和國家的起源〉，載中共中央馬克思恩格斯列寧斯大林著作編譯局編：《馬克思恩格斯選集（第四卷）》（北京：人民出版社，1995 年，2 版），頁 164、108。

2 〔蘇〕斯大林：〈馬克思主義和民族問題〉，《斯大林全集（第二卷）》（北京：人民出版社，1953 年），頁 300—301。

3 中國社會科學院語言研究所詞典編輯室編：《現代漢語詞典》（北京：商務印書館，2016 年，第 7 版），頁 910。這是該詞典“民族主義”詞條的第一個義項，第二個義項是“三民主義的一個組成部分”。

4 〔英〕安東尼‧史密斯著，葉江譯：《民族主義：理論，意識形態，歷史》（上海：上海人民出版社，2006 年），頁 52。

在的"。[1]

第三種范式是原生主義。它的起源可以追溯到盧梭，他曾經"呼喚逃離城市腐敗而回歸'自然'以恢復失去的單純"，"這種'自然主義的'精神很快就成為對民族的定義"。在這種看法下，民族被認為是"原生的"，"它們存在於時間的第一序列，並且是以後一切發展過程的根源。"[2]這種比較傳統的有機論民族主義是原生主義的一種形態。另外還有兩種形態，一種重視民族的社會生物學屬性，另一種強調民族的形成與忠誠、依戀某種"文化施與"有關。[3]

第四種範式是族群－象徵主義，其代表性人物之一便是安東尼·史密斯本人。與其他三種範式相比，"歷史族群－象徵主義特別強調主觀因素在族群延續、民族形成和民族主義影響中的作用"，它"給予主觀的因素如記憶、價值、情感、神話和象徵等以更多的重視，並且由此而尋求進入並理解族群和民族主義的'內在世界'。"[4]族群－象徵主義者們"沒有發展出理論，而只是產生一種方法"，但因他們"注重宏觀的歷史及其社會文化因素"，因而"對其他主要範式追隨者們經常是空泛的斷言提供了必要的修正"。[5]

以上四種範式基本概括了從事民族主義研究的學者們對這一範疇的基本觀照方式。當然，可想而知，每一種範式並不那麼純粹，相互之間有對立，也有重合。因而在分析中國近現代民族主義的時候，可以選擇借鑒某種範式（例如現代主義的範式）為主，同時適當地補充其他視角，在關注民族主義現代性的同時，也要考慮到它的歷史文化根源，盡量作出較為恰切的分析。

1　〔英〕安東尼·史密斯著，葉江譯：《民族主義：理論，意識形態，歷史》（上海：上海人民出版社，2006 年），頁 53。

2　同上，頁 54。

3　同上，頁 54—56。

4　同上，頁 60。

5　同上，頁 63。

二、中國近現代民族主義思潮的發展

　　對於中國人而言，現代意義上的"民族"和"民族主義"的概念都屬舶來品，是隨着鴉片戰爭、八國聯軍入侵等一系列軍事政治事件，中國歷史被強行納入世界歷史的進程而出現的。"西方的入侵不僅給中國最初帶來民族危機，而且同時也帶來了有關國家的知識與想像。它要求着民族國家主體的建構。"[1] 在西方，具備現代意義的"民族"一詞，是在十八世紀伴隨着現代意義上的"國家"概念出現的。例如在英語中，nation 一詞既表示國家，又可表示民族。"民族"與"國家"這兩個概念基本上是在十九世紀後半葉一同進入中國的。呂思勉曾談及，在 1895 年左右人們並不知道"國土"二字怎麼寫。陳獨秀在《實庵自傳》中說，到了八國聯軍入北京之後，他才知道世界上的人是分作一國一國的，這才知道有個國家。[2] 1903 年以後經由梁啟超介紹，"民族"一詞被廣泛使用，關於國家的概念也逐漸普及。三民主義的創始人孫中山曾試圖將"民族"和"國家"分開，他認為，"說民族主義就是國族主義，在中國是適當的，在外國便不適當。外國人說民族和國家便有分別。英文中民族的名詞是'哪遜'，'哪遜'這一個字有兩種解釋：一是民族，一是國家。……本來民族與國家相互的關係很多，不容易分開，但是當中實在有一定界限，我們必須分開什麼是國家，什麼是民族。"[3] 有論者認為，以 nationalism、nation-state 為核心的"民族–國家"理論是與資本主義相伴隨的最具代表性的政治學說。孫中山等使用和論述"民族"一詞，是抱着一種政治理想，這使得該詞在中國一經出現，就具有了濃厚的政治意味。[4] 民族作為"一種目標明確的政治動員策略，包括獨立運動所要

1　韓毓海主編：《20 世紀的中國學術與社會‧文學卷》（濟南：山東人民出版社，2000 年），頁 60。

2　參見王汎森：〈晚清的政治概念與"新史學"〉，載王汎森：《中國近代思想與學術的系譜》（石家莊：河北教育出版社，2001 年），頁 168—169。

3　孫中山：〈民族主義〉，《孫中山選集》（北京：人民出版社，1981 年，2 版），頁 617—618。

4　周傳斌：〈1900—2000：中國民族理論的一個世紀〉，《中南民族大學學報（人文社會科學版）》2004 年第 1 期，頁 66—70。

抗爭的對象以及建國方略"而存在，[1]"民族"成為一面凝聚人心的標誌性旗幟。

民族主義傳入中國後，在不同歷史階段產生了不同的側重點和面向，並引發了層出不窮的各類思潮和運動。大致而言，近代民族主義可以劃分為政治民族主義（民主民族主義）、經濟民族主義和文化民族主義三種次元類型。孫中山著名的三民主義，頭一項便是民族主義，"驅除韃虜，恢復中華"，是一種政治民族主義，它為推翻清朝帝制、建立民國提供了強大動力。1924 年，孫中山將其發展為新三民主義，其中民族主義的表述由辛亥革命時期狹隘的排滿，演變為對外反對帝國主義，對內主張國內各民族一律平等。政治民族主義於中華民族全民抗日戰爭時期達到高潮。文化民族主義則於五四前後達到高潮，以杜亞泉、梁漱溟為代表的東方文化派崛起為標誌，在抗戰時期則以現代新儒家為主流。由於第三世界的民族主義一般都是在面臨民族危機時產生的，一開始就具有國際的（反對外來干涉侵略，爭取民族獨立）和國內的（反對本國封建勢力）雙重使命；與西方民族主義通常注重自由主義和理性不同，第三世界的民族主義更傾向於以傳統的、集體主義的文化觀念定義其現代民族身份，以高揚傳統的形式實現民族文化的復興和創立現代國家。因而，在中國，政治民族主義和文化民族主義呈並發性，都是自鴉片戰爭以後逐步萌發和發展。[2] 這可以視為中國民族主義的一個重要特點。在抗戰時期，政治民族主義固然異常高漲，文化民族主義也十分盛行："人們把反對日本帝國主義侵略的戰爭，不僅視為爭取民族自由、國家獨立的抗爭，而且看作是保衛中華文化、保衛世界進步文化的鬥爭。……這樣在文化領域內，就出現了一個罕見的全民族對傳統文化大

1　〔英〕埃里克‧霍布斯鮑姆著，李金梅譯：《民族與民族主義》（上海：上海人民出版社，2000 年），頁 45。

2　楊思信：〈近代中國文化民族主義研究〉（北京：北京師範大學歷史系博士學位論文，1999 年），頁 1—9。

認同的局面。"[1]

這種對民族傳統文化的認同，是塑造民族認同的重要方面，而民族認同則是民族主義的核心。中國深厚悠久的歷史文化傳統，為形塑民族認同提供了豐富的源泉。而為了達到這一目的，五四新文化運動大力弘揚的科學主義精神有時會變得並不那麼純粹。譬如關於中國人種起源的問題，傳統漢文文獻少有記載，這一問題是在中西交通後由西方人於十七世紀首先提出，國人開始關注則在十九世紀末年，"中國人種起源問題和中國近代國家觀念幾乎是同時產生的"。二十世紀初期（清末民國前期），中國人種起源以"西來說"被廣泛接受，即認為中國古人起源於西方，後來才徙居中原，三十年代後"西來說"被"土著說"代替。民族溯源是建構民族認同的重要方面，而"西來說"和"土著說"都是建構民族認同的表現，前者被後者所代替，部分源於二三十年代仰韶文化、北京人化石等史前考古發現，另外也是由於民族情感立場使然。[2]

無論是現代主義還是族群－象徵主義的民族主義，都承認民族主義具有意識形態屬性。"各種民族主義的意識形態都有界定得很好的集體自治、疆土統一，以及文化認同等目標，並且經常有清楚的政治和文化計劃來完成這樣的目標。"民族主義意識形態存在着"宗教的、世俗的、保守的、激進的、帝國主義的、分離主義的"等多種類型，但卻"被貼上了某種認同的標記：異常地追求建立國家"。[3]晚近的研究者如此表述意識形態訴求對於民族意識和民族國家的創建所具有的重要作用："意識形態訴求在'民族'從一種朦朧的族群意識轉化為一種清晰的民族意識過程中起到了關鍵性作用。從這個角度出發，一些學者甚至直接將'民族'看作純粹的意識形態概念，從而否定民族的自然存在。"例如，

1　楊思信：〈近代中國文化民族主義研究〉（北京：北京師範大學歷史系博士學位論文，1999年），頁143。

2　劉超：〈民族主義與中國歷史書寫──清末民國時期中學中國歷史教科書研究〉（上海：復旦大學歷史系博士學位論文，2005年），頁97—115。

3　〔英〕安東尼·史密斯著，葉江譯：《民族主義：理論，意識形態，歷史》（上海：上海人民出版社，2006年），頁22。

安德森認為"民族"只是一個人為構建出來的符號,是一個"想像的共同體","'民族'的構建是國家創建過程中的首要意識形態手段,充任宣傳機器的作用。'民族'的作用在於它能夠通過想像的'民族',凝聚各式各樣的集體情感,並通過其他宣傳機器加以強化,把這些情感集中在一個特定的方向上。"[1]

　　1927年南京國民政府成立,1928年國民黨完成全國統一,開始實行黨化教育,加強思想控制,中國現代的民族主義由此意識形態化。1929年,由"古史辨派"的顧頡剛等人編著、胡適校訂的《現代本國史》等兩部初中教科書由於"疑古"思想,對傳說的三皇五帝不予肯定,對黃帝的真實性、堯舜事蹟等表示懷疑,對黃帝的中華民族始祖地位不表確信,批判了後人所謂上古三代是黃金時代的觀念,而被教育部查禁。考試院長戴季陶認為其"足以動搖國本"。顧頡剛稱此次事件為"'中華民國'的一件文字獄"。[2]此事再次說明,在民族溯源和民族象徵符號的尋求過程中,科學主義的努力倘若客觀上不利於民族主義的意識形態訴求,將不獲政權或意識形態主管部門的支持,乃至形成對抗。

　　國民黨政權在宣揚民族主義時,注重傳統文化根源的發掘與闡釋,共產黨除此之外,積極闡發斯大林的民族主義觀,將民族問題與階級問題聯繫起來(代表作有劉少奇於1949年初版的《論國際主義與民族主義》)。其基本思路和策略是,通過階級來構造民族,將一國之內的人民分成若干個階級,認為只有某些特定的階級成員——無產階級及其同盟軍——才能代表本民族的根本利益,而另外的階級——官僚地主、買辦資產階級等剝削階級——則是帝國主義在本國的代理人,需要被推翻。[3]這樣一來,部分階級成員便被排除在本民族成員之外,如毛澤東所

1　蔣海升:〈"西方話語"與"中國歷史"之間的張力——以"五朵金花"為重心的探討〉(濟南:山東大學博士學位論文,2006年),頁146。

2　劉超:〈民族主義與中國歷史書寫——清末民國時期中學中國歷史教科書研究〉(上海:復旦大學歷史系博士學位論文,2005年),頁137—154。

3　參見毛丹武:〈現代性中的階級和民族——左翼文學理論話語的一種考察〉(福州:福建師範大學中文系博士學位論文,2004年)之第二章〈通過"階級"構造"民族"〉,頁27—37。

定義的："人民是什麼？在中國，在現階段，是工人階級，農民階級，城市小資產階級和民族資產階級。"[1] 這四個階級以外的成員一般是不被當作"人民"看待的。而為了實現民族獨立、人民解放，便需要向社會成員灌輸這一無產階級化的對於民族問題的基本理解，然後鼓動被壓迫階級起來進行階級鬥爭和民族解放戰爭，推翻本國剝削階級和外來侵略者。以此，共產黨雖以民族獨立解放為長遠目標，但在具體表述中常常是以討論階級問題為主要內容的，這在共產黨領導的左翼文學內部也是常見現象。

第二節　作為"共同體"想像平臺的現代傳媒

一、印刷資本主義與民族意識的起源

　　現代民族主義自產生至今不過短短兩個多世紀的歷史，卻早已成為主宰這個世界的屈指可數的幾種主要思潮之一，而"民族屬性（nation-ness）"更是成了"我們這個時代的政治生活中最具普遍合法性的價值"。[2] 這一事實吸引不少學者去深入挖掘民族主義產生的根由。在安德森看來，民族主義的興起有其深刻的文化根源，其大的文化背景是宗教共同體和王朝這兩個文化體系的解體，以及一種新的對時間的理解的產生，後者的技術上的手段由兩種新興的想像形式 —— 小說與報紙來提供。"直到三個根本的，而且都非常古老的文化概念喪失了對人的心靈如公理般的控制力之後，並且唯有在這個情況發生的地方，想像民族之可能性才終於出現。"[3] 而從民族意識的具體起源看，印刷資本主義的興盛發達可謂起了關鍵作用，奠定了民族意識的基礎。資本主義有效地將彼此

1　毛澤東：〈論人民民主專政〉，《毛澤東選集（第四卷）》（北京：人民出版社，1991年，2版），頁1475。

2　〔美〕班納迪克・安德森著，吳叡人譯：《想像的共同體：民族主義的起源與散布》（臺北：時報文化出版企業股份有限公司，1999年），頁8。

3　〔美〕班納迪克・安德森著，吳叡人譯：《想像的共同體：民族主義的起源與散布》（臺北：時報文化出版企業股份有限公司，1999年），頁36。

相關的方言組合起來，創造出可以用機器複製並經由市場擴散的印刷語言。如此一來，那些操着各式方言，原本難以或無法彼此交談的人們，就有了一個統一的交流和傳播領域，變得能夠相互理解了。而印刷語言產生之後，便會產生一種固定性，使得語言變化的速度趨緩，從而形成一種古老的形象，這一形象對塑造出主觀的民族理念極為關鍵。[1]

安德森在論述印刷資本主義的迅速發展歷程時，舉的主要是西歐十六世紀的例子。到了二十世紀，資本主義印刷術的發展更是突飛猛進，並擴展至歐美以外的各國和地區，對當地的民族主義想像起到推動作用。李歐梵對安德森的論述作了引申，具體研究過上海的印刷文化與現代性建構的關係，他認為在中國，"作為'想像性社區'的民族之所以成為可能，不光是因為像梁啟超這樣的精英知識分子倡言了新概念和新價值，更重要的還在於大眾出版業的影響"。[2]在中國，二十世紀前半期，印刷資本主要集中於上海等南方發達城市以及北京等北方文化重鎮。這其中，現代傳媒（大眾出版業）的異軍突起尤其是一個引人注目的現象。這一時期的現代傳媒，對大眾思想意識影響最大的是報刊和教科書。尤其是報刊，受眾面廣，發行量大，除了傳遞資訊，也是各路人馬進行宣傳的重要陣地，歷來備受重視。在中國最早進行報學史研究的戈公振，曾將報紙在社會中的重要地位強調到一個生死攸關的程度：

歐美人有不讀書者，無不讀報者。蓋報紙者，人類思想交通之媒介也。夫社會為有機體之組織，報紙之於社會，猶人類維持生命之血，血行停滯，則立陷於死狀；思想不交通，則公共意識無由見，而社會不能存在。有報紙，則各個分子之意見與消息，可以互換而融化，而後能公同動作，如身之使臂，臂之使指然。報紙與人生，其關係之密切如此。〔彼？〕

1　〔美〕班納迪克・安德森著，吳叡人譯：《想像的共同體：民族主義的起源與散布》（臺北：時報文化出版企業股份有限公司，1999 年），頁 54。

2　李歐梵：《上海摩登——一種新都市文化在中國 1930—1945》（北京：北京大學出版社，2004 年），頁 56。

報紙之知識，乃國民所應具。[1]

這裏，作者的觀察起自歐美社會，但顯然他認為在中國也應當如此。而對於報紙交通思想、互換意見的效用，強調的不是報紙作為現代社會的一個公共空間所形成的眾聲喧嘩的場面和效果，而是着眼於報紙可以"融化"各類意見，形成共同看法，在此基礎上產生一致行動。這在戰爭時期尤其如此："軍事擾攘，歲無寧日，吾人欲挽此危局，非先造成強有力之輿論不可。報紙既為代表民意之機關，應屏除己見，公開討論，俾導民眾之動作，入於同一軌道。"[2] 戈公振此言出於 1926 年國民革命軍北伐前夕，事實上，現代中國史上，社稷動盪，每一時期，均有一種或數種著名報刊承運而起，在社會上產生很大影響，乃至成為一個時代文化的象徵。例如晚清時期的《申報》（上海）、《時報》（上海），民國初年的《申報》、《時報》和《時事新報》（上海），而說起五四新文化運動，《新青年》（上海—北京，原名《青年雜誌》）在其中所起的作用是關鍵性的。抗戰初期，《救亡日報》（上海—廣州—桂林）等對於團結抗戰、凝聚人心起到了不可低估的作用。

具體到文學領域，每一時期亦有其代表性的文藝副刊和文學期刊。例如，五四時期的《晨報副鐫》、《京報副刊》、《時事新報·學燈》和《民國日報·覺悟》並稱為四大副刊，二十年代文學研究會和創造社的機關刊物《小說月報》與《創造》季刊名重一時，三十年代以後的《申報·自由談》、《大公報·文藝》等享有全國性聲譽。而到了抗戰以後，各大報刊隨着人員和設施疏散到各地，名報名刊分佈範圍更廣，包括香港等地都湧現出一批知名文藝報刊，如茅盾主編的《文藝陣地》、戴望舒主編的《星島日報·星座》等，影響都是全國性的。正如《新青年》等不僅是重要的文學園地，也是重要的思想載體，這些文藝副刊及文藝期刊，不僅是作家們發表創作的主要園地，也是文人進行論爭的重要場

1　戈公振：《中國報學史》（臺北：臺灣學生書局，1982 年，四版），頁 1。
2　戈公振：《中國報學史》（臺北：臺灣學生書局，1982 年，四版），頁 2。

所，是思想交鋒和促進民族意識傳播的重要平臺。

在這些平臺上，活躍着無數作家的身影。我們很難確認，是先有民眾民族意識的覺醒，後有知識分子的推波助瀾，還是先有知識分子的灌輸與提倡，後有民眾民族意識的自覺。不過可以肯定的是，知識分子對於民族主義的傳播起到了巨大作用，其中作家尤其如此。詹姆森（Fredric Jameson）甚至認為，"所有第三世界的本文均帶有寓言性和特殊性：我們應該把這些本文當作民族寓言來閱讀"，"甚至那些看起來好像是關於個人和利比多趨力的本文，總是以民族寓言的形式來投射一種政治：關於個人命運的故事包含着第三世界的大眾文化和社會受到衝擊的寓言。"[1] 如果我們承認這一說法有一定合理性，從這一角度能夠解釋某些現代中國文學的經典文本，那麼就可以說，對民族意識的弘揚，作家是最重要的群體之一，而報刊則是最重要的平臺。在內地是如此，在香港也是如此。

二、香港南來作家的"共同體"想像平臺

1840 年鴉片戰爭以後，中國逐步淪為西方國家的殖民地和半殖民地，直至 1949 年前近一百年間這一狀況仍無根本改變。正像其他亞非拉殖民地一樣，作為一個現代化的後發國家，中國的民族主義產生於救亡圖存、強國保種的危難歷史情境，對外抵抗強敵，對內推翻腐敗統治，也就是通常所說的反帝反封建，一直是中國近代民族主義的雙重使命，而建立主權獨立、領土完整、和平民主的現代民族國家則是其最高目標。以此為背景觀照香港，作為中國長期被殖民統治的一個地區，其情形則有點特殊：一方面，英國殖民當局對香港的治理和建設頗受好評，香港比內地諸多城市更為先進，在城市建設等方面走在了前頭（此即為香港具有的"殖民與先鋒"的悖論），相比起內地，尤其是鄉村民

---

1 〔美〕弗雷德里克·詹姆森著，張京媛譯：〈處於跨國資本主義時代中的第三世界文學〉，載張京媛主編：《新歷史主義與文學批評》（北京：北京大學出版社，1993 年），頁 234—235。

眾的困苦生活，香港民眾似乎更少“反帝”的迫切慾求；另一方面，香港基本上未經五四新文化運動的洗禮，沒有經過對傳統文化激烈反對的階段，相反卻常常成為某些遺老遺少的庇護所，因而總體而言，“反封建”的意識也不致過於強烈。這些就決定了從本土性自發的層面來看，香港同胞的民族意識不會太強。但事實上，香港在中國近現代史上的各個時期，民族主義非常發達。早在清末，孫中山等革命黨人就在此從事革命宣傳活動，1925 年開始爆發、持續一年多的省港大罷工釀成了一次反帝高潮，而抗日戰爭期間全港同胞給予內地軍民的巨大物質和精神支持，更載之史冊，為後來人所稱道。仔細分析，在香港高漲的民族主義思潮，主要是由內地南來的革命黨人和知識分子所輸入的，在三四十年代，南來作家更成為輸入的重要群體，而其依賴的平臺，仍是報刊等現代傳媒與現代學校等教育宣傳機構。

如果我們稍微瞭解一些香港的報刊史，會發現此地的印刷資本主義和現代傳媒發展很早，而且非常發達，無論是從技術層面還是影響層面，都遠超內地大多數城市。現有研究表明，香港是中國現代傳媒的重要發源地。1841—1850 年間，在香港先後創刊九種英文報刊，同期中國其他地區只有上海創辦了一種。1860 年以前，香港出版的中英文報刊依然超過全國各地報刊總和。[1] 僅以中文報刊為例，1853 年 8 月 1 日，由懂得中文的英國傳教士主辦的《遐邇貫珍》月刊（1853—1856）面世，這被認為是香港最早的中文期刊。每月印行 3000 份，銷往香港、澳門、廣州、廈門、寧波、福州、上海等地。刊物所佔篇幅最多的是反映時事政治的新聞報道和評論。[2] 至於報紙，有研究者斷言：

　　近代中文報業，起源於香港。晚清咸同之世（西元一八五一年至一八七四年），外國傳教士已開始在香港鑄造活體中文鉛字，有了中文鉛

1　陳昌鳳：《香港報業縱橫》（北京：法律出版社，1997 年），頁 3。

2　黃瑚：〈《遐邇貫珍》介紹〉，收入鍾紫主編：《香港報業春秋》（廣州：廣東人民出版社，1991 年），頁 5、8。

字，近代中文報業和出版業，才得逐步發展起來。中文鉛字初期亦有“香港字”之稱。

全中國與全球，用活體鉛字排印的第一家中文報，是咸豐十年（西元一八六〇年）在香港創刊的《中外新報》。中國地區第一家由國人獨立經營的中文報，也是在香港出版。那是同治十三年（西元一八七四年）創刊的《循環日報》。當年《循環日報》鼓吹新政，驚震國內朝野，實為文人論政的先聲。[1]

《中外新報》（1858—1919）、《華字日報》（1872—1941）和《循環日報》（1874—1941）並列為二十世紀早期香港的“三大報”。其中，《中外新報》1911 年前後因大力抨擊廣東軍閥龍濟光，風行一時，銷數逾萬。《循環日報》一直持續到 1941 年底日本侵佔香港方才停刊，前後長達近七十年。王韜主持了該報初創的十年，成為中國第一位報刊政論家，也使得《循環日報》成為中國第一份政論性報紙，[2] 不僅在香港報業史，同時在整個中國新聞史上也佔據重要地位。而這種文人論政的傳統，為後來的許多報刊尤其是黨派性報刊所繼承。“報紙之主張革命者，以光緒二十五年在香港出版之《中國日報》為始。”[3] 這是革命黨人的第一張報紙，由孫中山派陳少白在香港籌辦，機器設備購自日本，1900 年 1 月 25 日創刊，以宣揚反清革命為宗旨。在創刊序言中解釋了報紙名稱的由來：“報主人見眾人之皆醉欲醒之，俾四萬萬眾，無老幼、無男女，心懷中時刻不忘乎中國，群策群力，維持而振興之，使茫然墜緒，得以復存，挺立五洲，不為萬國所齒冷……因思風行朝野，

1　林友蘭：《香港報業發展史》（臺北：世界書局，1977 年），頁一。關於《中外新報》的創刊日期，一般認為是在 1858 年，如戈公振提到，該報是在清咸豐八年（1858 年）由香港的英文報紙《孖剌報》推出，“由伍廷芳提議，增出中文晚報，名曰《中外新報》；始為兩日刊，旋改日刊，為我國日報最新之一種”。見戈公振：《中國報學史》（臺北：臺灣學生書局，1982 年，四版），頁 102。

2　謝國明：〈王韜與《循環日報》〉，收入鍾紫主編：《香港報業春秋》（廣州：廣東人民出版社，1991 年），頁 21—22。

3　戈公振：《中國報學史》（臺北：臺灣學生書局，1982 年，四版），頁 206。

感格人心，莫如報紙。故欲借此一報，大聲疾呼，發聾振聵，俾中國之人盡知中國可興，而聞雞可舞，奮發有為也。遂以名其報。”[1] 從這一序言中可以看出，該報的民族主義意識很強。該報持續到 1913 年 8 月，在革命派推翻滿清王朝、建立中華民國的征途上留下了自己的足跡。而這種對“革命”的大力宣揚，在此後幾十年內始終餘音不絕；這種對時代與社會現實重大問題的熱切關注，也成為香港許多報刊的一個鮮明特點。論者有言，“考中國近代史，每當其重大轉變關頭，香港中文報業，無不挺身自起，接受它的時代使命，不惜任何代價，為其言論與報道的職責而盡心盡力。國家民族越是危難當頭，它越見堅韌不拔，任重道遠。因此在香港，最成功而最有地位的中文報，也就是最能真正貫徹履行其時代使命的中文報”。[2]

史家所謂的“時代使命”，在抗戰時期，大多數香港報刊的認識和實踐是相當明確和一致的，那就是大力宣揚抗戰文化，批判漢奸賣國言論（當然，在何謂真心抗戰，何謂漢奸投敵等問題上，左右各派的具體理解有不一致的地方），統一思想，為戰勝強敵提供輿論支援。黨派性報刊自然如此，就是那些以商業性或文學性為主的報刊，這一時期也念念不忘此“時代使命”。以下不妨略舉數例。

1937 年 11 月 13 日，上海淪陷，僅僅創刊兩年卻在當地大受讀者歡迎的四開小型報《立報》被迫停辦，股東星散，社長成舍我遠走漢口，薩空了途經香港，救國會的章乃器等勸他在香港把《立報》再辦起來。負責中國共產黨香港辦事處的廖承志、潘漢年得知，即以中共名義投資三千元港幣，促成此事。國民黨人陳誠等亦擁有股份。1938 年 4 月 1日，港版《立報》創刊，由薩空了任總經理兼總編輯。該報對開四版，一版為要聞，二版上半為國內消息，下半為副刊〈言林〉，由茅盾主編，三版上半為本港消息，下半為副刊〈花果山〉，四版上半為國際新聞，

1　轉引自鍾紫：〈《中國日報》——香港第一家革命黨人的報紙〉，收入鍾紫主編：《香港報業春秋》（廣州：廣東人民出版社，1991 年），頁 15。

2　林友蘭：《香港報業發展史》（臺北：世界書局，1977 年），頁二。

下半為副刊〈小茶館〉，後兩個副刊都由薩空了兼任主編。創刊當日，各版的編者獻言，很能說明報紙的取向與重點所在。一版的〈本報發刊致詞〉中說："香港《立報》，在經濟方面，雖然和上海《立報》，是兩個不同的獨立組織，精神方面，卻完全一致。……我們主張：積極的，對外求中華民族的獨立。對內求民主政治的實現。消極的，我們決不屈服，不苟全，遇到必要的時機，是不惜一切犧牲，以堅定我們的立場，也就是堅定我們中華民族的人格。"[1] 此處將報紙的目標區分為"對外"和"對內"，似是各有所指。茅盾在〈言林‧獻詞〉中將自己主編的這個副刊視為"文化戰線"的一個組成部分，要發射出它的火力，並宣稱"〈言林〉不拘於一種戰術；陣地戰、運動戰、游擊戰，凡屬拿手好戲，都請來表演"、"它有時也許是一支七絃琴，一支笛，奏出了大時代中華民族內心的蘊積；它有時也許是一架顯微鏡，檢視着社會人生的毒瘡膿汁"。[2] 薩空了則在〈小茶館〉的開篇寫下了〈新張的話〉，告訴讀者"這個茶館決無'莫談國事'的揭帖，反之且鼓勵大家作上下古今談"。[3]〈小茶館〉每天刊登一至兩封讀者來信，同時發表編者以"了了"署名的一篇雜談，為讀者提供指導意見。如該年 4 月 19 日，讀者浮生提出了"平凡的人現在應該如何生活"的問題，編者寫了一篇答疑文章〈現在還未能做到全民抗戰〉，文中提出："對於浮生君一類的人，我也希望不要以為我是'平凡人'而安於'平凡'，自絕於抗戰。這是民族國家生死存亡的關頭，國民中不當有一個人站在抗戰圈外，知識份子更不應當。現在求工作並不單是為自己或一家的生活，而應有一個更高的目的，——對國族爭生存盡一份力量。"[4]《立報》不僅在言論方面鼓吹抗戰，宣傳進步，同時由於它經常刊登關於中共的新聞，反映陝北抗日根據地的情況，引起了一些敏感讀者青年的注意，就跑來報社，表示要去陝北參加抗日的願望，希望編輯給予幫助。經中共組織研究決定，由薩空了做初

1　〔薩空了〕：〈繼續我們在滬的精神 為擁護民族福利而奮鬥〉，《立報》，1938 年 4 月 1 日。

2　茅盾：〈獻詞〉，《立報‧言林》，1938 年 4 月 1 日。

3　了了〔薩空了〕：〈新張的話〉，《立報‧小茶館》，1938 年 4 月 1 日。

4　了了〔薩空了〕：〈現在還不是全民抗戰〉，《立報‧小茶館》，1938 年 4 月 19 日。

步考察工作，然後將這些年輕人介紹給廖承志，再由廖介紹到廣州，從廣州安排去延安。[1] 不過這種情況沒有持續太長時間，不久與國民黨接近的成舍我來到香港，由於觀念和立場不同，兩人之間的矛盾不可調和，1938 年 9 月，薩空了被迫離開報社，遠赴新疆。[2]

　　1938 年 8 月 1 日，由南洋華僑、虎標萬金油老闆胡文虎投資創辦的《星島日報》創刊，此後日益成為香港最重要的報紙之一。在創刊號上，胡文虎發表了〈創辦本報旨趣〉一文，提出四點辦報宗旨：一是協助政府從事於抗戰救國之偉業；二是倡導新聞，兼為民眾之喉舌；三是提倡學術，發揚科學之精神；四是改良風俗，善導社會之進步。如果聯繫 1939 年他在歡迎著名作家郁達夫參加《星檳日報》創刊慶典時說的一番話，當有助於更好地理解《星島日報》的旨趣與面貌。在這次慶典上他自我表白："文虎辦報，雖然含有商業性質，但是目的是維護華人權益地位，發揚中華文化精神。""就當前而言，抗敵救國，匹夫有責。因此，星系各報目前最高旨趣是為國家服務，為抗戰努力。"[3] 胡文虎有一句愛國名言："對於忠字，鄙人以為忠於國家為先。所以愛國觀念不敢後人。"[4] 他在報社管理和用人方面都有獨到之處，例如為了更迅速地報道當時武漢會戰的前線消息而將截稿時間由港報常見的當晚十二時左右延至午夜二至三時，引起其他大報紛紛效仿。他重金聘請國際問題專家金仲華為總編輯，著名記者楊潮（筆名羊棗）為軍事記者，而副刊〈星座〉的編輯則由著名詩人戴望舒擔任，因而報紙的創刊被視為"是南北報人思想上，才智上和技術上互相交流的一個成果"。[5] 他的辦報理念和宗旨在各個版面上得到了體現。在〈星座〉的〈創刊小言〉中，戴望舒

1　薩空了：〈我與香港《立報》〉，收入鍾紫主編：《香港報業春秋》（廣州：廣東人民出版社，1991 年），頁 70。

2　李谷城：《香港報業百年滄桑》（香港：明報出版社有限公司，2000 年），頁 168。

3　張曉輝主編，張永春副主編：《百年香港大事快覽》（成都：天地出版社，2007 年），頁 141。

4　張曉輝主編，張永春副主編：《百年香港大事快覽》（成都：天地出版社，2007 年），頁 143。

5　林友蘭：《香港報業發展史》（臺北：世界書局，1977 年），頁五三。

如此寫道："……若果不幸而還得在這陰霾氣候中再掙扎下去，那麼，編者唯一的渺小的希望，是〈星座〉能夠為牠的讀者忠實地代替了天上的星星，與港岸周遭的燈光同盡一點照明之責。"[1] 因戴望舒的努力，〈星座〉的作者群體可謂群星璀璨，陣容之強在當時香港報刊界罕有其匹，大量的名家之作，包括來自廣大國統區以及延安的作品，使得這一寄身於商辦大報的文藝副刊成為抗戰文藝的一個重要據點，確是對民眾起了"照明之責"。

　　1938 年 8 月 13 日，也就是八·一三週年紀念的當日，在華北享有盛譽的《大公報》港版創刊。社長胡政之在創刊號上發表社評〈本報發行香港版的聲明〉，裏邊說道："我們此舉，純因廣東地位，異常重要，中國民族解放的艱難大業，今後需要南華同胞努力者，更非常迫切。所以我們更參加到粵港同業的隊伍裏面來，想特別對於港粵及兩港各地的同胞，與南洋僑胞，服務效勞，做一點言論工作。"[2] 該報正視抗戰現實，密切關注戰場動態，抨擊日本和汪偽活動，"言論主張，隱為輿論之引導"。[3] 甚至連一向堅持純文藝傾向的副刊〈文藝〉也不斷作出改變。〈文藝〉的編者蕭乾在創刊號發表了一篇較長的復刊詞，重點討論〈文藝〉在抗戰背景下的新的定位，以及編者對當前文藝作品應當寫什麼題材、如何去寫的說明。編者提出，"在太平年月，幾年來本刊曾堅持一個消極但是嚴肅的傳統，我們從不登萎靡文章。時至今日，這原則自然已不夠了。我們應做的是怎樣把文字變成見識，信念，和力量——比吶喊更切實些的力量。"而對於稿件的要求，編者着重提到了三點："（一）多方面發展。戰爭也許是最尖銳的，但不是唯一的題材。中國是廣大的，社會在抗戰期間，其複雜性有增無減。……如果戰爭是掛在樹梢的果實，它必須還有枝幹——那是整個社會的機構。……在抗戰時期的文藝的總和中，必須包括社會的一般動態。這中間，僅管有性質的差

1　戴望舒：〈創刊小言〉，《星島日報》，1938 年 8 月 1 日。

2　〔胡政之〕：〈本報發行香港版的聲明〉，《大公報》，1938 年 8 月 13 日，第二版。

3　華僑日報出版社編印：《香港年鑒》（1947）。轉引自陳昌鳳：《香港報業縱橫》（北京：法律出版社，1997 年），頁 18。

別，卻沒有價值的高低。”這說的是創作題材，在承認寫戰爭的合法性的同時，強調多方面開掘的必要性。第二點要求是“實地的”，編者希望“在前方工作的朋友自然要努力寫比《鐵流》更雄偉的作品，且不必拘於任何過去形式；至於不曾去前線的朋友們，還是在可靠的圈子裏找題材妥當。將來，在整理戰時文藝的收穫時，如果發現作品零星瑣碎，只要是‘實地的’，那不可惜。相反地，如果發現很整齊，很一律，成為戰地術語的搬運，那可真是一大痛心事了”。這裏強調的是作者要寫自己熟悉的題材，這比寫作處處向抗戰靠攏更重要。第三點要求是“反省的”，“在戰爭爆發之初，作家們唯恐同胞信念不堅，寫了許多歌頌戰爭的文章，原極自然。但眼看這戰爭是一個悠長而且艱苦的，僅僅歌頌是不夠了”。在持久抗戰的階段，“我們卻不能儘求筆下淋漓痛快。祖國期待我們知識分子的不止是嘴！還得用眼睛，更得用思索！‘反省’可以在兩個意義下解釋：第一，我們必須擺脫形式主義的木枷。寫的儘管是一個觀念，棱角，光影，人性的體驗依然不可忽略。其次，為了支援這戰爭，確握最後的勝利，一個文藝者的任務應比‘描寫’再深一層。”[1]總體來看，蕭乾是有感於抗戰初期某些文藝作品呈現出來的千篇一律、概念化和觀念化的不足，在承認戰時文藝可以表現戰爭的同時，希望在一定程度上堅持副刊作品的文學性。不過隨着時事的迅速變化，他的這一理想愈來愈不能完全實現。從 1939 年春開始，〈文藝〉逐漸放棄純文藝傳統，改出綜合版，凡是有利於抗戰的，不管是敵情、兵器乃至防空知識，都予發表。如這年一月，〈文藝〉連續二十一天推出連載專刊〈日本這一年〉，集中反映日本 1938 年軍事、政治、外交、財政經濟、文化、社會等各方面情況，後來蕭乾將這些文字連同新聞版有關內容，編輯成《清算日本》一書，以“大公報文藝編輯部”名義，於 1939 年 3 月結集出版。同時從本年開始，〈文藝〉對延安文學活動及其作品的介紹與評論日多，也刊登了許多來自延安的作品。〈文藝〉的這一番變化，

1　編者〔蕭乾〕：〈這個刊物——代復刊詞〉，《大公報·文藝》，1938 年 8 月 13 日。

被蕭乾後來形容為是脫下了"學生服"，換上了"戎裝"。[1]1939 年 9 月，蕭乾遠赴英倫，副刊由共產黨員楊剛接編，這一"戎裝"特色就更明顯了。

以上略述《立報》、《星島日報》、《大公報》這三份原以商業化大眾化為目標的報紙，在三十年代末期都對抗戰投以高度關注，大力宣揚民族解放運動，而它們各自的文藝性副刊，也遵循各報宗旨，大力宣揚抗戰文化。本地原有的著名商業報紙，《星島日報》之外，尚有《華僑日報》（1925 年創刊）、《工商日報》（1925 年創刊）和《成報》（1939 年創刊）等，亦無不關注時事政治，尤其是重大事件，而這也符合各報的商業利益，因為是當時讀者愛讀的內容，有助於增加報紙銷量。[2]至於一般代表某一特定政治勢力的黨派性（或稱政治性）報紙，如汪派的《南華日報》（1930 年創刊）、救國會派的《生活日報》（1936 年創刊）[3]、第五路軍的機關報《珠江日報》（1936 年創刊）、代表國民政府的《國民日報》（1939 年創刊），以及共產黨在海外的機關報《華商報》（1941 年創刊）等，更無不以抗戰（或和平）建國為中心，展開種種對中國現狀的書寫，與對未來中國的想像，自不待言。

在一個動盪時代，報刊所登載的內容，對讀者心理影響之大，更勝於平常。徐遲當年留下的一段心情描繪，令我們庶幾可以體會他在抗戰時期是怎麼與報紙"同呼吸"的：

> 就在街沒有了陽光，早然的燈火照亮的時候，我或者擠一輛車回去，或者坐下在一個飯店中間，這時候報紙突然有了生命，鉛字奔向我，我開始能夠對世界的電訊明瞭了。

1　蕭乾：〈我當過文學保姆——七年報紙文藝副刊編輯的甘與苦〉，《新文學史料》1991 年第 3 期，頁 30。

2　1933 年，《工商日報》因獨家刊登"閩變"消息，轟動一時，銷量猛升，與它旗下的《工商晚報》、《天光報》銷量總共達 15 萬份，而當時全港人口僅為 80 萬。參見陳昌鳳：《香港報業縱橫》（北京：法律出版社，1997 年），頁 15。

3　該報在香港出版日期為 1936 年 6 月 7 日至 7 月 31 日，只有 55 天，發行量有 20000 多份。參見陳昌鳳：《香港報業縱橫》（北京：法律出版社，1997 年），頁 17。

我會發生種種奇怪的感情，憎惡，慊倦，驚異，張惶，憤怒，昏迷，甚至嘆息，悲哀，狂喜，滿足——這些鉛字從一個感情帶我到第三個，舉起我來，又擲下我，但不放鬆我片刻。

人類，人類，我曾這樣呼喊；從大的又縮小到自我；為自己的民族擔憂，或為自己的民族振奮；想到了家，想到了妻子孩童。充滿了想像力，看到一切肉眼看不到的，看到一切我所從未看到的；得到了力。

我生活在暴風雨的靜止的中心。

在這些日子，報紙製造着人們的感情。[1]

　除了新聞類報刊上的時事電訊，就是那些以文藝為主體內容的各類期刊，亦多從理論與創作方面有意識地與時代的脈搏和一個民族的命運結合起來。1938 年 4 月 16 日創刊的《文藝陣地》是香港文化史上第一本旗幟鮮明地宣揚抗戰文化的刊物，從刊名即可看出，編者試圖將文藝與戰爭結合起來，使之成為鼓動人心、輔助軍事鬥爭的一個部門，而從事文藝者就如同戰場上的士兵。主編茅盾在創刊號上發表的〈發刊詞〉和他為〈立報・言林〉所寫的〈獻詞〉相似，除了提出刊物要 "立一面大旗，大書 '擁護抗戰到底，鞏固抗戰的統一戰線'"，還強調文藝的 "戰鬥" 和各式 "兵器" 的使用："我們現階段的文藝運動，一方面須要在各地多多建立戰鬥的單位，另一方面也需要一個比較集中的研究理論，討論問題，切磋，觀摩，——而同時也是戰鬥的刊物。《文藝陣地》便是企圖來適應這需要的。……這陣地上，將有各種各類的 '文藝兵'，在獻出他們的心血；這陣地上將有各式各樣的兵器，——只要是為了抗戰，兵器的新式或舊式是不應該成為問題的。我們且以為祖傳的舊兵器亟應加以拂拭或修改，使能發揮新的威力。"[2] 在創刊號上還發表了周行的理論文章，題目就叫作〈我們需要一個抗戰文藝運動〉，提出

1　徐遲：〈絮語〉，《星島日報・星座》，1939 年 9 月 29 日。

2　茅盾：〈發刊詞〉，《文藝陣地》第一卷第一期（1938 年 4 月 16 日），頁 1。

《文藝陣地》創刊號封面（左圖）及書影（右圖）

"要文藝服務於民族解放戰爭以爭取最後的勝利"。[1] 和同時期多數文藝期刊不同，《文藝陣地》比較重視對文藝理論問題的探討，以此引導作者，但這些問題不能是純理論的，而必須和當下的現實相聯繫和呼應。

　　三年以後，1941 年 6 月，另一份在封底自我廣告為"全港唯一巨型文學雜誌"的《時代文學》創刊。該刊以強大的撰稿陣容為傲，多登名家名作，理論文章很少，整個雜誌"文學"性較強，不過也沒有脫離"時代"因素，如第一期上刊登了主編端木蕻良的論文〈民主和人權〉、華石的〈論中國文學運動的新現實和新任務〉，第二期刊登了譯作〈創作和戰爭〉、以群的報告文學〈一個小兵的故事〉、江的論文〈漫談偽滿傀儡文藝〉，以後的各期亦有相關論文和創作，不時呼應着那個特殊的"時代"。總之，翻閱當年香港的文學期刊，尤其是南來作家創辦的

1　　周行：〈我們需要一個抗戰文藝運動──一個緊急的動議〉，《文藝陣地》第一卷第一期（1938 年 4 月 16 日），頁 2。

期刊，不必看刊物名稱與編委會陣容，單從內容本身，就很容易感覺出一股濃烈的時代氣息，想像出一個個奮勇戰鬥的身影。

第三節　黨派政治與傳媒生產的體制化

一、共產黨對傳媒生產的組織領導

　　中國現代作家總體上對國家民族命運予以強烈關注，寫下了一篇又一篇"民族寓言"，這固然和一個民族長期經受內憂外患令作家的良知與正義感被高度激發有關，和作家本人的坎坷遭遇有關（因為長期戰爭，許多作家被迫流亡，離鄉背井，生活困頓，精神抑鬱），也和中國文人積極入世、干預現實的精神傳統（"文章合為時而著，歌詩合為事而作"[1]）有關。同時還應看到，這也和現代政黨政治對文藝活動的有力組織領導有關。各黨派均視文藝宣傳為重要工作，盡力爭取作家的支援，通常的形式即是將作家組織進一個個文藝社團，令其在一個大的方向規定下為黨派利益服務。文藝社團在中國古已有之，不過古代的各種文社、詩社一般是志同道合的文人之間的自願組合，和政治勢力不發生直接關係，而現代尤其是二十世紀三十年代以後的文藝社團，背後基本都要接受某一政治勢力的直接領導，成為一種半文藝半政治性的組織，社團成員的文藝創作，多被納入一個大的政治"工程"，由是具有鮮明的意識形態屬性。

　　政黨政治是現代社會普遍採用的基本政治組織形式，在二十世紀的中國亦不例外。二十世紀的上半葉，尤其是二十至四十年代，共產黨與國民黨的爭衡是社會政治生活中的重大主題。除了政治、軍事上的較量，在意識形態領域的紛爭也持續了相當長的時間。概括而言，共產黨打贏了文化與意識形態領域的一場看不見硝煙的戰爭。國民黨最終難逃失敗的結局，固然與其政治經濟方面的腐敗有關，而對文藝生產的組織

1　白居易：〈與元九書〉，載顧學頡校點：《白居易集》（北京：中華書局，1979 年），頁九六二。

不力，對文化民主人士未能善加團結利用也有很大關係。

　　共產黨對新聞出版的重視由來已久。早在 1905 年，列寧就在〈黨的組織和黨的出版物〉一文中，強調 "對於社會主義無產階級，寫作事業不能是個人或集團的賺錢工具，而且根本不能是與無產階級總的事業無關的個人事業。無黨性的寫作者滾開！超人的寫作者滾開！寫作事業應當成為整個無產階級事業的一部分，成為由整個工人階級的整個覺悟的先鋒隊所開動的一部巨大的社會民主主義機器的 '齒輪和螺絲釘'。寫作事業應當成為社會民主黨有組織的、有計劃的、統一的黨的工作的一個組成部分"。接下來他提出了一些組織方面的要求："報紙應當成為各個黨組織的機關報。寫作者一定要參加到各個黨組織中去。出版社和發行所、書店和閱覽室、圖書館和各種書報營業所，都應當成為黨的機構，向黨報告工作情況。有組織的社會主義無產階級，應當注視這一切工作，監督這一切工作"。列寧在這裏主要是針對黨員作者和黨的出版物提出的要求，黨將監督這一切，並 "清洗那些宣傳反黨觀點的黨員"。[1] 中國的馬克思列寧主義者們在此基礎上更進一步，明確文藝的功利性，到了 1942 年的延安文藝座談會上，更直截了當地提出文藝為政治服務，為工農兵服務，黨的文藝工作要 "服從階級與黨的政治要求，服從黨在一定革命時期內所規定的革命任務"。[2] 事實上，這不僅是對共產黨作家的要求，也是對一切追求進步作家的要求，所以才會開展大規模的 "思想改造" 運動，矛頭所向幾乎針對所有黨內與黨外出身資產階級與小資產階級的作家。

　　毛澤東將從事文學工作者的隊伍比喻成一支不拿槍的隊伍，對這支隊伍的組織，早在三十年代初的上海 "左聯" 時期，共產黨就積累了豐富的經驗。總體來看，要求文學生產具有明確、單一的意識形態規範或標準（如馬恩文藝思想、"黨性"、"社會主義現實主義" 的創作方法等）

1　中共中央馬克思恩格斯列寧斯大林著作編譯局編：《列寧選集（第一卷）》（北京：人民出版社，1995 年，第 3 版），頁 663、664、665。

2　毛澤東：《論文藝問題》（香港：新民主出版社，1948 年，再版），頁 18。

以及嚴密的組織、有計劃的行動等，就是共產黨領導下文學生產體制化的基本特點。

這樣的文學生產方式也被共產黨在香港沿用。早在戰前，中共即在香港成立了南方臨時工作委員會，抗戰爆發後，又成立了八路軍駐港辦事處和華南局香港分局，由廖承志領導，開辦"粵華公司"和"陶記公司"，[1] 以貿易為掩護，工作重點是對文化界和民主人士進行統戰工作，加強抗日宣傳。楊剛、林煥平、夏衍等共產黨員分別進入報刊等宣傳機構，並當選為文協香港分會理事，成為三四十年代之交香港最重要文藝組織的領導者。1941 年初皖南事變後，來港的左翼文化人更多，共產黨也更加強了對文化工作的領導，廖承志、夏衍、潘漢年等成立中共香港文化工作委員會五人小組，同時創辦中共在海外的機關報《華商報》。

日本侵略者被趕跑後，共產黨得以集中全力面對國民黨這個"階級敵人"，能夠組織起更加強大的文藝宣傳隊伍，在港全面開展各類文藝活動。這裏不妨對戰後中共在香港的領導組織機構稍作介紹：1946 年前由中共廣東區委負責在香港等地的工作，1946 年 6 月，中共在香港對廣東黨組織進行調整，建立直屬中共中央南京局的半公開和秘密的兩套機構：粵港工委與廣東區委。全面內戰爆發後，中共中央決定調整國統區黨組織，1947 年 5 月，中共中央南京局香港分局正式成立，這是一個秘密機構，也是中共在香港的最高一級領導機構，由方方、尹林平任正、副書記。香港分局下設三個平行組織：香港工委（全稱香港工作委員會，前身為粵港工委），半公開機構，領導香港等地的公開工作；香港城委，秘密機構，領導華南城市的地下工作；各地黨委，秘密機構，領導各地農村的武裝鬥爭。其中，香港工委由方方、章漢夫先後擔任書記，夏衍、連貫、許滌新、喬冠華、潘漢年等為常委（夏衍曾繼任書記）。工委成員幾乎是清一色的文化人，被譽為"精英內閣"。工委下設統戰工作委員會、財政經濟委員會、文化工作委員會（簡稱文委）、報刊委員會（簡稱報委）、外事委員會等機構，其中，喬冠華任外事委

1　盧瑋鑾：《香港文縱》（香港：華漢文化事業公司，1987 年），頁 42。

員會書記，林默涵任報委書記兼重要刊物《群眾》週刊負責人，夏衍任文委書記，馮乃超、邵荃麟、胡繩、周而復、章泯等任委員，其後，馮乃超接任文委書記，邵荃麟、周而復為副書記。[1] 這幾個委員會中，主要負責文藝方面事務的是文委，而夏衍是其核心人物，被普遍視為黨在香港文藝方面的負責人。

中共不但內部組織嚴密，而且積極與各民主黨派及社會團體合作，建立廣泛的統一戰線，獨立或聯合創辦了新聞、文藝、教育、出版等大量進步文藝陣地。僅以 1945 至 1949 年間為例，影響較大的即有：[2]

新聞傳播：

《正報》。戰後中共在港創辦的第一家報紙，中共廣東區委機關報。1945 年 11 月 13 日創刊，社長兼總編輯為楊奇，以廣泛宣傳黨的政策主張為任務。1946 年 7 月 21 日後改為旬刊，由黃文俞任社長兼總編輯，主要刊登抨擊國民黨廣東當局的報道文字，以及對解放區和解放戰爭的報道。1947 年 2 月重慶《新華日報》被迫停刊後，《正報》成為華南地區唯一發行的黨報。1948 年 11 月 13 日停刊。

《華商報》。中共領導下的統一戰線報紙。1941 年 4 月 8 日創刊，12 月 12 日停刊。1946 年 1 月 4 日復刊，出版至 1949 年 10 月 15 日。由薩空了任總經理，劉思慕、邵宗漢、楊奇先後任總編輯，廖沫沙、杜埃任副總編輯，呂劍、華嘉等先後任副刊編輯。復刊初期由饒彰風代表中共領導，1947 年 5 月香港分局正式成立後，歸香港工委報委領導。1946 年夏國共內戰全面爆發後，因遭國民黨恐嚇威脅，發行廣告業務受到很大破壞，至 1947 年 9 月難以為繼。香港分局提出 "救報運動" 倡議，得到李濟深、蔡廷鍇、馮玉祥等愛國民主人士與本地讀者、團體及海外讀者的積極響應，至年底得到捐款十三萬六千圓。報社利用捐款經營副業，改革版面，至 1949 年初終於扭轉入不敷出的局面，實現收支平

---

1 參見袁小倫：《戰後初期中共與香港進步文化》（廣州：廣東教育出版社，1999 年），頁 25—49；周而復：〈往事回首錄〉，《新文學史料》1992 年第 1 期，頁 38。

2 素材主要來自袁小倫：《戰後初期中共與香港進步文化》（廣州：廣東教育出版社，1999 年），頁 50—106。個別地方經訂正。

衡。停刊後清理賬目，發現原有股東所佔的 1040 股股本（全部註冊資本為 3000 股，每股 100 元）全部虧蝕清光，其中包括連貫、楊奇和薩空了受中共委託投資的 600 股。

《中國文摘》雙週刊（*CHINA DIGEST*）。中共對外宣傳的英文刊物，1946 年 12 月 31 日創刊，由龔澎（化名鍾威洛）主編。刊物得到各方大力支持，時事述評、幽默專欄、諷刺漫畫等都出自名家或權威人士，詩歌譯者也是第一流的，而港英當局的英籍警官比爾和他的夫人愛琳則整整三年擔任雜誌的義務改稿員。刊物是當時唯一能迅速向全世界傳播中國全面實際情況的英文媒體，遠銷歐洲、北美和東南亞各國，其內容為海外報刊頻繁引用。

國際新聞社香港分社。簡稱香港國新社，是中共領導下的民間通訊社，主要從事對外宣傳。1937 年冬由上海遷港，太平洋戰爭爆發後內遷。1946 年 2 月於香港重建，陸詒奉章漢夫之命負責該社工作。努力向南洋、北美等地華僑報刊發展訂戶，新加坡南來文人胡愈之等編輯的報刊大量採用該社稿件。是中共在港文化陣地中對外宣傳方面的佼佼者，甚至被譽為除新華社、中央社以外的中國第三通訊社。國新社同時注意對新聞工作者的培養，社員很多日後成為中共新聞宣傳部門的骨幹。

《光明報》。中國民主同盟機關刊物，1941 年創刊於香港，12 月 12 日停刊。1946 年 8 月復刊，為旬刊，出版 22 期後於 1947 年 7 月停刊。1948 年 3 月 1 日第二次復刊，改為半月刊。先後由薩空了、陸詒等負責。共產黨在人力物力上給予很大支援：動員香港國新社人員到《光明報》兼職；《華商報》人員幫忙校對；中共領導的有利印務公司承印，等等。為提高《光明報》知名度，《華商報》曾於顯著位置替它宣傳，稱 "《光明報》是綜合性、學術性、新聞性的巨型雜誌"。該報除了及時宣傳民盟的政治主張，也不限於發表民盟成員的文章。

《人民報》。中國農工民主黨機關報，1946 年 3 月 1 日創刊，亦得到中共多方大力協助，例如聘請到十名中共黨員擔任編輯、記者、校對和發行人員。周恩來和董必武分別為該報創刊親筆題詞 "人民之友"、"人民之聲"。由李伯球任社長，劉思慕任社論和專論主筆，樓棲等任編委。

《群眾》週刊（香港版）。共產黨機關刊物，原為《新華日報》的一份週刊，在上海出版，1947 年 1 月 30 日香港版創刊。督印人章漢夫（化名章瀚），林默涵、廖沫沙、杜埃等負責日常業務。作者陣容強大。主要內容有：詳細報道解放戰爭進程、中共中央政策，批判國民黨統治，批判第三條道路的言論。1949 年 10 月停刊。

《大眾文藝叢刊》。香港工委文委直接領導的以理論為主的文藝雜誌，1948 年 3 月創刊，共出六輯，1949 年 3 月停刊。由馮乃超、邵荃麟、胡繩等編輯，生活書店出版發行。該刊以指導者身份檢討當時國統區的文藝運動，批判蕭乾、沈從文、朱光潛等的“反動文藝”和胡風等“主觀論者”，介紹和詮釋馬恩、毛澤東文藝思想，在文藝界產生深遠影響。

《文匯報》（香港版）。1948 年 9 月 9 日創辦，得到中共大力支持。夏衍一方面募集救濟金幫助原編輯部人員度過生活難關，另一方面指示該報要以中間偏左的姿態出現，既便於爭取讀者，也可以作為第二線，萬一《華商報》被封，可以頂上去。該報創刊後多次面臨經濟難題，中共香港組織和潘漢年每次都給予幫助，介紹他人提供經濟來源，常常每次達四五萬元。

出版機構：

共產黨非常重視成立出版、印刷、發行機構，負責黨主辦的報刊以及民主黨派報刊的出版發行。例如《華商報》董事會統一領導下的有利印務公司和新民主出版社，前者負責印刷《華商報》、《正報》、《群眾》週刊等，後者負責發行。新民主出版社大量選編了中共中央文獻和馬列著作，先後出版馬恩列斯著作二十四種，毛澤東著作二十二種。值得一提的是，它還出版了《中國人民文藝叢書》、《青年知識手冊》等，在香港和南洋產生廣泛影響。另一家新中國出版社於 1946 年 9 月開業，主要出版政治書籍，也包括一些文藝書籍，如郭沫若的《蘇聯記行》以及“北方叢書”中的《李有才板話》、《王貴與李香香》等。南國書店亦由中共直接領導，兼營出版和發行。書店以青年為主要服務對象，主要發行有關政治思想修養、革命理論的書籍和新文藝書籍，如"南國小文藝叢書"等。此外，該店內設進修圖書館，由陳殘雲負責，讀者可以免費借閱。領取該館借書證的人數經常保持在三百以上，通過借閱進步書刊，提高政治覺悟，不少人加入到革命行列中。

1948 年 10 月，在香港工委文委領導下，久負盛名的生活書店與讀書出版社、新知書店走向合併，生活‧讀書‧新知三聯書店總管理處在港成立，胡繩、邵荃麟等在此過程中發揮了重要作用。

文藝社團：

戰後香港活躍着不少革命文藝團體，音樂、美術、電影等各方面的都有，不少社團都接受共產黨的領導，在 1947 年 5 月香港工委文委成立後則直屬文委領導，例如中原劇藝社（1946 年 3 月—1949 年 5 月）、人間畫會（1946 年秋—1949 年）、香港中華音樂院和香港新音樂社（1947 年 3 月—1950 年）等都是如此。中國歌舞劇藝社（1946 年—1949 年 5 月）由中共粵港工委直接領導，在南洋巡迴演出三年。虹虹歌詠團（1946 年 3 月—1950 年）內部，由中共組織其積極分子成立秘密讀書會。"文通"和秋風歌詠團（1947 年夏—1950 年）是文協香港分會屬下社團。南國影業有限公司是根據 1948 年秋周恩來的指示，在香港工委文委指導下，由陽翰笙、蔡楚生、史東山等籌建，於年底正式成立。公司以拍攝粵語片為主，力圖改變原有粵語片的粗製濫造，走向健康嚴肅的創作道路。

學校教育：

共產黨一貫重視對青年的教育。儘管"十年樹木，百年樹人"，但中共還是利用在香港的機會，加入或領導創辦了多所學校，包括中學（漢華中學、香島中學）、職業專科學校（中國新聞學院、持恒函授學校、建中工商專科學校）和大學（達德學院）。其中，在某些學校實行民主教育，如香島中學和達德學院，前者經濟、行政公開，後者則由共產黨與民主黨派合辦，以培養革命人才為宗旨，有"南方革命熔爐"之稱。學院僅存在不到兩年半時間（1946 年 10 月—1949 年 2 月），共招收 740 多名學生，包括來自內地和東南亞的青年，由於師資雄厚（如文學方面有鍾敬文、周鋼鳴、黃藥眠、司馬文森、鄒冠群等），很多課深受歡迎，學生收穫很大，多數人返回內地參加革命工作，日後成為各行業重要骨幹。

從上面的簡述可以看出，戰後中共對文藝及傳媒生產的組織非常嚴密，涉及的領域非常廣泛，成效非常突出。進一步分析，共產黨參加的各類文藝社團和傳媒機構，大致可以分為兩種情況：一是由共產黨組織成立，以共產黨員為主體，作為黨的事業單位而存在；一是由其他黨派或團體、個人創辦，共產黨給予多方面支持，包括人力和物力支持。但不管是哪一種情況，共產黨都要力爭取得該組織的領導權，尤其是思想方面的領導權，因此，人的因素仍是決定性的。論物質基礎，在很長時間內，共產黨遠不如國民黨，但它的黨員頭腦卻被某種思想——馬列主義毛澤東思想——武裝得非常牢固，因而在文化戰場上，他們顯得強大得多。以"民主"、"革命"為號召，以毛澤東思想為指導，將組織裏各成員的思想統一起來，並與其具體工作相結合，這是共產黨組織文藝生產的基本策略。而其所以屢屢湊效，在於它為成員和民眾提供了一幅既具體又抽象、既清晰又充滿理想的關於未來中國的圖像。

誠然，共產黨方面在進行文化建設的過程中，無論組織紀律性強化到什麼程度，而組織畢竟也是由具體的人所組成，因此在實施的過程中人與人之間也無法完全避免矛盾和摩擦。在此僅舉一例，看看這種矛盾的發生及其解決。1941 年夏天，胡風奉命撤到香港，受到黨組織很好的照料。在此，他觀察到從重慶來的以群、宋之的、盛家倫、葛一虹等人對黨在文藝方面的負責人夏衍有所不滿，因為以夏衍、楊剛等為中心出了一本指導性的理論文集，卻沒有約這些人參加。夏衍支持于伶的《大明英烈傳》，似乎曾對宋之的《霧重慶》的上演施加阻力，並和黨在香港的領導人廖承志發生了矛盾。廖承志於是決定開一次文藝方面的擴大會，批評夏衍。以群等向胡風打氣，讓他講話，並說茅盾也準備講話。然而，"不可理解的是，大家在背後意見那麼多，到會上卻只說幾句無關痛癢的表面的話"，茅盾的話"更是無關緊要"。胡風在會上提了一些意見，"夏衍畢竟是老練的，雖然感到意外，紅了臉，但只是平靜地為自己做些解釋。黃藥眠卻被惹怒了，起來保衛他，反駁我。"結果胡風和黃藥眠相互斥責。[1] 左翼文壇內部的矛盾，最終還是要由組織及其領袖做主解決。廖承志向周恩來彙報情況，說自己對夏衍不敢相信，周恩來回電勉勵他"工作方法上處人態度和藹"、"更慎重切實細密一些"。根據周恩來的指示，中共香港文化工作委員會隨後成立，由廖承志、夏衍、潘漢年、胡繩、張友漁五人組成，不但淡化了矛盾，更加強了對香港文化工作的統一領導，令香港的抗戰文化空前活躍起來。[2]

二、國民黨等對傳媒生產的組織

國民黨作為當時的第一大政黨，對意識形態方面的宣傳和控制不可謂不重視，然而在和共產黨爭取青年和知識分子的角逐中，國民黨不說是一敗塗地，至少是收效甚微，常常被共產黨佔得先機和絕對優勢。在對傳媒生產和文藝社團的組織方面，國民黨也是遠落下風。南京國民政府長達二十餘年的統治中，在文藝方面下過較大功夫的一次，是對民族主義文藝的弘揚，這一實踐並未取得應有的效果，[3] 此外的舉措更是乏善可陳了。

在香港，抗戰期間，重慶和南京的國民黨勢力均對文藝宣傳有所安排。重慶方面由吳鐵城主理港澳事務，在中環設立的"榮記行"表面是貿易公司，實際則是國民黨港澳總支部辦公室，更是一個宣傳中樞。[4]1938 年 3 月 5 日，由立法委員簡又文任社長、陸丹林任主編（前 9 期署名為：社長林語堂、簡又文，編輯陶亢德、陸丹林）的《大風》旬刊（1940 年 1 月 5 日第 59 期後改為半月刊）創刊，該刊以文史方面內容為主，如長期連載簡又文的〈天平天國全史稿〉、〈中國國民黨史大綱〉、馮自由的〈革命逸史〉，及柳亞子的南明史研究大綱等，也發表

1 胡風：〈在香港——抗戰回憶錄之十二〉，《新文學史料》1988 年第 1 期，頁 26。

2 袁小倫：〈抗戰時期，從激化到淡化的香港文壇矛盾〉，《縱橫》2003 年第 3 期，頁 37。

3 參見倪偉：《"民族"想象與國家統制：1928—1948 年南京政府的文藝政策及文藝運動》（上海：上海教育出版社，2003 年）。

4 盧瑋鑾：《香港文縱》（香港：華漢文化事業公司，1987 年），頁 42。

《大風》書影

少量文學創作，版式較為精美，連續出版至 1941 年冬第 102 期。刊物主要傳達國民政府方面的聲音，同時兼顧到其他堅持抗戰立場的作者，如前三期分別發表過孫科、陳獨秀和許地山關於抗戰的文章。[1] 創作方面，刊登過許地山、老舍、謝冰瑩、施蟄存、沈從文、許欽文、徐訏、歐陽山、蘇雪林、柳亞子等人的小說或散文等，而主要的作者群則屬右翼學者和作家。報紙方面，1939 年 7 月，國民黨海外部在港創辦《國民日報》。這一報一刊，可謂國民政府在港的最重要宣傳基地。南京方面，汪精衛政權早於 1930 年已命林柏生來港創辦《南華日報》。但無論是報刊的數量、組織的嚴密、創作的成績還是產生的影響方面，國民黨的作為都遠遠不如共產黨。

在右翼學者的回憶裏，《國民日報》是一家"堂堂正正代表國民政

1　分見孫科：〈中國對日抗戰的立場〉，《大風》第 2 期（1938 年 3 月 15 日），頁 35—37；陳獨秀：〈抗戰中應有的綱領〉，《大風》第 2 期（1938 年 3 月 15 日），頁 38；許地山：〈英雄造時勢與時勢造英雄〉，《大風》第 3 期（1938 年 3 月 25 日），頁 67—69。

府說話的報紙"，地位非常崇高，因為"《國民日報》的創刊使香港言論界的混亂形勢為之澄清。它彷彿是一塊分金石，一個照妖鏡，誰是真正擁護政府對日抗戰，誰是以擁護政府為名而陰謀推翻政府為實？誰是愛國？誰是叛國？從此無所假借了"。[1] 這一"抗戰救亡輿論的領導中心"，[2] 其主筆王新命同時要和共產黨同路人的《華商報》、《光明報》等以及汪派《南華日報》論戰，主題是要擁護還是推翻政府，要"和平"還是抗戰。據王新命本人回憶，1941 年夏天他和《星島日報》的總編輯金仲華論戰，金的基本論點是，因為政府裏有一些不遵從總理遺囑的黨棍，所以非設法推翻政府不可，非革命改造不可。而王新命則認為，黨棍固然存在，但不必因他們而改造政府，只需將這種人抽出，政府就會歸於堅強有力。論戰的結果，是金仲華被《星島日報》解除了總編輯職務。在王新命眼裏，《華商報》是專門針對《國民日報》來寫評論的，幾乎是為《國民日報》而存在，因對手使用"散兵壕"，從不作"陣地戰"，所以和該報作戰極為吃力。與《國民日報》作戰的報紙，稱該報為"官報"，記者是"官記者"，他們攻擊敵人時，採取吠影吠聲的做法，而"自由人士"因為不屑於這種做法，對其太輕視，結果在宣傳方面輸了仗。而且，很多國民黨人，自李宗仁、孫科、孔祥熙父子至芝麻小官，都想收共產黨人做幹部，結果共產黨像水銀瀉地一般無孔不入，國民黨人士的庇護反而堅定了一些人向左轉的決心。[3] 此外，《國民日報》"在訓練青年報人方面，還與左翼分子打了一場硬仗"。這指的是左翼報人組成的中國青年記者學會開辦的中國新聞學院，原來完全由左翼控制，後來《國民日報》號召其他擁護政府的報人一同加入，奪回了部分控制權，"讓入學的青年在正途與異端之間，能有一個適當的抉擇"。[4]

後來者依據自身立場對歷史所作的選擇性描述，可能未必與當時

1　林友蘭：《香港報業發展史》（臺北：世界書局，1977 年），頁五八。

2　林友蘭：《香港報業發展史》（臺北：世界書局，1977 年），頁五九。

3　參見王新命：〈香港國民日報的戰鬥〉，載王新命：《新聞圈裡四十年（下）》（臺北：海天出版社，1957 年），頁四四四至四四九。

4　林友蘭：《香港報業發展史》（臺北：世界書局，1977 年），頁六一。

的實際情形相符。如果我們把目光轉到文學論爭方面,由於一般無法再生硬地和擁護政府、反對抗戰之類較抽象的概念聯繫起來,而必須較多地聯繫作品實際,因此可以稍微清楚地看清雙方的勝負。左右翼文人在文藝方面有過較集中論爭的,是"反新式風花雪月"論戰。翻閱當年的論戰文章,從作者陣容看,左翼方面人數遠多於右翼,而討論問題的用語和思維方式,則大同小異,雙方都在談論創作方法、創作傾向與作品的積極意義、消極意義等,不同的是對現象的認定,左翼作家認為這種"新式風花雪月"文章體現的是一種不健康的創作傾向,右翼作家則多認為這是一個創作方法和技巧的問題。而雙方用來衡量文藝作品的標準,竟然都是"現實主義"。例如潔孺認為,楊剛提出的"挑戰"是錯誤的,原因"是在於她不能徹底把握現實主義的特點,看錯了問題的本質,把所謂'新式風花雪月'的問題,誤解為創作傾向的問題"。[1]所謂創作傾向、創作方法、本質、現象等都是左翼秉持的社會主義現實主義核心概念,右翼文化人以這一套話語和左翼論爭,說明他們並沒有自己獨特的美學體系,結果當然會在論爭中處於下風。到了 1940 年 11 月下旬,雙方主將參加了文協香港分會主辦的座談會,進行面對面的辯論,左翼作家佔得上風,他們提出的觀點基本成為結論。

香港光復後,國民黨文化勢力也全面進入香港,但收效遠不如共產黨及其同盟軍民主黨派。1946 年 7 月 28 日,天津《益世報》曾發表一篇文章,題為〈香港文化的形形色色〉,裏邊談到當時香港的期刊出版與銷售情況:"在香港出版的刊物裏面,幾乎沒有一本是擁護政府的。所有雜誌都是反對政府批評政府的,不同的是態度與方式而已。如果說政府在香港的新聞界還有若干的防禦力量的話,那麼在雜誌界簡直就無一兵一卒,任它的敵人縱橫馳騁了。你走進任何一家書店,要找一本擁護政府的刊物,實在難乎其難,連國內出的有名的《新路》都不大有人

---

1   潔孺:〈錯誤的"挑戰"──對新風花雪月問題的辯正〉,《國民日報》,1940 年 11 月 9 日。

購買，其他也就可想而知了。"[1] 從作者的口吻看，應當出自國民政府的支持人手筆，其描述是可信的。

共產黨、國民黨、汪系以外，戰前戰後在香港還有一些黨派也創辦了自己的機關報，如福建軍閥陳銘樞的《大眾日報》（1934 年創刊）、第五路軍的《珠江日報》，以及前述民盟等民主黨派的《光明報》等。不過這些政黨和軍事勢力相對較弱，對文藝的組織更遠不能和國共兩黨相比，而且事實上民主黨派後來都成為共產黨的支持者和追隨者了。

第四節　話語的引進和輸出

借助體制化的傳媒生產，各黨派不僅積極宣揚自身的政治立場和各項政策，而且將各自的文藝方針和政策進行清楚的表白。一個值得注意的事實是，這一時期對文藝的宣傳，具有鮮明的話語屬性，也就是在宣傳的過程中着眼於某種話語的引進和解析。被引進的主要有兩種話語，一是革命話語，一是民族主義話語。以下選取幾個個案，分析共產黨和左翼作家對革命話語的引進。

（一）《文藝青年》對"戰鬥精神"的提倡

《文藝青年》是二十世紀四十年代初由南來文藝青年在香港創辦的一份小型文藝半月刊，主辦者是文協香港分會所屬的"文藝通訊部"（簡稱"文通"）。"文通"成立於 1939 年 8 月，主要任務是團結和組織香港的文藝青年，開展青年文藝運動，配合抗戰文藝運動的開展。1940 年 4 月和 7 月，"文通"理事會兩次改選，決定在文藝青年中廣泛開展文藝創作活動。"文通"的機關刊物《文藝通訊》輪流在各報刊出，但因篇幅短小，每期僅有五千字左右，基本無法刊登"文通"會員的作品。於是，"文通"理事會的林螢聰、麥烽、楊奇、彭耀芬等人便設想出版一份真正為了文藝青年、屬於文藝青年的刊物，在向中共香港市委文化

1　轉引自于強：〈《小說》月刊（1948—1949）研究〉（上海：華東師範大學中文系碩士學位論文，2008 年），頁 6。

委員會作了匯報之後，事情得以決定下來。最終，由楊奇等四人承擔刊物的創辦，具體分工是：陳漢華負責對外聯繫，楊奇、麥烽負責編輯出版工作，彭耀芬負責發行和財物工作。9 月 16 日，創刊號面世，直至1941 年 2 月推出第 10、11 期合刊後停刊，持續約半年時間。該刊具有較強的政治性，刊登的一些言論容易得罪國民黨，1941 年 1 月初皖南事變發生後，最後的合刊更刊登了一份〈新四軍解散事件討論大綱〉，更激怒了國民黨特務。於是，國民黨同港英政治部聯手，以該刊未經登記屬非法印刷為由，揚言要控告承印者大成印刷公司。在此情況下，編者作出了停刊決定。[1]

《文藝青年》正式出版之前，曾於《星島日報》刊登稿約，其中說道："我們一羣文藝的青年，為推展文藝運動，特推出一文藝性質之刊物，定名'文藝青年'，我們的目標：是站在不違背國家民族利益之下，服役文藝戰線，從工作中學習，從學習中團結，進步！"[2] 在幾天後推出的創刊號上，這一目標被細化為三點：一、"做成文藝戰線的尖兵"；二、"做成文藝青年學習及戰鬥的園地"；三、"團結廣大的文藝青年羣"，"因為團結了，才能夠戰鬥，而戰鬥才有力量；因為團結了，才能夠學習，而學習才是集體。所以，讀、作、編需要打成一片！"[3] 在後來的辦刊實踐中，編者對"戰鬥"的推崇尤為重視。

該刊創刊號的封面上有一幅盧鴻基所繪的木刻插圖，名為"他舉起了投槍"。畫面中央，一身長衫的魯迅立在一個高臺上，身體挺直微向後仰，高抬右臂，緊握着一支如椽大筆，準備像投槍一樣擲向前方。在他身後，有兩人跟隨，其中一人還是少年。這幅木刻很準確地詮釋了《文藝青年》的性質：以文藝為"戰鬥"的武器，加入抗戰現實生活。

魯迅被當時的青年視為最值得學習的榜樣，而他精神特質中最值得效仿的則被概括為具有戰鬥精神。第 3 期編者組織了一個"魯迅先生四

---

1 以上對《文藝青年》辦刊經過的描述，主要採自楊奇、麥烽：〈憶抗戰期間《文藝青年》半月刊〉，《新文學史料》1987 年第 2 期，頁 208—212。

2 〈介紹《文藝青年》稿約〉，《星島日報·星座》，1940 年 9 月 12 日。

3 〈我們的目標——代開頭話〉，《文藝青年》第 1 期（1940 年 9 月 16 日），頁 2。

年祭特輯"，發表意見的作者很多都不約而同地從這一角度展開論述。黃文俞提出"正視第一！"認為"魯迅先生畢生戰鬥，教會了我們以正視之道。那就是看透一切，發露本質，擁護真理，力持正義"。[1] 尚英評價魯迅為一位"文化戰線上最勇敢最堅決的戰士"，斷言"魯迅就是鬥爭！"[2] 楊奇結合魯迅的創作，認為魯迅能夠創造出阿 Q 這個典型，是由於"魯迅先生能夠揭開現象的表面，深入事物的本質，抓住了一時代的全部，充分地批判了中國的病態，血淋淋的挖出了中國的心臟"。[3] 黃海燕對魯迅的一句話"忘記我，管自己生活"的解讀是："生活即戰鬥"。[4] 不只是這一組文章，在刊物每期的評論文章裏，幾乎都可以找到類似的表述。例如尚英還說過："新文藝是建設新中國的強有力的工具。我們要在鬥爭中建立起新的中國，那麼我們得同樣要為着建立新中國的新文化而鬥爭。"[5] 麥烽（筆名甘震）在"青年文談"專欄中多次強調"戰鬥"。例如他在一篇文章中提出青年應該"反咬"舊社會，乃至與其同歸於盡："不能從正面去摧毀敵人，那混進敵人的血液裏，做一個死的因素，助長它的滅亡；雖然同時也滅亡了自己，但也算不負一'死'！"[6] 在另一篇文章中他告誡讀者："在現實社會裏，在階級的限制未取消以前，沒有一樣東西可以超階級而存在的，'人種'、'人性'又何獨不然？所以，在現社會裏，文藝的本質是階級鬥爭的武器，也就是改造社會的一種手段。"[7] 他還反對某些"性靈作家"高抬"戀愛和死"這類"不朽的題材"，認為作家應當是"筆的戰士"，筆下應多寫"鬥爭的事實"，"如果我們是帶着戰鬥的鋼筆的，那又有哪一角的現實不是我們採擷題材的對象？"[8]

1　文俞：〈正視第一〉，《文藝青年》第 3 期（1940 年 10 月 16 日），頁 4。

2　尚英：〈鬥爭地紀念魯迅〉，《文藝青年》第 3 期（1940 年 10 月 16 日），頁 6。

3　楊奇：〈阿 Q 在今天〉，《文藝青年》第 3 期（1940 年 10 月 16 日），頁 10。

4　〈魯迅先生四年祭筆談會〉，《文藝青年》第 3 期（1940 年 10 月 16 日），頁 17。

5　尚英：〈紀念辛亥革命〉，《文藝青年》第 2 期（1940 年 10 月 1 日），頁 2。

6　麥烽：〈閒話"青年"〉，《文藝青年》第 6 期（1940 年 12 月 1 日），頁 15。

7　甘震：〈情感·思想·與傳染〉，《文藝青年》第 7 期（1940 年 12 月 16 日），頁 11。

8　甘震：〈客觀·傾向與題材〉，《文藝青年》第 10—11 期合刊（1941 年 2 月），頁 20。

而對香港文藝青年們深具教育意義的另一件事，便是該刊組織了一場聲勢較為浩大的"反新式風花雪月"論爭。該論爭由共產黨員、《大公報·文藝》編輯楊剛在《文藝青年》第2期發表的一篇文章引發，在左翼、右翼及"汪派"文化人之間爆發了持久的論戰，《文藝青年》是主戰場之一。該刊第3期刊登了一位讀者的意見，第4期組織了三篇論文和一篇討論大綱組成的特輯，第5期在"滴論"欄目發表了兩位讀者的意見，第6期刊登了有七八十名文化人士出席的座談會記錄，第7期發表了陳傑的總結文章〈論加強生活實踐〉，算是一個結束，前後歷時兩個半月。今天回看這場論爭，無疑具有概念化的痕跡，而"生活"、"戰鬥"、"創作方法"、"創作傾向"等是幾個核心概念。

楊剛的文章是有感而發。她所說的"新式風花雪月"主要是指當時文壇流行的一些懷鄉散文，文章的內容及抒發的感情都讓她不滿：從內容看，這些作品局限於個人，與民族煎熬和社會苦難不大相稱；從情感看，文中"只有恨，只有孤獨和悲哀"，[1] "其中除了對祖國的呼喚在某方面能夠引起相當的共鳴而比較有意義以外，別的都可以風花雪月式的自我娛樂概盡。風花雪月，憐我憐卿正是這類文章的酒底。不過改了個新的樣子，故統名之曰新式風花雪月。"至於其原因，楊剛認為是由於"香港的文化生活還是一隻幼芽"，教育畸形，就算有些新文藝書籍，一般也只限於五四時代前後的作品，而"困於個人情緒和感覺中，是五四時代的流風"，香港青年即受這種流風影響。如何擺脫，"把自己從那條陳舊的長滿了荊棘的小路上拉出來"？答案是抗戰。"抗戰是富有魔力的兩個字，同時也是賦有神力的創造的能手。人處在牠的時代裏，僅僅心裏眼裏手上全和牠靠得緊緊的，就可以發現許多生命的奇蹟。"[2] 楊剛認為深入生活正是香港文藝青年需要接受的一場挑戰。

楊剛拋出這副"手套"後，很快引起文壇連串反響。《文藝青年》

---

1 楊剛：〈反新式風花雪月——對香港文藝青年的一個挑戰〉，《文藝青年》第2期（1940年10月1日），頁4。

2 楊剛：〈反新式風花雪月——對香港文藝青年的一個挑戰〉，《文藝青年》第2期（1940年10月1日），頁5。

也登出了一篇讀者意見。讀者馬蘋對上文提出異議，認為家散人亡、流蕩香港的青年，是"不得不拿起剩下來的棉力思想，悲痛的心情用文字來發洩抒出潛伏在他們底心胸裏苦況愁緒！"這就像"古人之詩、酒、琴、棋"，目的都是"以洩心頭之恨"，因此"也許並不算是了不得的一回事呢"。[1]對此認識，編者立即加以糾正，認為是"忽略了文藝本質的戰鬥性，不把文藝看成推動社會解放的工作的一翼，而把它看作消愁解悶的東西！這一個認識的不同，就成為'為社會'、'為人生'的文學論者所以和個人抒情主義者發生矛盾的地方。而由這一點看，我們也就明白楊剛先生的那篇論文的深意了。"[2]到了下一期，編者更專門撰文，其中討論到作品的抒情問題，認為作品可以抒情，"只要那情感是健康的，反個人的"。這種"反個人"的情感哪裏來呢？答案是投身抗戰的激流，"投回祖國，面向鬥爭，或掮槍，或執筆，或荷鋤，都是一條靈驗的藥方"，最重要的便是"面向現實，溶入鬥爭"，而一旦做到這點，到了"鬥爭就是你，你就是鬥爭的時候，這病根就像揮發油遇着了太陽，煙消雲散的了！"[3]

刊物第 6 期刊發了松針執筆的〈"反新式風花雪月"座談會會記〉，對楊剛、胡春冰、曾潔孺、喬木、黎覺奔、黃繩、馮亦代、葉靈鳳等在會上的發言進行了如實摘記，沒有明確偏向。但到了第 7 期，陳傑的總結性文章就旗幟鮮明地指出，胡春冰、曾潔孺、黎覺奔三位先生"共同犯着認識上的嚴重錯誤"，認為他們僅看到正確掌握創作方法的意義，而問題的核心則在於正確掌握創作傾向，要"承認創作傾向與創作方法之辯證法的統一"，而這只有通過加強生活實踐才能達到。作者並且具體提出了十條加強實踐的方法，其中第一條就是"要多讀多看關於馬列主義的學說理論"。[4]

上篇
文學生產

這一場"反新式風花雪月"論戰對文壇的影響從地域上看並不限於香港，從時間上看則一直延續到戰後。六年後，還有作者在上海的雜誌撰文，呼籲繼續"掃蕩"這一不良文風。[1]"新風花雪月"在一個較長時期內成為一個固定的批評用語，可見其影響是比較廣泛而深遠的。

（二）《北方文叢》對解放區文藝的引進

《北方文叢》由周而復主編，名義上由海洋書屋出版，實際上印刷、出版、發行等事務都由新中國出版社完全負責。"北方"指西北、華北和東北，是解放區的代稱，這套叢書主要就是引進各解放區的文藝作品，也包括部分論文。該文叢共分三輯，每輯十本，從 1947 年下半年開始發行。[2]計劃中的各輯書目分別是：

第一輯：蕭軍《八月的鄉村》（長篇）、馬加《濾沱河流域》（長篇）、劉白羽《黎明的閃爍》（中篇）、邵子南《李勇大擺地雷陣》（短篇）、丁玲《邊區人物風光》（報告）、荒煤《新的一代》（報告）、何其芳《回憶延安》（散文）、艾青《吳滿有》（長詩）、周而復《子弟兵》（話劇）、周揚《表現新的群眾的時代》（論文）。

第二輯：柯藍《洋鐵桶的故事》（長篇）、趙樹理《李有才板話》（中篇）、東平《茅山下》（中篇）、周而復《高原短曲》（短篇）、韓起祥《劉巧團圓》（說書）、吳伯簫《潞安風物》（報告）、孫犁《荷花淀》（散文）、李季《王貴與李香香》（長詩）、任桂林《三打祝家莊》（平劇）、艾青《釋新民主主義的文學》（論文）。

第三輯：趙樹理《李家莊的變遷》（長篇）、柯藍《紅旗呼啦啦飄》（中篇）、周而復《翻身的年月》（中篇）、康濯《我的兩家房東》（短篇）、柳青《犧牲者》（短篇）、陳祖武《四十八天》（報告）、孔厥《人民英雄劉志丹》（唱本）、賀敬之等《白毛女》（歌劇）、集體創作《逼上梁山》

1　李白鳳：〈掃蕩文壇新風花雪月的趨向〉，《文藝春秋》第 3 卷第 5 期（1946 年 11 月 15 日），頁 15—17。

2　周而復：〈往事回首錄・二、臨時文化中心〉，《新文學史料》1992 年第 2 期，頁 113—114。

（平劇）、姚仲明、陳波兒《同志，你走錯了路》（話劇）。[1]

　　叢書涉及的文體非常廣泛，包括長篇、中篇、短篇小說、報告文學、散文、詩歌、劇本和論文。作家陣容較為強大，趙樹理、丁玲、蕭軍、劉白羽、孫犁、李季、艾青、賀敬之、周揚等均是當時解放區著名作家。儘管所收作品沒有囊括當時解放區文藝所有代表作，但已在相當比例上將能夠代表延安文藝座談會後解放區創作水準的作品收入其中。讀過此文叢的一位讀者如此形容："北方，究竟是怎樣的？黃土地的人民，到底是怎樣生活和鬥爭的？中國的希望和人類的前途，全體現在這《北方文叢》裏了。"[2] 從內容方面看，這些來自解放區的創作，或是描寫各地鄉村的武裝鬥爭，或是歌頌延安風景與風尚，為普通讀者打開了一扇新的視窗，提供了對解放區的想像資源。而對南來作家而言，這幾十冊作品的重要意義在於它們遵循了毛澤東所指出的文藝為工農兵服務這一革命文藝的新方向，體現了延安整風和作家思想改造的成果，為全國作家樹立了榜樣。因此，在進行文藝批評的過程中，《北方文叢》裏的作品一般被論者作為正面對象，用來和其他一些在他們眼裏存在缺點的作品相對照，以論證解放區文藝的優越性與作家投身工農大眾的必要性，而潛臺詞則是論證毛澤東文藝思想乃至共產黨革命意識形態的合法性。

　　《北方文叢》被學者譽為"解放戰爭時期，規模最大的叢書"和"中國現代文學最後一套大型叢書"。[3] 它對解放區文藝進行了初步的經典化嘗試，叢書中的不少作品後來成為實踐延安文藝新方向的經典之作。該叢書將解放區文藝引進到香港，依靠這裏的發行網路傳播到國統區和海外，極為成功地擴大了延安革命文藝的影響，對奠定它們在文學史上的地位作用甚大。也許更為重要的事情則發生在文本以外。這些飽含革命

1　這三輯文叢書目可見各書後所附圖書預告。亦可參見張學新：〈周而復與《北方文叢》〉，《新文學史料》2008 年第 4 期，頁 195。

2　王一桃：〈周而復在香港的年月〉，《香港文學》總第 177 期（1999 年 9 月），頁 45。

3　倪墨炎：〈周而復主編《北方文叢》〉，收入趙文敏編：《周而復研究文集》（北京：文化藝術出版社，2002 年），頁 938—941。

性的創作與理論，影響到許多海內外知識分子和文藝青年，甚至令他們改變了思想或人生道路。例如，遠在北京的朱自清開始大量閱讀解放區的作品，尤其喜歡趙樹理的小說。一天，有學生到他家，其中的一個提到新近出版的《北方文叢》，徵求他的意見。朱自清說："我看到的不多，但我覺得《李有才板話》很好。我要寫一篇文章評論它。"後來，他果然寫了一篇〈論通俗化〉加以評論。[1] 另據當事人回憶，《北方文叢》"在港澳和南洋一帶銷路不錯"，"反映強烈"，[2] 贏得了當地華僑的大量經濟、道義支援，甚至引發部分華僑直接回國參加"革命"，如後來的香港作家王一桃當時在馬來亞開辦進步書店，他讀到周而復所作《白求恩大夫》，受到"感召"，"遠渡重洋駛向北國"。[3] 由此可見，現代傳媒引發人的"共同體"想像，不只是表現在象徵的層面上，這種"想像"有時能夠形成現實。

（三）毛澤東文藝思想的傳播和闡釋

中共香港的文藝組織一貫重視對毛澤東文藝思想的引進和詮釋。早在抗戰時期，在這裏發生過關於文藝"民族形式"的討論，與延安、重慶等地的論爭遙相呼應，而其根據，主要的便是毛澤東在其報告《論新階段》中所提出的"中國作風和中國氣派"。其後，香港的淪陷中斷了這一討論，1942 年 5 月毛澤東《在延安文藝座談會上的講話》（以下簡稱《講話》）也未能及時傳到香港。不過到了戰後，共產黨在香港的組織更為嚴密，文藝生產方面也有了新的進展，這一時期，對毛澤東著作的引進開始形成規模，這甚至是新民主出版社、新中國出版社等機構的主要任務之一，而對《講話》的闡釋，香港反而走在了其他許多地區的前面。

《講話》產生於 1942 年 5 月的延安，當時中國處於抗戰後期，國土被分割成為根據地、大後方和淪陷區三大塊，《講話》誕生後，只能

1　陳孝全：《朱自清傳》（北京：北京十月文藝出版社，1991 年），頁 296。

2　周而復：〈往事回首錄·二、臨時文化中心〉，《新文學史料》1992 年第 2 期，頁 114。

3　王一桃：〈周而復在香港的年月〉，《香港文學》總第 177 期（1999 年 9 月），頁 45。

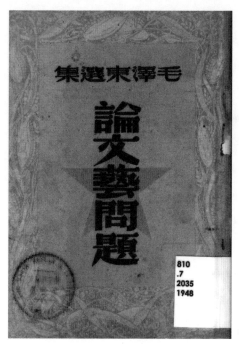

《論文藝問題》書影

在根據地自由傳播，在大後方和淪陷區則通常只能採取偽裝的方式，以節選的形式發表。抗戰勝利後，全國又被分裂成解放區和國統區兩大板塊，由於國民黨嚴格的書刊檢查制度，《講話》仍然很難在國統區傳播。這時，已經光復的香港因港英當局實行中立政策和言論自由，就成了中共在非解放區的最佳宣傳基地。其中於 1946 年 3 月正式開業的新民主出版社是"由中共中央南方局書記周恩來撥款並派員在香港籌建的幾個宣傳據點之一"，它的"頭等重要的任務"就是"出版發行好《毛澤東選集》"。從 1946 年至 1950 年，新民主出版社以單篇本的方式出版了一套《毛澤東選集》，列入其中的單篇本共計十七種，包括《講話》（出版時名為《論文藝問題》）、《新民主主義論》、《論聯合政府》、《目前形勢和我們的任務》、《中國革命和中國共產黨》、《論人民民主專政》等。據當事人回憶，這套《毛澤東選集》"每種至少印行 6 萬冊，全套總印行數有 100 萬冊以上"。[1] 學者考訂出，在中共建國前，這套書"除在香港發行外，還隨《華商報》在南洋各地和海外發行。它既是第一部在海外發行的《毛選》，又是卷數最多的《毛選》。"[2] 也有學者提到，"一九四六年二月，香港的燈塔出版社以《文藝問題》為書名，出版了《講話》……一九四七年，香港的新民主出版社又以《論文藝問題》出版了《講話》"。[3] 所謂"燈塔出版社"出版的《文藝問題》，筆者暫未能查實，但可以肯定的是，至遲在 1947 年，由新民主出版社印行的《論文藝問題》，是《講話》全文在非解放區第一次得到公開的出版發行，其發行範圍，則遍及內地（包括解放區和國統區）、香港和海外。

《講話》在香港公開出版後，香港工委文委"決定各個黨小組學習，討論《講話》精神，並且向文化界大為宣傳介紹這個《講話》，使黨的文藝方針政策從香港向海外，特別是東南亞一帶擴散開去。"[4] 而宣傳介紹的最好方式，便是將其運用於批評實踐，在實踐中學習、闡釋和宣傳。因此，文委於 1948 年 3 月創辦了一份以文藝理論為主的刊物《大眾文藝叢刊》，從縱覽解放區與國統區文藝全局的高度對當時的文藝運動進行了檢討和批判，並選取不同地區的代表性個案進行批評，對如何將《講話》等所蘊含的毛澤東文藝思想貫徹到文藝批評運用中去，較早地進行了一次大規模實踐。同時期的《小說》月刊等予以積極配合。長期以來，《講話》被視為中國當代文藝批評獨一無二的"聖典"，這一地位的確立離不開批評家的長期闡發和標舉，而香港南來作者群無疑是卓有成效的先驅者。同時，他們利用這些文藝期刊集中批判蕭乾、沈從

1　吳仲、黃光：〈香港新民主出版社分冊出版一套《毛澤東選集》簡介〉，收入劉金田、吳曉梅：《〈毛澤東選集〉出版的前前後後（1944.7—1991.7）》（北京：中共黨史出版社，1993年），頁 203—207。

2　魏玉山：〈關於建國前版《毛澤東選集》的幾個問題〉，載中國近代現代出版史編纂組編：《新民主主義革命時期出版史學術討論會文集》（北京：中國書籍出版社，1993 年），頁216。

3　蔡清富：〈《在延安文藝座談會上的講話》在國民黨統治區的傳播〉，《中國現代文學研究叢刊》1980 年第一輯，頁 310。

4　周而復：〈往事回首錄〉，《新文學史料》1992 年第 1 期，頁 39。

文、朱光潛等“反動作家”以及左翼文藝陣營內部的胡風、路翎等“資產階級和小資產階級作家”等，提升作家的革命性，實現對文藝界意識形態的大清理，為中國現代文學轉向當代文學開山鋪路。

第三章　鄉土與旅途

他走了一會，轉回身去，看看遠方，並且站着等了一會，好像遠方會有什麼東西自動向他飛來，又好像遠方有誰在招呼着他。他幾次三番地這樣停下來，好像他側着耳朵細聽。但只有雀子的叫聲從他頭上飛過。其餘沒有別的了。

　　　　　　　　　　　　　　　　　　　　──蕭紅（1940，香港）[1]

他說越逃，災難越發隨在後頭；若回轉過去，站住了，什麼都可以抵擋得住。他覺得從演習逃難到實行逃難的無價值，現在就要從預備救難進到臨場救難的工作⋯⋯

　　　　　　　　　　　　　　　　　　　──許地山（1941，香港）[2]

第一節　蕭紅

　　1940 年 1 月 19 日，蕭紅和端木蕻良悄然離開陪都重慶，飛往九龍。行前，他們很少把消息告訴他人。關於兩人來港的原因，存在多種說法，有說是為了擺脫感情糾紛，也有說是為了躲避重慶的轟炸，還有的說是為了有更好的生活。無論怎樣，可以肯定的是，他們是出於個人原因來港，與政治組織和團體沒有任何關係。而對蕭紅來說，從二十歲逃離大家庭起就一直在不停地流亡，因為感情或戰爭原因，主動或被動地流亡。從家鄉黑龍江的一個小縣城呼蘭，到哈爾濱、北京、青島、上海、東京、武漢、山西臨汾、重慶，最後是香港。每一座城市，對她而

1　蕭紅：〈後花園〉，《大公報・文藝》，1940 年 4 月 22 日。
2　落華生〔許地山〕：〈鐵魚底腮〉，《大風》第 84 期（1941 年 2 月 20 日），頁 2778。

言都僅僅是一個驛站，從逃出家以後，她一直沒有找到一個可以安身立命的長居之地。她更不會想到，自己會滯留在這些驛站之中的一個——離故鄉最遠的香港，在此走完了人生最後一程，而且只有匆匆的兩年。

對香港的選擇，當然也不僅僅關乎生存的需要。兩年以前，當她在武漢暫居的時候，就面臨着多種選擇：國統區或根據地，重慶、延安或西安。不僅是選擇一個能夠活下來的落腳地，而且也是選擇一種精神生活。作為一個得到過魯迅提攜、被普遍視為左翼進步作家的年輕女子，蕭紅最終沒有選擇去延安，一般人認為她是不想在那裏見到剛剛分手的前夫蕭軍。"但據高原的回憶，蕭紅的動機則更為複雜。高原從延安到武漢見到蕭紅，就批評她在處理婚姻的問題上不夠慎重。蕭紅聽了很反感，反駁說在延安學了幾句教條就訓人。舒群也執意說服她去延安，為此兩人爆發了徹夜的爭吵。由此可見，蕭紅的選擇是深思熟慮的結果。"[1] 作為一個女性意識和個人意識很強的作家，顯然，蕭紅不能接受自己的私生活被 "組織" 及其代表所干涉，也不能接受個人的寫作自由被管制。當她和端木蕻良還在重慶的時候，端木受到時在香港的前復旦大學教務長、大時代書局總編輯孫寒冰的邀請，為其編輯大時代文藝叢書，而他的長篇小說〈大江〉已開始在《星島日報‧星座》連載，從經濟方面考慮，兩人在香港生活不是問題。撇開這個，可能在當時蕭紅的想像中，香港能給她提供一個安寧的寫作環境。而事實上，她的一些想法後來實現了，但也遇到了出乎意料的問題。

蕭紅在香港沒有固定的職業，或者說她是以寫作為業。單以寫作出版而言，她在香港的兩年取得了大豐收。在此期間出版的作品有：《蕭紅散文》（重慶大時代書局，1940 年 6 月）、《回憶魯迅先生》（重慶婦女生活社，1940 年 7 月）、《馬伯樂》（重慶大時代書局，1941 年 1 月），而於報刊發表的比較重要的作品則包括：短篇小說〈後花園〉（《大公報》，1940 年 4 月 10—25 日）、〈北中國〉（《星島日報‧星座》，1941 年 4 月 13—29 日）、〈小城三月〉（《時代文學》第一卷第二號，1941 年

1　季紅真：〈叛逆者的不歸之路〉，《讀書》1999 年第 9 期，頁 30。

7月1日），長篇小說〈呼蘭河傳〉（《星島日報‧星座》，1940年9月1日—12月27日）、〈馬伯樂‧續稿〉（《時代批評》，1941年2—11月），以及部分書評、雜文等。其中，小說部分，確定寫成於香港的有《馬伯樂》及其續稿、〈後花園〉（1940年4月完稿）、〈北中國〉（1941年3月26日完稿）、〈小城三月〉（1941年6月完稿），而《呼蘭河傳》則是在重慶開始寫作，1940年12月20日完稿於香港。[1] 總計來看，她在香港約一年半的時間內（最後半年因健康原因基本停止寫作）寫成的作品超過三十萬字，佔一生十年寫作生涯創作總數的三分之一以上。從文學創作的角度看，遠離炮火的香港給予了她豐厚的饋贈。

然而另一方面，在得到這些饋贈的同時，她也在經受着病痛的折磨、情感的背叛和希望的幻滅。在這個內地文化人大聚集的島上，她卻時時感受到"寂寞"。1940年春夏之交，她在寫給重慶好友的信中如此描述自己的心境："……我的心情永久是如此抑鬱，這裏的一切是多麼恬靜和幽美，有田，有漫山漫野的鮮花和婉轉的鳥語，更有澎湃泛白的海潮，面對着澄碧的海水，常會使人神醉的，這一切不都正是我以往所夢想的佳境嗎？然而呵，如今我卻只感到寂寞！在這裏我沒有交往，因為沒有推心置腹的朋友。因此，常常使我想到你。莉，我將可能在冬天回去。"[2] 這年的6月24日，她又在給另一位朋友的信中寫道："我們雖然住在香港，香港是比重慶舒服得多，房子吃的都不壞，但是天天想着回重慶，住在外邊，尤其是我，好像是離不開自己的故土的。香港的朋友不多，生活又貴。所好的是文章到底寫出來了，只為了寫文章還打算再住一個期間。"然後又談到了自己的身體狀況："我到來了香港，身體不大好，不知為什麼，寫幾天文章，就要病幾天。大概是自己體內的

1　參見王述：〈蕭紅著作編目〉，載王述編：《蕭紅》（香港：生活‧讀書‧新知三聯書店香港分店；北京：人民文學出版社，1982年），頁236—238。

2　蕭紅：〈致白朗〉，載張毓茂、閻志宏編：《蕭紅文集（第3卷）》（合肥：安徽文藝出版社，1997年），頁329。

精神不對，或者是外邊的氣候不對。"[1] 可以說，剛到香港不久，蕭紅就產生了離開的念頭，只因為要通過寫作排遣內心深深的寂寞，才一再延期。1941 年 4 月，美國作家史沫特萊女士路過香港，小住一個月，替蕭紅分析日本南侵的前景，勸她到新加坡去。蕭紅更因此勸茅盾夫婦也去。茅盾不願離開，並且想不到蕭紅想要離開的真正原因："……我不知道她之所以想離開香港因為她在香港生活是寂寞的，心境是寂寞的，她是希望由於離開香港而解脫那可怕寂寞。並且我也想不到她那時的心境會這樣寂寞。那時正在皖南事變以後，國內文化人大批跑到香港，造成了香港文化界空前的活躍，在這樣環境中，而蕭紅會感到寂寞是難以索解的。"[2]

在當時成為左翼文化中心的香港，被目為左翼作家的蕭紅何以如此寂寞？事實上，無論為人還是為文，蕭紅一直堅持一種邊緣姿態，對於她的那些左翼"同道"的行事風格、精神追求和話語方式，她並沒有多少深度認同。對於他們開展的那些"**轟轟烈烈**"的文化活動，她也參與不深。她和端木到港不久，文協香港分會為表歡迎，在大東酒店舉行全體會員聚餐，"席間由蕭紅報告重慶文化食糧恐慌的情形，希望留港文化人能加緊供應工作。端木蕻良報告新都文壇一般情狀，特別指出重慶文藝界之團結一致，刻苦忍耐精神。最後並談及重慶生活程度的高漲，作家要求提高稿費運動，憲政運動在文藝界的反映情形等等"。[3] 此後的半年間，蕭紅有過一些公開活動，如 4 月以文協會員身份登記成為文協香港分會會員，8 月 3 日在魯迅先生六十誕辰紀念會上負責報告魯迅生平事蹟等。這以後她不再參加公開的大型文藝活動，而專心創作。在港期間，往來較多的，只有茅盾、柳亞子、周鯨文等少數被她目為尊長的文化人，而和大量年輕的文壇積極分子來往不多，缺少相互理解的朋友。

1　蕭紅：〈致華崗〉，載張毓茂、閻志宏編：《蕭紅文集（第 3 卷）》（合肥：安徽文藝出版社，1997 年），頁 322、323。

2　茅盾：〈序〉，載蕭紅：《呼蘭河傳》（上海‧武昌：寰星書店，1947 年），頁 5。

3　〈文藝協會昨晚聚餐〉，《立報‧言林》，1940 年 2 月 6 日。

蕭紅在香港（約 1940 年，圖片選
自王述編《蕭紅》，三聯書店香港
分店、人民文學出版社，1982 年）

　　當代研究者對茅盾當年感到"難以索解"的問題作出了回答。季
紅真以為，茅盾在《呼蘭河傳》的序中對蕭紅寂寞心態的剖析，"典型
地代表了當時主流意識形態話語對蕭紅的誤解"。從個人生活上說，蕭
紅那複雜的最終導致自己傷痕纍纍的愛恨情仇，當年很多人都不理解，
不看好。"她與蕭軍分手，所有的朋友都站在蕭軍一邊，而她與端木的
結合，又幾乎遭到所有朋友的反對。這也不能不使蕭紅感到孤獨和寂
寞"。[1] 更重要的是，從精神意識層面而言，蕭紅的思想"遊離在主流的
政治思潮與意識形態話語之外，並因此受到同時代人的質疑，乃至於批
評和譴責。這不能不使她感到深刻的寂寞"。"她的寂寞感完全是由於思
想先行者精神的孤獨處境，因為超越了自己的時代，而不被她的同時代
人所理解"。[2] 她與蕭軍分手後不願去延安，更不願去西安，"意味着她不
肯進入任何一種主流的意識形態話語。她寧肯離群索居，過着孤獨的生

1　季紅真：《蕭紅傳》（北京：北京十月文藝出版社，2000 年），頁 11。
2　季紅真：《蕭紅傳》（北京：北京十月文藝出版社，2000 年），頁 9—10。

活，這反映了她的自由主義的政治立場。這種立場是不能為她的那些共產黨員朋友所認同的，自然也會使她感到寂寞"。[1]

蕭紅在香港時期的創作，幾乎全部出自這種寂寞的心境。這對她的作品影響很深，令其與當時文壇的主流創作拉開了很大的距離。

在《呼蘭河傳》、〈後花園〉、〈小城三月〉這幾部作品裏，作者把目光投向數千里外的故鄉，凝聚在這裏的一草一木，以飽含深情的筆調，追憶早已逝去的童年時光。這些作品一般被稱為"鄉土小說"或"鄉土抒情小說"，其在中國現代文學史上的源頭，可以追溯到魯迅的〈故鄉〉、〈社戲〉等作品。此類小說一般具有幾個明顯的敘事特徵：它們是來自鄉村（或小城鎮）的作家多年後身處都市時對故鄉的追憶，敘事者和作品中的對象拉開了很大的時空距離；作品通常採用兒童視角；作品不以情節為重，而重視人物的主觀心理；文字有很強的抒情性，有較多的對自然風景與民間風俗的描寫等。從創作主體的心理機制看，一再流亡的蕭紅在寂寞中一而再再而三地回眸家鄉，筆下出現的絕非一般的思鄉之作，而在象徵的層面凝聚着她對精神家園的追求。

《呼蘭河傳》這部散文化的抒情小說，曾被茅盾譽為"一篇敘事詩，一幅多彩的風土畫，一串淒婉的歌謠"，[2] 在文體上特點鮮明。它沒有貫串全書的線索，沒有前後完整的故事，也沒有中心人物。全書共分七章，第一章是對呼蘭河城的一個全景掃描，主要描繪了小城裏的幾條街道：十字街、東二道街、西二道街和一些胡同，以及街道上的商鋪和活動的人，而以東二道街為重點。第二章描繪了呼蘭河人一年四季中幾種精神上的"盛舉"：跳大神、放河燈、野臺子戲和娘娘廟大會，可以說是對這個小城民俗的集大成，但仍是泛泛而寫，出場的人物幾乎都沒有名字。第三章開始把筆墨集中於"我"家的後花園，回憶"我"小時候在園中嬉戲，以及和祖父祖母共處的日子，對"我"和祖父感情的描寫深切感人，可以和蕭紅的某些散文相互印證，這有助於對作品主題和

1　季紅真：《蕭紅傳》（北京：北京十月文藝出版社，2000 年），頁 10。

2　茅盾：〈序〉，載蕭紅：《呼蘭河傳》（上海・武昌：寰星書店，1947 年），頁 10。

抒情特徵的理解。蕭紅曾在散文中深情回憶祖父，說自己"從祖父那裏，知道了人生除掉了冰冷和憎惡而外，還有溫暖和愛"，"所以我就向這'溫暖'和'愛'的方面，懷着永久的憧憬和追求。"[1] 第三章正是對這種親人之"溫暖"和"愛"的刻畫。第四章繼續寫"我"家的院子和院中的住戶，出場人物主要有祖父、長工有二伯、老廚子等。第五章集中寫老胡家的小團圓媳婦，自過門後就遭受婆婆虐待，生病後，又被迷信的婆婆病急亂投醫，請來跳大神的，病後當眾洗澡、跳神趕鬼，用熱水燙了三次，最後竟被活活折磨而死。第六章轉回來重點寫有二伯，這個人物身上，既有滑稽有趣的一面，也有一些無傷大雅的陋習，像偷澡盆子、說謊話，等等。第七章寫磨倌馮歪嘴子的故事，雖然生活艱困，但他非常堅忍樂觀。最後，作品還有一個短短的"尾聲"，簡單地交代幾個人物的結局，進一步抒發思鄉之情。從以上簡單的歸納，也可以看出這部小說在敘事視角上的特點：既是獨特的，又是遊移的。從全書來看，前兩章選用的是第三人稱的全知視角，對呼蘭河作概括性的描述。後五章選用第一人稱的人物視角，透過"我"的眼睛，寫和"我"家有關係的一些人物，其中最後三章每一章都有一個中心人物。不過這個"我"值得進一步區分，大部分時候她是一個四五歲的小女孩，但有時候又變為一個成人，對家裏乃至整個呼蘭河城的人和事進行點評和議論。於是，作品中就出現了兒童視角和成人視角的交替現象，帶來了複雜的敘事效果。[2]

對兒童視角的選擇，令作品洋溢着純真的童心，最大的好處則是令作品中呈現的世界更美好、更真實。記憶的選擇性常常使記憶中的一切比實際發生過的更美好，而透過孩子那純真的目光，過濾掉事物的一

1　蕭紅：〈永久的憧憬和追求〉，載張毓茂、閻志宏編：《蕭紅文集（第 3 卷）》（合肥：安徽文藝出版社，1997 年），頁 188。

2　這是現代抒情小說的特徵之一。如陳惠英認為，抒情小說既"着重內省"，又以想像力為中介，將各種不相連的部分串連在一起，而抒情的"我""有時是敘述者，有時又化身成小說中的第一身，甚而是各種不同的角色，抒情小說呈現的是混雜拼湊式的樣貌。"見陳惠英：《感性‧自我‧心象──中國現代抒情小說研究》（香港：商務印書館（香港）有限公司，1996 年），頁 32。

些世俗、卑劣、齷齪的成分，更容易取得這種特殊的記憶效果。兒童對人事不存功利算計，表現之一，便是比成人更親近自然。在小女孩的眼中，自家後花園裏的花草蟲鳥都有生命和靈性，充滿了無窮的活力，它們共同迎來了熱鬧而自由的季節：

> 花開了，就像花睡醒了似的。鳥飛了，就像鳥上了天似的。蟲子叫了，就像蟲子在說話似的。一切都活了。都有無限的本領，要做什麼，就做什麼，要怎麼樣，就怎麼樣。都是自由的。倭瓜願意爬上架就爬上架，願意爬上房就爬上房。黃瓜願意開一個謊花，就開一個謊花，願意結一個黃瓜就結一個黃瓜。若都不願意，就是一個黃瓜也不結，一朵花也不開，也沒有人問它似的。玉米願意長多高就長多高，他若願意長上天去，也沒有人管。蝴蝶隨意的飛，一會從牆頭上飛來一對黃蝴蝶，一會又從牆頭上飛走了一個白蝴蝶。它們是從誰家來的，又飛到誰家去？太陽也不知道這個。[1]

在描寫人物時也是如此。例如對有二伯的描寫，這個人物身上有着不少小毛病，行為上出現了不少小劣跡，言行具有幾分阿 Q 氣。如果是成人，可能很容易就對這些看得一清二楚，這個人物難免會讓人厭惡。但一個小女孩對這些卻看不大明白，她常去問祖父，祖父或者笑而不言，或者答非所問，於是在她心中，有二伯並不是多麼壞的一個人，她看到的更多的是他的可愛之處。

對兒童視角的選用，為作品中的世界塗上了一層柔和、明亮乃至鮮艷的色彩。不過在另一些時候，選擇兒童視角，不是為了令世界更美好，而是為了揭示它更真實而殘酷的一面。如果說，眾多小說家之所以從事創作，對小說的藝術孜孜以求，最根本的目的都是在於更好地表達 "真實"——而這卻是非常困難的，那麼，對特殊視角的選用有時會成為達成 "真實" 的有效途徑。在某些時候，唯瘋子（魯迅〈狂人日記〉）、

1　蕭紅：《呼蘭河傳·第三章》（上海·武昌：寰星書店，1947 年），頁 80。

孩子（吳組緗〈官官的補品〉）能看清真實。小說對小團圓媳婦不幸遭遇的描寫正是這樣，她的婆婆一再地打罵她折磨她，卻自以為出自好心，而擁擠的旁觀者則看得津津有味，沒有人發出一點質疑。小團圓媳婦被人撕光了衣服扔進滿是滾燙的熱水的大缸，圍觀的人中，別的光顧着看熱鬧，是"我"最先發現她不叫不動，倒在了缸裏，眾人這時才發覺，跑過去拯救。她被熱水燙了三次，奄奄一息，後來有一個晚上連大辮子也掉下來了。於是她的婆婆就說這是自己掉下來的，就說她"一定是妖怪"，同院住的人也都這麼說。這時，又是"我"偷偷地去問了小團圓媳婦，打破了眾人的謊言，說出了事情的真相：那辮子"是用剪刀剪的"。[1]在小團圓媳婦的故事中，"我"所扮演的角色，在一定程度上和安徒生〈皇帝的新裝〉裏那個說出事情莫須有真相的孩子相似。

然而，小說的後五章並沒有一貫地保持兒童視角，書中的"我"常常不知不覺地具有了成人的心境和眼光。最典型的是第四章。第三章剛剛濃墨重彩地描繪過"我"家那生機勃勃的後花園，第四章把目光瞄向家中的院子，"我"的眼中卻出現了荒涼的景象："刮風和下雨，這院子是很荒涼的了。這 [就] 是晴天，多大的太陽照在上空，這院子也一樣是荒涼的。"[2]接下來的四節，第二和第五節的開頭都是"我家是荒涼的"，第三和第四節的開頭都是"我家的院子是很荒涼的"，而第五節的最後這樣寫道："每到秋天，在蒿草的當中，也往往開了蓼花，所以引來了不少的蜻蜓和蝴蝶在那荒涼的一片蒿草上鬧着。這樣一來，不但不覺得繁華，反而更顯得荒涼寂寞。"[3]小說一再強調"荒涼"，固然和敘述空間的轉換（由後花園轉到院子）帶給兒時的"我"不同的心理感覺有關，更主要的則是本章的描寫浸透了成年後的"我"深沉的心理體驗，是創作主體的一種情感投射。更直白地說，感覺荒涼寂寞的，是成年的"我"，無形中，敘事視角發生了挪移。儘管作品的主體採用兒童

1　蕭紅：《呼蘭河傳・第五章》（上海・武昌：寰星書店，1947 年），頁 190。

2　蕭紅：《呼蘭河傳・第四章》（上海・武昌：寰星書店，1947 年），頁 115。

3　蕭紅：《呼蘭河傳・第四章》（上海・武昌：寰星書店，1947 年），頁 137。

視角，但成年的"我"一再滲入兒時"我"的故事，而到了作品的"尾聲"部分，則全盤變為成人視角，這些都表明了作品的追憶特徵。循此角度，我們可以說《呼蘭河傳》是一部純個人化的作品，它的內容和時代無關。時代對作者的影響，只是通過戰爭流離令其倍感寂寞，讓她形成了孤獨的創作心境。

但這部小說又不僅僅是關乎蕭紅個人的童年記憶。和她以前的代表性作品《生死場》一樣，蕭紅在《呼蘭河傳》裏延續了自己對整個民族命運的思考，焦點之一，便是對國民性的解剖。在這方面，蕭紅無疑受到了魯迅的影響。魯迅在〈我怎麼做起小說來〉一文中自述是抱着啟蒙主義的立場，從事"為人生"並且要"改良這人生"的小說寫作，"所以我的取材，多採自病態社會的不幸的人們中，意思是揭出病苦，引起療救的注意"。[1] 蕭紅作品的主題可能沒有這麼集中，但對國民性的剖析始終沒有脫離她的關注。她筆下的人物有二伯等，有着阿 Q 精神的影子。她一再寫到人群圍觀的場面，令人想到魯迅筆下的"看客"。而她最為着力的，是對民眾麻木精神狀態的刻畫。她筆下的民眾，因循苟且，沒有思考能力，也沒有行動能力，就和牲口一般活着，任憑自然、習俗和命運的擺佈，"春夏秋冬，一年四季來回循環的走，那是自古也就這樣的了。風霜雨雪，受得住的就過去了，受不住的，就尋求着自然的結果。那自然的結果不大好，把一個人默默的一聲不響的就拉着離開了這人間的世界了。""至於那還沒有被拉去的，就風霜雨雪，仍舊在人間被吹打着。"[2] 小說第一章細緻描寫的那個東二道街的大泥坑，若以詹姆森的"民族寓言"理論來解讀，完全可以視作傳統中國的某種象徵。這個大坑位於路中央，每逢下雨，就給當地人帶來很大不便，甚至淹死了豬等動物，帶來財產損失，然而人們卻視若無睹，沒有人積極搶修，相反，不少人甚至希望從中牟取"福利"：一是有熱鬧好看，二是能用低價購買淹死的豬肉——雖然那豬肉味道奇怪，不像是淹死的，更

1　魯迅：《魯迅全集（第四卷）》（北京：人民文學出版社，2005 年），頁 526。

2　蕭紅：《呼蘭河傳·第一章》（上海·武昌：寰星書店，1947 年），頁 43—44。

多的時候倒可能是瘟豬肉，有的人吃了會生病。圍繞這個大泥坑，蕭紅將一個民族的惰性和功利性表現得入木三分。

《呼蘭河傳》另一個值得關注的地方，是對男權中心文化的批判和對女性命運的同情。作者花了整整一章書寫小團圓媳婦的悲慘遭遇，貌似輕快的筆墨壓抑着止不住的沉痛。而在書的其餘部分，常有更直接的議論，作者以微帶反諷的筆觸拆解男權中心論。例如說到有的年輕女子為了反抗命運而跳井，但節婦坊上並無讚美之詞，作者分析道："那是修節婦坊的人故意給刪去的。因為修節婦坊的，多半是男人。他家裏也有一個女人。他怕是寫上了，將來他打他女人的時候，他的女人也去跳井。女人也跳下井，留下來一大群孩子可怎麼辦？於是一律不寫。只寫，溫文爾雅，孝順公婆……"[1] 又如呼蘭河每年四月十八日娘娘廟大會，人們都要去拜兩個廟，先拜老爺廟，再拜娘娘廟，因為"那些燒香的人，雖然說是求子求孫，是先該向娘娘來燒香的，但是人們都以為陰間也是一樣的重男輕女，所以不敢倒反天干。"[2] 老爺廟裏的大泥像，都是威風凜凜，氣概蓋世的樣子，眼睛冒火，能嚇哭孩子，而娘娘廟裏的泥像則近乎普通人。為什麼有這樣的區別呢？也是由於塑像的是男人，他塑起男人像來眼睛冒火，"那就是讓你一見生畏，不但磕頭，而且要心服……至於塑像的人塑起女子來為什麼要那麼溫順，那就告訴人，溫順的就是老實的，老實的就是好欺侮的，告訴人快來欺侮她們吧。" 如此一來，男人打老婆時便會說，"娘娘還得怕老爺打呢？何況你一個長舌婦！"作者對此諷刺道："可見男人打女人是天理應該，神鬼齊一。怪不得那娘娘廟裏的娘娘特別溫順，原來是常常挨打的緣故。可見溫順也不是怎麼優良的天性，而是被打的結果。甚或是招打的原由。"[3] 這一類的議論主要集中於第二章，蓋因此章採用的是全知視角，便於直接抒發。蕭紅通過自己的細緻觀察，同時也根據自己的親身經驗，發現男權

1　蕭紅：《呼蘭河傳·第二章》（上海·武昌：寰星書店，1947年），頁62—63。
2　蕭紅：《呼蘭河傳·第二章》（上海·武昌：寰星書店，1947年），頁70。
3　蕭紅：《呼蘭河傳·第二章》（上海·武昌：寰星書店，1947年），頁72。

文化對女性的壓迫幾乎無所不在，她要對此進行揭露和批判，因此作品有濃烈的女性主義色彩。

〈後花園〉是一篇寫得非常優美的小說，講述的卻是一個很不完滿的故事。由於小說的主人公是一個名叫馮二成子的三十八歲的磨倌，他住的磨房臨着一個熱鬧的後花園，因此容易讓人想起《呼蘭河傳》的第七章所述馮歪嘴子的故事，進行"互文性"閱讀，甚至以為前者是後者的改寫和補充。不過，事實上二者大不相同，宜將其作為一個獨立作品看待。[1] 小說講述一個未老先衰、心如止水的磨倌，終日待在磨房，過着寂靜呆板的生活，極少與外界往來，連鄰居都不太認識。然而有一個大雨的晚上，隔壁趙老太太女兒的笑聲卻撥動了他的心房。第二天，雨過天晴，他在院子裏碰見了她，"她那向日葵花似的大眼睛，似笑非笑的樣子"令他"一想起來就無緣無故的心跳"。[2] 此後他陷入了單相思，耳邊總是流盪着一種聽不見的笑聲，但在面對趙家女兒時，又羞怯得沒有任何表示。後來，趙家女兒出嫁了，馮二成子常常和趙老太太攀談，將他當作一位近親看待。但不久趙老太太也要搬走，到女兒家去，這樣一來，他的情感聯繫被徹底切斷了。就在送走趙老太太後返回的那天深夜，他走進了窗口亮着燈的縫衣裳的王寡婦家裏，向她傾訴。之後離開，又回來，當夜兩人便結了婚了。婚後兩三年，老王和孩子都死了，馮二成子仍在磨房裏幹活。

小說寫了主人公心裏的一段死水微瀾，一段來不及也不可能開展的愛情，表達的是對生命自由的嚮往。熱熱鬧鬧的後花園和冷冷清清的磨房形成鮮明的對比，園中那些爭奇鬥艷的鮮花瓜果，反襯出馮二成子蒼白無力的生命。敘述語言和主人公心理貼得很近，心理描寫貼切入微，如小說這樣形容他送走趙老太太後回家路上的心情："他越走他的腳越沉重，他的心越空虛"，"他越走越奇怪，本來是往回走，可是心越走

1　二者的主要區別有：人物性格不同：馮二成子更為沉默自閉，更少與人往來；故事情節不同：馮二成子有過一段單戀，幻想破滅後才匆匆找了一個寡婦；敘事角度不同：〈後花園〉採用第三人稱全知視角，《呼蘭河傳》第七章則採用第一人稱兒童視角；等等。

2　蕭紅：〈後花園〉，《大公報·文藝》，1940 年 4 月 17 日。

越往遠處飛。究竟飛到那裏去了，他自己也把捉不定。總之，他越往回走，他就越覺得空虛”。[1] 這種空虛對於他來說其實是奢侈的，後來他和王寡婦的結合，大約更有堅實的基礎吧。然而，曾經見過的向日葵花似的大眼睛，曾經聽過的女孩的快活的笑，曾經有過的心底的悸動與相思……一切，都曾證明別樣生命的瞬間存在。而這，對他來說也許就夠了。

〈小城三月〉與〈後花園〉相似，寫的也是一段深埋心底的愛情，有人且以它為蕭紅唯一的愛情小說。這是一個愛情悲劇，但寫得哀而不傷。小說以童年的“我”為敘事者，採用兒童視角，敘述一個年輕女子的淒美情殤。翠姨是“我”一個沒有血緣關係的姨媽，處在十八九歲的年紀，年輕，窈窕，溫柔，嫻靜。她的家境一般，沒有讀過書，和類似出身的姑娘相比，有一份矜持和高傲，而在具有維新氣氛的“我”的大家庭裏，又感覺到隱隱的自卑和自憐。她聽從家裏的安排，和一位從未見過的矮小男子訂了婚。然而，在“我”家做客生活的期間，她那被壓抑的生命意識在一定程度上甦醒了，她暗地裏喜歡上了“我”的一個在哈爾濱讀書的新派堂哥。不過她是寡婦的孩子，受到一些人的歧視，加之自己已經訂婚，因此只能把這份情感壓在心底。訂婚三年後，婆家張羅着要娶親，翠姨聽到這個消息就病了，她不想出嫁，想以讀書來拖延婚期。但終於被心病擊倒，在出嫁前懷着抑鬱默默死去。死前“我”的堂哥曾去看望她，但“他不知翠姨為什麼死，大家也都心中納悶”。[2]

這個以愛情為表達重點的短篇，可能透露出蕭紅在生命的最後歲月對自身情感經歷的某種回顧與反思。有論者以〈小城三月〉為蕭紅的絕唱和告別這個世界的最後遺言，認為翠姨的悲劇故事和現實中的蕭紅存在一種神秘的“對位”關係，包含着她的情感經驗與難言之隱。具體來說，作品中“有難以撫慰的孤獨和憂傷，有命運無法改變的遺憾和追

1　蕭紅：〈後花園〉，《大公報・文藝》，1940 年 4 月 20 日。
2　蕭紅：〈小城三月〉，《時代文學》第一卷第二號（1941 年 7 月 1 日），頁 83。

悔"，但它的情感基調則是"對於匆匆流逝的生命的深深眷戀"。[1] 這種眷戀，使得蕭紅在講述一個悲劇故事時卻用了充滿溫情的筆調，在小說中將自己兒時的家庭生活進行了美化，包括在其他作品中她深感厭惡的繼母等人，在這個小說裏也具有了慈愛的光輝。因此，這是蕭紅的鄉土、家園情結表現非常濃烈的一篇小說。

　　和以上兩個短篇不同，〈北中國〉可以歸入廣義的抗戰題材小說。但和一般主流抗戰文藝作品不同，小說並沒有正面描寫參與抗戰的人物和事件，而是着眼於年輕人離家參與抗戰後，給家裏人帶來的情感牽掛和傷害。耿大先生的大少爺跑到上海去打日本，一去就是三年，究竟是當了兵還是淪落街頭，並沒有確信。留下父母在家裏擔心，母親變得眼淚特別多，父親則為了忘卻這件事情，養成了一個習慣，"夜裏不願意睡覺，願意坐着"，結果"他夜裏坐了三年，竟把頭髮坐白了"。[2] 全家人心都散了，家裏沒有生氣，一切都是往敗壞的路上走，好像要家敗人亡了似的。到了又一個冬天，一個年輕人來報告了大少爺當兵打仗死去的消息，耿大先生從此陷入有時昏迷有時清醒的狀態。清醒的時候他就指揮人砍伐家裏那片養了百來年的榆樹，不想留給日本人，而昏迷的時候就要筆墨寫信，在信封上寫着"大中華民國抗日英雄 耿振華吾兒 收"，並且一來客就託對方帶信。家裏人怕他這種舉動讓日本人碰見了，於是把他幽禁起來，從最末的一間房子的後間，又移到一個小偏房，最後又換到花園角上的涼亭子裏。結局是，他在涼亭裏生炭火，被炭煙熏死了。

　　〈北中國〉從一個側面表現出抗戰帶給中國人的深重苦難和心理創傷。它的構思和 1939 年蕭紅在重慶創作的〈曠野的呼喊〉一樣，矚目的都不是年輕人的奮勇殺敵或精神成長，而是老年人被捲入戰爭後面臨的可怕命運。選擇這樣特殊的表現角度，和蕭紅對抗戰文藝的個人理解

1　王玉寶：〈告別悲劇生命的情感辭典——《小城三月》與蕭紅的主體介入〉，《名作欣賞》2008 年第 7 期，頁 58。

2　蕭紅：〈北中國〉，《星島日報·星座》，1941 年 4 月 23 日。

有關。1938 年 1 月中旬，蕭紅曾在漢口參加過一次七月社組織的對戰時文藝活動問題的討論，當時很多人提倡作家參軍入伍，在戰場上直接獲取創作資源，認為留在後方就等於和生活隔離，蕭紅堅決反對，主張要對生活作更寬泛的理解，重要的不是寫什麼樣的生活，而是作家能否抓住自己在生活中的獨到發現。她說："我看，我們並沒有和生活隔離。譬如躲警報，這也就是戰時生活，不過我們抓不到罷了。即使我們上前線去被日本兵打死了，如果抓不住，也就寫不出來。"她又說："譬如我們房東的姨娘，聽見警報響就駭得打抖，擔心她的兒子，這不就是戰時生活的現象嗎？"[1]〈北中國〉等篇所"抓住"的，正是這樣的生活現象。她是蕭紅所熟悉的，因此才有創作。蕭紅的作品個人性很強，但她終究沒有"脫離"時代，沒有"和生活隔離"。在一個民族受難的年代，她的大部分作品都是對一個民族精神現象的揭示，而少數篇目則直接以抗戰為背景，呈現戰場以外的普通民眾在戰爭中受到的傷害和心理反應。這些作品沒有簡單地選擇歌頌或暴露，而更關注戰亂對個體造成的精神創傷。

循着以上對戰爭及"生活"的理解思路，蕭紅創作了長篇小說《馬伯樂》。這部作品的性質有點特別，它直接點明了主要寫的是一個小人物在抗戰期間的逃亡經歷，但仍無法被籠統地歸入抗戰文藝的陣營。這是一部諷刺小說，抗戰只是它的一個大背景，作家關注的，仍然是對國民性的揭示，以及對男性形象的解構。在某種程度上，這和錢鍾書的《圍城》有些類似。《圍城》也以抗戰為背景，而着力於對人性的解剖，也算不上抗戰小說。二者的另一個相似之處是，作品大體以空間為結構線索，隨着主人公在各地不斷流亡遷徙，一方面寫到當地的人情世態，另一方面深入人物寫出靈魂的不同側面。如果說《呼蘭河傳》、〈後花園〉、〈小城三月〉等凝眸鄉土，作品充滿抒情氣息，那麼《馬伯樂》則聚焦旅途，用的完全是另外一種諷刺筆調，二者帶給人截然不同的閱讀

1　〈抗戰以來的文藝活動動態和展望（座談會記錄）〉，《七月》第 7 期（1938 年 1 月 16 日），頁 195、197。

感受。

在香港，身處寂寞的蕭紅何以會寫出這樣一個諷刺性的長篇？這既和她的文學素養有關，更與她個人的親身經歷脫不了干係。從文學傳統和淵源看，往遠了說，某類重視空間因素的遊記體小說，似乎特別適合幽默、詼諧、諷刺的表現方式，例如《西遊記》和《鏡花緣》都有這方面因素；往近了說，魯迅作品中的幽默和諷刺對蕭紅有着潛移默化的影響，在她以往的作品中這方面的靈感也零星閃現。更近一點，抗戰時期，諷刺文學一時比較興盛，張天翼1938年4月發表於香港《文藝陣地》創刊號上的〈華威先生〉即是其中的名篇。戰爭固然一方面促進了民族意識的高漲與民族空前的大團結，但有心者同時看到，戰亂也使一個民族的某些沉渣泛起，一些人身上具有的國民劣根性，比和平年代更為觸目驚心地展露出來。這些都使得蕭紅想去嘗試一番，她所要精心尋找的，只是一個合適的諷刺對象而已。最終，她在生活中發現了這樣的對象。作品中馬伯樂的流亡路線（青島——上海——武漢——重慶）剛好和蕭紅自身經歷吻合，而她選擇一個文化人為作品主人公，估計是在現實生活中遇上了人物的"原型"，至少，馬伯樂是由她從生活中看到的種種人身上提取、組合而來。

更具體一點看，蕭紅將作品諷刺的對象設置為一個中年的男性文化人，這一人物軟弱、猥瑣、口是心非，很可能出自蕭紅對身邊人物的觀感。當時與蕭紅來往較多的周鯨文日後回憶道："一年的時間，我們得到一種印象，端木對蕭紅不太關心。我們也有種解釋：端木雖係男人，還像小孩子，沒有大丈夫氣。蕭紅雖係女人，性情堅強，倒有男人氣質。"[1] 後來的研究者也注意到，"在和蕭軍分道揚鑣之後，她開始對所謂男子漢氣概不斷地加以攻擊和嘲諷"，"特別是和端木共同生活期間，她感到男人的品德、人格，並不比女人強，甚至更卑微、更膽小、更愚蠢，開始對男性採取諷刺、嘲笑的態度，寫作風格變得越來越幽默、辛

1　周鯨文：〈憶蕭紅〉，《文教資料》1994年第2期，頁7。

辣。"[1] 我們當然不必從作家的傳記材料中去搜求作品中的角色和現實中的人物有怎麼樣的"照應"關係，但至少可以瞭解到蕭紅創作《馬伯樂》的某種心理動因。蕭紅的許多小說都可以從女性主義的角度去條分縷析，《馬伯樂》不但具有這樣的因素，而且是蕭紅作品中對傳統的"男子漢大丈夫"性格氣概的一個徹底消解。[2] 馬伯樂是一個性格比較複雜的人物，他在精神上是阿 Q 的後代，但相比阿 Q 的精神勝利法，他的性格基因具有更多的側面。他自私自利、軟弱無能、欺弱怕強、表裏不一、極度吝嗇、自卑自憐……筆者感興趣的不是作家揭示了他性格的哪些豐富側面，而是蕭紅選擇了怎樣的觀照角度和方式來對他實施諷刺。可能有讀者（主要是男性讀者）會認為《馬伯樂》所寫的點點滴滴過於瑣屑，然而正是這種日常生活的瑣細敘事達致了最佳諷刺效果。小說的第一章寫盧溝橋事變後，馬伯樂自以為日軍很快就要打到青島，於是一個人偷偷地跑到上海（逃跑是他的性格基因），為了省錢，租了一個很便宜的房間，沒有窗戶，暗無天日。他在這個黑窟窿裏的生活，是極其不衛生的，作品對此有不厭其煩的描寫：

　　所以馬伯樂燒飯的小白鐵鍋，永久不用洗，午飯吃完了，把鍋蓋一蓋，到晚上做飯的時候，把鍋子拿過來，用鍋鏟七喳克喳的刮了一陣，刮完了就倒上新米，又做飯去了，第二天晌午做飯時也是照樣的刮。鍋子外邊，就更省事，他連刮也不刮，一任其自然，所以每次燒飯的白沫，越積越厚，致使鍋子慢慢的大起來了。

　　馬伯樂的筷子越用越細，他切菜用的那塊板越用越薄，因為他都不去洗，而一律刮之的緣故。小鐵鍋也是越刮越薄，不過裏邊薄，外邊厚，看不出來就是了。而真正無增無減的要算吃飯的飯盆。雖然也每天同樣的刮，可到底沒能看出什麼或大或小的現象來，仍和買來的時候沒有什麼差

1　鐵峰：《蕭紅文學之路》（哈爾濱：哈爾濱出版社，1991 年），頁 225、226。

2　已有部分研究者從這一角度解析《馬伯樂》，可參艾曉明：〈女性的洞察——論蕭紅的《馬伯樂》〉（《中國現代文學研究叢刊》1997 年第 4 期，頁 55—77）、沈巧瓊：〈論《馬伯樂》的女性視角〉（《廣東社會科學》2006 年第 5 期，頁 170—175）等文。

《馬伯樂》（重慶：大時代書局，
1941 年初版）書影

別，還在保持原狀。

其餘的，不但吃飯的用具。就連枕頭，被子，鞋襪，也都變了樣。因為無管什麼他都不用水洗，一律用刮的辦法。久了，無管什麼東西都要髒的，髒了他就拿過來刮，鍋，盆，筷子是用刀刮。衣裳，帽子是用指甲刮，襪子也是用指甲刮。鞋是用小木片刮。天下了雨，進屋時他就拿小木片刮，就把鞋邊上的泥刮乾淨了。天一晴，看着鞋子又不十分乾淨，於是用木片再刮一回。自然久不刷油，只是刮，黑皮鞋就有點像掛着白霜似的，一塊一塊的在鞋上起了雲彩。這個馬伯樂並不以為然，沒有放在心上。他走在街上仍是堂堂正正的，大大方方的，並沒有因此而生起一些羞怯的自覺。卻往往看了那些皮鞋湛亮的，頭髮閃着油光的而油然的生出一種蔑視之心……[1]

1　蕭紅：《馬伯樂》（重慶：大時代書局，1941 年），頁 87—88。

馬伯樂的生活過得如此困窘和骯髒，固然和他經濟拮据為了省錢有關，然而主要還是由於他的懶惰和得過且過。因此小說作這樣細緻的描寫時，語氣中絲毫不是同情，而是諷刺。可能是覺得如此尚不足以形容，隔了幾頁，作者再次寫到馬伯樂的"一刮了之"的生活秘訣，這次，他不僅是對身外之物，連自己的身體也一概採用刮之一法了：

閒下來他就修理着自己，襪子，鞋或是西裝。襪底穿硬了，他就用指甲刮着，用手揉着一直揉到發軟的程度為止，西裝褲子沾上了飯粒時，他也是用指甲去刮，只有鞋子不用指甲，而是用木片刮。其餘多半都是用指甲的，吃飯的時候，牙縫裡邊塞了點什麼，他也非用指甲刮出來不可。眼睛迷了眼毛進去，他也非用指甲刮出來不可。鼻子不通氣，他進指甲去刮了一陣就通氣了。頭皮發癢時，馬伯樂就用十個指甲，伸到髮根裏抱着亂搔刮一陣。若是耳朵發癢了，大概可沒辦法了，指甲伸又伸不進去，在外邊刮又沒有用處。他一着急，也到底在耳朵外邊刮了一陣。

馬伯樂很久沒有洗澡了，到洗澡堂子去洗澡不十分衛生。在家裏洗，這房子又沒有這設備。反正省錢第一，用毛巾擦一擦也就算了。何況馬伯樂又最容易出汗。一天燒飯兩次，出大汗兩次。汗不就是水嗎？用毛巾把汗一擦不就等於洗了澡嗎？

"洗澡不也是用水嗎？汗不就是水變的嗎？"

馬伯樂擦完了覺得很涼爽，很舒適，無異於每天洗兩個澡的人。[1]

我們在別的一些現代作家的作品裏，也可以看到對國人不講衛生的陋習的針砭，但將其寫到如此淋漓盡致的地步，在現代文學中可謂絕無僅有。張愛玲以瑣碎的日常生活敘事著稱，然而以上所引《馬伯樂》片段，其瑣細程度較張愛玲是有過之而無不及。

而且引人注意的是，這樣不避繁瑣地對人物猥瑣行為的精細刻畫，出現在一部以諷刺為基調的長篇小說中，其文學史意義就值得仔細考察

1　蕭紅：《馬伯樂》（重慶：大時代書局，1941 年），頁 91—92。

了。香港學者陳潔儀認為，《馬伯樂》的寫作具有挑戰"抗戰文藝"寫作模式的意圖，它主動拒絕依循"抗戰文藝"的創作公式，甚至更進一步，以戲擬的方法叛逆"抗戰文藝"的寫作成規。這主要通過對諷刺對象的設定和對"文化人"矯飾的描寫來實現，從書中描寫可知，馬伯樂的原型很可能來自於"進步文人"隊伍。這在當時是非常敏感的，也造成了這部小說長期內乏人問津，得到的評價也普遍不高。在敘事格局上，蕭紅採用日常生活敘事和瑣事描寫，以及對抗戰術語的諧擬與拆解，來嘲弄當時以民族國家大義為中心的宏大敘事。[1] 內地學者艾曉明則由女性主義角度進入，殊途同歸，判定蕭紅堅持女性寫作者的身份，從未屈從任何潮流，是以她在香港時期完成的作品實現了"以獨立的姿態對主流文學的反叛"。[2]

不只是《馬伯樂》，從上文討論可知，蟄居香港時期的蕭紅，一如既往地堅持了個人、女性的寫作立場，以個人人生經驗和性別體驗為基礎，以日常生活敘事等為手段，繼續從事抗戰期間幾乎已被絕大多數作家遺忘的國民性的批判工作（對蕭紅而言，其中包括了對男權中心文化的批判），貢獻出了數篇迥異於抗戰主流文藝的小說精品。她很少正面去表現一個時代，而是選取鄉土和旅途為敘事空間，或抒情，珍藏記憶的美好，或諷刺，揭露人性的醜態，都是從側面展現一個特定年代的眾生相。這些極具個人風格的文字，在文學史上具有恆久的價值。

第二節　許地山

1935 年，新文化運動的健將之一、原燕京大學教授許地山經胡適推薦，應聘至香港大學中文學院。9 月 1 日，他正式就任中文學院主任教授，於港大工作長達六年，直至 1941 年 8 月 4 日因勞累過度引發心

1　陳潔儀：〈論蕭紅《馬伯樂》對"抗戰文藝"的消解方式〉，《中國現代文學研究叢刊》1999 年第 2 期，頁 80—90。

2　艾曉明：〈女性的洞察——論蕭紅的《馬伯樂》〉，《中國現代文學研究叢刊》1997 年第 4 期，頁 71。

臟病，逝世於羅便臣道寓所。這六年間，他的生活相對寧靜，而工作異常繁忙。每週除授課達二十小時之外，還非常積極地參與各類社會文化活動。因其學問精湛，職位甚高，名氣又大，人又熱心，因而交遊甚廣，活動繁多，"在港鋒頭甚勁，到處被邀……終日馬不停蹄。"[1] 六年間，他參與的各類校內外公開活動，僅見諸各大報章公開報道的，就無月無之：為大學生、中學生、社會團體演講，內容涉及民族、宗教、社會、教育、文化、婚姻等；參加許多學校的畢業、頒獎等各類典禮；擔任學生論文、演講、書法各類比賽評委；擔任各類研究會、賑災會委員或顧問；接受報章及電臺訪問；參加或主持內地文化人送往迎來活動；擔任南來文人證婚人；帶領師生前往內地考察；等等，不一而足。[2] 尤其是中日戰爭爆發以後，事情更多。據許地山之子周苓仲於他逝世當月回憶，"自抗戰以來，難民到我們家門口，或是到大學的中文學院找爸爸幫助的，絡繹不絕，爸爸總是盡力替他們設法，送錢，找事，或是送入救濟所"。他每天的日程表為："早晨八點去大學，一點回家午膳，兩點再去，直到六點或七點才回家。在學校除教課及辦校務外，總看見他在讀書，寫卡片，預備寫書的材料。所以他寫小說一類的文章，是在清早四點到六點之間，寫一個段落又回到床上去睡，七點再起來。"[3] 因勞累過度，終至英年早逝，引起社會各界廣泛哀悼。他兢兢業業的辛勤勞動，為香港的文化事業留下了寶貴財富。如 "柳亞子認為，香港的新文化可說是許先生一手開拓出來的。"[4] 具體而言，許地山對香港的貢獻主要可分三個部分：一是教育方面，包括高等教育和中學語文教育。其中，他對港大中文系進行的課程改革（由讀經為主改為文、史、哲、

1　黃振威：〈從陳君葆日記談許地山居港生活片段〉，《香江文壇》總第 25 期（2004 年 1 月），頁 28。

2　參見盧瑋鑾編：〈許地山在香港的活動紀程〉，《八方文藝叢刊》第 5 輯（1987 年 4 月），頁 271—292。

3　苓仲：〈我的童年·序言〉，《新兒童》第 1 卷第 6 期（1941 年 8 月），轉引自周俟松、杜汝淼編：《許地山研究集》（南京：南京大學出版社，1989 年），頁 54、55。

4　黃慶雲：〈落華生悄悄播下的種子〉，《香江文壇》總第 25 期（2004 年 1 月），頁 14。

許地山像〔圖片選自王賡武主編《香港史新編》，三聯書店（香港）有限公司，1997 年〕

翻譯四項課程）廣受稱道，儘管也遇到了改革的困境。[1] 二是思想文化方面，在他的一系列文章及演講中，都努力嘗試於殖民統治環境下輸入許多新文化理念，如現代婚姻觀念、中國拉丁化新文字、通識教育觀念，以及中西文化的溝通等。三是文學方面，他於大學課堂提倡新興白話文，同時擔任文協香港分會和中國文化協進會等的領導職務，以個人創作及理論提倡影響當時的香港文壇。

　　和一般因個人生活原因來港以及被黨派組織來港的南來文人不同，許地山長期於殖民統治下的高等教育機構任職，儘管期間也曾因改革理想無法完全實現而萌生去意，不過相對而言，他比較重視香港本土現實，對此地有較多的融入（這一方面可能也是由於他通曉粵語）。翻查他此期發表出版的著作，除了對香港教育問題發言，他還對香港的歷史文化進行過研究，寫過〈香港考古述略〉、〈香港與九龍租借地史地探略〉等文章。固然這和他對中華民族歷史文化的強烈關注、試圖通過歷史研

1　參見盧瑋鑾：〈許地山與香港大學中文系的改革〉，《香港文學》總第 80 期（1991 年 8 月 5 日），頁 60—64。

究證明香港和大陸的歷史聯繫有關，但也說明在他的文化想像中，香港和大陸仍是一體的，他並未因其是租界出去的時空而將其置於個人視野之外。此外，在政治立場上，他並不屬於任何一黨一派，這讓他能夠超越左右的意識形態對立，同時為雙方所接納，在工作中取得更大效用。他一方面擔任左翼領導的文協香港分會的常務理事、總務負責人及研究部、藝術文學組主持人（因南來作家流動性很大，久居此地的兩名理事許地山和戴望舒是該組織實際上的領導人），另一方面擔任右翼文藝團體中國文化協進會的常務理事、常務委員會委員、學術研究委員會主任委員，與雙方為友，從中斡旋，成為雙方的中介和緩衝，“努力在統一戰線的原則下，聯繫左、右派，平衡左、右派的利益，在團結中加強抗日鬥爭工作。”[1]

　　盧溝橋事變以後，許地山在港積極號召和參與抗日救亡活動。此後發表的文章，大部分洋溢着高漲的民族意識。每年的元旦和七月七日，他幾乎都要在報刊發文，討論和抗戰有關的事宜。據香港《大公報》1941 年 8 月 13 日刊發的幾則〈許地山先生日記〉，他平日對抗戰期間的國內狀況和日人活動非常關注，但他的思考方式是，不是去正面表達日軍的暴行和對日本的民族仇恨，也很少涉及時政與軍事，而是堅守文化崗位，從文化角度着眼，借討論教育、學術、禮俗等方面問題，檢討中國的歷史文化，在此基礎上提出一個民族的時代使命，以及為了達成這使命需要進行的精神重建工作。其中，他特別重視個人和民族的獨立性，多次強調民眾要去除奴性，國家要撤除對他國的依賴性。譬如在檢討香港的教育時，他說：

　　作者以為教育底目的在拔苦。拔苦底路向是啟發昏蒙和摧滅奴性。一切罪惡與墮落都是由於無理解與不自尊而來。教育者底任務是給與學生理智上的光明與養成他底自尊自由底性格。但這兩樣，現代的教育家未曾做到，反而加以摧殘，所以有用的人無從產生。如果有完備的學校教育和補

1　余思牧：〈許地山對香港文學的貢獻〉，《香江文壇》總第 27 期（2004 年 3 月），頁 49。

充的社會教育，使人人能知本國文化底可愛可貴，那就不會產生自己是中國人而以不知中國史，不懂中國話為榮底"讀番書"底子女們了。奴性與昏蒙不去，全個民族必然要在苦惱幽悶的沙漠中徒生徒死，願負教育責任底人們站起來，做大眾底明燈，引後輩到永樂的境界。[1]

　　在中華民國成立三十年之際，他撰文回顧三十年來禮儀的變遷，文中多次提醒應如何對待西方國家及其文化，對國民行為持批判態度。他注意到，"一個耶穌誕期，洋貨店可以賣出很多洋禮物，十之九是中國人買底，難道國人有十分之九是基督徒麼？奴性的盲從，替人家湊熱鬧，說來很可憐的。"對於整個國家，他提請人注意，"民國算是入了壯年底階段了。過去的二十九年，在政治上、外交上、經濟上、乃至思想上，受人操縱底程度比民國未產生以前更深，現在若想自力更生底話，必得努力祛除從前種種的愚昧，改革從前種種的過失，力戒懶惰與依賴，發動自己的能力與思想，要這樣，新的國運才能日臻於光明。我們不能時刻希求人家時刻的援助，要記得我們是入了壯年時期，是三十歲了。更要記得援助我們底就可以操縱我們呀！"[2] 類似的警惕在他作品中多次發出，又如他在 1939 年國慶日前夕寫道："我們不要打空洞的如意算盤，望國際情形好轉，望人來扶助我們。我們先要扶助我們自己，深知道自己建立底國家應當自己來救護，別人是絕對靠不住的。別人為我們建立底國家，那建立者一樣可以隨時毀掉它。"[3] 1940 年七七事變紀念日他再次強調："我們底命運固然與歐美的民主國家有密切的連繫，但我們底抗建還是我們自己的，稍存依賴底心，也許就會摔到萬丈底黑崖底下。"[4] 再三示意，語極殷切。

　　在這樣的背景下討論許地山香港時期的文學創作，無疑有助於我們

1　許地山：〈一年來的香港教育及其展望〉，《大公報》，1939 年 1 月 1 日。

2　許地山：〈民國一世（三十年來我國禮俗變遷底簡略的回觀）〉，《大公報》，1941 年 1 月 1 日。

3　許地山：〈國慶日所立底願望〉，《大公報》，1939 年 10 月 9 日。

4　許地山：〈今天〉，《大公報》，1940 年 7 月 7 日。

對它的基本理解。因忙於教學、研究及文化活動，此期許地山的文學創作不多，但每一篇皆有其討論之價值。

1938 年秋，為了幫助香港大學女生同學會賑災籌款，許地山創作了獨幕劇〈女國士〉，劇本並於 11 月 11、13、15、16 日分四次刊登於《大公報・文藝》。該劇取材於《唐書》薛仁貴的傳記，而將重點放在薛妻柳迎春身上。劇本講述的是，年輕的薛仁貴居於家鄉絳州龍門鎮大黃莊，整日好習武打獵，不事稼穡，田地裏的農活由年邁的父親打理。時值高麗入侵，皇帝御駕親征，地方上正在招兵，薛仁貴想去投軍。某日，同鄉的一個小偷寶奴潛來偷雞摘瓜，薛大伯為了追拿，跌倒摔死。仁貴以父親新喪，準備斷掉投軍的念頭。柳迎春以民族大義為重，願意獨立奉養婆婆，先後說服丈夫和寶奴都去投軍。她對仁貴說："大哥不是個凡人，當然知道古來底大孝子是要立身建功，保衛邦家；若是早晚底請安，春秋底祭祀，不過是人子底末節，凡夫底常行罷了。如今邊疆這麼喫緊，寇賊這麼倡狂，做子民底須當以身許國，掃除夷虜，才是正理。"[1] 而面對怕死的寶奴，她提出在這樣的年代，"好男當好兵，好鐵打好釘"，並設身處地替寶奴分析道："若是你不改變你底行為，一直流氓當到底，那有什麼好處？也許會引你到牢獄裏過一輩子。若是你去投軍，還有立功底希望。你不但自己受人恭敬，連國家也有光榮。要知道為人民底，捍禦外侮是他最高的責任。奴雖然是個女子，若是用得着奴，奴也要去。何況你是個堂堂的男子漢？"寶奴也被說服了，願意隨着仁貴投軍。薛仁貴對妻子大加讚嘆："大嫂真是一個賢明的女國士！若是個個女子都像你一樣，國家就沒有被侵略底時候，天下也就太平了。"[2]

許地山的作品多以女性為主人公，塑造出許多美好的女性形象。異域風情、宗教色彩與女性關懷是他多數小說藝術上的基本特色。本劇從史書中發掘出柳迎春這一深明大義的女性形象，固然一方面是方便大

1　落華生〔許地山〕：〈女國士〉，《大公報・文藝》，1938 年 11 月 13 日。
2　落華生〔許地山〕：〈女國士〉，《大公報・文藝》，1938 年 11 月 16 日。

學女生團體演劇的需要，另一方面也是他抗日救亡意識的突出反映。為此，他不惜借劇中主人公之口，直陳保家衛國之志。這樣直接從事政治宣傳的作品，在他此前的創作中是很少見的。

許地山的另一個兩幕劇〈兇手〉也是取材於歷史，表現女性的賢惠和智慧。而他 1941 年發表於《新兒童》半月刊的童話作品〈桃金娘〉（寫於 1930 年）則表現一個孤女的勤勞和仁愛。研究者注意到這一點，推測他是“通過作品寄託他對女性的看法”，這些女性可能是他心目中最寶貴的“國粹”。[1]

小說方面，許地山在香港創作發表的只有兩篇：1939 年發表的〈玉官〉與 1941 年發表的〈鐵魚底腮〉。二者之中，〈鐵魚底腮〉很早就得到文學界的認可，而〈玉官〉亦在近年越來越得到高度評價。

〈鐵魚底腮〉是一個以抗戰為背景的宣揚愛國主義的短篇。小說的主人公雷老先生曾是一個最早被官派到外國學製大炮的留學生，回國以後，因國內沒有鑄炮兵工廠，以致他學無所用，一輩子坎坷不得意。他當過英文、算學教員，管理過工廠達十幾年，後來在廣州附近一個割讓島上的外國海軍船塢做過機器工人，學到不少軍事方面的新知識，因受懷疑，怕洩露身份而辭職，從此靠遠在馬尼拉的守寡兒媳婦寄錢贍養。他的興趣是在兵器學上，為了加強本國海軍裝備，自己研究發明了一種潛艇模型，這種潛艇比現有的有許多改進，包括一個人造鐵腮和調節機，可令人在艇裏呼吸自如，並在水底呆上好幾天。但他的這個發明國家不需要，同時也不能獻給外國船塢，因為“我也沒有把我自己畫底圖樣獻給他們底理由，自己民族底利益得放在頭裏”。[2] 不久，侵略者的戰車來到，雷老先生被迫逃難。他想去廣西梧州，結果船被擊沉，女僕喪身海中，她帶着的潛艇模型也喪失了。他只好隨一群難民在西市的一條街邊打地鋪。兒媳婦匯錢過來，讓他去馬尼拉，他不願去，還是想到梧

1　黃維樑：〈繼續塑造美好女性的形象——許地山在香港的創作〉，《五邑大學學報（人文社會科學版）》2007 年第 3 期，頁 48。

2　落華生〔許地山〕：〈鐵魚底腮〉，《大風》第 84 期（1941 年 2 月 20 日），頁 2775。

州做些實際工作，於是帶着藍圖和鐵腮模型又一次上船，結果到埠下船時，失手把小木箱掉到海裏去，他急起來，也跳下去了，和他的發明一道潛在了水底。

雷老先生以本民族利益為重，不願將發明獻與他國，實踐了"科學無國界，科學家有國界"的正義和道德。這樣的思想主題一直受到高度肯定。然而，小說的重點並不在於這位民間科學家對民族利益的捍衛，而是書寫他報國無門的遺憾乃至悲憤，"與其說它是一曲愛國主義的頌歌，不如說它是一曲愛國主義的悲歌"。[1] 為了改進本國海軍軍事技術，他一心一意不計報酬，鑽研新式武器，然而"從來他所畫底圖樣，獻給軍事當局，就沒有一樣被採用過"。[2] 他懷抱着自己的發明，卻不能獻給中國的造船廠，因為"有些造船廠都是個同鄉會所"，"我所知道的一所造船廠，凡要踏進那廠底大門底，非得同當權底有點直接或間接的血統或裙帶關係不能得到相當的地位。縱然能進去，我提出來底計劃，如能請得一筆試驗費，也許到實際的工作上已剩下不多了。沒有成績不但是惹人笑話，也許還要派上個罪名。"而研究院的風氣也很不好，"主持研究院底多半是年輕的八分學者，對於事物不肯虛心，很輕易地給下斷語，而且他們好像還有'幫'底組織，像青紅幫似地。不同幫底也別妄生玄想。"眼看自己年已七十三四，發明是沒有實現的機會了，"我只希望我能活到國家感覺需要而信得過我底那一天來到。"[3] 通過這樣一位普通老人懷才不遇的遭遇，作者批評了當局的昏聵和社會的不良風氣。而這是許地山香港時期眾多雜文的共同特點。哪怕是在一些紀念文章或學術性較強的論文中，他也常常對抗戰以來的某些醜惡現實發出針砭。

〈女國士〉和〈鐵魚底腮〉這樣的作品，與許地山五四時期的作品大相徑庭。它們褪去了傳奇和浪漫色彩，主旨簡明，文風樸實，時代性強，顯然是地地道道的以大眾為對象的"載道"之作。這樣的轉變，離

1　袁良駿：〈簡述許地山先生寫於香港的小說〉，《河北學刊》1997 年第 6 期，頁 63。

2　落華生〔許地山〕：〈鐵魚底腮〉，《大風》第 84 期（1941 年 2 月 20 日），頁 2773。

3　落華生〔許地山〕：〈鐵魚底腮〉，《大風》第 84 期（1941 年 2 月 20 日），頁 2775。

不開抗戰的現實。抗戰令許地山不斷思考知識分子與時代和民眾的關係。在他那篇著名的長文〈國粹與國學〉中，他說："學術本無所謂新舊，只問其能否適應時代底需要。" 又說："中國目前的問題，不怕新學術呼不出，也不怕沒人去做專門名家之業，所怕底是知識不普及。" [1]這種實用主義的態度和文化普及的目標，也貫徹到他對文學的認識上。在給簡又文編譯的《硬漢》作序時，他曾將文學分為兩類："怡情文學"與"養性文學"，並作如下解釋："怡情文學是靜止的，是在太平時代或在紛亂時代底超現實作品，文章底內容全基於想像……只求自己欣賞，他人理解與否，在所不問……養性文學就不然，它是活動的，是對於人間種種的不平所發出底轟天雷，作者着實地把人性在受窘壓底狀態底下怎樣掙扎底情形寫出來，為的是教讀者能把更堅定的性格培養出來。……我們現時實在不是讀怡情文學底時候，我們只能讀那從這樣時代產生出來底養性文學。養性文學底種類也可以分出好幾樣，其中一樣是帶汗臭底，一樣是帶彈腥底。因為這類作品都是切實地描寫羣眾，表現得很樸實，容易瞭解，所以也可以叫做群眾文學。" [2]在另外一個地方，他又提出："……我們最要的作品，必須以能供給前方將士與勞作底群眾為主。……我們不希望爛調的宣傳文學，只希望作者能誠實地與熱情地將他們感想與經驗宣露出來，使讀者發生對於國家民族底真性情，不為物慾強權所蒙蔽，所威脅。" [3]這樣的提倡，已經和從事抗戰文藝工作的左翼作家們的說法非常接近了。儘管他自己創作不多，但在有限的篇目中，可以看出他是實踐了這些在一個新的時代對於文學的新認識的。

　　和〈鐵魚底腮〉相比，〈玉官〉是一個充滿爭議的作品。在一個相當長的時期內，這篇小說被文學史研究者所忽視，即使有所論及，一

1　許地山：〈國粹與國學〉，載高巍選輯：《許地山文集（下）》（北京：新華出版社，1998年），頁 694、705。

2　許地山：〈怡情文學與養性文學——序大華烈士編譯《硬漢》小說集〉，《大風》第 25 期（1939 年 1 月 5 日），頁 771。

3　許地山：〈國慶日所立底願望〉，《大公報》，1939 年 10 月 9 日。

般也評價不高，而主要原因則有兩方面，一是認為作品思想傾向有問題（包括政治立場不對，對共產黨有歪曲描寫，民族之恨的意識不強，對革命形勢的描寫模糊了前進與倒退的界限等），二是作品表現了濃厚的宗教意識，主人公虔信宗教。[1] 這兩個方面，實際上都針對的是作品的“思想性”。最先在文學史上對〈玉官〉進行較高評價的是夏志清，他稱許地山和他同時的作家最不同的一點就是他關注到“宗教上的大問題”，“所關心的則是慈悲或愛這個基本的宗教經驗……他給他的時代重建精神價值上所作的努力，真不啻是一種苦行僧的精神，光憑這點，他已經就值得我們尊敬，並且在文學史上，應佔得一席之地了”，而確定他在文學史上的地位的作品，以〈玉官〉最為重要，從“尋求一個完美的寓言來表達他對完善的生活之見解的努力”來看，它“確實是一篇小小的傑作”。[2] 這樣的基本估價受到一位內地學者的批評，認為夏志清是由於受其“反共政治立場與基督教迷信的影響，嚴重歪曲了事實”。[3] 可以說，上述評價多少受到論者政治立場和意識形態的影響。直至二十世紀九十年代以後，學界才逐漸釐清這些不無偏頗的思想性論斷，[4] 重新檢視作品的藝術價值，認為作品具有複雜多義性，藝術成就較高，應算許地山一生代表作之一，甚至可被列為文學“經典”之列。而它最大的貢獻，是

1　參見張登林：〈《玉官》：一部被“忽略”的文學經典〉，《上海師範大學學報（哲學社會科學版）》2007 年第 3 期，頁 67—68。

2　夏志清著，劉紹銘等譯：《中國現代小說史》（香港：中文大學出版社，2001 年），頁 72、74、75。

3　徐明旭：〈“偏愛”，還是偏見？——評夏志清著《中國現代小說史》有關許地山章節〉，《中國現代文學研究叢刊》1984 年第 3 期，頁 327。

4　對作品思想性方面新的解釋一般是這樣的：因為作者抱着超越黨派的立場，將“土共”與國軍等量齊觀，並非有意歪曲共產黨，因此只是一個小的瑕疵；作品的主人公玉官並非只是一個單純的基督徒，作者亦儒、亦佛、亦道、亦耶，他在主人公身上表現出中西文化的碰撞與融合，寄寓了宗教溝通的文化構想等。參見袁良駿：〈簡述許地山先生寫於香港的小說〉，《河北學刊》1997 年第 6 期，頁 61—64；姜波：〈中西文化的碰撞與融匯——許地山小說《玉官》重評〉，《學術論壇》2001 年第 5 期，頁 98—101；張登林：〈《玉官》：一部被“忽略”的文學經典〉，《上海師範大學學報（哲學社會科學版）》2007 年第 3 期，頁 67—73；巫小黎：〈《玉官》與許地山“宗教溝通”的文化構想〉，《文學評論》2008 年第 3 期，頁 111—115。

創造了玉官這一現代文學新的人物形象，反映了中國式基督徒的複雜心態，進而體現了作家對宗教的開放性理解。

〈玉官〉長達四萬字左右，是許地山小說中篇幅最長的作品。小說的背景由十九世紀末延伸至二十世紀三十年代，主人公玉官是一個孀居的寡婦，丈夫在甲午海戰中犧牲，留下她帶着個兩歲的兒子過活。為了生活，她接受街坊"吃教婆"杏官的攛掇，也入了基督教，加入傳教的行列。從此，她的生活發生了很大的改變，小說主要就是描寫她入教後幾十年內的坎坷生活與心態變化，並帶出社會變遷的現實。玉官成為"聖經女人"後，個人心理上經受了中西文化的劇烈衝突，她幾十年裏一直隨身帶着幾件老古董："一本白話《聖經》、一本《天路歷程》和一本看不懂底《易經》"，這是對她矛盾心理的準確形容。一方面她對基督教逐漸從不信轉為虔信，另一方面又時不時受到中國傳統禮儀文化的影響。而在和外界的關係上，入教除了給她帶來衣食無憂，還令她享受種種好處，如一般的個人和地方政府再也不敢隨便欺負她，她的兒子也由教會派出國留學，回國後做了官，令她地位陡升，等等。不過，此時她已將傳教當作事業，於個人名譽並不介意，在她為教會服務滿四十年後，教會給她發起舉行一個紀念會，有人提議要給她立碑或牌坊，而她"這時是無心無意地，反勸大家不要為她破費精神和金錢。她說，她底工作是應當做底，從前的她底錯誤就是在貪求報酬，而所得底只是失望和苦惱。她現在纔知道不求報酬底工作，纔是有價值的，大眾若是得着利益就是他〔她〕底榮耀了。"[1]

許地山將〈玉官〉的主人公設置為一個頗為另類的中國女基督徒，和他的多數小說一樣，這篇作品也反映了他對宗教問題的思考。許地山很早就對宗教感興趣，青年時成為一個基督徒，此後在求學和治學過程中，亦以宗教史和比較宗教學為重點。在他看來，"宗教是社會的產物，由多人多時所形成，並非由個人所創造。宗教的需要，是普遍

1　許地山：〈玉官〉，《大風》第 36 期（1939 年 5 月 5 日），頁 1145。

的"。[1] 他曾批評香港的教育，認為此地"五方雜處，禮俗不齊，意志既不能統一，教育於是大半落在投機者，無主義者，兩可論者，釣譽者底手裏"，[2] 可見他認為一個人是需要有"主義"和信仰的。不同的只是有的人信仰某一政黨所崇奉的意識形態，而他信仰宗教而已。但和一般的教徒不同，他並不拘守某一教派的所有教義，而是有思考，有批判，力圖以時代需要為準，取各教之長，服務社會。許多論者從他的早期小說中看出有"消極""出世"精神，事實上他本人在生活中是具有相當"積極"進取精神的。他後期作品人物的特點之一，也是務實辛勤、腳踏實地，面對生活採取平實和堅忍態度。正如他在一篇文學評論中這樣寫道："無病的呻吟固然不對，有病的呻吟也是一樣地不應當。永不呻吟底才是最有勇氣底。……永不呻吟底當是極能忍耐最善於視察事態底人。"[3]

論者常將許地山前後期作品風格的變化概括為從浪漫傳奇到客觀寫實。〈玉官〉的"現實性"是非常強的，反映了幾十年內豐富的社會內容，如基督教擴張過程中引發的矛盾和衝突，又如玉官和兒子兒媳兩代人生活方式的齟齬等。而聯繫到作品對中西文化、宗教方面的思考，可以說，小說既是寫實性的，又是寓言性的。

將上面討論的三篇作品放在一起考察，還可以發現一個有趣的事實：它們都寫了對國土的想像。〈女國士〉寫一個年輕女子勸丈夫從軍抗敵，保衛家國，〈鐵魚底腮〉寫一個老科學家在自己國家的土地上流亡，想要撤退到大後方從事救亡工作，而〈玉官〉則寫一位中國籍基督徒在本國鄉土上傳播一種外來宗教。儘管旨趣不一，然而對國土的共同關注，體現了許地山對國家民族現實命運與前途的思考。

1　許地山：〈我們要什麼樣的宗教？〉，《晨報副鐫》，1923 年 4 月 14 日。

2　許地山：〈一年來的香港教育及其展望〉，《大公報》，1939 年 1 月 1 日。

3　許地山：〈論"反新式風花雪月"〉，《大公報》，1940 年 11 月 14 日。

第三節 "過客"們

一、反殖民論述

　　研究香港文學史的學者大都注意到,二十世紀五十年代以前的南來作家,幾乎全部具有濃烈的"中原心態"和"過客意識"。"他們只是在香港暫居,把香港作為宣傳文學的地方,而他們的心和眼都是向着中國大陸。"[1] 正如當年夏衍等將自己的住所命名為"北望樓",而周而復的一本雜文集也定名為《北望樓雜文》。一心北望的作家們,自然"沒有注意到本地意識的重要性",[2] 在他們筆下,對香港現實的呈現往往付之闕如,即有,一般也都是以一種遊客的心態,帶着觀光和獵奇的眼光來掃描一番,而評價往往是負面的。造成這種現象的主客觀原因是多方面的:南來作家不管是個人來此"討生活",還是由組織派來從事宣傳工作,背景都是由於戰爭,一俟內地局勢好轉,自然歸心似箭回歸大陸了,"揮一揮衣袖,不帶走一片雲彩";他們在香港過的是僑寓生活,在出租屋乃至旅店度日,不會以此為家,就算是事業方面,要將香港建成為文化中心,同時也明確意識到這個中心只是"臨時"的;他們從上海、廣州、武漢、重慶等各地前來,背景不一,許多人對香港的殖民文化很不適應,有很大的隔閡和異己感,一般短期內不願或不能主動融入自己所生活的社群;除了廣東籍的等少數作家,多數人不通粵語,在和本地人的日常生活、文化交流上存在巨大障礙……如果我們細讀他們留下的有限的關於香港的文字,還可以發現更多的問題,例如對香港被殖民的屈辱感、對現代都市的批判,[3] 等等。貫串其中的一條主線,則是反殖民論述。

1　盧瑋鑾語,見本報記者:〈回顧過去　展望未來——記《香港文學三十年》座談會〉,《新晚報・星海》,1980 年 10 月 21 日。

2　劉以鬯:〈50 年代初期的香港文學〉,載劉以鬯:《見蝦集》(瀋陽:遼寧教育出版社,1997年),頁 19。

3　二十世紀三四十年代,許多左翼詩人如陳殘雲、沙鷗、黃雨的作品,都表達了對香港這個都市負面的觀感。參見陳智德:〈論香港新詩 1925—1949〉(香港:嶺南大學哲學博士學位論文,2004 年),頁 61—67、95—105。

對於現代文學史上的南來作家而言，反殖民論述已經形成了一種連續的傳統。1925 年，從來未曾踏足香港的著名詩人聞一多，在他的組詩〈七子之歌〉中，選擇中國的七塊被割佔、租借的土地進行歌詠，其中的兩首，即以香港、九龍為題，將其視為祖國的一對兒女，呼喚回歸。1927 年 2 月，魯迅應邀到香港做了兩場演講：〈無聲的中國〉與〈老調子已經唱完〉，在後者中，魯迅把整個的中國傳統文化視為 "老調子"，除了回顧歷史上中國的老調子把一個個朝代一一唱完，還重點討論了中西關係，即 "文化並不在我們之下的" 外國人 "別有用意" 地讚美中國文化，其目的是在利用中國人自己的老調子唱完他們自己。倘若長此以往，全國就會變得像上海一樣："最有權勢的是一群外國人，接近他們的是一圈中國的商人和所謂讀書的人，圈子外面是許多中國的苦人，就是下等奴才。"[1] 魯迅匆匆返回廣州後，當時沒有寫下對香港的觀感，大約半年後，他在《語絲》週刊發表了一篇〈略談香港〉，結合自身的經歷（演講的組織頗受干涉、講稿不能順利刊登）與當地新聞報道，認為 "香港總是一個畏途"，[2] 華人地位低下，常遇不便。同年九月底，魯迅第三次過港，在船上先後受到三位 "英屬同胞" 的無禮搜查，為此他又專門寫了一篇〈再談香港〉，這次的批評直接有力得多。文章寫道，在經歷了一番翻箱倒篋的搜查後，船上的茶房反將事情歸咎於魯迅自己：

> "你生得太瘦了，他疑心你是販雅片的。" 他說。
>
> 我實在有些愕然，真是人壽有限，"世故" 無窮。我一向以為和人們搶飯碗要碰釘子，不要飯碗是無妨的。去年在廈門，才知道吃飯固難，不吃亦殊為 "學者" 所不悅，得了不守本分的批評。鬍鬚的形狀，有國粹和歐式之別，不易處置，我是早經明白的。今年到廣州，才又知道雖顏色也難以自由，有人在日報上警告我，叫我的鬍子不要變灰色，又不要變紅色。至於為人不可太瘦，則到香港才省悟，先前是夢裏也未曾想到的。

1　魯迅：《魯迅全集（第七卷）》（北京：人民文學出版社，2005 年），頁 325。

2　魯迅：《魯迅全集（第三卷）》（北京：人民文學出版社，2005 年），頁 447。

的確，監督着同胞"查關"的一個西洋人，實在吃得很肥胖。

香港雖只一島，卻活畫着中國許多地方現在和將來的小照：中央幾位洋主子，手下是若干頌德的"高等華人"和一夥作伥的奴氣同胞。此外即全是默默吃苦的"土人"，能耐的死在洋場上，耐不住的逃入深山中，苗瑤是我們的前輩。[1]

最後一段話可以和上面的演講詞對讀。魯迅熟悉當時的上海租界，對其種族與階層結構非常不滿，他對殖民統治下的香港的觀察，也是從這一角度進行的。他非常敏感於主子與奴才這樣的二元結構關係，尤其痛恨那些為虎作伥的奴才同胞，在文中非常鮮明地表現出他的反殖民意識。類似的論述在後來南來作家筆下不斷激起回響。

1938 年 11 月，樓適夷從武漢經廣州來到香港，協助茅盾編輯《文藝陣地》，在香港住了沒幾天，在這陌生的環境裏他感到"憂鬱"起來——

習慣了祖國血肉和炮火的艱難的旅途，偶然看一看香港，或者也不壞；然而一到註定了要留下來，想着必須和這班消磨着，霉爛着的人們生活在一起，人便會憂鬱起來。

滲雜在雜沓的人群中，看着電車和巴士在身邊疾駛而過；高坐在電車的樓座里，看看那紛攘的街頭，這兒雖有一點近代文化都市的風味。但是抬起頭來，看見對座的一些領呔打扮筆挺的先生，捧着一張印刷惡劣的小報，恬然無恥的讀着淫穢的連載小說，心頭便感得荒涼。

…………

骨牌的聲音掩滅了機關槍的怒鳴，鴉片的煙霧籠住了砲火，消耗者的安樂窩呀，也響起防空演習的警報。

如果對跳舞廳的腰肢和好萊塢的大腿並不深深地感得興味，香港便使人寂寞了。但是香港也並不都是梳光頭髮和塗紅嘴唇的男女，在深夜的騎

1　魯迅：《魯迅全集（第三卷）》（北京：人民文學出版社，2005 年），頁 565。

下篇
話語實踐

樓下，寒風吹徹的破席中，正抖瑟着更多的兄弟呢？

　　跟許多荒涼的內地一樣，在炮火的震盪中，荒涼的都市也會滋長出生命來的呀，如果踏入了開拓者的腳跡。

　　朋友們，叫喊着寂寞，只會使人更加寂寞：讓我們和寂寞鬥爭吧，戰壕是到處可以挖掘的！首先，讓我們來挖掘開，這把人和人對相隔絕了的堅牆！[1]

　　帶着內地經驗剛來香港的作家，被他看到的現實所刺激，因而發出“憂鬱”和“寂寞”的感嘆。文中主要批判的是一班香港市民對於抗戰的不關心，仍沉浸於個人享樂式的生活：讀淫穢小說，打骨牌，吸鴉片，跳舞，看電影；拿這些和內地的炮火一比，便覺得很不協調。文章最後號召南來文化人充當“開拓者”，通過自己的行動，改變此地人們的精神風貌。戰爭時期，全民表現不一，某些特權和富裕階層仍過着“腐化”、“霉爛”的生活，在當時內地亦所在多有，例如也有很多作品批評重慶等地的類似情景。不過樓適夷將這篇短文題為〈香港的憂鬱〉，將目睹到的一些人群的現狀和整個城市聯繫起來，以偏概全，這是很多對香港觀察不深的雜感文章通常存在的一個不足。

　　徐遲對當年在香港的生活有很詳細的回憶，其中談到他和人交往的狀況，並有分析，很值得我們參考。他說：“如今回想起來，還很有點奇怪的，是我竟然沒有再去尋找本地的詩人和作家。就是三年前我曾經結識過的侶倫和杜格靈（陳廷），我也沒有再去專誠拜訪，甚至是糟糕得很，我好像已把他們忘了似的。當然也並不是忘了，而是因為我們是成群結隊而來的，在外來的自己人中間兜得轉了，又不認得地方，沒得時間精力就沒去找他們，把老朋友冷淡了。真不像話！那時鷗外鷗在香港，也見了面，但往來也不多。不會廣東話卻也是一個原因，乃更因此而廣東話始終也沒有學會。”[2]他的“日子過得並不好，香港的生活還不

1　適夷：〈香港的憂鬱〉，《星島日報·星座》，1938 年 11 月 17 日。

2　徐遲：《江南小鎮》（北京：作家出版社，1993 年），頁 227。

能適應。很少娛樂活動，很少交際，也沒有學會廣東話，和本地人更少往來。"[1] 以此他總結道："我在香港的所見所聞是非常狹隘的，甚至連廣東話也沒有學會幾句。簡直可以說，我還根本沒有接觸到生活，更不要說什麼底層人民的生活了。可以說是'往來無白丁，談笑有鴻儒'，是嚴重地脫離生活的。"[2] 不過，這些都是現象，包括他多次提到不會粵語的問題，但有沒有更深層的原因，令這些外來者如此"脫離生活"？或許，原因之一在於他們對殖民者的複雜心態。"在香港的時候，我很弄不懂該怎麼看英國人？他是侵略者，強佔了我們的地方一百多年，是可惡之至的。我們吃了大虧，他們強橫霸道，他們慘無人道，佔了好大的便宜呵。我們不能不說這一點的。我們的血液成了他們的瓊漿。我們的荒島化為他們的皇冠上的鑽石。""但同時，他們也帶來了西方文明，東方和西方，在香港初次結合了起來。……英國人思想很不好，但本事卻很顯著的高明，他們的成績斐然。"[3] 這種雙重的認識，也反映在當時許多紀遊文章中，這類文章往往以多半篇幅盛讚香港市容市貌的乾淨整潔與富麗堂皇，肯定殖民當局的高效管理，臨結尾卻筆鋒一轉，批判殖民統治，痛心於香港的割讓，兩部分很不協調。

　　1939 年 4 月，徐遲接連發表了兩篇散文，一篇暢想昆明的春天，一篇描摹他在香港遭到的不公正待遇，兩者剛好形成對照，從中可以看出他對兩地的不同態度。

　　第一篇名為〈花舖子〉，寫有從昆明來的人告訴"我"，有人在昆明開設了一個花舖子，賣整個城市最好的鮮花，生意很好，而且兼賣有價值的舊書。這個消息引動了"我"內心的情感波瀾，於是展開了一連串的想像："我不能想像正在建設中的內地的春天，景像將是如何的可愛。那一定是'希望'本身在春天裏，又在一個處女地上……""在這個春天，而又在內地，我們能見到的必定是愉快和進步。……從前，所

1　徐遲：《江南小鎮》（北京：作家出版社，1993 年），頁 235。

2　徐遲：《江南小鎮》（北京：作家出版社，1993 年），頁 258。

3　徐遲：〈香港紀行〉，《文匯報・文藝》，1995 年 11 月 19 日。

謂愉快，在這個古國家裏是一種正在腐爛的愉快；一個春天也是一個腐爛的春天；一朵花也是有一個腐爛的根的。而這個春天的到來，內地開遍了新的花，不再是荒蕪了沒有人注意，而是給人加意栽培，日益絢麗的花。"單看這樣華美的文辭，後來的讀者或會想當然地以為早在1939年的春天，中國的抗戰已迎來了一個全新的面貌。而作者還不滿足於此，他繼續憧憬："只要過了這個春天，中國已經會了不得了。每一種花在這個春天裏都會開放，科學，地方，政治，實業，壯丁訓練。我有些害怕這個春天，他給我們的創造的力量也許是太多了。"[1] 這樣美好的想像，和對它的如詩如畫的描寫，幾年以後，事過境遷，或者會被批評為"小資產階級"的浪漫的幻想，然而，它充分反映了作者對故土的一片深情和對祖國的衷心祝願。

三天後，徐遲發表了另一篇寫香港的散文〈微笑〉，感情基調全然不同。文章寫"我"有一次到總郵政局唐信部取掛號信的經歷。唐信部內極其簡陋，裏邊的二三十個郵差非常悠閒，閒談，吸煙，打盹，靜坐，"沒有人在做事"。"我"在櫃臺外等候了一刻鐘，和每個經過的郵差說話，但所有人都似理非理。"我"不敢發脾氣，於是只好微笑。作者這樣形容這微笑："我的微笑也許是勉強的，卻也是自然的。我不敢得罪他們，我要取我的信，我要取悅他們：郵差。我的微笑在我的臉上開花，我勉強我自己的皮膚叫他們給我出色地微笑。"終於，這種取悅人的笑收到了效果，有一個郵差"沒精打采的然而再不好意思不跑來"辦事，把信給"我"。在這過程中，"我"也明白了為什麼郵差不將掛號信送來，卻要"我"親自來取，原來這封信來自"我"鄉下的外祖母，由一個替人批命的老頭子代寫，信封土裏土氣，殖民年代的香港，"這樣的信是會收到這種帶一點侮辱性的待遇的。"因為就在第二天，另一封用藍墨水和自來水筆寫在西式信封上的掛號信就被郵差直接送到家裏來了。文章接下來是長篇的議論：

1　徐遲：〈花舖子〉，《星島日報·星座》，1939年4月18日。

144

我漸漸意識到自從來到香港，我常常放出和顏悅色的臉來對人微笑。我感覺到這些特殊的微笑現在已在我的臉上生了根。說也可憐，灌溉這根的，是一些逃難來港後處處的生活困難和不如意和煩惱，然而微笑在我們的臉上開滿了花，廣東人將漸漸地喜歡這種微笑而同時接受我們外江佬的友誼的。

不意識到也罷，意識到了之後，我突然觀察我們在香港的外江佬的臉上，都深刻地刻印着這種微笑……

…………

外江佬，微笑吧。

說這種微笑能使中國凝成一片，使中國有一隻新的臉，是不過份的，那末，微笑吧，此中可以給正在建造中的國家，一個莫大的推動力。"莫大的"，這一個成語有人反對嗎？[1]

作者捕捉到生活中的一個細節，從一個微笑的表情入手，由此生發，批評殖民統治下的等級觀念。文中描述這種微笑可以使中國南北東西的人生活融洽，不相歧視，和睦相處，得到友誼，目的並不在提倡人與人之間禮貌待人、友好待人，因為，結尾的問話，顯然含有諷刺意味。

徐訏的這兩篇作品，一寫想像中的昆明，無比美好，一寫現實中的香港，令人厭惡，感情傾向明顯不同。很難想像將兩文中的城市互換，作品是否還能產生？綜觀南來作家筆下的香港，多數情況下，呈現的是一種負面形象，這一點在和他們那些鄉土抒情作品相比較時尤為明顯。在戰爭的特殊背景下，在他們對一個國家和民族的充滿激情和深情的想像中，暫時沒有香港的位置。

二、被詢喚的"現實"

不過，要說南來作家對香港毫不關注也是不準確的，包括在文學創作方面，也不能說南來作家帶來的全部只是內地文學的植入，與香港

1　徐訏：〈微笑〉，《星島日報·星座》，1939 年 4 月 21 日。

"本土文學" 的發展無關，或者只是起阻礙作用。儘管視香港為臨時的中轉站，但在某些情況下，出於各種主客觀原因（以香港為宣傳基地，自然也需要向香港同胞輸入民族意識，以支援抗戰），南來作家和本地人也有一些互動。這裏以《文藝青年》為例，談談這種互動的特點和局限。之所以選擇這一雜誌，是因為 "它是香港年輕人參與極深的一份刊物"，作者 "是以香港年輕一輩為主"，"作品本地色彩很濃厚"，刊物 "是相當本地化的"。[1] 這在戰前南來作家創辦的文藝期刊中可謂絕無僅有，為考察南來作家與香港文學的關係提供了一個很好的個案。

前文（詳見第二章）已經介紹過刊物的創辦背景及其對戰鬥精神的提倡，以下再分析它如何循循善誘，教導香港的文藝青年生產出符合標準的具有戰鬥精神的文學產品。刊物的目標之一是要 "做成文藝戰線的尖兵"，這一比喻性的說法，從形式上去理解，是要求刊登的文藝作品短小精悍（"尖"）。由於刊物每期容量有限，加之主要的作者和讀者對象都是年輕的文學愛好者，因此編者從創刊伊始便將其區別於當時的《星島日報‧星座》、《大公報‧文藝》（二者常連載長篇幅作品）、《文藝陣地》等文藝報刊，大力徵求篇幅短小的創作和評論。"我們不懂得燒 '卡龍'，駛坦克，手中有的只是刺刀匕首；所以我們甘願在配合整個戰線的進退下，做一名尖兵，在 '艱苦階段' 裏，靈活輕便的尖兵是更 '方便' 的，而且也適合於青年人！"[2] 其後在刊物歷次徵稿啟事中，編者除了強調來稿要與現實生活有關之外，就是對稿件篇幅進行明確限制。例如在第 4 期發動 "學校生活寫生競賽" 和 "工廠文藝通訊競賽"，要求之一是 "字數以一千至二千五百為限"。[3] 在第 8 期的徵稿信中，編者提出 "尤其歡迎四五百字之 '滴論'，及二千字以下之 '人物小品'，'工廠通訊'，'學校生活'，及 '街頭速寫'"。[4] 一般而言，對文章字數

1　鄭樹森語。〈早期香港新文學資料三人談〉，載鄭樹森、黃繼持、盧瑋鑾編：《早期香港新文學資料選》（香港：天地圖書有限公司，1998 年），頁 15。

2　〈我們的目標——代開頭話〉，《文藝青年》第 1 期（1940 年 9 月 16 日），頁 2。

3　〈學校‧工廠‧競賽！〉，《文藝青年》第 4 期（1940 年 11 月 1 日），頁 20。

4　〈歡迎投稿〉，《文藝青年》第 8 期（1941 年 1 月），頁 29。

進行明確限制的多是報紙副刊的專欄,《文藝青年》編者的版面意識有類於此。和篇幅問題相關的是文體意識。編者經常表達對來稿文體的要求,建議作者多寫短評、雜文、通訊等,而明確提出"詩,最好少寄一點。我們渴望的,是地方性的,生活上的和學習上的文章"。[1] 對作者文體選擇上的引導可以通過多種方式,例如,刊物設有"文青小辭典"欄目,每期選擇兩三個文藝概念加以解說,第 2 期選擇了"報告文學"和"速寫",在解釋了這兩種文體的基本特徵後,並將其流行的原因和現實結合起來,指出報告文學在"抗戰以後,更配合著抗戰的急激的變動的需要,而發展起來,在文藝上佔了重要的地位",而速寫"對於緊張,複雜的生活,是一種很適當的文藝形式,所以文壇上也很風行"。[2] 第 4 期發動文藝競賽,包括"學校生活寫生競賽"和"工廠文藝通訊競賽",也是因為編者認為"通訊和速寫,在文藝領域裏是暴露現實最輕便最突擊的工具,因此,無疑問的這一發動是應該得到普遍的響應的"。[3] 可見,編者對篇幅和文體方面的考慮,主要是着眼於在現實中發揮"戰鬥"作用。經過多重引導,一般文學愛好者投稿之際自然就會有的放矢得多了。

在內容方面,《文藝青年》對作品的選擇,最重要的是看其題材,要求作品反映現實生活。這從其推出的文藝競賽要求取材自學校和工廠生活便可明白看出,因為這兩個領域正是文藝青年最熟悉的。競賽持續了兩個多月,收到一百多篇來稿,最後編者從中選出十六篇獲獎作品,刊登於第 8(十篇)、第 9(六篇)兩期。這十六篇作品,與別的作品一樣,多數都是描寫階級"戰鬥"或與其有關的:作品中通常存在兩個階級的對立與矛盾,上層階級(校長、工頭、工廠老闆等)對下層階級(學生和普通工人)進行剝削和鎮壓,後者有的反抗,有的隱忍,結果幾乎一樣,不是被逼至死,就是陷入生活的困境無從解脫。和許多二十世紀

1 〈獻〉,《文藝青年》第 2 期(1940 年 10 月 1 日),頁 22。

2 〈文青小辭典〉,《文藝青年》第 2 期(1940 年 10 月 1 日),頁 17。

3 〈學校·工廠·競賽!〉,《文藝青年》第 4 期(1940 年 11 月 1 日),頁 20。

五十年代後的作品不同，這裏很少可以讓人看到光明的結尾——或許這樣更有助於引發讀者的反抗意識吧。也許暴露現實的願望過於強烈，編者選擇的某些作品，故事及其表達方式都很雷同，例如，寫工人因勞致疾，老闆見死不救，將其開除，或者工頭克扣工錢、收取份錢的，都不止一篇。在修辭方面，很多作品也相當一致，例如把工人比喻成牛馬。作品具有習作性質，藝術水準普遍不高，而在意識方面表現出某種同一性，都是對殖民統治下香港現實的揭露和批判。編者在題材和主題等方面對這類作品的肯定，決定了在很大程度上，年輕作者們下筆時精心選擇的，都是某種被引導和詢喚出來的“現實”。這才造成了刊物“作品本地色彩很濃厚”，同時“它是從左翼的文藝觀來處理香港的素材”這樣的現象。[1] 也就是說，作品的素材取自香港，作者的立場和意識卻和大陸左翼作家相近，可見編者的引導富有成效。

　　《文藝青年》的另一個目標是“團結廣大的文藝青年群”，為了實現這一目標，刊物採取了多種途徑：一是通過教育和引導，改造青年的意識，使其逐漸靠近抗戰隊伍。早在創刊號上，林煥平就指出“文藝除了具備着理知外，還具備着人類天性的感情。這一種要素，使一般人，特別是富於熱情的青年，喜愛文藝。所以文藝成了教育青年的最主要武器之一。”也因此“青年文藝運動不僅是文藝新軍的培養問題，而且也是青年教育的問題。”[2] 一個期刊怎樣教育它的讀者和作者，從上文所述可見一斑。二是設置各種小欄目，供初學寫作的文藝青年練筆，培養他們對文藝的愛好，加強編者和作者的互動。為了讓更多讀者參與，自第 4 期推出文藝競賽，規定“取錄不限篇數，凡入選的都在本刊出特輯發表”，而“落選的作品，本社負責批評退還”。[3] 第 5 期開始設置“試靶場”欄目，欄目說明稱：“這塊小小的園地，是用來獻給初拿起文藝的筆槍，在工廠，在學校，在商店的青年朋友的，希望要學習寫作的

1　鄭樹森語。〈早期香港新文學資料三人談〉，載鄭樹森、黃繼持、盧瑋鑾編：《早期香港新文學資料選》（香港：天地圖書有限公司，1998 年），頁 15。

2　林煥平：〈青年文藝運動諸問題〉，《文藝青年》第 1 期（1940 年 9 月 16 日），頁 4—5。

3　〈學校・工廠・競賽！〉，《文藝青年》第 4 期（1940 年 11 月 1 日），頁 20。

朋友努力栽培這塊園地。不登的文章，我們負責批評退還……"[1] 第 8 期的徵稿啟事也再次點明 "不用之稿，負責退還，並願貢獻意見"。[2] 這就令投稿者感受到編輯的熱誠和幫助之意。從第 10 期開始又設 "讀者談座" 欄目，進一步供讀者發表意見。這些欄目的開設，在一定程度上彌補了刊物所選文學作品題材、文體過於集中的不足，擴大了作者隊伍。三是通過徵訂、徵友等舉措，組織了一批核心讀者群。在創刊號上就登出〈徵求紀念訂戶一萬戶！〉的啟事，宣佈紀念訂戶可享受種種優待。第 3 期刊登 "徵求同志" 的啟事，稱要通過辦刊，"把欲效力於青年文藝運動的朋友團結起來，把文藝青年的羣力，組成巨大的浪潮，向黑暗殘暴勢力掃蕩！《文藝青年》自出版以來，已深得各青年同志的愛戴和擁護，現為貫澈我們的目標，故發起徵求同志！使我們在信件上傳達的熱情凝結為士敏土。"[3] 後來還發起過 "文藝青年徵友通訊運動"，目的是讓讀者尋找到志同道合的朋友來在讀書與生活中進行精神交流，辦法是由《文藝青年》的訂戶作為徵友者，在雜誌上介紹自己，由其他讀者作為應徵者，選擇友人，告知編輯部，附上郵票和信封，由編輯部代投第一封信給徵友者，其後雙方直接通訊。[4] 這些都旨在加強編者、作者和讀者的精神交流，使其形成某種歸屬感，直至最終成為 "戰鬥" 的一群。

話語實踐 下篇

《文藝青年》並非一個純粹的文學雜誌，也不以培養作家為目標，它的着眼點在於以編者為導向，以讀者為重心，設身處地為讀者服務，培育青年文藝運動。以它為個案，可以從一個側面考察南來作家和香港文學發展的關係問題。目前主要有兩種看法，部分香港本土學者認為南來作家對香港文學主要起一種壓抑作用，令香港文學的發展出現中斷和 "真空"，而內地學者則多不同意這種看法，認為南來作家主導香港文壇期間，帶動了本地作家創作水準的提高。其實，考慮到香港作家 "代" 的組成，上述兩種說法各有其合理之處，同時也都不夠全面。南來作家

---

1 《文藝青年》第 5 期（1940 年 11 月 16 日），頁 20。

2 〈歡迎投稿〉，《文藝青年》第 8 期（1941 年 1 月），頁 29。

3 〈本社徵求同志〉，《文藝青年》第 3 期（1940 年 10 月 16 日），頁 24。

4 《文藝青年》第 9 期（1941 年 1 月 16 日），頁 22。

的到來，使得二十世紀二三十年代已經走上文壇乃至成名的香港作家如侶倫、黃天石等受到了壓抑、失去了成長的空間是事實，但南來作家對香港青年文學愛好者的大力扶持和培養也不應忽視，《文藝青年》就是一個例證。南來作家放棄了對侶倫等一代香港成年作家的"統戰"聯合，今天看來是個失誤；他們把希望和部分精力貫注在青少年身上，則取得了一定成績。無奈戰時的文化環境，使得他們對香港文學青年的教育引導主要着眼於思想意識方面，而在寫作藝術方面重視不夠，加以時間短暫，這一進程因太平洋戰爭的爆發而中斷，因此未能結下更豐碩的果實，實為遺憾。儘管如此，它對個別本土作家的成長仍具推動作用。例如在刊物發表了多篇作品的黃浪波，世居香港，後來成長為一名散文家。他在第 10—11 期合刊發表的〈一個手車夫的故事〉，寫法上明顯有模仿五四文學的痕跡，但表達比較自然。如果說《文藝青年》曾培養出香港作家，他是應該放在首位的。

《文藝青年》所針對的"香港文藝青年"，其實可以細分為兩個組成部分：流亡到香港的，以及在香港土生土長的。但從作品看來，除了個別的在文字方面有所暗示可以分辨，多數作者我們很難指認其身份了，因為他們寫的東西實在太像了。可以說，身為過客的南來作家們的反殖民意識，已經傳佈到本土和流亡青年群中並被其接受。

本章討論南來作家民族國家想像和土地的關係，如果把香港也包括在內，大致可分三種類型：一類有如蕭紅，在香港只感覺寂寞，因而掉轉眼光，回望故鄉，或借童話式的鄉土抒情獲得心理慰藉，或描繪流亡旅途，表達對國民性與男性中心文化的批判。一類有如許地山，對現實中的香港也有種種不滿，但意識中將其視為中國一部分，於是考察其歷史文化以作證明，創作方面，則還是取材於內地。一類有如樓適夷、徐遲等，他們曾寫到香港的某一方面的現狀，但多持批判態度，含有不屑和諷刺的意味。總之，南來作家儘管是來香港避難，但在他們的作品中，正面的香港形象是很少出現的。包括被教育引導的香港青年，他們的筆下也只有經過選擇的問題重重的現實。

第四章　創傷記憶與革命敘事

"大蘇，我們都是好人，是不是？我們自從有氣力替人做工以來，不管是農忙時做幫工，不管是到墟里去挑擔，我們都從未得罪人，'跪倒餵豬嬤'，為了一家大小要吃要穿，我們沒做一件壞事，今年二十二歲人了，至少做了二十年牛馬，給人踐踏，給人糟躂，還要陪笑臉，還要做好人。哼，我丟佢祖宗十八代，我們也是人啊！"

——華嘉（1948，香港）[1]

話語實踐　下篇

呵！你這個團長！你來得正好！說時遲，那時快，一陣密集的輕機槍噴射出去，跟着幾個手榴彈爆炸之後，丁大哥的大隊人馬上就衝過去。一衝鋒，鱷魚頭的隊伍就散了。他們雞飛狗走，四方八面狼狽逃遁。一部分士兵，連槍支鞋子都丟棄了。

——黃谷柳（1948，香港）[2]

第一節　革命定律與革命敘事美學

一、革命敘事形態

在中國當代文學史上，講述"革命歷史"題材和農村題材的兩類小說所取得的成就最大。究其原因，可能一方面是由於作者對筆下的題材比較熟悉，另一方面也和現代文學史上作家們在這兩方面的寫作實踐積累有關。早在二十年代中期，"革命文學"就已勃興，而"鄉土小說"

1　華嘉：〈老坑松和先生秉〉，《文藝生活》總第 40 期（1948 年 7 月 7 日），頁 192。

2　谷柳：《蝦球傳第三部：山長水遠》（香港：新民主出版社，1949 年 5 月，三版），頁 174—175。

更是現代文學史上最先取得成績的少數幾類小說之一。當然，當代文學史上的"革命歷史小說"有其特定含義，和此前的"革命文學"不能混同。它的一個被廣泛引用的定義是："這些作品在既定意識形態的規限內講述既定的歷史題材，以達成既定的意識形態目的：它們承擔了將剛剛過去的'革命歷史'經典化的功能，講述革命的起源神話、英雄傳奇和終極承諾，以此維繫當代國人的大希望與大恐懼，證明當代現實的合理性，通過全國範圍內的講述與閱讀實踐，建構國人在這革命所建立的新秩序中的主體意識。"[1] 或者更簡明一點，"也就是說，講述的是中共發動、領導的'革命'的起源，和這一'革命'經歷曲折過程之後最終走向勝利的故事。"[2] 這裏所說的"革命"，具體是指從中國共產黨"領導"角度所指稱的"三次國內革命戰爭"，包括 1924—1927 年的第一次國內革命戰爭（即"大革命"或"北伐戰爭"）、1927—1937 年的第二次國內革命戰爭（即"十年內戰"或"土地革命戰爭"）、1945—1949 年的第三次國內革命戰爭（即"解放戰爭"），以及中華民族的抗日戰爭。從創作實際看，描寫"第三次國內革命戰爭"即 1945—1949 年國共內戰的作品，無論是數量還是質量上都是首屈一指的。因此本章主要以這方面的作品為對象（兼及部分以抗日戰爭為背景的小說），分析在革命敘事的草創時期，這類小說的一些基本敘事特點。為便於論述，選擇的作品主要包括南來作家所創作的，也不排除由南來作家所引進、發表在這一時期香港的文藝刊物上的解放區作家作品，因為後者正是前者的模範和"樣板"。由於這些小說有的是回憶已成往事的"革命"歷程，有的則近乎記錄正在發生的"革命"現實，並不能一概以後設視點稱為"革命歷史小說"，因而本書統稱為"革命敘事"。

對國共內戰時期的革命敘事，以兩個階級的鬥爭為主要內容。當這一鬥爭發生在戰場上，便是"人民軍隊"和國民黨軍隊的對決，而當它發生在農村，便是農民和地主的"你死我活"的鬥爭。後一類小說更佔

---

1 黃子平：《革命‧歷史‧小說》（香港：牛津大學出版社，1996 年），頁 2。
2 洪子誠：《中國當代文學史》（北京：北京大學出版社，2007 年，2 版），頁 94。

多數。

馬烽〈一個雷雨的夜裏〉講述的是高家堡的地主惡霸紅火柱不甘心失敗，圖謀暗害農會秘書趙拴拴未遂被擒的故事。在一個雷雨天的夜裏，紅火柱夥同外村一個小個子，綁架了趙拴拴的婆姨田巧心，交給她一包毒藥，恐嚇她把趙拴拴毒死，否則就要喪命。田巧心回家後，想通過離婚或搬家的方式使丈夫免遭於難，最終還是忍不住講述了實情。趙拴拴回憶一年來的事情，把目標鎖定為紅火柱，估計自己是在去年領頭開鬥爭會時得罪了他，引起報復。今年以來，村裏發生了一連串怪事：有人造謠說舊軍要來，八路軍要走；趙拴拴的麥子讓人夜裏用火燒了；民兵小隊長牛二蠻家裏的牛也被人捅死了……趙拴拴和牛二蠻召集民兵去紅火柱家偵查，搜出毒藥等物，紅火柱見事情敗露，試圖先下手為強，但敵不過人多，終於被擒，被押送到區上去了。作品裏出現了一個從區上來的蕭同志，按政策辦事，每當村民們要對地主實施暴力時，總被他勸住。例如在鬥爭會上，紅火柱說自己“願意在新政權底下作個好人”，這時“人群已經吵成了一圪垯，大家想起他平時的罪惡，氣得眼都紅了，大聲的喊：‘不聽漂亮話！我們要命不要錢！’一擁就撲到臺上，要拉下來往死打”，[1] 然後，老蕭同志就攔住了眾人，說只要紅火柱改過自新，改造思想，應該寬大。牛二蠻在確認兇手前說：“咱知道是誰？反正抓住狗日的非剁成肉泥不行！”[2] 後來抓住了紅火柱，趙拴拴向大夥說明後，“人們聽了，火的一齊大罵，擁上前亂打。”[3] 這時農會秘書趙拴拴已提高了認識水準，攔住了大家，要把紅火柱作為要緊的犯人送到政府去。

趙樹理的〈福貴〉講的是一個年輕人為了母親的喪事，向財主王老萬借了一口棺材和布匹雜物，從此欠下了高利貸。為了還錢，他到王老萬家住了半個長工，但幹了四五年，錢卻越欠越多，只好將家裏的四

1　馬烽：〈一個雷雨的夜裏〉，《人民與文藝》（《大眾文藝叢刊》第二輯，1948 年 5 月），頁 73。

2　同上，頁 74。

3　同上，頁 47。

畝地繳給了王老萬，後來又變成了死契。在這過程中，福貴染上了賭博，為了活命，又幹起了偷雞摸狗的勾當，直至在村裏的名聲「比狗屎還臭」。[1]有一次，福貴在城裏給人當出殯的吹鼓手，被王老萬看見了，為了維護村裏人的門面，召集人準備把福貴除掉。福貴得到風聲，在外躲了七八年沒有音信，原來他跑到了抗日根據地，被改造成一個自力更生的新人了。直到日軍投降，八路軍來到村裏一個多月，他才敢回來搬家。區幹部打算叫他找一找窮根子，準備撥幾畝地給他種，結果福貴跳起來道：「那些都是小事！我不要求別的，只要求跟我老萬家長對着大眾表訴表訴，出出這一肚子忘八氣！」於是區幹部和農會主席組織了一個會，會上福貴講了自己變壞的來龍去脈，要求老萬「向大家解釋解釋，看我究竟算一種什麼人？看這個壞蛋責任應該誰負？」[2]作品通過講述一個青年農民如何因不合理的社會經濟制度（高利貸盤剝）而一步步陷入生活絕境，並走向精神破產，道德敗壞，後因根據地教育而走向新生的故事，批判了「舊社會」，歌頌了「新社會」，肯定了共產黨農村統治的正確性與合法性。從這個角度看，福貴是作家塑造出來的一個典型人物。他在經濟上「翻身」後，念念不忘要向王老萬討一個說法，以洗刷自己的污名，也就是要通過一個訴苦的儀式實現「翻心」。在這類作品裏，描寫農民的「翻身」與「翻心」二者缺一不可，後者更關涉到農村「鬥爭」的合法性，同樣，也包括對這一鬥爭的敘述的合法性。

洪林的〈瞎老媽〉寫的是一個農村婦女受地主欺壓的悲慘故事。瞎老媽原來叫孫大嫂，壯實能幹，和孫大哥過着自給自足的日子。但是民國十八年的春天流行災荒，兩人被迫到青州去要飯，從此孫家走了下坡路。這一年，孫大嫂生了個孩子，小名就叫「青州」。四年後的一天，孫大嫂去山上刨草撿樹枝，被財主何五爺的手下打傷，污衊她偷了何五爺的樹枝，經大家說合，才算罰了十五塊錢了事。孫家沒錢，只好算是向何五爺借了高利貸，從此難以翻身了。欠債的數目越來越大，何

---

1 趙樹理：〈福貴〉，《論文藝統一戰線》（《大眾文藝叢刊》第三輯，1948 年 7 月），頁 66。

2 趙樹理：〈福貴〉，《論文藝統一戰線》（《大眾文藝叢刊》第三輯，1948 年 7 月），頁 16。

五爺要強佔孫家的四畝地，孫大哥不願意。夜裏，孫大嫂衝出門想去何五爺的圍子裏求情，被團丁趕出來，坐在圍牆下哭了一夜，孫大哥找不到她，就用鐮刀自殺了，死前伸出五個指頭，意思是讓家裏人替他向何五爺報仇。孫大嫂家沒了地，只好自己在家幹活，又求人把八歲的青州送到何五爺家放牛。青州長到十四歲時，有一次和何五爺的兒子小順吵架，把他打了，然後就跑了。孫大嫂哭了幾個月，眼睛完全瞎了。直至日軍投降，八路軍接收了敵佔區，成立了農救會，窮人得翻身。在鬥爭何五爺的講理會上，瞎老媽講到後來，大聲嘶喊，昏了過去。第二年夏天，當了八路軍的青州回到家來，看見媽瞎了而難過，瞎老媽卻說："不，孩子，媽媽看得見的，媽媽看得見的！現在的天晴了，天亮了，媽媽不是看得清清楚楚嗎？"[1]

　　總結以上三篇來自解放區作家描寫農民"翻身"的作品，可以看出一些基本特點：首先，作者寫作時，所描寫地區的農民鬥爭已經取得勝利，政權已經轉移到共產黨方面，作者所處的這一現實位置，使得其敘事具有明確的目標，因故事的結局已經預定，重要的便是展開過程了。三篇作品不約而同地採用倒敘和追敘的手法，無疑與此有關。其次，作品有的重在寫事，有的重在寫人，主人公或是翻身掌權的農民（趙拴拴），或是一般飽受欺壓的普通百姓（福貴、瞎老媽），他們能夠取得鬥爭的勝利，歸根結底都是由於共產黨軍隊的支援，因而，作品中出現的區幹部、農會領導等雖然只是次要人物，卻對故事的結局起着決定性作用。此外，作品中都寫到"講理會"或"鬥爭會"，由於有相關政策約束，農民們發洩憤怒的途徑主要不是通過暴力在身體上消滅地主，而是通過集會訴苦和批判的方式，展現鬥爭的合理性。因而，作品所寫的內容，在很大程度上具有社會學意義上的"歷史真實性"，讀來有如報告文學。

　　南來作家的革命敘事則與此有明顯差異。不妨以華嘉的〈老坑松和先生秉〉為例。"老坑松"和"先生秉"是一對父子地主，張村的首富，

1　洪林：〈瞎老媽〉，《論批評》（《大眾文藝叢刊》第四輯，1948 年 9 月），頁 97。

平日欺壓百姓，無惡不作。有一天傍晚，牛根、福全、孖指金幾個青年農民趕墟回來，在老坑松家裏的舉人墳旁邊，聽到老坑松在糟蹋一個女人。幾個人回家後，牛根偶然在出門時碰見一個走路跌跌撞撞的女人，原來是守寡十五年的四嬸受了老坑松的欺負。幾個月後，四嬸的兒子大蘇發現母親懷孕，氣得要"一定跟他搏命，殺死那死絕種再說"。[1] 孖指金有點怕惹事，牛根向大蘇揭開了真相，村裏都轟動了。老坑松心虛，去城裏把兒子叫回來，兩人定了一條毒計，請了一席酒，把一些父老和鄉長請來，惡人先告狀，眾人商量要開會讓四嬸認罪，然後用豬籠浸到河裏去。鄉長怕開會時壯丁鬧事，先生秉又出計謀，讓鄉長以徵兵的名義，將大蘇等先抓起來。牛根、大蘇等識破了先生秉的詭計，孖指金出了個點子，讓其他人都暫時避到附近去，自己留下來通風報信，大夥決定這一次老坑松逼人太甚的話就和他拚了。老坑松等人將留下來的孖指金抓走，召集村人在祠堂開會，有先生秉請來的十個縣警壓陣，在審問四嫂的過程中，將孖指金指認為姦夫。孖指金當堂喊出真相，被先生秉拿槍拍暈，四嬸要撲向老坑松，亂成一團的時候，牛根、大蘇等持槍趕到，槍斃了老坑松和先生秉，鄉長躲到了桌底，其他人都走光了。

這篇小說寫農民們組織起來武裝抗暴，很有幾分傳奇性。它和上面幾篇的區別是顯而易見的：在華嘉的筆下，農民的鬥爭是自發的，作品裏沒有出現共產黨的影子，他們的行動是以暴抗暴，為民除害，農民和地主不共戴天，無理可講。但作品許多地方都顯得不太真實。例如老坑松選擇一個守寡十多年的四嬸實施強暴，以此作為事件的導火索，又如在祠堂開會的過程中，牛根等人那麼容易就衝進來了，先生秉請來的十位縣警一點沒有發揮作用。還有，牛根等剷除老坑松父子後，已經觸犯法律，接下來會怎樣呢？作品裏雖然沒有交代，讀者卻會覺得這是一個問題。而之所以存在這些漏洞，原因在於作者對國統區農村和農民的鬥爭生活不夠熟悉，也想像不出共產黨具體是怎麼樣在這裏開展工作的，於是乾脆不寫"黨的領導"，編造了一個比較牽強的農民鋤兇的故

1　華嘉：〈老坑松和先生秉〉，《文藝生活》總第 40 期（1948 年 7 月 7 日），頁 191。

事。作品寫作的時候，南來作家正在進行"方言文學"與文藝大眾化的工作，以及自我的思想改造，確定了文學要以工農兵為主要表現對象，因而一些作者顧不得自己生活方面的欠缺，來進行描寫"階級鬥爭"的嘗試。他們常常批評一些小資產階級作家的作品所表達的階級仇恨不夠強烈，因而自己在創作的過程中對此非常警惕，而要將這種仇恨的感情推向極端，最簡便的辦法當然是在作品中通過人物之口對地主一遍遍咒罵，通過人物之手直接消滅地主的肉身。

再來看一篇無名作者的短篇小說，和南來的"革命作家"相比又是另一種風貌。〈一個最後的男人〉寫的是在一個只有十來戶人家的泥洞村，村人都姓李，由於壯丁們都被拉走，村裏只剩下四個成年男人和一些婦孺。有一年，因為雨水不好，莊稼只有五六成收成，王大戶派管事的來收租，管事的傳話今年的田租照舊，並謊報說有十成收成。幾個男人——李癸年、長順、長發和喜子——交不起租，決定去縣城當面向王大戶求情。王管事按"二五減租"算租子，結果比上一年還多。幾個人也弄不明白，白跑了一趟，回家後把所有收成繳了還不夠，管事的催繳欠租，幾個人只好再跟他進城。這時，長發已經不見了。到了縣城，王大戶沒見着，反被送進衙門，長順還捱了幾板子，然後被關進牢房。這時，王大戶令各人立借約，然後把他們放了。回村後，發現村裏兩個十三四歲的孩子也被拉走了。年輕女人為了活下去，有的去省城打傭工，留下來的則尋些樹根野草之類的充飢。喜子病後吃了野草，鼓起肚子死去。到了寒冷的冬天，因為有流民聚集在山裏打劫，縣裏成立了保安隊，由王大戶的兒子任中隊長，其中一個保安小隊駐紮在泥洞村，令癸年和長順每晚去南山口望哨。一天晚上，兩人放哨時被人劫到一個山洞裏，原來是附近活不下去的農民所為。兩人被放出來後，長順建議不要報告保安小隊，但癸年看不慣"血盆裡抓飯吃"，"活了六七十歲就最恨不守本分"，[1]執意報告。長順怕牽扯上自己，拔鐮刀將癸年砍死，保安隊的人聽見動靜，開槍射死長順，於是泥洞村的最後一個男人也死去了。

1　岑砧：〈一個最後的男人〉，《文藝生活》總第 45 期（1949 年 2 月 15 日），頁 51。

這篇出自不知名作者的小說，主題不像上面的作品那樣明晰，毋寧說具有某種含混性。小說的前半部主要寫王大戶為富不仁，對農民毫不同情，反而因收成不好趁機勒索敲詐、放貸獲利。幾個中老年農民的形象則比較軟弱，最多只能暗地裏在口頭上罵上幾句，面對王大戶甚至管事的都不敢稍有不遜。但最令人震驚的，還是小說結尾的突轉，癸年竟然死在同伴後輩長順的手下！癸年自己是個守本分的人，看不慣別的農民靠打劫為生，長順就算有不同意見，按常理他完全可以假意違背自己的想法，聽從癸年的，而不至於為了保存自己而殺死長輩。然而長順就是這麼自私。保安小隊還沒有向他倆下手，自己人卻先自相殘殺了。從這個角度看，小說又似乎在反映農民的不覺悟。但事實上，作者也許並不着意要表達何種主題，而只是以客觀的態度展現生活的“原生態”。這樣的作品，在當時的左翼批評家眼中，很可能會成為批評的對象。馮乃超曾經批評當時的一些作家說，“他們多半只着重在描寫農民的盲目性和落後性的一面，大體上用‘動物的人’代替了‘社會的人’。這種對農民的看法的根源，主要的是作家對農村的民主革命的理解不足，對農村的封建秩序的憎惡心不夠強烈。”[1] 邵荃麟則要求“新社會的文藝，不僅是反映今天的現實，而且還要去描寫明天的現實，這就是所謂現實主義中的浪漫主義的因素”。[2] 〈一個最後的男人〉無疑沒有寫出農民身上具有的“民主革命”因素，也沒有一絲的浪漫主義色彩，自然不合當時批評家的口味。然而，一般的讀者未必會像批評家一樣努力在作品中尋找“理想”的明天。有一位文生社的社員朱葉在來信中說，讀了這篇小說“深受感動，這是最近這些時來，我所讀一些小說中，最使我激動的了”。[3] 感動的原因，大約是作品很強的生活質感帶來的真實感吧。普通讀者和批評家這種對作品評價的分歧，主要的並不在於雙方的審美水

1　馮乃超：〈評《我的兩家房東》〉，《人民與文藝》（《大眾文藝叢刊》第二輯，1948 年 5 月），頁 41。

2　荃麟：〈新形勢下文藝運動上的幾個問題〉，《新形勢與文藝》（《大眾文藝叢刊》第六輯，1949 年 3 月），頁 10。

3　〈從群眾中來〉，《文藝生活》總第 46 期（1949 年 3 月 15 日），頁 48。

準高低有別，而是文學評價標準意識形態化的程度有異。因為一個明顯的事實是，翻閱這一時期的文藝刊物，許多來自民間的非職業作家的作品，有相當比例都是反映這種看不到希望的現實，即只寫出了悲慘的現實而未能指明希望的所在，作品就戛然而止了。當然，這些作品一般是相當粗疏的。

二、血債血還

不過，無論是解放區還是南來作家的作品，也無論是知名作家還是無名作者的作品，普遍來看也都可以找到一些共同的表意重點，譬如對暴力的書寫，以及對苦難的渲染。

"革命"的本質是階級間的暴力鬥爭，因此革命敘事無法迴避對暴力的處理。暴力本身或許是惡的，但在敘事上也可以處理成善的，那就是通過將暴力根據施與者和接受者的不同加以區分，一類為"革命"的暴力，一類為"反革命"的暴力，前者具有正義性，後者才是邪惡的。經過這樣的區分，作品就可以對兩類暴力都大寫特寫了，而且對前者可以採取歌頌的態度，對後者採取詛咒的態度。具體到革命小說，描寫的暴力大體而言無非是兩種情形：一是地主及其幫兇對農民的暴力，一是農民（有時由共產黨領導）對地主的暴力。由於前者被派定為千百年來廣泛存在的事實，地主作為一個群體對農民群體欠下了無數血債，因此後者是由前者所引發，是一個階級向另一個階級的復仇，這種復仇具有正當性和正義性。幾乎所有革命敘事，其最基本的敘事邏輯便是"殺人償命"、"血債血還"，[1] 這也是暴力革命的基本定律，"顛撲不破"的歷史"真理"。從這個角度看，作品描寫的，便是暴力在兩個階級間的轉移，暴力的施與者與接受者的換位，因此不少作品的關鍵詞乃至題目便是"復仇"。

1　除了"血債"，革命小說還常常寫到另一種債，即經濟債，它通常由地主向農民放高利貸而造成。由於高利貸被認為是地主盤剝農民的不合理經濟制度，因此需要打破，農民借的債不僅不需要償還，更進一步要剝奪地主的剝削所得。於是，革命敘事對這兩種"債"的認識和處理便可以概括為："殺人要償命，欠貸不還錢。"

漢娜‧阿倫特在《論革命》一書中，詳細探討了法國大革命和美國革命的差異。在她看來，法國大革命成就了現代世界歷史，而羅伯斯庇爾是馬克思的革命導師，列寧又步了馬克思的後塵。法國大革命的特點之一，是"必然性和暴力結合在一起，暴力因必然性之故而正其名並受到稱頌"。[1] 中國共產黨領導的革命無疑屬於同一邏輯，即認為由舊民主主義革命、新民主主義革命到社會主義革命，各個階段的革命由低到高發展是人類社會發展的必然規律，而階級鬥爭則是推動人類歷史發展的動力，理應受到肯定。革命敘事接受了這一馬克思主義的歷史觀，赤裸裸地描寫甚至歌頌暴力：

疤頭三把枝尖尾刀向草裏攢眼前一晃說："子彈留起來，有用場。送他見閻羅王，刀子帶路——看刀！"

……………

疤頭三隨手一刀，在草裡攢左耳上割下一顆耳珠子："留個記認，叫你永遠記得！" 然後把他反縛在一株松樹上，雙慶兩人便朝山下走了。[2]

這是寫農會的兩個幹部給一個農民兄弟報仇，在路上埋伏擒獲了鄉長，割了鄉長的一隻耳朵。字裏行間似乎是不帶感情的白描。而到了另一位作者寫對地主的鬥爭會的場景時，筆端對群眾的暴力便流露出不無欣賞之意了：

東頭喊："不說！不說，打！"

麻子脫下鞋來，叭叭，就是兩下子。

東頭喊："不沾！打的太輕！"

"我，我，我說！嫌，嫌我的地太多！"

東頭又喊："不澈底！還得打！"

1　〔美〕漢娜‧阿倫特著，陳周旺譯：《論革命》（南京：譯林出版社，2007年），頁99。

2　樓棲：〈楓林壩〉，《文藝生活》總第50期（1949年7月15日），頁35。

這當兒，忽然走過來一個小民兵，手裏掂着一根燒紅的大火箸，喊着說："來！他不說，叫我給他燙兩個耳朵眼兒，叫他成個假妮子！不就給他穿個鼻駒子，咱玩一玩狗熊！"

這下可把魯三爺嚇草雞毛啦！嘴哆嗦着，一連串的："說，說，說！"就完完全全一字一板的坦白說出來了。[1]

這裏，暴力已具有了遊戲的性質，但因被認定為是正當的，所以作者對暴力殘忍性的一面是勿需在意的。這，也是革命敘事暴力美學的特點之一。

最能直接展現暴力的現實效果和美學效果的，是鮮血。鮮血是革命小說中反覆出現的重要意象。毫不誇張地說，它為革命小說提供了重要的敘事動力。因為鮮血的存在，"血債血還"的邏輯一再或隱或顯地呈現於文本，推動故事的發展，甚至有助於小說的結構組織。於是我們看到，與革命敘事有關，不只是小說，散文、詩歌，乃至文藝批評論文中都常出現血的意象：

快天明的時候，迷迷糊糊的，看見男人來了，滿臉血，滿身血，張着大嘴吐着血沫，像是有什麼話說不出來，忽然舉起一隻大手，張開五隻手指頭，一下子推到瞎老媽的臉上。瞎老媽嚇得一身汗，她默默的說："好，你的意思我明白，我今天就給你報仇！"[2]

父親派人到三十裡外的三江門找到一個醫生來。據醫生說：我只是需要豐富的營養，安靜的休息。因為我曾經流了那許多可怕的血！當敵人攻佔上村時，我們半夜裡淋着大雨，走了三十多裡路，在過度的疲勞和驚恐中，一個小小的未成熟我的生命離開我而去，那樣迅速而痛苦！[3]

民兵二混子拉大牛跪了起來，燈光裡面，看得見陳大牛臉上青一塊、

1　田生：〈畝半園子〉，《新形勢與文藝》（《大眾文藝叢刊》第六輯，1949 年 3 月），頁 99。

2　洪林：〈瞎老媽〉，《論批評》（《大眾文藝叢刊》第四輯，1948 年 9 月），頁 96。

3　維音：〈在暗淡中〉，《文藝生活》總第 44 期（1948 年 12 月 25 日），頁 9。

紫一塊、鼻子眼睛都腫了。血從一邊眉毛裡流下來。[1]

關於血的聯想，甚至被用來形容一個人的外貌：

多謝一路斜斜的陽光，更清楚地照出了他的原形，臉色死白，兩眼
血紅，好像剛吃下人，冒在嘴邊的鮮血一樣，滿臉是可怕毛孔，每一個毛
孔，起碼可以插進四根豬鬃，可怕！[2]

在一位詩人的筆下，參加學生運動的學生被鎮壓，他們所流的血成
為現實中最好的教材：

然而那白衣上渲染的猩紅的血，
教育了老教授和我們，
在我們，
與劊子手之間，
永遠以血相見。[3]

另一位詩人同樣在一首表現學生運動的詩中，因目睹鮮血而警醒，
將它和爭取自由聯繫起來："被迫害者的／血／賜給我們／自由"，"誰
比血／更能解釋／自由的意義？"而要獲得自由，只有通過暴力，血債
血還，因為"自由與刀／是不可分離的"，"被殺者也能殺人"。[4]

在一位批評家眼裏，連創作方法都可以和血發生聯繫："革命的現
實主義是要求我們能夠把握歷史的動向，具有批判歷史的強大力量，和

---

1 孔厥，袁靜：〈血屍案〉，《文藝生活》總第 47 期（1949 年 4 月 15 日），頁 14。
2 葛琴：〈從刀鋒的缺口下來〉，《新形勢與文藝》（《大眾文藝叢刊》第六輯，1949 年 3 月），
頁 116。
3 鄒荻帆：〈中國學生頌歌〉，《論主觀問題》（《大眾文藝叢刊》第五輯，1948 年 12 月），頁
122。
4 馬丁：〈反迫害進行曲〉，《論文藝統一戰線》（《大眾文藝叢刊》第三輯，1948 年 7 月），
頁 59、63。

指出歷史的明確方向，因此，它首先不能不是把創作實踐和革命實踐統一起來，它不能不是具有明確的階級性和政治傾向，具有積極，肯定的因素，而正因此，它才是最自由的，血份最多的現實主義。"[1] 另一位大作家則在 1949 年新年將至的時候 "決心拼〔摒〕除一切的矜驕，虔誠地學習、服務、貢獻出自己最後的一珠血，以迎接人民的新春"。[2]

可以說，關於鮮血的想像和書寫，已經成為當時作家們頭腦中思維的焦點之一。甚至很多篇目或書籍都以此為題，如許戈陽寫有長詩《血仇》，夏衍等出版了合集《血書》，聶紺弩亦出版了《血書》。[3] 與之相關的一些與身體、感官有關的詞彙和意象，如肉、瘡疤、屍體、腐臭、殺人等，也為他們所樂意使用。譬如鍾敬文寫道："肉貼生活，肉貼感情，肉貼熱烘烘的思想，這是一切文學創作語言努力的標的"，[4] 周立波則如此批評蕭軍等人："他們的文章的字裏行間常常發出一種令人欲吐的僵屍的惡臭。"[5] 黃寧嬰有一首詩的題目就叫〈他們又在殺人了〉，並在詩中將 "他們" 改成 "它們"："它們比豺狼還要兇殘；／它們跟魔鬼一樣沒有心肝。"[6] 這一時期的文學創作與批評，不經意間會散發出一股濃烈的血腥氣。

三、苦難與啟蒙

在革命小說裏，與對暴力的敘述緊密相關的，是對苦難與創傷的敘述，因為前者往往會造成後者。這種苦難與創傷有的來自現實，也有的

1　本刊同人、荃麟執筆：〈對於當前文藝運動的意見〉，《文藝的新方向》（《大眾文藝叢刊》第一輯，1948 年 3 月），頁 14。

2　郭沫若：〈歲末雜感〉，《文藝生活》總第 44 期（1948 年 12 月 25 日），頁 3。

3　參見戈陽：《血仇》（香港：新詩歌社，1948 年 8 月）；夏衍等：《血書》（香港：野草社，1948 年 7 月）；聶紺弩：《血書》（上海：群益出版社，1949 年 8 月）。

4　靜聞：〈方言文學的創作〉，《論文藝統一戰線》（《大眾文藝叢刊》第三輯，1948 年 7 月），頁 23。

5　立波：〈蕭軍思想的分析〉，《新形勢與文藝》（《大眾文藝叢刊》第六輯，1949 年 3 月），頁 70。

6　黃寧嬰：〈他們又在殺人了〉，《生產四季花》（《中國詩壇叢刊》第三輯，1949 年 5 月），頁 12。

來自對記憶的挖掘，但在敘事意圖方面則是一致的，都是為了提供 "革命" 的起因、動力和合法性。和小說中的暴力具有雙向性不同，作家們一旦寫到苦難和創傷，無一例外，都寫的是地主等統治階級帶給農民等被統治階級的。在這些小說中，苦難的形態多種多樣，最常見的有遭受毒打、強暴、抓丁、坐監、巧取豪奪、親人或 "階級弟兄" 的喪命等，而創傷則既有身體上的，也有心理上的。值得注意的是，對苦難和創傷的敘述，部分來自直接描寫，也有很多是通過作品中人物的講述，甚至是一遍遍不厭其煩的訴說。這個訴說者，通常被派定為階級覺悟較高、革命堅決性較強的人，因而他的訴說就起着幫助同伴認清地主罪惡、鼓舞革命鬥志的作用。如在〈老坑松與先生秉〉一篇中，這一角色功能主要是由牛根來承擔的。在四嬸被老坑松強暴懷孕後，牛根決定將兇手告訴大蘇，年紀大上十來歲的孖指金剛開始有點膽怯，經牛根將他受過的欺壓一樁樁一件件回憶一遍，孖指金的仇恨之火也被點燃了：

牛根忽然這樣問起來，正挑起大蘇心頭的火種，他又一五一十的把剛才的話說了一遍，問牛根有什麼辦法。牛根一開口就說：

"殺他！"

"不要隨便講話。" 孖指金搶着制止他講話。

牛根卻不知怎的，忽然又變得這樣心平氣和的對孖指金說：

"孖指金，我們都是貧苦人，沒有兩句的。你是好人，大家都知道。可是，你的幾畝田，現在到那裡去了？你的田是怎樣丟掉的？是你甘心情願的？還是別人硬搶了去的？你在田契上蓋手指模的時候，你為什麼哭？後來你又為什麼拿了斧頭走到街上來狂叫？你的斧頭斬壞了人家了一根毛沒有？為什麼人家要捉你去坐監？你坐了一年監是為什麼？你！你！你啊！……"

牛根越講越憤激，到後來好像燒爆仗一樣，乒乒乓乓的把個孖指金，燒得臉也紅了，頸筋也露出來了，拳頭也握緊了，……血海深仇在他的心上爆炸了，他倒反而一句話也說不出來。[1]

　　接着，牛根又轉頭對大蘇說了一通。針對比較軟弱的"好人"矜指金，牛根代他憶苦，以"你"相喚，而他對大蘇說的那些，也將自己包括在內，以"我們"相稱。這一番情緒激昂的訴說，將幾位聽眾的情緒也帶動起來了，在他們走向暴力反抗的道路上，作用不可低估。

　　在很多小說中寫到的訴苦會、講理會、鬥爭會，主要內容也都是訴苦，通過對地主惡行的控訴，在宣洩怒氣的同時，一遍遍證明鬥爭的合法性。這種訴苦，對於已經覺悟的農民來說，可以將他們的階級仇恨一遍遍激發，始終維持一定的強度，而對於那些不夠覺悟或者生性比較軟弱的人來說，則具有教育和啟蒙的意義。這也就是所謂的"翻心"，是鬥爭途中不可缺少的工作。有時是先"翻心"後"翻身"，先覺悟後鬥爭，也有時是先"翻身"後"翻心"，共產黨已經取得了當地政權，但仍要通過各種集會，憶苦思甜，補上啟蒙這一課。如果說革命敘事的最終目的是為革命的合法性進行辯護，這種辯護是和啟蒙同時進行的。

　　至於為什麼以訴苦的方式進行啟蒙，這決定於啟蒙的具體對象。對文化程度低下而生活經驗豐富的農民來說，通過灌輸一些抽象的概念，講述一些系統的理論，肯定不能取得好的效果。例如魯迅等雖抱持啟蒙主義，本來是以農民為啟蒙對象，但事實上的結果卻是拿農民做例子，啟了小資產階級的蒙。而通過直截了當地展示農民自身所受的種種痛苦，揭開瘡疤，目睹傷口，這種形象化的教育效果最好，能夠最簡便地幫助他們指認出敵人，樹立鬥爭的對象，提高"革命"的鬥志。對於訴苦和啟蒙的這種內在關係，當年有一位論者曾約略提到：

　　今天我們正期望廣大的青年朋友，把在現實生活裏所感受到的痛苦和苦悶盡情地傾訴出來，尤其是許多職業青年朋友後生學徒，讓他們談身世，吐苦水，怨生活；開頭即使還帶着濃厚的抒情傷感消沉的情緒也不要

1　華嘉：〈老坑松和先生秉〉，《文藝生活》總第 40 期（1948 年 7 月 7 日），頁 191—192。

緊，因為苦痛的呻吟或絕望的哭泣，總比那得過且過的無聲沉默來得更富有現實感。事實上能感覺到生活的苦悶或感傷，已經是不滿於現實，開始走向個人的覺醒的第一步……[1]

這裏雖然說的是文學青年的寫作問題，但借用它來說明革命敘事中農民的訴苦和覺醒的關係，也是吻合的。

不妨再舉一個真實的反例。樓適夷的《童燦》發表時註明是一篇報告文學，講的是日本投降後，一個偽稅警五團的上尉大隊長被我軍俘獲，受到優待，但並不死心，趁機逃走，後第二次被俘，才改變思想，加入解放軍。當他第一次被俘後，"我"曾試圖對他進行啟蒙，文中有一段人物對蔣介石的議論：

說起了中央，我馬上給他談蔣介石，問他對蔣介石有什麼意見，他肅然的說委員長當然是我們中國偉大的領袖，我們當和平軍，也是受得他的密令。我就反問他蔣介石叫你們當和平軍，叫你們幫日本人打中國老百姓，這就是他的偉大麼？

他呆了一呆就說：那也是不得已呀，國土淪陷了，中國人自己來維持，總比日本人管好些。我說：所以你們替日本人維持了後方，讓日本人可以上前方打中國是不是呢？

他又呆了一呆，又辯解着說：不過，我到底也沒有給老百姓做什麼壞事呀！我說，你們沒做壞事麼，你今天裝了那麼多糧食出去，這不是從老百姓身上刮下來的麼？今天日本人已經投降了，我們軍隊來接收，你們不是還在抵抗麼？

…………

他也聽了一聽，說，我們是等中央來接收的，你們也沒有接到委員長的命令呀。我說，中國不是中國老百姓的難道是蔣介石一個人的，只有他可以作主麼？他說，一個國家總得有個頭，他是我們的頭！我說，假使這

1　周達：〈訴苦是覺醒的開始〉，《文藝生活》總第 38 期（1948 年 3 月 25 日），頁 64。

個頭他只知道壓迫老百姓，我們老百姓是不是還要認他作頭呢？

我和他這樣的扯了大半天，實在覺得有點無聊……[1]

面對這個農民出身的士兵，"我"跟他講一些國家民族的大義、統治者和老百姓的關係之類，雖然並不深奧，但卻無法將他說服。由此可知對農民啟蒙之難。而不少革命小說顯然深知這一點，通過訴苦的方式解決啟蒙的難題，不僅在文本內令這一問題迎刃而解，提供了革命敘事的邏輯性，同時在文本外，對一般讀者而言實際上也提供了一次對中國"民主革命"的通俗化啟蒙。

第二節　革命敘事的政治化與通俗化

一、革命敘事的政治化

除了對農村"階級鬥爭"的直接描繪，革命小說的另一支是對現代都市各類人物活動的刻畫。這一類的小說一般都涉及到政黨政治，而且，從抗戰到內戰，這類作品從總體上看"革命性"越來越強，政治化的程度越來越高——主要的表現是作品中對國民黨統治的諷刺和批判越來越多，越來越明確和直露。這在茅盾等人的作品中都有明顯的反映。

茅盾雖然 1927 年才發表第一篇小說〈幻滅〉，但由於五四時期他即是著名的文學理論家和批評家，是文學研究會的十二個發起者之一和革新後的《小說月報》的主編，因此被視為新文學史上資格最老的作家之一。茅盾一生在香港生活過三個較長的時段，分別是 1938 年 2 月至 12 月、1941 年 3 月至 1942 年 1 月、1947 年 11 月至 1948 年 12 月底，期間創作發表過三個長篇，幾個短篇，以及近二百篇散文、雜文、論文、譯作等，總量約為一百萬字，是南來作家中最多產的少數幾位之一。這些創作被認為是茅盾創作高峰期的重要組成部分。此外，茅盾在港期間以文壇領袖的身份積極參與各種文化活動，先後主編過《立報‧言林》、

1　適夷：〈童燦〉，《文藝生活》總第 37 期（1948 年 2 月），頁 36—37。

《文藝陣地》、《筆談》、《文匯報・文藝週刊》、《小說》月刊等多種報刊，影響很大，《文藝陣地》等更是具有全國性聲譽。由於他的高知名度、豐富的創作與積極的編輯、理論活動，讓他成為南來作家群的核心人物之一，對香港文壇有着多方面影響。

茅盾在香港創作的三個長篇，平均分佈於他在香港居住的三個時期。《你往哪裏跑》是應薩空了的邀請而寫，連載於 1938 年 4 月 1 日至 10 月 31 日的《立報・言林》。《腐蝕》應鄒韜奮之請創作，連載於 1941 年 5 月 17 日至 9 月 27 日《大眾生活》新一號至新二十號。《鍛煉》應《文匯報》之邀而寫，連載於 1948 年 9 月 9 日至 12 月 29 日《文匯報》。三者都是臨時應約，邊寫邊發表。其中，《你往哪裏跑》出版單行本時更名為《第一階段的故事》，《鍛煉》是茅盾的最後一部長篇，構思來自作者抗戰後期於重慶《文藝先鋒》發表的中篇《走上崗位》，此番重寫，有着較多改變。[1]

《第一階段的故事》和《鍛煉》都是設想中的長篇系列中的一部，可視為未完稿。二者的相同點之一，是小說的取材，都以上海"八一三"事變至淪陷時期的社會生活為背景，"廣闊地反映了抗日戰爭初期各階層人民生活和思想的劇烈變化與複雜動向：全民族抗日情緒的普遍高漲；工人階級和人民群眾的自覺反抗力量；民族資本家的猶豫、動搖，最後在人民（尤其是工人）鬥爭的推動下加入愛國抗日的行列；國民黨政府的不抵抗態度及幕後投敵賣國的勾當。"[2] 但二者的不同也是顯而易見的。由於創作時間相差了十年，時代背景很不一樣，因而作品的內容重點和主題存在很大距離。《第一階段的故事》創作於抗戰初期，試圖對剛剛過去不久的上海抗戰作全景式的正面描寫，有的部分近似於對戰局變化的新聞報導，作者的主要意圖在於推動全民抗戰（同一時期，茅盾還利用《文藝陣地》等大力宣揚抗戰文化）。雖然其中也有一些對國

---

1 參見孫中田：〈從《走上崗位》到《鍛煉》〉，《中國現代文學研究叢刊》1981 年第 4 期，頁 75—88。

2 吳福輝：〈第十章 茅盾〉，載錢理群、溫儒敏、吳福輝：《中國現代文學三十年（修訂本）》（北京：北京大學出版社，1998 年），頁 227。

民黨軍隊指揮弊端的描寫，不過所佔比例較小，也沒有上升到對整個國民黨政權的否定。這是由於抗戰初期中國共產黨的主要任務在於建立廣泛的抗日民族統一戰線，對國民黨雖有批評，但暫時停止了敵對行動，目的在於一致對外。茅盾的小說善於抓住不同時代的特徵，包括政黨和階級關係的變化，因而作品所寫的，可以和時事等互相印證。相反，《鍛煉》創作於國共內戰後期，當時共產黨軍隊正在對國民黨軍隊進行戰略進攻及戰略決戰，準備最終解放全中國，而國民黨統治區則危機重重，民主運動風起雲湧。按作者原來的構思，要寫五部連貫的小說，《鍛煉》是第一部，後面幾部的內容包括保衛大武漢、汪精衛落水、皖南事變、太平洋戰爭的爆發、國民黨特務活動的加強、國統區民主運動的高漲、抗戰"慘勝"與聞一多、李公樸被暗殺等等，合起來，"企圖把從抗戰開始至'慘勝'前後的八年中的重大政治、經濟、民主與反民主、特務活動與反特鬥爭等等，作個全面的描寫。"[1] 可見，從總體構思上，茅盾試圖對八年抗戰做全景描寫，而重點則放在對國民黨政權反民主、假抗日等的暴露上。如書中借人物潔修之口說道：

"是的，給各位跑腿！現在是每一個人都不應當躲懶的時候。各位是苦中有苦，忙上加忙，各位是埋頭苦幹的。可是，我們忙了，也引起了人家的忙。他們忙着搗亂，忙着破壞！同是中國人，自己的力量這樣對銷，成什麼話！我們使了十分力量只當五分用，其餘的五分用作什麼了呢，想來夠心痛。朋友們，我這話對不對呢？……我們要對付敵人，也還要對付這些民族的罪人！……"[2]

這裏"民族的罪人"顯然是有所指的。與之類似，寫於 1941 年的《腐蝕》主旨也是對國民黨統治的批判。作者以該年初發生的皖南事變

1　茅盾：〈鍛煉·小序〉，載《茅盾全集（第七卷）》（北京：人民文學出版社，1984 年），頁 342—343。

2　茅盾：《茅盾全集（第七卷）》（北京：人民文學出版社，1984 年），頁 193。

為背景，選擇國民黨酷烈的特務統治為突破口，運用日記體裁，以一個失足女特務趙惠明的日記為內容，通過她的眼光從內部進行揭露。有人認為，這部"政治性鬥爭性異常鮮明的小說"，矛頭直指國民黨中統特務機關，小說中的何參議、陳秘書是暗指國民黨中的兩個親日派首領，一個是身任參謀總長的的何應欽，另一個是曾任國民黨中央黨部秘書長的 CC 派特務頭子陳立夫，兩人都是"第二次反共高潮的積極策劃者和執行者"。[1] 這一派的特務，以反共為目的，而和日偽特務則勾搭在一起，為了個人私利不惜出賣國家利益。〈十一月六日〉的日記寫到，幾派特務把盞言歡，相互交換情報，做買賣：

……這耳房的後身有一對窗，都糊了淺藍色的洋紗，我剛挨近窗邊，就有濃郁的阿片煙香，撲鼻而來。

分明是何參議的聲音："——松生，你那一路的朋友，像那位城北公，化錢就有點冤。昨天我和陳胖子談過，他也跟我一樣意見。據他說，G 的那一份材料，至多值兩萬，然而你們那位城北公卻給了三萬五呢！嘿！松生，咱們是十年舊雨，你的事就是我的事，而況照最近趨勢看來，快則半年，分久必合，咱們又可以泛舟秦淮，痛飲一番！……哈哈哈！"[2]

這兩段話中出現的人物，"我"是趙惠明，G 是她的頂頭上司，何參議、陳胖子也都是重慶的國民黨特務，松生、城北公則是汪偽政權的特務。當時，國民黨一分為二，蔣介石和汪精衛分別在重慶和南京建立政府，何參議所說的"快則半年，分久必合"正指的是這兩個政權要積極反共，而與日本講和，進行合併。

茅盾的創作以善於把握重大題材著稱。他能在皖南事變剛發生幾個月後就寫出《腐蝕》這樣一部有較明顯隱射意圖的政治小說，固然和他

1　張立國：〈《腐蝕》的時代性與戰鬥性〉，《東北師大學報（哲學社會科學版）》1982 年第 4 期，頁 43、42。

2　茅盾：《腐蝕》（上海：華夏書店，1949 年，八版），頁 96。

作為小說家的膽識和勇氣有關，同時更和當時茅盾身處香港這一“自由的天堂”有關。是香港的庇護，讓他能在《腐蝕》與《鍛煉》中對國民黨統治進行直接的暴露和鞭撻，而這是兩部小說“革命性”的主要體現方面。

綜觀茅盾寫於香港的三部長篇，都是以抗日戰爭為大的時代背景，“以社會鬥爭為故事的軸心，必然顯示出題材的強烈政治性。”[1]如果說《第一階段的故事》主要是洋溢着同仇敵愾的民族主義情緒，《腐蝕》和《鍛煉》顯然已將重點轉移到對國民黨“反革命”、“反民族”的批判上，作品中回盪着革命話語的旋律。三者中，相對完整的《腐蝕》是唯一一部有着中心人物的，藝術成就也最高，對人物心理的刻畫真實細膩。小說的複雜性在於，作者對趙惠明抱有同情，雖然寫出她的愛慕虛榮、不明大義和自私自利，寫了她靈魂的被腐蝕，但也給良知未泯的她留下了幡然醒悟的餘地，並應讀者來信的要求最後給了她“一條自新之路”，[2]安排她設計幫助一個女大學生 N 逃到鄉下去。因而小說是“從階級性與人性統一的觀點”來創作的，[3]比一般的革命小說要多一個維度。

夏衍是當年共產黨在香港的最高文藝領導人之一，1941 年秋天，他應鄒韜奮之邀，創作了一生唯一的一部長篇小說《春寒》，緊接着茅盾的《腐蝕》連載於《大眾生活》。小說以抗戰期間武漢失守、廣州淪陷為背景，選擇一個上海的知識青年女性吳佩蘭為主人公，描寫她在惡劣的政治環境和不幸的情感經歷中，走上了投身人民抗戰的路途。在這過程中，她也有過猶疑和動搖，例如在日軍將至的時候，她曾想過脫離演劇隊，去漢口找她昔日的戀人 T 尋求依靠，但經過思想鬥爭否定了這一想法。作者這樣描寫她的心理活動：

1　吳福輝：〈第十章 茅盾〉，載錢理群、溫儒敏、吳福輝：《中國現代文學三十年（修訂本）》（北京：北京大學出版社，1998 年），頁 228。

2　茅盾：〈腐蝕·後記〉，載《茅盾全集（第五卷）》（北京：人民文學出版社，1984 年），頁 298。

3　陳開鳴：〈一部獨特的知識婦女主題作品〉，《瓊州大學學報（社會科學版）》1997 年第 4 期，頁 67。

T，難道這樣的沒有見面機會了麼？而芳，卻在他的身邊。是的，距離可以遠隔，歷史是不能追回，心的聯繫是不會崩解的。好像從暗中透出來的一閃光亮，另一個意念從她心裏抬起頭來，"你怨誰呀？怨他們不招呼你，不關切你，不保護你？你這樣弱？你祇能在別人同情與憐憫中才能存在嗎？你不能像一個普通青年人一樣，擠在大夥兒裡面，用你自己的才能，努力，去爭取工作，保衛自己嗎？……"兩頰有點發熱，心跳得利害，"是的，祇有這樣，才能和 T 他們靠緊，靠緊到不被人羣擠開去的。"[1]

於是，她留下來堅持抗日救亡的演劇工作，在廣州淪陷後又前往粵北山區，繼續發動農民抗日。在大撤退的過程中，她目睹了抗日民族統一戰線內部的鬥爭和分化，國民黨頑固派發動了反共高潮，演劇隊的一些積極分子遭到逮捕甚至槍殺，她也被軟禁起來。後來，她在愛國軍人鍾剛副旅長的幫助下逃了出來，到了香港，準備到北中國更廣闊的抗日戰場繼續磨練自己。

小說名為《春寒》，這一政治寒流主要並非來自日軍的侵略，而是來自國民黨在抗戰過程中的政治背叛。小說寫作於皖南事變發生後不久，雖然沒有以這一事變為表現對象，但在構思上明顯受到政治局勢變化的影響。就像《腐蝕》寫到皖南事變後周恩來在《新華日報》的題詞以及當日該報的暢銷，《春寒》則描寫了毛澤東《論持久戰》對眾多知識分子巨大的指導作用，這些都是小說政治化的因素。或許是中國的抗戰現實太複雜，以致許多以抗戰為背景的小說，主要反映的既非戰場上的敵我對壘，也非前方人員的抗日救亡或後方百姓的艱辛生活，而是重在揭露國民黨對先進分子抗日的阻撓與鎮壓。原因在於這既是作者熟悉的題材（沒有根據地生活經驗的左翼作家一般不熟悉共產黨軍隊具體是怎麼抗日的，只能根據一些新聞和報告文學來間接瞭解），更重要的則是符合共產黨的宣傳策略。

對國民黨統治的揭露有時通過寫士兵的厭戰情緒來表達，這尤其體

1　夏衍：《春寒》（香港：人間書屋，1947 年），頁 63。

現在那些以國共內戰為背景的作品中。陳殘雲的短篇名作〈小團圓〉即選取了這一角度。小說寫獨生子黑骨球是一個賭仔，抗戰初興，結婚不到半年的他，被鄉長攛去當兵。經歷無數次戰鬥，他前後帶了六次花，升到了上士班長，日本投降後，隨隊伍回到廣州。但到家鄉一看，家毀人亡，母親已死，老婆則不知去向。"他失望與痛感之餘，也就抱着惘然的心境，回到已經厭倦了的部隊裏來。"部隊準備開赴東北，經九龍候船北上，"為的是什麼？他是茫茫然的，據官長們說是去打共產黨。打，對於他這一條爛命，他是不害怕的。可是，他不明白，共產黨是日本人還是中國人，是日本人就得打呀，他想。而後來，大膽發告訴他，共產黨也是打日本鬼的中國人，他就有些不自在。"。[1] 他在九龍過了些無聊的日子，期間乘着酒興摸了一個老妓女，想到了自己的小冤家。一個傍晚，他偶然碰到同村的有才四嬸，告訴說他的冤家還活着。後來夫妻團圓，他卻發現她為生活所迫，做了妓女。他既氣惱又慚愧：

> 一個熱悶的長夜，幾種複雜的思想在黑骨球腦裏旋轉，他珍貴自己的英雄行為，卻又有着不能克制的生活欲念。而結果，還是英雄夢破滅了，他厭倦了軍隊，厭倦了打仗，重新決定了他的生活方法……[2]

當天亮後女人問他是要打仗還是要夫妻情分時，他似罵似說地道出了自己的意慾。他請有才四嬸讓給他一個床位，以便他和同伴大膽發先躲起來，等部隊開撥後，再出來留在香港幹力氣活謀生。小說巧妙地借一個夫妻團圓的故事，表達了普通士兵渴望安定生活、反對內戰的主題。但這種反戰思想，主要不是基於對戰爭本身殘酷性的認識，而是要符合共產黨"中國人不打中國人"的政策宣傳，反對的是國民黨發動的"反人民戰爭"。對於共產黨領導的"人民解放戰爭"，作者們是加以歌頌的。

1　陳殘雲：〈小團圓〉，載陳殘雲文集編委會編：《陳殘雲文集（一）》（天津：百花文藝出版社，1994 年），頁 139。

2　陳殘雲：〈小團圓〉，載陳殘雲文集編委會編：《陳殘雲文集（一）》（天津：百花文藝出版社，1994 年），頁 149。

二、革命敘事的通俗化

　　除了政治化，革命敘事的另一個努力方向是通俗化。早在 1938 年茅盾寫作《你往哪裏跑》的時候，就有意識地以此為目標。當時，薩空了鼓勵茅盾寫一個"通俗形式"的長篇，於是，茅盾首次以報紙連載的方式寫了下來，堅持了八個月。他對"通俗"的理解是"既能顧及讀者水準而又能提高讀者"，具體寫作則堅持"形式上可以儘量從俗，內容上切不能讓步"，因而"這部小說卻不能不寫抗戰，又不能不是遠在上海的戰爭"。[1] 不過，茅盾坦白承認，"寫到一半時，我已經完全明白，我是寫失敗了。失敗在內容，也在形式。"[2] 這以後，茅盾就沒有繼續在通俗化方面探索下去了，到了 1941 年寫《腐蝕》的時候，儘管仍是在雜誌連載，但無論內容還是形式都回到了他所熟悉的五四文學的樣貌。

　　四十年代後期，隨着毛澤東《在延安文藝座談會上的講話》以及解放區文學的引進，加以"方言文學"的推動，在南來作家間形成了一輪文藝大眾化的熱潮。一些來自解放區的作品，被冠以"通俗小說"的名目引進，[3] 部分南來作家，如華嘉、司馬文森、陳殘雲等，亦紛紛提筆寫作方言小說或通俗小說。然而，南來作家這方面的創作，幾乎沒有一篇被公認為成功。唯一的例外也許只有黃谷柳的《蝦球傳》。

　　黃谷柳（1908—1977）一生經歷坎坷。他生於越南海防市，長於雲南河口，青年時期曾於香港謀生，後在國民黨軍中任職，因不願參加內戰，1946 年 3 月拖家帶口來到香港。此後，他面臨的最大問題是如何生存。全家六口人租住在九龍聯合道一間小房子，是由一個長方形的大房間用木板隔成的幾小間中的一間。"他和隔着一層木板的鄰居，不但說話聲音大些，可以互相聽見，就是夜裏翻身重一點，恐怕也是彼此可以互相聽見的。"[4] 為了生活，他那唯一的自來水筆都先後被當了六七次。

1　茅盾：《第一階段的故事·後記》（〔重慶〕：亞洲圖書社，〔1945 年？〕），頁 362。

2　茅盾：《第一階段的故事·後記》（〔重慶〕：亞洲圖書社，〔1945 年？〕），頁 363。

3　如孔厥、袁靜的〈血屍案〉被作為"中篇通俗小說"，刊於《文藝生活》總第 47 期，1949年 4 月 15 日出版。

4　鍾敬文：〈回憶谷柳〉，《新文學史料》1979 年第三輯，頁 142。

因為家裏只有四平米，只能擺下一張床，連桌子和椅子都沒有，黃谷柳寫作時，只好跑到過道一端牆壁的“神位”下，擺下一張小板凳，把稿紙放在一個肥皂箱上，就這樣開始了《蝦球傳》的創作。直到《蝦球傳》第一部《春風秋雨》問世，賣掉版權，拿到稿費，才買了桌子椅子等生活必需品。[1] 二十年後黃谷柳回憶道：“在香港，我由於家庭生活負擔過重，寫作過勞，極少參加社會活動。四六年和四七年上半年，為找生活門路和投稿門路，有過一些活動。從四七年十月十日[2]起，應夏衍之約在《華商報》上發表連載小說《蝦球傳》之後，便很少出來活動了。”他不但在中共機關報上發表作品，本人也積極靠攏組織，1948 年申請入黨，1949 年 2 月得到批准，介紹人是夏衍和周而復。[3] 可以說，夏衍的賞識和《蝦球傳》的風行改變了他的後半生。

　　《蝦球傳》由三個系列長篇組成，包括《春風秋雨》、《白雲珠海》和《山長水遠》，寫的是一個香港的流浪兒蝦球，如何因生存困境誤入歧途，經受種種磨煉，最後投身游擊隊，成長為一名革命“新人”。小說在《華商報》連載了一年多後，分別出版了單行本。這部小說一面世，立即大受歡迎，無論是普通的香港市民，還是南來的知識分子，都對它愛不釋手。許多青少年學生為之組成讀書小組，進步文藝界為之專門舉行文藝座談會，小說很快被改編為電影，並被翻譯成日文，風行一時。翻閱 1948、1949 年由南來作家出版的文藝書籍和雜誌，許多都在書後為《蝦球傳》大打廣告，統一的宣傳語是“轟動南中國的文藝巨著”。要論銷量和影響，在南來作家創作的小說中，《蝦球傳》無疑是首屈一指的。它攫住了讀者的心。連多年從事象徵小說、心理小說研究的蕭乾，也被它的魔力所吸引，他如此形容自己對它的着迷：

　　　　在書桌上，在過海的船面上，在枕畔，過去十天，我的手沒有離開過

1　黃燕娟：〈憶爸爸──黃谷柳同志〉，《新文學史料》1979 年第二輯，頁 176、178。

2　此處黃谷柳回憶有誤，《蝦球傳》第一部《春風秋雨》在《華商報》連載開始的日子是 1947 年 11 月 14 日。

3　黃谷柳：〈自傳〉，《新文學史料》1979 年第二輯，頁 195。

這已印成三個單行本的《蝦球傳》，而當我的手不捧着《蝦球傳》時，我的心還是徘徊在這個流浪兒的身邊。滿港九的街頭，我看到他：淘氣的使我想到他；窮的、偷的，使我想到他；坐在街頭拿虱子，臉上可是一片嚴肅向上氣的乞兒，更使我想到他；紅磡、旺角、銅鑼灣，那些地名好像都因為"蝦球"的蹤跡而變得有了意義。我時刻牽掛着他的遭際，羨慕着他轉危為安的本事，也敬仰着這個在生活教育中成熟着的人格。[1]

　　《蝦球傳》受到許多批評家的稱頌，他們將其視為文藝大眾化真正取得成功的重要收穫，為華南革命文藝的通俗化提供了一個填補空白的樣板。肯定它的人，一般都是先注意到它的讀者面的廣泛，成功地從"黃色文藝堡壘"爭回了讀者，然後再從內容和形式方面分析其藝術特色。如有論者概括，"《春風秋雨》寫的是香港小市民喜見樂聞的地方景物，《白雲珠海》寫的是廣東小市民喜見樂聞的地方景物，從內容說，既可廣泛地適應小市民的需要，但又脫出了今天充斥華南文化市場的黃色文學的窠臼。從形式及語言說，它有着不少章回小說的長處，很少章回小說的缺點，語言的生動，到處有着華南小市民的口語。這兩本書能從普及的基礎上提高，因此就能從華南黃色文化市場爭回不少讀者，這意義我想是非常重大的。"[2] 另一位論者亦有相似意見："論內容，它是現實裏一幅最廣闊的真實的圖畫。通過了主人公蝦球，我們看到了一連串的人物的複雜性，他們都是我們眼前活生生的人物。從人物本身的思想情感，願望和他們本身的社會生活中，使我們觸到此時此地一種特有的氣氛。""論形式，這部小說的手法是滲透了舊形式而又是充滿了新的創造性的。全部結構，雖不同於章回小說，但每段有每段的相當獨立性，使讀者不會感到枯燥乏味。作者善於運用從人民口語中提煉的確切表現語法，善於塑像造型，整個故事進行節奏的起伏，一波一浪，至相

1　蕭乾：〈《蝦球傳》的啟示〉，《大公報》，1949 年 2 月 21 日。
2　陳閑：〈關於《蝦球傳》速寫〉，《文藝生活》總第 41 期（1948 年 9 月 15 日），頁 261。

激盪，照應得非常嚴謹。"[1] 概括而言，小說吸引讀者的因素主要有以下幾個：取材既具有香港、廣東特色，為一般市民讀者所熟悉，同時又具有某種獵奇性（蝦球參與走私、偷竊、在鄉下奪槍、游擊隊的戰鬥、疍家女的水上生活、賭場……）；人物刻畫以行動為主，形象生動；情節緊湊，故事性強；時代氣息濃厚；語言淺白易懂，以標準普通話為主，雜以少量經過提煉的粵語方言，不露痕跡；等等。這些特點被用來闡釋作品具有的 "大眾性"，有人試圖以此將它置入實踐了毛澤東《講話》精神的作品之列，認為解決了普及與提高這一難題。

不過，評論界對於《蝦球傳》並非一致肯定，而是存在論爭。部分對馬克思主義、毛澤東文藝思想有着深刻掌握的論者，對《蝦球傳》的思想性以及作者的階級立場和觀點、思想感情提出了相當尖銳的批評。如周鋼鳴認為，《蝦球傳》的第一、二部所表現的 "中心思想" 是一種 "生存鬥爭的思想"，含有消極的 "宿命論觀點"，對於這種思想，作者是 "同情多，而批判少"，"缺少控訴黑暗的感情的流露"。[2] 于逢則從 "創作道路" 的高度，認為對於蝦球這一主人公而言，"他的鬥志與道路缺乏現實的基礎與必然發展的規律"，故事的發展，情節的離奇曲折純屬偶然，而和人物性格發展無關，蝦球 "之所以終於走上革命道路，本來很偶然，而且也牽強"。小說的創作未能從對人物的階級屬性的把握出發，遠離了真正的現實主義，"假如說，我們從蝦球這個主人公的身上看到的，是階級的人消解於抽象的人之中；那麼，我們在作品中看到的，則是階級道德消解於所謂人類愛之中，階級鬥爭消解於原始生存競爭之中，歷史的真實面目消解於故事的曲折離奇之中，必然的發展軌跡消解於偶然的變幻開闔之中。這是從創作方法上的機械論所引導出來的羣眾立場、階級立場的消失之結果。"[3]

1　蘆荻：〈雜論 "蝦球"〉，《華僑日報·文藝週刊》，1948 年 3 月 28 日。

2　周鋼鳴：〈評蝦球傳第一二部〉，《論批評》（《大眾文藝叢刊》第四輯，1948 年 9 月），頁 56、58。

3　于逢：〈論《蝦球傳》的創作道路〉，《小說》月刊第二卷第六期（1949 年 6 月 1 日），頁 88、90、92。

《蝦球傳》（香港：新民主出版社，1948—1949 年）書影

　　多位批評者提到《蝦球傳》的故事情節曲折離奇卻不符合"生活鬥爭"的邏輯，人物性格的發展亦與此無關，這其實還是從新文學現實主義的標準來看的。一般的讀者，習慣了看章回小說、神怪武俠的讀者，不會從這麼專業的角度去考察作品的生活邏輯和尋找作品的表意漏洞。相反，他們可能恰恰是被作品的這種強烈的"傳奇性"所吸引。[1] 倘若真按批評家所言去創作，作品的"革命性"固然能得到加強，而讀者卻未必增多了。事實上，《蝦球傳》在連載過程中，後兩部尤其是第三部《山長水遠》已經吸收了左翼批評家的不少建議，然而，從第一部到第三部，對讀者的吸引力卻逐步下降。因而，這可能是一個難以解決的悖論。

　　雖然《蝦球傳》主體部分並非描寫革命，到了第三部《山長水遠》游擊隊的活動才成為主要內容，不過它仍可以被看作一部革命小說。這不僅是因為在第一、二部已有多次暗示蝦球將加入革命隊伍，這是人物成長的方向，而且也由於它在一些關鍵方面符合革命敘事的某些成規。

1　二十世紀五十年代以後，以《林海雪原》為代表的一批"革命英雄傳奇"擁有大量讀者，但一般也被認為不夠"真實"，藝術性不高，在文學史上地位也不高。《林海雪原》等與《蝦球傳》在描繪地域特色、營造傳奇情節等許多方面有類似處。

例如對創傷和暴力的描寫。蝦球的種種掙扎，都來自於他的創傷記憶，包括最開始階段的飢餓記憶，以及同伴牛仔被鱷魚頭射殺後產生的心理傷痛。後者，更直接令他從此和鱷魚頭分道揚鑣，勢不兩立。而在對待暴力的態度上，由於《蝦球傳》的通俗性比一般革命小說更強，因而對暴力更缺乏嚴肅的省察。這可以從《山長水遠》的結尾看得很明白。小說的最後一節題為〈戰鬥的歡樂〉，寫游擊隊在丁大哥等的指揮下進攻鱷魚頭手下困守的幾個連隊。戰鬥中游擊隊小有傷亡，而敵人傷亡慘重。游擊隊的幾個首領個個奮勇爭先，以戰鬥為樂，"老薛的佯攻隊伍，打上了癮，很快就把西岸的排哨攻垮了"，而"老趙一班人守住河頭，旁觀靖村方面的戰鬥，心中癢得難耐。只因任務在身，不能走開"。[1] 丁大哥更妙，敵人來到游擊隊面前卻不知對方是些什麼人，以為是鱷魚頭手下的一個連，以致"丁大哥一堆人幾乎要笑出來。"[2] 在作者筆下，游擊隊和敵人作戰非常輕鬆，甚至帶有幾分遊戲意味。戰鬥結束後，首長下令休息兩個鐘頭，蝦球等一幫小鬼立即無影無蹤，跑到河裏用手榴彈炸魚去了。作品如此描寫他們在水裏嬉戲的情景：

　　大大小小的魚從水裡翻浮上來，一個個小鬼趕忙脫了衣服，跳下河去。蝦球上邊的河水較深，他炸到的竟有四五斤重的大魚，他脫衣服跳下河去，抱住一條給震暈了的大魚，跟着這條魚浮到下面來，一時不知道怎樣處置牠。河水中的孩子們捕捉他們的戰利品，叫着嚷着，笑着，心中充滿了難以形容的快樂。每一個人捉到一條大魚時，就高聲歡呼，表示他的勝利。河水的確比岸上的空氣溫暖，蝦球沒有說錯。大家在暖水中翻騰浮游，沒有一個人還記得剛才的戰爭。[3]

　　岸上的丁大哥、老胡和三姐也被這一情景所感染。"丁大哥開始覺

1　谷柳：《蝦球傳第三部：山長水遠》（香港：新民主出版社，1949 年 5 月，三版），頁 174。

2　谷柳：《蝦球傳第三部：山長水遠》（香港：新民主出版社，1949 年 5 月，三版），頁 174—175。

3　谷柳：《蝦球傳第三部：山長水遠》（香港：新民主出版社，1949 年 5 月，三版），頁 180。

得他的皮膚在發癢，他的童心好像回到他的身上來了。他心中有一股強烈的，要撲下水去的欲望。這三個人一句話也不說。他們望着這群孩子的嬉戲，漸漸地分有了他們的快樂，漸漸地忘記了他們自己的存在。"終於，丁、胡脫衣下水，加入到捉魚的陣營，而三姐也脫鞋入水，"當她的腳浸在水中時，她的逝去的童年復活了。"[1]

　　這幾段對戰鬥的"快樂"的描寫，殊堪玩味。血腥的短兵相接剛剛結束，百十條人命（鱷魚頭的半個連以及幾名游擊隊員在戰鬥中喪生）遽然離世，在這時候，蝦球們只感到勝利的歡樂，而在他們下河捉魚時，這種歡樂也被替換為另外一種，"沒有一個人還記得剛才的戰爭"。如果說，蝦球等由於年紀尚小，對戰爭理解不深，對戰鬥帶來的傷亡只有瞬間的情緒反應，尚屬情有可原，那麼，丁大哥、老胡、三姐他們竟然也因目睹蝦球們的快樂而進入忘我狀態，彷彿回到童年，對剛才的戰鬥置之度外，就令人難以理解了。因為，戰鬥中死去的，不僅有鱷魚頭的部下，也有幾名他們的戰友。僅僅因為勝利了，就這麼快遺忘了他們？或者，他們的犧牲是應有的代價？表面來看，蝦球等人對戰爭的遺忘，可以視為對戰爭殘酷性的拒絕，他們不願意保留對創傷的記憶。然而更符合作品實際的理解恐怕是，作者對戰爭暴力在潛意識中是無視的，對於死者缺乏應有的關懷，甚至在不經意間對暴力表現出欣賞的態度。戰爭的結果是殘忍的，然而在作者筆下，這種血腥的氣息，只要跳到水裏一洗，便蕩然無存，兩個鐘頭以後，又可以輕鬆地準備下一場戰鬥了。或許，這是比殘忍的暴力更為殘忍的一面。[2]

　　一般的通俗小說，尤其是武俠小說，潛意識中都對暴力着迷，不經意間流露出嗜血的衝動。作者和讀者都於描寫"殺人中得到某種快感和

1　谷柳：《蝦球傳第三部：山長水遠》（香港：新民主出版社，1949年5月，三版），頁180、181。

2　二十世紀五十年代以後，作者出版修訂過的《蝦球傳》合訂本時，將小說結束在戰鬥休止的一刻，而將下河炸魚這一大篇超過一千五百字的描寫全部刪除。作者這樣處理，未必是由於他對戰爭暴力的認識有了改變，而可能是擔心讀者指責這一段描寫的場景不符合軍隊紀律並且浪費了彈藥。

樂趣"，而"民眾之愛讀武俠小說，滿足其潛在的嗜血欲望"正是"一個不容忽視的因素"。[1] 在通俗化方面取得成功的《蝦球傳》，在這方面似乎也得了通俗小說的真傳。

下篇
話語實踐

1　陳平原：《千古文人俠客夢（插圖珍藏本）》（北京：新世界出版社，2002 年），頁 130、131。

第五章　民族形式・方言文學・大眾化

　　文藝是離不開大眾的，文藝在大眾的手則活，離大眾的手則死。大眾永遠是創造者，文人永遠是模擬者。

——李南桌（香港，1938）[1]

　　文藝的民族形式創造，不是僅僅復歸民族的固有形式。固然的，它須保持並發揚本民族的諸特性，但它也須以現實主義的見地去批判，蛻變和更進一步的去提煉嶄新的形式。這所謂嶄新的健全的形式，是依據原有的基礎和特點配合時代的內容更高發展了的東西。

——杜埃（香港，1939）[2]

第一節　文藝 "民族形式" 討論

一、"舊形式" 的利用

　　關於文學 "民族形式" 問題的討論，是抗戰時期全國範圍內影響最大的一次文藝論爭。對此，黃繼持曾有過簡要的總結：

　　在抗日戰爭前期，中國文藝界展開了民族形式問題的討論。歷時之長，地區之多，範圍之廣，足使這場討論成為現代文藝思想發展史上的大事。討論地點主要為延安、香港、桂林、重慶；他如上海、成都、昆明、晉察冀邊區也有回應。歷時三年有多，從一九三九年初到一九四二年中，

1　南桌：〈關於 "文藝大眾化"〉，《文藝陣地》第一卷第三期（1938 年 5 月 16 日），頁 74。
2　杜埃：〈民族形式創造諸問題〉，《大公報・文藝》，1939 年 12 月 12 日。

而以一九四〇年爭論最為熱烈。參加討論有文藝界各方人士，他們大都接受"民族形式"這個詞語，但詮釋則不盡一致。在"民族形式"總的概念之下，包羅了廣泛而複雜的問題。三十年代"文藝大眾化"之倡導與"舊形式的利用"之討論，抗戰以來"通俗文藝"之蓬勃與"舊瓶裝新酒"之爭議，西北劇協文協關於"話劇民族化"、"文藝中國化"之提出：都是這場"民族形式"討論的前導。關涉問題複雜，頭緒繁多，其中包括對五四以來新文學性質之理解，對中國民間文藝乃至傳統文藝價值之評估，對"歐化"與"民族化"問題的討論，對"現實主義"的不同見解。還有一些重要的論點，如文藝與政治、形式與內容、普及與提高等等；而歸結到"新階段"的文藝實踐方向問題。[1]

　　這裏是就全國的總體情況而言，本書無力一一剖析。若具體到主要討論地點之一的香港，則討論的進程與重點未必與此一致：香港的討論大致以 1939 年夏天為界，此前的一年半左右主要在討論"舊形式"的利用與文藝大眾化問題，這是"民族形式""討論的前導"，然而卻是整個討論過程的重心所在；此後的半年左右正式進入"民族形式"創造問題的討論，在前一階段討論的基礎上有所提高與延伸，而以 1939 年冬《大公報・文藝》所刊出的專欄為重點。先後參與討論的重要批評家有杜埃、黃繩、黃文俞、齊同、茅盾、林煥平、黃藥眠等。進入 1940 年後，重慶等地的討論方興未艾，進入最熱烈的階段，而在香港則已基本偃旗息鼓了。下文以香港為對象，略以時間及議題為序，盤點這場討論在香港進行的內容及特點，必要情況下，簡單分析它在全國討論中所佔地位。

　　對"舊形式"的利用與文藝大眾化的課題，都非從香港開始討論的議題。前者是由"通俗讀物編刊社"（創辦於北平，抗戰時期遷往重慶）的向林冰、顧頡剛等人，主張"舊瓶裝新酒"，以"舊形式"載新內容，

1　黃繼持：〈現代中國文藝的民族形式問題——抗日戰爭時期華南與重慶的討論述評〉，載黃繼持：《文學的傳統與現代》（香港：華漢文化事業公司，1988 年），頁 131。

後者更是三十年代以來文藝界反覆討論的話題。不過到了抗戰時期，為了加強宣傳，爭取更多讀者和民眾以利抗戰，二者顯得尤為緊迫，因此在各地又掀起了新一輪的集中討論。在香港，早在 1938 年春，杜埃已開始在報上呼籲加強對"舊形式"運用問題的實踐："對於一般已識字的落伍的小市民，我們就不能不要在現階段加緊運用舊形式，通過舊形式去爭取這類讀者到新文化的領域裏來，鞏固新文化的發展基礎。"[1] 在此文中，他關注的對象明確為"小市民"，有可能是有感於香港現實而發。緊接着茅盾主編的《文藝陣地》創刊，在一個半月內的時間裏連續發表多篇相關文章，成為初期討論的重要"陣地"。該刊創刊號除了茅盾所寫的〈發刊詞〉，打頭陣的第一篇文章就是周行關於開展一個抗戰文藝運動的動議，作者認為，開展抗戰文藝運動必須要有一個工作綱領，此綱領所包含的要點之一即是"大眾的抗戰文藝的創造"，因為，"在抽象的理論上，非大眾的抗戰文藝是不能存在的。抗戰的文藝同時必然是大眾的文藝。……許多基本的問題如主題與方法的問題，舊形式的利用與新形式的創造的問題，技術問題，特別是大眾化問題等等，必須一一加以究明，並在創作活動上作具體的實踐。"[2] 這裏將"舊形式的利用"與"大眾化"問題並列，還沒有詳細地闡明二者的關係。

緊接着杜埃撰文，批評對於"舊形式"運用的兩種錯誤見解，"一種是說舊形式根本不能適合新內容。一種是說舊形式能夠完全容納新內容。"杜埃認為，兩種見解都不完全正確，前者"理解得太機械，而否定了內容與形式的辯證法的聯繫及其靈活的運用。我們認為在一定的條件之下，舊形式仍然可以某種限度的地〔按：原文如此〕適合著新內容；尤其是在比較落後的社會條件之下，……"而後者"根源於哲學上的錯誤，只看見兩者的統一性，而且無條件地誇大了這種統一性，但是忽視了兩者間的矛盾，更不從這兩者的對立與統一的法則上去把握新形

1　杜埃：〈舊形式運用問題的實踐〉，《大眾日報‧大眾呼聲》，1938 年 3 月 20 日。

2　周行：〈我們需要開展一個抗戰文藝運動——一個緊急的動議〉，《文藝陣地》第一卷第一期（1938 年 4 月 16 日），頁 2。

式的發展和創造。"與這兩者不同，正確的做法只能是"逐漸揚棄舊形式而建立新內容"。[1] 類似的觀點後來不斷出現，對於內容與形式的"辯證法"，一般的左翼批評家都能靈活運用。同一期的刊物還節選轉載了來自西北的一篇文章，強調對於舊瓶要"批判地接受"，"在原則上我們是主張能夠創造出一些新的東西出來，不能盡迎合一般文化落後的，愛好低級趣味的群眾，但這不是一下便可成功的，這要逐漸把大眾的藝術水準慢慢提高以後，新的東西才能被他們接受。因此在抗日的現階段，我的希望，還是先洗一洗舊瓶，把新酒灌進去吧，不要潑在地上太可惜了！"[2] 這已經涉及普及和提高的先後關係，認為"舊瓶"的利用只是某一個階段為了灌進"新酒"而採取的策略性手段。不過這種權宜性的想法被後來許多論者所糾正。

備受茅盾肯定的青年批評家李南桌，強調"大眾化"和抗戰的緊密聯繫："文藝大眾化"是"抗戰"的許多含義中的一個，是它的一面，"因為'抗戰'給'大眾化'預備下了最有利的條件：反過來，'抗戰'又需要'大眾化'的支持才能迅速完成牠的任務。"他提出要讓文藝和大眾結合，可以利用到兩個"寶藏"："民間文藝"和"通俗文藝"。[3] 而"若想完成現階段的'大眾化'必須要繼承過去的遺產，利用活着的民間作品，用他們的語言來寫作，——不過有一點是不可不強調的，就是要謹防其中有害的毒素。利用舊形式是可以的，卻千萬不要反為舊形式所利用。"另外一點就是"還必須要能深刻的把握着隨時發生的問題作為主題，加以藝術上的處理。"也就是既要推陳出新，又能與時俱進，如此一來，"'大眾化'不是文藝的降低；正正相反，是文藝的提高，不是貶值，實在是加價。'文藝大眾化'是更進一步，更深入一層的現實主義。"[4]

1　杜埃：〈舊形式運用問題〉，《文藝陣地》第一卷第二期（1938 年 5 月 1 日），頁 43。

2　〈舊形式利用之實驗——節錄自"西北戰地服務團公演特刊"〉，《文藝陣地》第一卷第二期（1938 年 5 月 1 日），頁 44。

3　南桌：〈關於"文藝大眾化"〉，《文藝陣地》第一卷第三期（1938 年 5 月 16 日），頁 74。

4　南桌：〈關於"文藝大眾化"〉，《文藝陣地》第一卷第三期（1938 年 5 月 16 日），頁 76。

在上述討論的基礎上，接下來的一期，主編茅盾同時發表了三篇短評，就"大眾化"和利用"舊形式"的問題進行總結，並提出一些新的觀點。在其中一篇短評中，針對某些論者認為"舊形式"早已被新文學所拋棄，茅盾指出："二十年來舊形式只被新文學作者所否定，還沒有被新文學所否定，更其沒有被大眾所否定。這是我們新文學作者的恥辱，應該有勇氣來承認的。"他特別重視"利用"一詞，認為和"運用"等不同，"既說是'利用'，當然不是無條件的接受。此時切要之務，應該是研究舊形式究竟可以被利用到如何程度，應該是研究並實驗如何翻舊出新，……"[1]在另一篇短評中，他一方面肯定"舊瓶裝新酒"的必要，並形象地解釋道："人民大眾樸拙得有點可笑，他們看慣了酒是裝在瓦瓶裏的，你給他們玻璃瓶，雖則裝的是同一種的酒，他們可就會疑心是毒東西，但是你若用他們看慣的瓦瓶，那麼即使所裝者已是另一種酒，但他們飲之不疑。"另一方面再次對"利用"一詞進行限定，認為它有兩個意義："翻舊出新"和"牽新合舊"，二者"匯流的結果，將是民族的新的文藝形式，這才是'利用舊形式'的最高的目標。"[2]

隨着《文藝陣地》上的討論告一段落，同樣是茅盾主編的《立報·言林》和戴望舒主編的《星島日報·星座》成為討論的園地，並且使討論第一次、也是唯一一次具有了較強的論爭性質。先是陳殘雲在《立報》發文，認同穆木天的說法，即"利用舊形式""這一課題祇能當做一度橋樑，一渡過這橋樑，它底存在就失掉了作用；因為它的存在是有限量的，要是我們誤解這課題含有永久意義，這無疑是錯誤的。"他從辯證法入手，表示"舊的形式，該給新的內容突破。內容和形式是互相發展的，動的內容，須配合著動形式"。[3]接着，從昆明途經香港往上海省親的施蟄存，在香港逗留期間，應戴望舒之邀，就此問題撰文發表個人意見。他開宗明義，認為作家利用"舊形式"是為了"愛國抗敵"、"盡其

1　茅盾：〈大眾化與利用舊形式〉，《文藝陣地》第一卷第四期（1938 年 6 月 1 日），頁 121。

2　仲方〔茅盾〕：〈利用舊形式的兩個意義〉，《文藝陣地》第一卷第四期（1938 年 6 月 1 日），頁 122。

3　陳殘雲：〈動的內容與動的形式〉，《立報》，1938 年 8 月 3 日。

宣傳之責"，接着筆鋒一轉——

　　文學到底應該不應該大眾化，能不能大眾化，這些問題讓我們暫時保留起來，因為"大眾"這一個名詞似乎還沒有明確的限界。但若果真要做文學大眾化的運動，我以為只有兩種辦法：（一）是提高"大眾"的文學趣味，（二）是從新文學本身中去尋求可能接近"大眾"的方法。這兩種辦法，都是要"大眾"拋棄了舊文學而接受新文學。或者說得更明確一點，是要"大眾"拋棄了舊形式的俗文學而接受一種新形式的俗文學。新酒雖然可以裝在舊瓶子裏，但若是酒好，則定做一種新瓶子來裝似乎更妥當些。

　　我們談了近二十年的新文學，隨時有人喊出大眾化的口號，但始終沒有找到一條正確的途徑。以至於在這戎馬倥傯的抗戰時期，不得不對舊式的俗文學表示了投降。這實在是新文學的沒落，而不是牠的進步。我希望目下在從事寫作這些抗戰大鼓，抗戰小調的新文學同志各人都能意識到他是在為抗戰而犧牲，並不是在為文學而奮鬥。[1]

　　如此旗幟鮮明地反對新文學利用"舊形式"，在當時實屬罕見，是地地道道的少數派行為。此文寫於 1939 年 8 月 2 日，尚未發表，8 月 4 日，茅盾送給施蟄存幾本《文藝陣地》和《抗戰文藝》等刊物。施蟄存閱後，才發現這一問題已有許多討論，而鹿地亙的部分觀點和自己接近，於是 8 月 5 日他再次撰文，繼續談利用"舊形式"的問題。他同意鹿地亙的提法，認為這只不過是"政治的應急手段"（作家批評家們不肯承認這點，令人"齒冷"），之所以要利用，"實在並不是舊形式本身有獲得大眾的魅力，而是由於新文學者沒有給大眾一個更好的形式。"批評家們對新文學失望，是由於要求太多，超出了文學的範疇。事實上，在他看來，"新文學終於只是文學，雖然能幫一點教育的忙，但牠代替不了教科書；雖然能幫一點政治的忙，但牠亦當不來政治的信條，向新文學去要求牠可能以外的效能，當牠證明了牠的無力的時候，

1　施蟄存：〈新文學與舊形式〉，《星島日報·星座》，1938 年 8 月 9 日。

187

擁護者當然感到了失望。文學應該大眾化，但這也是有條件的。一方面是要能夠為大眾接受的文學，但同時，另一方面亦得是能夠接受文學的大眾。"最後，他提議，"至於當前，我以為新文學的作家們還是應該各人走各人的路。一部分的作家們可以用他的特長去記錄及表現我們這大時代的民族精神，不必一定要故意地求大眾化，雖然他的作品未嘗不能儘量地供一般人閱讀。技巧稚淺一點的作家們，現在不妨為抗戰而犧牲，編一點利用舊形式的通俗文藝讀物以為抗戰宣傳服務。但在抗戰終於獲得了最後勝利以後，這些作家們最大的任務還是在趕緊建設一種新文學的通俗文學，以代替那些封建文學的渣滓。"[1]

施蟄存的兩文寫完一星期後發表於《星島日報・星座》，剛好又過了一個星期，林煥平的長文〈論新文學與舊形式〉分次連續四日於《立報・言林》刊出。該文較為系統的論述，主要便是針對施蟄存的文章而來。林煥平在文中先將利用"舊形式"問題總結為三種意見："第一是主張毫無問題地利用舊形式"；"第二是主張有所取捨地利用舊形式"；"第三是認為利用舊形式即是新文學向舊文學投降"。[2]他認為最多的人贊成第二種意見，而施蟄存則是"完全反對利用舊形式"和"否定新文學論者"的代表，他要做的正是對之加以批評。林煥平認為，五四以來的新文學雖然存在不足，但是不容否定，因為，第一，"大眾未能接受新文學，不單純是新文學的罪過，不單純是新文學作家走錯了路，這不僅是文學上的問題，實際上，是整個的文化問題，社會問題。在文化問題，社會問題沒有得到一個具體的解決之前，而說大眾未能接受新文學，完全是新文學作家應負的責任，是過分的。"第二，"在宣傳民眾，組織民眾的艱苦工作中，凡是最有效的工具，我們就必須多用它。否則，那是民族的損失。如果有人不顧這種民族的損失而主張不用那種效果較大的工具，則他的發言態度，是很值得我們懷疑的。"[3]第三，從

1　施蟄存：〈再談新文學與舊形式〉，《星島日報・星座》，1938 年 8 月 12 日。

2　林煥平：〈抗戰文藝評論集〉（香港：民革出版社，1939 年），頁 21。

3　林煥平：〈抗戰文藝評論集〉（香港：民革出版社，1939 年），頁 24。

國際情形看，"日本的大眾文學"，"它的形式已逐漸接近新文學。從這種事實，證明某種可以利用的舊形式，在新的作家用新的內容去配合它時，它會逐漸走向質的變化，而發展的道路。因此，利用舊形式，未可遽爾肯定為新文學的投降，的沒落。"第四，中國五四運動以後尤其是九一八以後的新文化、新文學鬥爭"是整個民族解放鬥爭的一環，是民族解放鬥爭的推動力量的一環"，[1] 在救亡工作中收到了實際效果，誘導了廣大的學生知識分子群眾走上抗戰的第一線，因此不能認為抗戰以後新文學完全失了效用。他還表示，施蟄存讓大眾拋棄舊文學而接受新文學"只是一種希望，一種理想，不是一種實踐的辦法"。真正文學"大眾化的正道"還是在抗戰建國的過程中，使新文學本身接近大眾，利用各種新舊工具，提高大眾的文學趣味。[2]

　　林煥平、施蟄存二人的論點針鋒相對，是名副其實的論爭。不過林文刊出後，施蟄存已離開香港，沒有再作回應。今天回過頭看，兩人的觀點雖然有較大差異，但主要是觀察問題的立場和角度不同造成的，因而中間存在一些錯位。林煥平當年雖只有二十七歲，卻是一位已有七年黨齡的共產黨員，有過大量文藝方面的著譯作品，理論水準較高，文章的論證比較嚴密。更重要的是，在他看來，將文學作為宣傳和組織民眾的工具，作為整個民族解放鬥爭的一環，不但是自然而然的，同時也是它在當時的價值所在。相反，施蟄存堅持自己新文學"本位"的立場，雖然並不反對作家們以一枝筆參與到抗戰中來，但顯然更重視他們在文學上所取得的成就，認為這才是應當努力的重點。也就是說，他是將"文學"與"抗戰"的關係有意識地進行某種程度的剝離。至於那些"舊形式的俗文學"，在他眼中一般不過是些"渣滓"而已。就算要新文學接近大眾，那也應當要靠大眾自我"提高"，而不是新文學主動"降低"去"普及"到大眾中去。所以，說他是否定新文學，那只是相對新文學形式上不夠通俗化而言的，若是相對於舊文學，他無疑是大力肯定新文

1　林煥平：〈抗戰文藝評論集〉（香港：民革出版社，1939 年），頁 25。

2　林煥平：《抗戰文藝評論集》（香港：民革出版社，1939 年），頁 27。

學了。

　　施蟄存這種在文學上的自由主義態度由來已久，至少在他和杜衡、戴望舒等人於上海編輯《現代》雜誌期間已經明確。他晚年回憶說："我們自己覺得我們是左派，但是左翼作家不承認我們。我們幾個人，是把政治和文學分開的。文學上我們是自由主義。所以杜衡後來和左翼作家吵架，就是自由主義文學論。我們標舉的是，政治上左翼，文藝上自由主義。"他還提到："《現代》雜誌的立場，就是文藝上自由主義，但並不拒絕左翼作家和作品。當然，我們不接受國民黨作家。我們幾個人在當時上海文藝界的地位，是很微妙的。因此，共產主義作家對我們也沒辦法批判。但是，我們的創作方法，是他們不能接受的。"[1]而在共產黨和左翼作家看來，自從全國文協提出"文章下鄉，文章入伍"以來，文學和政治是越來越不能分開了，抗戰時期的文藝絕對不能"和抗戰無關"。他們雖然不好從政治上批評施蟄存一路人，但借文藝來批評則是很容易的事。林煥平的文章發表後，香港文壇上再也沒有出現公開宣稱"完全反對利用舊形式"的言論了。

　　林煥平對施蟄存的批評不過是這場大討論中的一個小插曲，很快，其他論者繼續在以往討論的基礎上，進一步完善意見，提出具體建議。齊同再次強調，"'文藝大眾化'若被解做暫時降低趣味的文藝運動，那便要錯得不可收拾了"，"所謂'大眾化'和'通俗運動'並不是遷就而是提高，而且這提高不僅是在於外形，也是在於內質。"[2]他並且對"舊形式"作出了詳細說明："這裏所謂'舊形式'，其實是民間的形式，'舊形式'這字眼並不是表示完全陳舊，卻是新文學家用來別於歐化形式的。""最親切的'形式'應該是最民間的，所以我覺得'鄉土劇'，'影戲'，'評書'，'大鼓'，'山歌'，'小調'，以及'小人書'（一種帶說明的連環圖畫），'年畫'之類，都是很可'利用'的'舊形式'。"[3]黃

1　施蟄存：〈為中國文壇擦亮"現代"的火花──答新加坡作家劉慧娟問〉，載施蟄存：《沙上的腳跡》（瀋陽：遼寧教育出版社，1995年），頁181。

2　齊同：〈文藝大眾化提綱〉，《文藝陣地》第二卷第三期（1938年11月16日），頁477。

3　齊同：〈文藝大眾化提綱〉，《文藝陣地》第二卷第三期（1938年11月16日），頁478。

繩對“形式”的理解與此不同：“形式，除了那個‘框子’，便是詞彙，語調，韻律，語句的組織，結構佈局的演變”。[1] 由於他對香港本地情況瞭解較多，發現“敵人漢奸加緊收買落後文人為他們服役”，而新文學創作力量不夠，因而提出要利用“舊形式”，就要重視對“舊人”的爭取，這“成了非常迫切的任務”。他對作品如何利用“舊形式”有着自己的具體設想，認為這類作品“要完盡任務，應以能給民眾輾轉口述為第一義。”“第一需要有人物，有英雄，有我們的時代英雄。”此外，“需要略為強調的是故事的趣味性。……我們的作品，不妨有某種程度內的取巧和誇飾，需要有豐富的曲折的情節和穿插。”[2]

話語實踐 下篇

抗戰期間，一些著名作家紛紛放棄既有的寫作方式，從事文藝大眾化和利用“舊形式”的具體工作。由於香港的討論漸具聲勢，和內地互相呼應，部分內地作家也將他們實踐的經驗總結寫成文章在香港報刊發表。從中可以看出，雖然有着類似的實踐，但每個人對手頭工作的具體認識是不同的。穆木天和趙景深都寫大鼓詞，但前者將這樣的工作視為一個過渡，提出“‘中國化’和‘歐化’，在中國的民族革命的文藝建設上，是成為了同樣地必要的東西，而且是互相輔助的東西。”可能當時“歐化”面臨的輿論壓力更大，他有意為之正名：“但是，中國，不客氣地說，究竟是一個文化落後的國家。它必須接受文化先進國的文藝的提攜，必須接受世界各國進步的文藝遺產，我們的革命文藝，才能有豐富的營養，才能蓬勃地發展起來。如果哪一個主張‘中國化’的人，反對‘歐化’的話，就是等於一個遊學過歐美的人，回到國內來，還主張纏足，甚至生吃活人肉。‘歐化’，並不會亡國，而正以建國的。”[3] 而趙景深雖然也同意要新舊兼收並蓄，但顯然更努力於對“老百姓”口吻的靠近和對“文學家”觀念的克服：“新舊都有缺點，都須注意糾正，

---

1 黃繩：〈關於文藝大眾化的二三意見〉，《文藝陣地》第二卷第十一期（1939 年 3 月 16 日），頁 739。

2 黃繩：〈關於文藝大眾化的二三意見〉，《文藝陣地》第二卷第十一期（1939 年 3 月 16 日），頁 740。

3 穆木天：〈歐化與中國化〉，《大公報・文藝》，1939 年 6 月 2 日。

新的要克服歐化傾向，舊的要克服文言成份，應該每一句都像老百姓自己的口吻，那才能算是真正的成功，似乎這一點，新舊雙方都不能十分圓滿地做到，原因大約還是文士觀念作祟，捨不得脫下長衫，總以為我自己是所謂文學家，我所寫的是傾向於有藝術價值的創作，今後我們要克服這個錯誤的觀念，我們要把我們所寫的東西當作純粹的工具或宣傳品。我願我自己將來也能努力克服我這‘自拉自唱自己聽’的錯誤。”[1]

　　在文學史家的眼光裏，通過這次討論，“對於舊形式的利用和五四新文藝的評價，大多數人取得了比較一致的看法”。[2] 從上文引述的各家言論看來，大多數人的看法確實比較一致，但也有個別論者獨樹一幟，重要的不是他們的具體觀點和多數人之間的分歧，而應看到各自發言時所持的不同立場和價值觀。

二、“民族形式”的創造

　　1939 年夏天，香港的部分論者，已經開始在討論中使用“民族形式”一詞。這顯然是受到延安討論的影響，不過已比延安晚了半年左右。

　　“民族形式”成為一個特定的文藝理論概念，應當溯源到毛澤東的一個報告。1938 年 10 月 12 日至 14 日，毛澤東在中共擴大的六中全會上做了〈論新階段〉的報告，其中第七章〈中國共產黨在民族戰爭中的地位〉第十三節題為〈學習〉，借用蘇聯理論界的“民族形式”一詞，談馬克思主義中國化的問題：

　　共產黨員是國際主義的馬克思主義者，但是馬克斯〔思〕主義必須通過民族形式才能實現。沒有抽象的馬克思主義，只有具體的馬克思主義。所謂具體的馬克思主義，就是通過民族形式的馬克思主義，就是把馬克思主義應用到中國具體環境的具體鬥爭中去，而不是抽象地應用它。……洋

1　趙景深：〈通俗文藝的討論〉，《國民日報‧新壘》，1939 年 10 月 17 日。

2　梁永安、王雨吟：〈關於“民族形式”問題的討論〉，載王鐵仙、王文英主編：《二十世紀中國社會科學‧文學學卷》（上海：上海人民出版社，2005 年），頁 365。

八股必須廢止，空洞抽象的調頭必須少唱，教條主義必須休息，而代替之
以新鮮活潑的、為中國老百姓所喜聞樂意〔見〕的中國作風與中國氣派。
把國際主義的內容與民族形式分離起來，是一點也不懂國際主義的人們的
幹法。我們則要把二者緊密地結合起來。[1]

　　這段論述本來是從政治角度着眼，但卻與當時各地廣泛討論的文藝
"大眾化"和利用"舊形式"問題不無相通之處，而這種將普遍原理與
具體實踐結合起來的思維方式，也易於為黨內從事意識形態工作的理論
家（包括文學批評家）所掌握。因此，其中的"民族形式"一詞很快便
被嫁接到文藝問題的討論上。1938年11月25日，〈論新階段〉首發於
延安的《解放》雜誌，從1939年春天開始，在延安的《新中華報》、《文
藝戰線》、《文藝突擊》等報刊上便陸續刊出關於"民族形式"的討論，
以及與之相關的"中國氣派"、"舊形式"運用等問題的討論。[2]最先參與
的討論者中，有幾位以哲學名家，文章的理論思辨色彩較強，這也影響
到後來其他地區的討論。

　　在香港，"民族形式"一詞首次出現是在1939年7月24日，《立報》
刊出"通俗文學座談會"部分發言記錄，其中黃文俞提到"香港的通俗
文藝不能只有地方形式，也須有全國性民族形式的東西"。不過，此後
的兩三個月間，這一名詞並未流行開來。可能有部分人已經接觸到延安
的討論文章，不過沒有引起重視，這從楊剛主持的《大公報·文藝》於
1939年10月19日舉行的一次座談會可見端倪。該次茶敘座談是為紀
念魯迅逝世三週年而舉辦，題目是"民族文藝的內容與技術問題"，出
席者有許地山、楊剛、黃文俞、劉思慕、林煥平、宗珏、黃鼎等二十一

1　毛澤東：《論新階段》（香港：新民主出版社，1948年），頁89—90。

2　1939年6月底以前發表的相關文章有柯仲平：〈談"中國氣派"〉，刊《新中華報》，1939
　　年2月7日；陳伯達：〈關於文藝的民族形式問題雜記〉，以及艾思奇：〈舊形式運用的基
　　本原則〉，均刊《文藝戰線》第3期（1939年4月16日）；蕭三：〈論詩歌的民族形式〉，
　　以及羅思：〈論美術上的民族形式與抗日內容〉，均刊《文藝突擊》新1卷第2期（1939年
　　6月25日）；等等。

人。會上楊剛先作報告，解釋何謂"民族文藝"的內容與技術問題，其中提到："它的技術問題，就包括民族形式的使用和創造，以及如何使形式與內容恰恰配合各點。"可見，在她心目中，"民族形式"是從屬於"民族文藝"的，主要是後者技術方面的問題。與會者談到新舊形式的利用問題，但除了黃文俞直接使用"民族形式"一詞，宗珏提出"當前的民族文藝之最恰當解釋是：抗戰的內容，民族的形式"之外，一般未將"民族形式"視為一個重要的專有名詞。只是在會議的結尾，楊剛提出三點結論，第三點是"利用各種舊形式和外來形式，創造新的民族形式"。[1]

這一時期，大概只有黃文俞在比較深入地思考"民族形式"的問題，但也未能作出較明確的解釋，有時也和對"民族文藝"的思考相錯綜。例如，在一篇紀念魯迅的文章中，他認為"民族文藝"的提出，就相當於學術方面的"中國化"這一口號的提出，然而，"還在民族文藝被提出以前，他已經是建立民族文藝的第一位作家了。"他論證魯迅是民族文藝作家，主要論據是魯迅筆下呈現的是"當時民族生活的圖畫"，"民族生活的深透觀察，加之以世界文學的素養，就創造了魯迅先生的中國作風，……魯迅先生的創作在內容和形式都成了民族的。""他從民眾中間出來，土生土養，滿身沾着泥土。他吸取了西方因素，卻保存了民族特色。"[2] 在另一篇專談"民族形式"的文章中，他承認"'民族形式'的理論，只能止於原則的指示，經過熱烈廣泛的討論研究，還要經過各種各樣的嘗試實踐，才能完滿地指出'民族形式'的真正涵義，和這種形式所必需的因素。"[3]

1939 年 11 月 1 日，《大公報·文藝》刊出徵文啟事，仍以民族文藝為題，因為"從十·十九座談會後，各方面來了意見；認為民族文藝問題在當前極其重要，複雜，也極含混，需要多討論"，具體議題則定為

1　〈《文藝》魯迅紀念座談會記錄〉，《大公報·文藝》，1939 年 10 月 25 日。
2　文俞：〈魯迅先生與民族文藝〉，《大公報·文藝》，1939 年 10 月 20 日。
3　文俞：〈文藝上的"新形式"〉，《立報·言林》，1939 年 11 月 13 日。

兩個：其一，"文藝之民族形式的創造問題"；其二，"新文藝外來影響的估價和清算"。編者呼籲："師友作家讀者們，請您為前途說話！"[1] 徵文雖仍以民族文藝為總題，不過 "民族形式" 的創造成為第一大議題，顯示了它的重要性，第二個議題顯然和它密切相關。這次徵文的成果，以 "創造文藝民族形式的討論" 為總題開設專欄，集中發表於 12 月 10 日、11 日、12 日、13 日、15 日的〈文藝〉副刊，一共編發了八篇論文。值得注意的是，編者設計的第二個討論話題並未刊登專題論文，這可能是是無人應徵，或是稿件質量不夠，也可能是由於相關意見已經合併到對於 "民族形式" 的考察。

這八篇文章，有四篇直接納入 "民族形式" 為標題。可以肯定的是，部分論者正是在徵文期間看到了來自延安的相關雜誌，有的還在文章中多次直接引用（如宗珏）。可能是前一階段關於 "舊形式" 的利用討論比較充分，予人深刻印象，有的論者在文中，在 "民族形式" 一詞前還要加上個 "新" 字，隱隱與 "舊形式" 相區別，另外，對於前者，強調的是 "創造"，對於後者，強調的則是 "利用"。至於文章涉及的範疇，則比前一階段廣泛得多，多數論者都不再將 "民族形式" 僅僅視為一個 "形式" 問題，而將其和整個民族、某些地區的人民生活習俗、地方風土、方言土語、歷史傳統等相結合，內容涉及到國際主義和民族主義、民族性和地方性等議題，對有關 "民族形式" 的各方面作了一次比較全面的分析。

黃文俞的〈"舊瓶裝新酒"〉一文，先肯定 "舊瓶裝新酒" 在某一階段實行的必要性，然後論證 "民族形式" 的提出是其在更高階段上的發展。作者先解釋 "'舊瓶裝新酒' 的創作方法，是運用民間文藝舊形式來表達新的思想，新的知識，作為大眾的文化啟蒙的工具，改造一般民眾的意識形態，在現階段的任務則更負起了動員民眾的宣傳教育的任務。" 但這一創作方法本身也有不足，因為它的特定對象為一般民眾，不適應於學生和知識分子，因而 "存在着舊形式和新形式間的矛盾"。

1　〈展開民族文藝問題的討論〉，《大公報·文藝》，1939 年 11 月 1 日。

而"民族形式口號的提出",就能夠"砍開這個文藝基本問題上的結節",因為"牠所意味的是一種交互提煉融合"。具體說來,"牠和'舊瓶裝新酒'的創作方法是統一而又反對,是相反又是相成。"這主要體現在兩個方面。第一,二者都肯定要批判地接受舊形式,不過,"舊瓶裝新酒"的創作方法,"是單純的向舊形式復歸,從服於舊形式,……對於新形式,則只能把它放在一邊,不敢稍一觸動。"而"民族形式的創造"則同時"要和新形式做緊密的接連,而汲取它的進步的因素,單是拋棄它的歐化的,脫離大眾的表現方法和語法構造。"第二,二者都以文藝大眾化為前提,可是"舊瓶裝新酒"的創作方法"只能以一般民眾為對象,作為啟蒙大眾的工具之一",而"民族形式"的"目的是推進文藝向較高階段的躍進,發展;它的對像是全民族的,包含一切社會層,高級知識者群也在其內"。為了這一目的,"民族形式的作品,雖必然要具有'中國作風與中國氣派',但它不一定全為大眾所能立即接近。"[1]這其實是給了那些暫時無法通俗化、大眾化的作品以一席之地。黃文俞的基本觀點其實在前一階段的討論中已大都成為共識,但他因應時事的需要,借助"民族形式"這一新名詞重作梳理,客觀上對當時的文藝實踐還是有利的。

杜埃的〈民族形式創造諸問題〉一文分為"中國文學的發展路向"、"民族生活的傳統"、"國際主義和民族主義"、"文藝民族形式的'創造'"四個部分,其中第四部分又涉及七個問題,包括如何利用地方性形式的問題。作者指出,"要在這些各各不同的地方形式中,找出它們之間的共通性,全國性,這才是一個完整的民族形式。"他以婚禮、秧歌等形式為例說明,肯定"民族形式的創造,是找尋各地方特色的東西,在這些各個特色之間抽出其最足以代表的特徵,有着全民族共通性的東西,加以藝術的概括和綜合,提煉和淨化。"文章的末尾,作者點出中國的文藝"除了在小說方面有了些成就,還拿得出一點真正中國人的東西以外",其他方面"指得出以中國性為特徵的成就""很少很少",

---

1　文俞:〈"舊瓶裝新酒"〉,《大公報·文藝》,1939年12月11日。

但相信"趁着這抗戰期間，民族感高度發揚，執筆者群趨下鄉的時候，我們有理由希望中華文藝從此奠下它真正民族的基礎"。[1] 宗玨的文章在"地方性"的認識上和杜埃產生呼應："最有地方性的東西，在民族生活的深廣的意義上說，也就是有民族性。因為一個大民族的形成，大抵是從許多地方性的特點上融合溝通起來的。"[2]

　　為期五天的專欄，除了南來的評論者們，還編發了一篇來自延安的文章，強調"民族形式"不只是個理論問題，更是個實踐問題。"雖然我們知道這問題一面是要提煉舊形式，改造新形式，但另一面牠在實行上就得要我們下鄉，下村，下鎮，不但去看看那裡的舊形式是些什麼，並且要看看那些創造舊形式的人怎樣過日子，怎樣生氣怎樣笑。並且學得自己怎樣去接近他們。""所以民族形式問題不只在提出，而是要廣泛的做，同時須切實的完成……"[3] 文章接下來介紹了延安魯迅藝術學院在這方面的實踐經驗。

　　〈大公報・文藝〉集中刊出這批論文，形成了香港討論"民族形式"問題的一個小高潮，然而同時也幾乎宣告了討論的結束。在專欄刊出的最後一天，編者發佈了〈結束討論啟事〉，聲明說："關於文藝形式，承各方惠稿甚多，讀者尤多關切。祇以敝刊篇幅仄小不能廣容，祇有暫作結束，尚祈作者讀者鑒原為幸！"[4] 剛剛形成討論的熱潮，就突然中止了，這一現象似不無蹊蹺。不過此後，相關的討論果然暫停下來，雖然還有零星篇章繼續在《立報》、《華商報》等發表，但已不成規模，而且不再有集中的論題。與之相對應的是，1940 年春，重慶等地的討論剛剛展開。因而，香港的討論就成了延安以外的第一站，在後來的重慶、桂林等地的討論中，可以聽到它的回聲。

1　杜埃：〈民族形式創造諸問題〉，《大公報・文藝》，1939 年 12 月 12 日。

2　宗玨：〈文藝之民族形式問題的展開〉，《大公報・文藝》，1939 年 12 月 13 日。

3　妥適：〈文藝下鄉與民族形式〉，《大公報・文藝》，1939 年 12 月 13 日。

4　〈結束討論啟事〉，《大公報・文藝》，1939 年 12 月 15 日。

第二節 "方言文學" 運動

一、背景與主張

　　戰後香港的文學論爭，和 "民族形式" 討論遙相呼應的是 "方言文學" 論爭。由於這場論爭不限於理論思辨，同時包括文學創作，以及由相關組織機構開展的各類活動，因此一般被稱為 "方言文學運動"。

　　論者一般將運動開始的時間推回到 1947 年，事實上，這場運動中被普遍討論的採用方言土語、民間形式等話題，在 "民族形式" 討論過程中早已成為重點話題。例如，齊同就曾提出："想着讓大眾的語言文字統一，必須先從方言上着手，漸漸地才能化零為整，統一起來。"[1] 他還說："在提高大眾文化水準或利用舊形式的時候，是要把方言看做第一重要的。" "鄉土劇和街頭劇，最要緊的還是利用方言。在大都市裏用國語是應該的，但在偏僻的地方，用起國語來，便會使群眾發生 '洋戲' 之感了。"[2] 黃藥眠討論中國化和大眾化問題，也認為 "必須從方言土語中去吸取新的字彙"，而解決普通話和方言之間的矛盾問題的辦法，"就是以目前所流行的普通話為骨幹，而不斷的補充以各地的方言，使到他一天天的豐富起來。" 他甚至設想，"此外我們也不妨以純粹的土語來寫成文學，專供本地的人閱讀，這些本地文學的提倡，一定可以發現許多土生的天才。這些作品，我想在將來的文藝運動上，是必然的要起決定的作用的。"[3] 這一看法，已經和後來 "方言文學" 論爭過程中的主流觀點並無二致了。黃繩則專門討論過 "民族形式" 和語言的關係問題，認為為了豐富文學語言，除了吸收和溶化五四以來的文藝語言以及歐洲日本的語彙和語式外，對於民間文藝的語言和舊形式，也要 "加以批判的接受，承繼，和發展。" "最重要的問題，還在採用大眾的語言。" "我們主張向大眾學習語言，主張批判地運用方言土語，使作

1　齊同：〈文藝大眾化提綱〉，《文藝陣地》第二卷第三期（1938 年 11 月 16 日），頁 481。
2　齊同：〈大眾文談〉，《大公報 · 文藝》，1939 年 5 月 19 日。
3　黃藥眠：〈中國化和大眾化〉，《大公報 · 文藝》，1939 年 12 月 10 日。

品獲得一種地方色彩，使民族特色從地方色彩裏表現出來。自然，我們不主張濫用方言土話，不承認會有所謂‘土話文藝’。土話大部分是落後的，蕪雜的，不講求語法的。經過選擇，洗煉，重新創造，它在文藝上才有意義。"[1]八九年後，黃繩又積極加入"方言文學"的討論，雖然觀點有所改變，但也說明他對此問題的關注是持續有年的，而這兩次討論在某種程度上可以視為一脈相承，正如黃繼持所推測的："戰後華南的大眾文藝與方言文學再度蓬勃，與這場在香港淪陷前的討論〔按：指"民族形式"討論〕，應有一定的歷史關係。"[2]二者的主要不同在於，在"民族形式"討論中，眾多論者同時論及語言和文字問題，除了主張採用方言土語，還強調要改革漢字，推行文字拉丁化運動。如黃繩建議，"為了文藝大眾化，需要提倡識字運動，進一步說，是需要提倡拚音文字運動。"[3]李南桌也斷言："'文藝大眾化'同'文字拉丁化'是不可分的。以一音一形一義自豪的這些小方塊碰着當前這最廣大的局面，是顯得多麼窘，多麼局促呀！"[4]齊同甚至做好了面對困難的準備，認為推行拉丁化的"新羅馬字""碰壁也許是難免的！但不碰，難免也是壁，因為成千累萬的方塊字早已擋住我們的去路了。"[5]而在香港大力改革語文教育的許地山，也多次撰文提倡將漢字改為拼音化，因為"拚音字是最進步的文字"，而漢字"卻是最不進步的"，[6]中國要跟上世界的進步，就先必廢除表意字不可。可見當時廢除漢字的呼聲很高，而在"方言文學"討論階段，這一議題一般被懸置起來，即使偶有人提及，也都是一種留待將來再行解決的態度。

1　黃繩：〈民族形式和語言問題〉，《大公報‧文藝》，1939 年 12 月 15 日。

2　黃繼持：〈現代中國文藝的民族形式問題——抗日戰爭時期華南與重慶的討論述評〉，載黃繼持：《文學的傳統與現代》（香港：華漢文化事業公司，1988 年），頁 141。

3　黃繩：〈關於文藝大眾化的二三意見〉，《文藝陣地》第二卷第十一期（1939 年 3 月 16 日），頁 740。

4　南桌：〈關於"文藝大眾化"〉，《文藝陣地》第一卷第三期（1938 年 5 月 16 日），頁 76。

5　齊同：〈文藝大眾化提綱〉，《文藝陣地》第二卷第三期（1938 年 11 月 16 日），頁 481。

6　許地山：〈中國文字底將來〉，《許地山語文論文集》（香港：新文字學會，1941 年），頁 47。

關於"方言文學"運動興起的背景，茅盾當年曾經總結是由於受到了三個"有力的刺激"：

"方言文學"問題不先不後恰在此時此地由一二人的偶然提到，就發展為熱烈的辯論，終於達到圓滿的"總結"〔按：指馮乃超、邵荃麟執筆的〈方言問題論爭總結〉〕，都不是沒有前因後果的。解放區文學作品的陸續出版是一個有力的刺激。解放區的作品無論就內容或就形式而言，都可以說是向大眾化的路上跨進了大大的一步；而形式上的諸特徵，例如民間形式的運用及儘量採用農民的口語（當地的方言）等等，對於此次方言文學討論的發展，無疑問地起了極大的作用。第二個有力的刺激是從當地來的。孺子牛先生在〈人家聽不懂，這樣辦！〉一文中有這樣的一段話："這是香港出版界的事實，一般作家的作品（解放區作品在外），二三千本要銷一年半載才銷得完，而香港的市民作家的'書仔'，如《牛精良》就不止一萬份。"……"總結"的第一句就說："方言文學的提出，首先是為了文藝普及的需要，這點大家都是承認的"。即此可見整個討論的趨向。但是，第三，最強有力的刺激，還是時局的開展。人民勝利進軍的步伐聲愈來愈近了，作家們的責任感空前地加強了，如何有效地配合人民的勝利進軍而發揮文藝的威力，今天凡是站在人民這邊的作家們正是人同此心，心同此志。然而在此特定的地區，擺在作家們面前的第一個現實問題竟是作品的語言和人民的口語其間的距離有如英語之於法語。如果要使作品能為人民所接受，最低限度得用他們的口語——方言。[1]

茅盾的總結是比較全面的，不過為了更準確地理解，需要和毛澤東文藝思想在香港的傳播及影響結合起來考慮。毛澤東的《在延安文藝座談會上的講話》等著作，因產生於香港淪陷時期，未能在香港同步傳播。香港"光復"後，借助中共的宣傳組織力量，於1947年前後在香港集中刊行。（參見第二章第四節）《講話》將文藝隊伍比作黨的另一支

1　茅盾：〈雜談方言文學〉，《群眾》總第53期（1948年1月29日），頁16。

軍隊，要配合拿槍的軍隊，為此強調普及、大眾化、為工農兵寫作，與此相關的則是要求作家積極改造思想意識，深入群眾，向群眾學習。可見，文藝的普及和大眾化問題，在這時已經具有了鮮明的政治性。也正是從這一年開始，在香港的文藝工作者開始了自我改造的歷程。因此，茅盾提到的三個刺激，事實上背後無不具有政治意味的嚴重性：第一個刺激來自解放區文藝作品在香港的風行，這直接證明了實行毛澤東文藝路線的解放區文藝不僅"革命性"強，而且有利於普及，因而在這些方面已經"落後"的南來作家只有奮起直追，而學習、追趕的途徑和突破口，很快就被確定為方言土語的運用。第二個刺激來自香港市民作家作品的暢銷，而這些暢銷作者在政治上和南來的左翼作家並非同路人，因此南來作家面臨和他們爭奪讀者的任務。要體現左翼作家作品在掌握群眾、獲得"人民"支持方面的優越性，當然需要將作品普及到香港大眾中去，在和市民作家的比拚中佔得上風。第三個刺激更是由來已久，長久以來，作家們一直公認，文藝運動總是大大落後於社會現實的發展，而到了四十年代後期，"革命形勢"日新月異，雙方的距離越來越大，更令作家有落伍的緊迫感，以至有人呼籲"不能僅僅驚異於偉大新形勢的發展，我們必須追形勢，追上去！"[1] 這幾種因素結合起來，使得"方言文學"一旦被一二人"偶然提到"，眾人很快省悟到其中具有的豐富內涵，因而紛紛起而辯論，並發展為一場運動。

　　論爭的源頭在華嘉（1915—1996）擔任文藝版編輯的《正報》，而華嘉更是參與和引導論爭的第一員大將。1947 年 10 月 11 日，林洛在《正報》第 57 期發表了一篇〈普及工作的幾點意見〉，最後一段談及"地方化"問題，明確反對"方言文學"。藍玲隨之響應，華嘉則針鋒相對，主張純方言寫作。雙方論爭了三個月，至 1948 年 1 月 1 日，《正報》第 69、70 期合刊發表馮乃超、荃麟執筆的〈方言問題論爭總結〉，對論爭中涉及的各個關鍵問題進行了梳理和解答。這以後，相關討論並未停止，事實上一直持續到 1949 年。與此同時，一批來自廣東和福建等省

1　杜埃：〈追形勢〉，載中華全國文藝協會香港分會編印：《文藝卅年》（1949 年），頁 84。

方言區的作家（同時也是論爭的參與者），紛紛嘗試方言寫作，用廣州話、客家話、潮州話來寫詩歌、小說、雜文、短論、歌詞，或傳統的民間形式的文藝如說書、龍舟等。在這過程中，文協香港分會成立了專門的 “廣東方言文藝研究組”（1948 年夏天改為 “方言文學研究會”，由在達德學院任教的鍾敬文任會長）來推動方言文學的創作、研究、出版等工作，影響所及，連達德學院的學生亦成立了各類方言文學研究會。報刊方面，1949 年 3 月 9 日開始，《大公報》開闢〈方言文學〉雙週刊，《華商報．茶亭》亦於 3 月 13 日及 6 月 3 日出了兩期 “方言文學專號”。[1]一時，“方言文學運動” 頗有如火如荼之勢，隱然成為當時全國範圍內最具規模及影響的文學運動。

　　“方言文學” 初期論爭的核心問題是：需不需要方言文學？為了什麼目的、什麼對象，在哪一種意義上需要方言文學？其他問題都由此派生出來。反對方言寫作的林洛說：“我們發現一種偏向，把方言當作時髦的貨色，不經選擇便搬來應用，因此搬了許多可口而壞胃的東西，許多內容有毒而不經淘汰的東西。而且，寫出許多廣東方言來，和現在應用的文字完全脫離，連讀了幾十年書的人，也摸索不通，僅能認字的人就更不必說了。”[2] 藍玲也有類似的意見：“這些方言的特殊字眼，我們讀了十來年書的人，還不認識，拿去給一般老百姓讀，不是更費工夫嗎？”他擔心，“如果我們完全用方言寫作，那結果就只有走群眾的尾巴，弄得不好，甚至向黃色文字投降。”於是，他對方言寫作提出了 “具體的辦法，就是展開通俗寫作，用淺近的文字夾雜着提煉過的方言去寫”。[3] 應該說，他們兩位都是從對創作實踐的批評出發，認為用方言寫作更不容易普及，而沒有意識到在當時的情勢下，所謂 “普及” 主要

1　有關 “方言文學” 運動概況，參見黃繼持：〈戰後香港 “方言文學” 運動的一些問題〉，載黃繼持：《文學的傳統與現代》（香港：華漢文化事業公司，1988 年），頁 158—160；黃仲鳴：〈政治掛帥——香港方言文學運動的發起和落幕〉，《作家》第十一期（2001 年 8 月），頁 106—109。

2　林洛：〈普及工作的幾點意見〉，《正報》週刊第 57 期（1947 年 10 月 11 日），頁 8。

3　轉引自華嘉：〈論普及的方言文藝二三問題〉，載華嘉：《論方言文藝》（香港：人間書屋，1949 年 7 月），頁 5、頁 9。

成了一種政治需要。對此，華嘉的批評文章一開頭就引用周揚〈馬克思主義與文藝〉一文中所提出的"改造自己的意識"，以及毛澤東《講話》對"大眾化"的論述："什麼叫做大眾化呢？就是我們的文藝工作者自己的思想情緒應與工農兵大眾的思想情緒打成一片。而要打成一片，應從學習羣眾的言語開始，如果連羣眾的言語都不懂，還講什麼文藝創造呢？"然後針對林洛、藍玲文章所提出的部分方言字難認的問題，回答道："方言文藝作品，原是為了那些沒有'讀了十來年書的人'，甚至根本沒有讀過書的工農大眾而寫的。而且不純然是寫了來給人民大眾看，尤其着重寫出來之後讀給人民大眾聽，或唱給人民大眾聽的，……"針對藍玲以淺近文字夾雜方言去寫的主張，華嘉同樣引用周揚的說法，認為不僅是對話要採用民間口語，在做敘述描寫時也該運用群眾語言，也就是整個作品完全用方言來寫。最後，華嘉如此概述對方言寫作的認識："方言文藝作品是為當時當地的工農大眾寫的普及工作，應該澈頭澈尾的以從羣眾的語言提煉出來的精粹方言，表現當時當地的工農大眾，生活及其鬥爭，為他們所喜聞樂見，向當時當地的工農大眾普及，從而提高他們的文化水準。同時，方言文藝作品不能滿足於寫在紙上或印在刊物上，一定要以廣大的工農大眾為對象，拿到他們中間去朗誦和表演，拿到他們中間去考驗，根據工農大眾的意見去求得進步，和求得完美。"[1]如果聯繫到華嘉其他的幾篇論文，可以看出，他在討論方言文學時，始終緊緊抓住《講話》的精神以及其中體現出來的階級性因素和革命性要求，以此來衡量方言文學創作的各個方面——服務對象：廣東的工農大眾，或主要是農民階級；作品形式：完全採用方言，如果用雜糅文體寫作，就是否定方言文藝，寫出來的東西仍然是一種"知識份子的特殊文體"；[2]寫作態度："首先要改造自己的思想意識，把自己的思想情緒和工農大眾的思想情緒打成一片，熟悉工農大眾的生活，熟悉工農

1　華嘉：〈論普及的方言文藝二三問題〉，載華嘉：《論方言文藝》（香港：人間書屋，1949年 7 月），頁 3、5、10。

2　華嘉：〈舊的終結‧新的開始〉，載華嘉：《論方言文藝》（香港：人間書屋，1949 年 7月），頁 13。

大眾的語言，以工農大眾自己的語言和表現方法來表現工農大眾的生活和鬥爭。"而要把小資產階級思想澈底改造，澈底解決創作上的苦悶和矛盾，"只有到農村去到工廠去，……把自己變成工農大眾的一份子，到那時候自然而然的解決了不熟不懂的問題，完全嶄新的輝煌的方言文藝作品就必然產生了，而到那時候工農大眾自己的輝煌的作家也同時可以產生了。"[1]

華嘉的討論可能有過於政治化、口號化的地方，不過他的基本觀點——尤其是為了普及而寫、為了工農而寫、完全用方言寫作——為後來許多論者所認同，成為論爭中的主流觀點，只是其他論者一般更注重從語言文學本身討論問題，不像他那麼重視方言文學的階級性，再三強調思想改造，強調要拋棄"靈魂深處的小資產階級王國"。

馮乃超和邵荃麟的總結文章討論了兩三個月來論爭中出現的一些關鍵問題，其中有幾個牽涉到方言和普通話、方言文學和白話文的關係。論者以為，發展方言文學不會破壞言語的統一，因為"所謂統一的言語應該是從各地不統一的言語基礎上統一起來的，而不是憑空創造一種言語來征服地方言語的。……所以要統一首先要把不統一的提出來，然後才能慢慢統一起來，……這和要求發揚文化的國際性，必然先強調文化的民族性一樣道理"。至於五四以後的"那種做作的歐化的、和人民的言語脫節的、大眾所不易瞭解的白話文，這種白話文並不等於普通話，這就非破壞不可"。此外，他們還解答說，對於一般能懂普通話的讀者，用普通話夾一些方言寫也是需要的，不過以工農群眾為對象來說，"仍以方言文學為主"。而且，"運用地方言語當然應有選擇和提煉，並不是無條件的搬用"。[2]這一總結性文章出來後，很快得到兩位重量級作家郭沫若和茅盾的明確支持。郭沫若表示自己對"方言文學""舉起雙

---

1 華嘉：〈舊的終結・新的開始〉，載華嘉：《論方言文藝》（香港：人間書屋，1949 年 7 月），頁 12—13、頁 19。

2 馮乃超、荃麟執筆：〈方言問題論爭總結〉，《正報》週刊第 69、70 期合刊（1948 年 1 月 1 日），頁 31—32、32、33。

手來贊成無條件的支持",[1] 茅盾則強調必須在"大眾化"的命題下去處理方言問題,他認為五四以來的白話文學"不妨視為'北中國的方言文學'",指出"在目前,文學大眾化的道路(就大眾化問題之形式方面而言)恐怕也只有通過方言這一條路;北方和南方的作家都應當儘量使他們的作品中的語言和當地人民的口語接近,在這裡,問題的本質,實在是大眾化。大眾化從沒有人反對,而對方言文學則竟有人懷疑,這豈不是知有二五而不知有一十麼?"[2]

　　也有人比較細緻地闡述方言的文學效果,以作為推動運動的根據。鍾敬文的長篇論文從歷史上的方言文學談起,再聯繫現實看方言文學對眼前政治要求的適應,接下來專門論述從藝術表現效果來看方言文學的優越性。他從兩個方面展開論述,一方面,"文學是語言的藝術。作家用以創作的語言,必須跟他有着深切的關係。他不僅要明瞭它的意義,它的結構。他並且要能夠微妙地感覺它,靈活地驅使它。這樣纔會造成那種藝術的奇蹟。……我們懂得最深微,用起來最靈便的,往往是那些從小學來的鄉土的語言,和自己的生活經驗有無限關聯的語言,即學者們所謂'母舌'(Mother tongue)。這種語言,一般地說,是豐富的,有活氣的,有情暈的。它是帶着生活的體溫的語言。它是更適宜於創造藝術的語言。……語言的熟習程度,大大地決定了那表現的結果。"[3] 而另一方面則是——

　　作品所用的語言,和所表現的事物或心理等(即作品的內容)有不可分離的關係。用村婦鄉農的語言去描寫貴族、買辦或智識分子的生活、行動和心情,固然不很容易肖妙。反之,用智識分子或達官貴人的"雅言"去描寫農民的狀貌、性情,去抒述他們的憂愁和希望,更不容易做到極恰切的地步。……今天為民眾寫作的文學,它的表現對象,固然不一定只限

1　郭沫若:〈當前的文藝諸問題〉,《文藝生活》總第 37 期(1948 年 2 月),頁 2。

2　茅盾:〈雜談方言文學〉,《群眾》總第 53 期(1948 年 1 月 29 日),頁 17。

3　靜聞:〈方言文學試論〉,《文藝生活》總第 38 期(1948 年 3 月 25 日),頁 59。

於民眾本身。可是，主要的必然是他們。表現民眾的勞動、受難、鬥爭的場景，表現他們的苦惱、憤怒、決心、同情……等心理，這些都是今天文學的主要任務。要達成這種任務，用那些跟民眾生活遠離的知識分子歐化的語言，固然缺乏親切，就是用普通的國語去表現，多少也會不夠味道。在這裏，跟當地民眾的生活和感情紐結着的語言（方言），就特別顯出它的重要性了。……各地民眾的方言，正是表現他們的生活、戰鬥和思想、感情的最有效力的手段。[1]

也就是說，無論是就方言寫作者對語言的熟悉而言，還是就主要寫作內容而言，都要求使用方言。因此，他得出結論說，無論是由於政治的理由還是藝術本身的理由，都需要用方言去寫。

時在達德學院任教的葉聖陶，則從寫口語的角度贊成粵語文學的寫作。他以普通話作比方，將普通話也看作一種口語和方言，認為從事文藝創作的話，就需要向各色人等學習（不限於工農大眾），將口語學得非常到家才行，因為"文藝是非一句一句全打在人的心坎上不可的，是絕對要求形式跟內容一致的"。他糾正了一種流行的看法："有人說普通話貧乏，要什麼沒有什麼，彷彿不大夠用似的。我想，這是學習普通話沒有到家的人說的，只有一副骨架兒，當然覺得貧乏。為要補救這個貧乏，就來了不三不四的白話文。我想，像老舍跟曹禺，他們決不會嫌普通話貧乏的。"[2]

當然，既稱為論爭，自然會有些不同觀點。例如有的論者就認為應當取消"方言文學"這一稱謂，因為既稱"方言"，自有相對的一種"正言"在，然而"白話文"和"國語"都不過是北方方言，並不足以成為"正言"，因而自認為"方言"就不對了。總之，廣州話和別的地方話一樣，或者都是"方言"，或者都是"白話"，或者都是"國語"，不能以

1　靜聞：〈方言文學試論〉，《文藝生活》總第 38 期（1948 年 3 月 25 日），頁 59—60。

2　葉聖陶：〈談談寫口語〉，載中華全國文藝協會香港分會方言文學研究會編：《方言文學（第一輯）》（香港：新民主出版社，1949 年），頁 87。

某一地方為本位，生出“方”與“外”來。作者提議，在真正的融合所有各地語言的“國語”正在發展的過程中，“要求不要自輕，——自稱為‘方言文藝’，不要自偏——以為方言文藝是地方化的東西，這些觀念，趕快拋棄”。[1]不過這樣的聲音，注定是得不到什麼回應的。

二、實踐及影響

“方言文學”是一個充滿實踐性的課題，伴隨着理論方面的論爭，部分作者（主要是廣東籍的作者）還提起筆來，採用新舊形式，嘗試各種文體的寫作。華嘉、樓棲、丹木、薛汕、李門、符公望、黃雨、蘆荻、黃谷柳、陳殘雲、司馬文森等紛紛加入這一陣營，結集出版的作品主要有樓棲的客家方言長詩《鴛鴦子》、丹木的潮州話敘事詩《暹羅救濟米》、薛汕的潮州話中篇小說《和尚舍》，以及華嘉《論方言文藝》中的廣州話創作部分。各人都感覺採用純方言寫作的困難，但仍努力去做，鼓吹最力的華嘉更是嘗試用方言寫作各類文體，例如，他有一篇短論〈寫乜嘢好呢？〉專談服務於既定的讀者對象，可以用廣州話來寫各類文章：

首先我地應該想清楚，用廣州話寫，係寫俾的唔懂國語嘅人睇，尤其係寫俾的唔係幾識得今日個的白話文個的人睇；響香港，更實際嘅，應該係寫俾的中意睇用廣州話夾住文言白話寫嘅小報嘅人睇。我地如果係為呢的人寫，唔管你鄉下佬，或者係城市嘅工人，抑或係從鄉下出來變左城市貧民嘅人，咁我地就應該乜嘢都可以用廣州話嚟寫就唔會想到只係寫龍舟木魚，正用廣州話寫咯。譬如講，我地可以用廣州話寫講時事嘅文章，甚至講道理嘅文章；亦可以用廣州話寫故事，寫小說，寫戲劇，寫詩歌。乜都得。[2]

1　嚴肅之：〈取消“方言文藝”的稱謂〉，《華僑日報·文史》，1948 年 5 月 22 日。

2　華嘉：《論方言文藝》（香港：人間書屋，1949 年 7 月），頁 62。

他自己身體力行，用粵語寫作了不少短論、雜文、歌詞、詩歌、小說和廣播劇。例如他有一首歌詞〈人民救星毛澤東〉：

太陽紅，紅冬冬，
人民救星毛澤東，
你來左，耕田佬，
家家戶戶有米舂。

太陽紅，紅冬冬，
人民救星毛澤東，
你來左，鄉下婆，
個個簪花又戴紅。

太陽紅，紅冬冬，
人民救星毛澤東，
你來左，打工仔，
唔使再食西北風。

太陽紅，紅冬冬，
人民救星毛澤東，
你來左，好工農，
個個都係國家主人公。[1]

　　這樣的歌詞非常簡單，通篇不過出現了兩三個粵語詞彙，而其主題內容則和解放區文藝非常相似。不過，篇幅較長的作品，因為採用新字記音等問題，就連一般的方言區讀者都讀不順暢，而內容方面也令評論者失望。這些創作方面的同仁們，新的作品出來後，往往讀了都不滿

1　華嘉：《論方言文藝》（香港：人間書屋，1949 年 7 月），頁 93—94。

意，因而或自我檢討，或坦率批評，不過在創作方面始終沒有拿出傑作來。

例如，薛汕的《和尚舍》發表後，丹木撰寫批評文章，在藝術方面基本持否定意見。在他看來，"整個故事和人物的敘述和刻劃上，還是很浮面"，"正因為作者寫慣了白話文，對於潮州大眾語言的不純熟，在全文的敘述和描寫上，詞彙表現得非常貧乏，而且也寫得有點生硬，令人有點讀不下去，⋯⋯這是什麼緣故呢？很顯然的：是作者硬把語體文法譯成潮州方言，這是一個最大的毛病。"不止如此，"在《和尚舍》的許多對話中，還是存在着許多白話文的翻譯，未能很恰切地把握住大眾的語腔，這一點，也就是因為作者平時太少接觸潮州的大眾生活的緣故。"[1] 司馬文森也坦承，"我在看《和尚舍》的時候，我感到了失望。作者對人物的處理，對結構的處理，還是歐化小說的那一套。"他回憶自己兩年前寫的〈阻街的人〉，"用白話作說明，對白用廣東方言，結果慘敗。慘敗原因之一，是我對廣東語言的缺乏認識，在運用上過於酸硬，有時甚至於像翻譯小說一樣從這一種語言譯成另一種語言。"[2] 樓棲對《鴛鴦子》的自我批評同樣指向語言，他說作品一改再改仍然失敗，在語言方面是由於 "我雖然生長在農村，但我現在卻分明是一個知識分子。要用農村的語言來寫詩，只好向記憶裏去搜尋"。[3] 薛汕總結對方言的運用存在兩種偏向：一是為求盡用方言，而將一些 "落後" 的方言也用了進去，"流於低級趣味"；二是 "不敢放膽運用方言"，"退守了"，以致在方言中仍有 "廟堂" 的色彩存在。[4] 華嘉則覺得 "方言文學" 運動 "前期的作品" "還是概念了一點，而且頗有內容貧乏千篇一律之感，同時也不符合廣東農村的現實"。他也結合自己的創作實踐加以反省，結論是 "覺得有這樣的一個痛苦存在：第一是自己離開農村太久，很多實際情

1　丹木：〈讀《和尚舍》〉，《大公報》，1949 年 3 月 7 日。

2　司馬文森：〈談方言小說〉，《星島日報》，1949 年 3 月 28 日。

3　樓棲：〈我怎樣寫《鴛鴦子》的〉，載中華全國文藝協會香港分會方言文學研究會編：《方言文學（第一輯）》（香港：新民主出版社，1949 年），頁 94。

4　薛汕：〈談運用方言的兩種偏向〉，《大公報·文藝》，1949 年 7 月 11 日。

況都不熟不懂，頗有'閉門造車'的客里空傾向[1]；第二，這些作品的'流年不利'，目前還不能到農民讀者手裏，得不到他們的批評和意見，而在香港也無面世的機會，發表不出也演唱不出，要求得讀者的批評也不易，自己也無法改正錯誤。前一個是生活實踐的問題，後一個是讀者對象的問題，這兩個問題都需要解決。"對此，華嘉提供的藥方是，最好的辦法當然是到農村去，不過在去農村之前，也有補救的辦法，例如在香港找一些來自農村的人去"聽他們的談話"，另外還可以對"一切進步的報章雜誌上刊載的農村通訊"加以收集研究，在這樣的過程中儘量多人合作，發揮集體的力量。[2]

　　出身農村，但離開經年，已經知識分子化的作者們，對大眾的語言不熟悉，對農村的現實和農民的生活內容不甚瞭解，這是方言文學創作的兩大致命傷。在這兩方面問題難以解決的前提下，作者們為了文藝普及和大眾化的目標，還是硬着頭皮，堅持面向農村的基本方向，向隅虛構，去描寫想像中的農民的生活和戰鬥，就不能不說帶點悲壯的意味了。純方言寫作沒有產生公認的佳作，後世論者對此有不同的解釋。有人以為，"這次方言文學運動，看來不從香港文學本位考慮問題，而以華南文學為本位。……這便形成了好些內在的矛盾。文藝工作者與其工作對象不能像北方那樣有直接的接觸與交流；而意想中的接受者（華南工農群眾）與實際的接受者（香港讀者，包括一些工友）也有一定距離。"[3]說得直白一點，意思就是這些作品並沒有到達工農大眾手中，現實中的主要讀者還是香港的市民群體，他們總體上並不喜歡看這些寫農村農民的故事。還有人發現，"事實證明，方言創作所取得的成績，比藍玲主張用的'揉雜語言'來創作，相差甚遠。"例如同一個作者黃谷

1　指新聞報道寫作中的一種弄虛作假、向壁虛構的傾向。"客里空"是前蘇聯作家考涅楚克話劇《前線》中的一個人物，身為記者，他能足不出戶，把不存在的事情編成新聞，並且活龍活現。後成為寫假報道的記者及假新聞的代名詞。

2　華嘉：〈方言文藝創作實踐的幾個問題〉，載華嘉：《論方言文藝》（香港：人間書屋，1949年7月），頁34—35。

3　黃繼持：〈戰後香港"方言文學"運動的一些問題〉，載黃繼持：《文學的傳統與現代》（香港：華漢文化事業公司，1988年），頁161。

柳，他以清一色廣州話寫的〈寡婦夜話〉早已湮沒無聞，而以"揉雜語言"寫出的《蝦球傳》出版後一紙風行，令他聲名大振，在文學史上留名。然而，"整個方言文學所取得成果，只有一部《蝦球傳》可堪咀嚼，令廣東讀者容易接受；但它還算是'方言文學'嗎？"提出方言寫作的作者們認為當時暢銷的市民作家傑克等人創作的是落後的方言小說，殊不知他們其實是"揉雜派"，並非純方言派，《牛精良》的文體是三及第。"陳殘雲這類大家所寫的方言文學，粗俗不堪，翻開任何一部三及第的作品，都比它雅馴得多。"[1]從這樣的結果看來，儘管受到本地作家和解放區作家刺激後雄心勃勃，然而"方言文學"的實踐者們在創作方面無疑打了敗仗。

關於方言寫作的問題此後幾十年在香港仍不斷有人提起，至今未得圓滿解決。純方言的作品，尤其是篇幅較長的，似還未產生成功的案例。這究竟是由於文體問題，語言文字問題，作品內容問題，還是作家對生活的感知和認識問題，抑或由讀者的接受心理所造成？如果說半個多世紀前的南來作家是由於對語言和描寫對象的生活不熟悉而影響了作品的藝術價值，今日有代表性的香港作家為何少有從事方言寫作並取得成功者？這些仍是值得研究者尤其是香港的研究者認真考察的問題。

最後不妨關注一下"方言文學"運動的影響及結局。運動展開不久，參與者和支持者曾抱以極大期望，並似乎看到這期望正在成為現實。1948年初，茅盾曾稱讚道："這一次的討論可謂暢所欲言，圍繞着'方言文學'的若干問題都曾經過反覆辯論，而且終於把這些問題弄清楚了。在去年的幾次文藝論爭中，（那是發生在國內的），這最後的一次成績最好；……自從十多年前第一次提出了'大眾語'這問題以後，和'大眾語'血肉相關的'方言問題'雖然時時被提及，可惜只是'提及'而已，討論之廣泛，熱烈，和深入，都趕不上這一回。因而也就不

1　黃仲鳴：〈政治掛帥——香港方言文學運動的發起和落幕〉，《作家》第十一期（2001年8月），頁112、114、115。

曾產生圓滿的‘總結’，像這一次似的。時代確是進步了，……"[1] 鍾敬文則在運動剛剛開展半年之際就試圖為它在五四新文學史乃至整個世界文學史上謀得一個崇高位置。他說："這種情形，使我們好像回到民國六七年新文學運動發生時候所看到的熱鬧景象。十餘年前，瞿秋白先生所倡議的‘新的文學革命’，這回是被實現了——雖然內容和他理想的並不完全一樣。"他相信"方言文學"的主張和廣泛的實踐"是我們新文藝史上的一件大事，也是中國人民文化演進上的一件大事。""從人民的觀點看起來，它比起過去世界文學上的幾次新語文運動，（例如文藝復興期義大利等的語文運動，或浪漫主義時期歐洲各國的語文運動，乃至日本維新時期和我國五四前後的白話文運動等，）是具有更重大的意義的。"[2] 如今有了後見之明，我們當然會非常驚訝，當時的論者何以如此樂觀——是受到整個"革命形勢"的巨大鼓舞所致？客觀地看，整個"方言文學"運動中，論爭的部分取得了一些理論成果，包括方言寫作與大眾化的關係、與普通話發展及統一的關係，以及方言對增強藝術表現效果的功用，等等。但因為創作方面沒有貢獻出令人信服的成果，因而這些理論成就也是打了折扣的。創作方面，除了部分方言詩歌和音樂結合，在群眾中流行開來，促成了群眾性的新音樂運動，[3] 一般地說，各類方言作品除了相對白話文披上了一件新的形式上的外衣，並未提供多少有價值的藝術經驗，也沒有被工農大眾所"喜聞樂見"。

就在"方言文學"運動將要掀起一個新的小高潮時，由於國共內戰形勢的急劇變化，南來作家多數紛紛北上進入解放區，這一運動無形中也就停了下來，而且出人意料，參與者後來大都對此保持緘默。鄭樹森認為，這是由於五十年代初，中共對廣東的地方主義不予支持，"如果提倡方言文學，肯定地方的色彩，便明顯與政策相違。"1949 年 7 月，"中華全國文學藝術工作者代表大會"在京召開，茅盾負責報告整個國

1　茅盾：〈雜談方言文學〉，《群眾》總第 53 期（1948 年 1 月 29 日），頁 16。

2　靜聞：〈方言文學試論〉，《文藝生活》總第 38 期（1948 年 3 月 25 日），頁 56、58。

3　華嘉：〈向前跨進一步〉，載華嘉：《論方言文藝》（香港：人間書屋，1949 年 7 月），頁 24—25。

統區革命文藝的發展，然而在他的報告中對於距離很近的聲勢浩大的 "方言文學" 運動只有簡單的一兩句話。據說曾有人專門起草了一節關於 "方言文學" 運動的報告，但未被採用。盧瑋鑾據此分析，"在統一的大前提下，不能再強調地域性文藝，我相信這批南方文化人所推動的方言文學，與五十年代初期的政策不盡相符。"[1]

除了政治形勢的變化，還可以從現代語言與民族主義發展的關係上去看這一問題。在建立現代民族國家的過程中，方言和普通話的矛盾始終存在，雖然在 "方言文學" 論爭中，諸多論者都將二者描述為相輔相成、互相豐富的關係，但實際情形則複雜得多。概括而言，"就其與現代民族主義的關係而言，'普通話' 是進行社會動員、形成民族認同的重要資源之一。" "普通話" 亦稱 "國語"，一方面針對文言，另一方面則以方言為潛在對立面，"'國語' 運動在語言上為現代統一國家提供依據和認同的資源，而方言及其與地方認同的內在關係，則有可能是進行國家動員的障礙。"[2] 國共內戰時期，提倡 "方言文學" 運動可以有利於局部地區的地方動員、階級動員（是以運動的參與者強調他們所說的 "方言" 屬於工農大眾階級），其時因共產黨屬於在野黨，地方動員有利於打破國民黨的全國統治，階級動員更是直接針對國民黨政權，因而這一文學運動和共產黨的政治取向很相吻合。但當大局已定，共產黨奪取政權，成為全國性的統治當局，這時的當務之急是建立廣泛的民族認同，無論是政治、軍事、文化等各方面，"統一" 成為重要的價值取向，這時再大力提倡 "方言文學"，就背離了這一取向，因此需要對其進行冷處理，也就是順理成章的事了。何況早在 1949 年 3 月的中共七屆二中全會上，已作出全國的工作重心由鄉村轉為城市的決定，也就是由武裝革命轉為城市建設。"革命" 不再是頭等大事，對 "革命群眾" 的教育和啟蒙也就沒有以往迫切了。因此，從 "方言文學" 運動這一事件，

1　〈國共內戰時期（一九四五——一九四九）香港文學資料三人談〉，載鄭樹森、黃繼持、盧瑋鑾編：《國共內戰時期香港文學資料選》（香港：天地圖書有限公司，1999 年），頁 15。

2　汪暉：〈地方形式、方言土語與抗日戰爭時期 "民族形式" 的論爭〉，載汪暉：《現代中國思想的興起》（北京：生活‧讀書‧新知三聯書店，2004 年），頁 1514、1515。

可以看到革命話語和民族主義話語的相互糾纏與巧妙位移。

第三節 "大眾化"的迷思

　　戰前戰後，南來作家於香港展開過多次文學論爭，本書選取"民族形式"討論和"方言文學"論爭為對象，一方面是由於二者均以文藝"大眾化"為目標，為討論的起點與歸宿，而這個文藝"大眾化"又是為了啟蒙和發動群眾，加入當時的"革命隊伍"，打擊敵人：侵華日軍或國民黨；另一方面則因為兩次討論或論爭具有先後承續性。"民族形式"討論取得了一定的理論成果，創作方面，則在香港很少實踐，"方言文學"運動包括較多的創作實踐，但未達預期目標，這令我們有必要思考文藝"大眾化"的內涵及其實現途徑，以及籠罩於其上的層層迷霧，並考慮香港作為推行文藝"大眾化"運動所在地的得失。

　　自從五四新文學運動以來，文藝"大眾化"的問題被認為一直沒有得到妥善解決。對於五四新文學的批評，一般是說它只是在城市知識分子和學生群中流行，沒有深入其他人群，而主要原因在於其歐化句式。包括後來的革命文學，"革命＋戀愛"的創作模式，受到的也是類似的批評。在"大眾化"方面得到肯定的，基本上只有四十年代以後的延安解放區文藝。也就是整個中國現代文學儘管多次發起過"大眾化"運動，此目的卻只在極小範圍內實現了。更多數情況下，不過是停留在理論倡導上，而在這方面也存在許多模糊難解的地方。

　　首先是"大眾"一詞的含義一直處於變動之中。五四時期，陳獨秀、周作人等人提倡"人的文學"、"平民文學"，他們心目中的"大眾"是指一般平民。後來左翼文學一直宣傳的"大眾"，則越來越和某些特定的中下階級聯繫在一起，到了延安整風以後則更是被明確為工農兵和小資產階級，從而在概念上由這四個階級組成的"大眾"代替了"人民"。可見，從五四至四十年代，"大眾"的概念由普通國民逐漸向某些階級的民眾轉變。"大眾"的所指發生了變化，"大眾化"的對象和方式自然也要隨之改變。

其次，文學"大眾化"的含義和標準，也處於變動不居之中，從內容到形式，不一而足。當茅盾指出"新文學之未能大眾化，是一個事實"[1]的時候，他可能是指由於新文學形式的歐化，無法深入各階層民眾，讀者範圍不夠廣泛。可是，這樣理解"大眾化"，那麼中國的傳統章回小說和清末民初的鴛鴦蝴蝶派的作品早已實現"大眾化"了，在香港，被南來作家貶為"黃色文藝"的通俗小說在"大眾化"方面也是成績斐然，新文學豈不是在"大眾化"的方面還不如自己堅決反對的敵人？當向林冰等"舊瓶裝新酒"論者認定五四新文化在內容上是"大眾化"的，而形式則為"不通俗化"，舊文化在內容上是"不大眾化"，形式則是"通俗化"的時候，[2]"大眾化"和"通俗化"有了具體分工：前者是指內容方面具有"革命性"，適應"新民主主義革命"的要求，後者則專指形式方面易為普通百姓所接受。這樣，"大眾化"就具有了意識形態屬性。而當"方言文學"運動的參與者一再強調方言寫作不僅是個形式問題，也包括內容方面的要求的時候，他們對"大眾化"的期望更高了：不僅內容上要是"革命"的，形式上也應當是易於在工農群眾中普及的。要製作出這樣內容形式兼美的文學作品，其難度可想而知。何況，就算有這樣的作品，對於工農大眾中的文盲半文盲——"方言文學"的主要服務對象——來說，也不可能一篇一篇拿去讀給他們聽，或在他們面前表演，在這方面，華嘉的設想實在是太具有知識分子的幻想色彩了。

　　再次，就算作家們明白他們支持的"大眾"和"大眾化"的所指，他們作品的意想讀者也不一定能和實際讀者相重合。魯迅等五四作家試圖啟蒙民眾，然而現實生活中的祥林嫂、阿 Q 們既看不到，也不可能看懂這些以他們為主人公的作品。所以結果是，啟蒙文學家的作品在知識分子和學生群體中流傳，然而很難到達啟蒙的對象，啟蒙的任務由誰來

1　茅盾：〈再談"方言文學"〉，《文藝的新方向》（《大眾文藝叢刊》第一輯，1948 年 3 月 1 日），頁 36。

2　文俞：〈舊瓶裝新酒〉，《大公報‧文藝》，1939 年 12 月 11 日。

完成、如何完成？五四知識分子這種高高在上的啟蒙姿態，在抗戰後的部分作家身上有了很大改變，因為客觀現實的需要，眾多作家不得不離開城市，進入民間，和下層民眾直接接觸，確實在一定程度上能夠"打成一片"，但多數作家還是生活在大後方城市，對工農大眾的生活是陌生和隔絕的。在這方面，香港尤其具有劣勢。南來作家們不僅遠離了內地的民間，甚至遠離了戰爭這一當時最具時代性的現實，讓他們來創造寫工農兵、為工農兵而寫的文學作品，難度尤大於內地作家。倘若他們發現此路難行後，能夠對香港本地現實多一些關注，以學習調查的精神深入此地生活，也許可以"失之東隅，收之桑榆"，在創作上有所成就，然而他們偏偏又因某種狹隘的"大眾"觀念，將香港市民排除在視野之外，至少認為對他們的瞭解不如對工農兵的深入瞭解來得迫切。主觀上既沒有接近的迫切性，客觀上也難有寫香港而寫得好的作品出現，乃至有人替這些南來作家着急起來，甚而獻計獻策，給從北方來的小說作家提出了寫作建議："在華南寫小說，不論文言白話，只要大眾化，有場面，事實廣而曲折，對上中下人都能有所描寫，尤其，注意一點總標題，要醒目，能引人入勝，那自然博得讀者去看！"[1] 不過教也是白教，因為許多作家豈止是寫不好，他們根本就沒有想過要表現香港。

在《大公報・文藝》舉行的那次關於民族文藝的座談會上，出席的黃鼎曾經提到："我以為現在談的都是些很大很遠的題目。我們眼前是在香港，頂好就地說法，想想怎樣把民族文藝用在香港，香港有許多雜報，小報，讀者多到數不清。他們都利用舊章回小說的形式吸收市民。最好研究研究他們這種技術。" 當時在座的只有許地山附和，認為"這個事情可以調查一下"。座談會主席楊剛則認為，"問題一邊是原則，一邊是具體。香港又是具體問題中的地方問題，恐怕今天短時間以內談不到把它怎樣解決，但它將成為我們座談會發展下去時的重要問題之一"，建議在座的先將討論題目做一個結論。[2] 不過，這一"重要問題"

1　王幽谷：〈怎樣在華南寫小說？〉，《國民日報・新壘》，1939 年 8 月 18 日。
2　〈《文藝》魯迅紀念座談會記錄〉，《大公報・文藝》，1939 年 10 月 25 日。

後來似乎並不被重視。在討論"民族形式"的創造時期，香港問題因其"地方性"不被重視，到了實踐"方言文學"的時期，香港的民眾又因其階級性被忽視，就這樣，雖然內地作家幾度大規模南來，卻對本地現實一再錯過。無論是生活，還是創作，這種忽視都會給這些"過客"帶來一些缺憾或損失吧。至於本土性較強的香港文學自身的發展，從此後半個多世紀的創作實際來看，也幾乎看不到受過這兩次文學論爭的任何影響。

下篇
話語實踐

第六章　現代詩人的 "自我"

如果我死在這裏，

朋友啊，不要悲傷，

我會永遠地生存

在你們的心上。

——戴望舒（1942，香港）[1]

讓血像水花的飛濺，

我們的活潑像魚，

我們向光榮的日子游泳過去，

我們是在光榮的歷史裏游泳。

我們有個戀愛，我們是死的戀人，

我們和死有了一個婚姻，

她已有一個孕育，

這便是新的中國。

——徐遲（1939，香港）[2]

第一節　戴望舒

　　作為中國現代最優秀的詩人之一、現代詩派 "詩壇的首領"，戴望舒在三十年代後期至四十年代末，主要的時光都在港島度過。寄居香港

1　林泉居士〔戴望舒〕：〈題壁〉，《新生日報·新語》，1946 年 1 月 5 日。

2　徐遲：〈獻詩〉，《大公報·文藝》，1939 年 2 月 28 日。

的日子裏，他忙忙碌碌，做的事情很多，留下的詩卻很少：前後長達八九年的時間，他在這大約只寫了二十四首詩，平均每年才寫三首左右，其中有十六首收入詩集《災難的歲月》。[1] 不過，這為數不多的二十餘首詩，卻代表了他創作上的一個新的階段，超過半數日後被學界推為他一生的名作，是詩人個人才情與大時代交匯而成的結晶。

戴望舒攜妻女於 1938 年 5 月從上海來港，並未準備長住，計劃把家庭安頓好後，自己到抗敵大後方去。不過經《大風》旬刊編輯陸丹林推薦擔任《星島日報・星座》編輯，令他改變了行程。在此前後，他的民族情感應和時代的需要而被激發，非復昔日“雨巷詩人”。他在〈星座〉創刊號上發表短文，面對港島那“沉悶的陰霾的氣候”，盼望它“早日終了”，並說：“晴朗固好，風暴也不壞，總覺得比目下痛快些。”[2] 表達了自己不願庸庸碌碌、希望有所作為（哪怕這會引來“風暴”）的心情。此後，他積極從事編輯和宣傳工作，先後編過多份刊物和文藝副刊，〈星座〉更以其強大的作者陣容名動一時。他還是文協香港分會最核心的兩三位負責人之一，擔負了大量實際工作，包括先後負責西洋文學研究部、宣傳部和編輯委員會的事務。據徐遲後來回憶，“這段時間裏〔按：1939 年後〕，文協領導主要差不多落到了戴望舒肩頭。茅盾遠行了，名義上許地山當家。手中高舉精神火炬的是喬木。拋頭露面的是戴望舒。”而〈星座〉“是一個全國性的，權威的文學副刊。大家都自然而然的圍繞着他。”[3] 由於南來作家流動性很大，文協香港分會的理事中，只有他和許地山多年長居香港，因而成為當時香港文壇最為活躍的少數成員之一。他的工作總體而言是愉快和富有成效的，同時創作熱情也十分高漲，詩歌、翻譯、俗文學研究，多頭並進，進入一生最多產的一個時期。而在經濟方面，因多方開源，收入不菲，生活較為優渥。例如在香港淪陷時期，他和楊靜結婚後，除了寫作、編副刊，還在《星島

1　參見王文彬，金石主編：《戴望舒全集・詩歌卷・傳略》（北京：中國青年出版社，1999年），頁 9。

2　戴望舒：〈創刊小言〉，《星島日報・星座》，1938 年 8 月 1 日。

3　徐遲：《江南小鎮》（北京：作家出版社，1993 年），頁 250。

1949 年 1 月，戴望舒與第二任妻子楊靜及孩子在香港（圖片來自王文彬、金石主編《戴望舒全集‧散文卷》，北京：中國青年出版社，1999 年）

日報》老闆胡文虎家裏做補習老師，每月收入五百港幣，家中有轎車給妻子使用。[1]

　　不過，在一個動盪的年代，正直的詩人不可能事事如意。抗戰時期，戴望舒遇到的麻煩和挫折主要來自三個方面。一個是當時殖民當局的檢查制度，因為樹大招風，以致"似乎〈星座〉是當時檢查的惟一的目標"，因此"不得不犧牲了不少很出色的稿子"，而他"三年的日常工作便是和檢查官的'冷戰'。"[2] 第二個是在香港淪陷後，因為種種原因[3]，戴望舒於 1942 年 3 月被日本人逮捕入獄，飽受酷刑，5 月經葉靈鳳設法保釋出獄後，哮喘病更加重了，並給後來的健康留下了後遺症。第

1　王文彬：《雨巷中走出的詩人：戴望舒傳論》（北京：商務印書館，2006 年），頁 268。

2　戴望舒：〈十年前的星島和星座〉，《星島日報》，1948 年 8 月 1 日。

3　主要原因有：中共香港組織轉移文化人工作中的疏忽；戴望舒自己捨不得一屋子多年收集起來的好書，同時盼望離開自己回到上海的妻子穆麗娟能夠回心轉意重回香港，因而留港等待事態的發展。參見王文彬：《雨巷中走出的詩人：戴望舒傳論》（北京：商務印書館，2006 年），頁 262—263。

三是個人家庭和情感生活方面，他因痛恨穆時英成為漢奸（未必屬實），又因態度生硬粗暴，加劇了和第一任妻子穆麗娟（穆時英之妹）的感情裂隙，由時有爭吵，到日益疏遠，陷入冷戰，兩人甚至長達一個月不說一句話，結果穆麗娟 1941 年初返回上海，一去不回。為了挽救這段婚姻，戴望舒也作出了種種努力，但終於沒有成功。[1] 以上三個方面經受的痛苦，都對他此期部分詩作的風格轉向沉鬱和悲憤產生了影響。

戴望舒初到香港後，沉潛於工作，似乎忘記了自己詩人的身份，長達半年多的時間沒有發表一首詩。直到 1939 年元旦，才在〈星座〉上發表了短詩〈元日祝福〉：

新的年歲帶給我們新的希望。
祝福！我們的土地，
血染的土地，焦裂的土地，
更堅強的生命將從而滋長。

新的年歲帶給我們新的力量。
祝福！我們的人民，
堅苦的人民，英勇的人民，
我為你的自由歌唱。[2]

此詩發表時，詩題和作者署名都用的是戴望舒的手書，除了表明某種歷史真實性，似乎有意和標題點明的特殊時間——元旦——作出呼應。元旦是新的一年的第一天，詩人選擇在這個日子送上給祖國人民的祝福，無疑更加深了這種祝福的真誠和鄭重之意。作為〈星座〉的編者，戴望舒自然可以完全自主地安排自己作品的發表日期，他最終選擇

1　參見王文彬：《雨巷中走出的詩人：戴望舒傳論》（北京：商務印書館，2006 年），頁 249—259。

2　戴望舒：〈元日祝福〉，《星島日報·星座》，1939 年 1 月 1 日。

元旦這一天，顯然是經過深思熟慮的。而在停下寫詩的筆這麼長時間以後，重新提筆寫下的第一首詩竟是這樣出人意料，無論是內容還是風格和以前都大不一樣，完全可以視為他創作途中一個新的起點。

此詩語言淺白，詩意顯豁，但仍不乏可以深入挖掘之處。

首先，詩人緊扣題目，在兩節詩的開頭都強調了"新的年歲"，這一新的時間會帶給"我們"新的"希望"和"力量"。當時，全民抗戰已進入異常艱苦的相持階段，整個 1938 年，中國大片國土淪喪，兵民傷亡慘重，詩人渴望在新的一年這一頁可以翻過去，形勢能夠好轉。這種美好的心願，既和我國傳統的祝福習俗有關，同時也隱含着時間現代性的影子——依照現代性的直線思維方式，新的時間（"未來"）本身就可以包含某種美好生活的承諾。

其次，詩人"祝福"的對象有二：一是土地，一是人民。"土地"的意象在此前的戴詩中很少出現，即便偶然寫到，也指的是具體的某一片地方。例外在〈我的素描〉（1930 年作）這首詩中，出現了"國土"一詞，"遼遠的國土的懷念者，/ 我，我是寂寞的生物"。[1] 不過，對此處的"國土"，詩人強調的是它和"我"的空間距離。而在〈元日祝福〉中，"土地"的意象內涵豐富得多，對"土地"有着四個定語的修飾，分為三個層次。第一個層次是"我們的"土地，明確土地的歸屬。在世界被明確分為"我們"和侵略者雙方的歷史條件下，堅持這一歸屬不無重要。當時神州大地有的陸沉，有的被國民黨統治，有的是共產黨活動地區，詩人沒有對其進行區分，而統一用"我們的"來形容，說明在土地的諸多屬性中，歸屬問題是第一位的。第二個層次是"血染的"、"焦裂的"土地，描述的是土地的現狀，將其與一個特定的戰爭年代聯繫在一起。關於土地有許多形容，尤其是在中國這樣一個長期以農業耕種和畜牧業為主要生產方式的國度，"豐饒"、"肥沃"等常常出現在文人筆下。戴望舒捨棄了土地意象的諸多面向，僅以"血染"、"焦裂"來形容，既是寫實，也有象徵，一個時代的腥風血雨撲面而來。第三個層次是孕育

1　王文彬，金石主編：《戴望舒全集‧詩歌卷》（北京：中國青年出版社，1999 年），頁 77。

着“更堅強的生命”的土地。儘管眼下它正承受着蹂躪，乾渴、焦枯，有着斑斑血跡，但它並沒有失去孕育生命的能量，相反，經歷了千錘百煉，從這片土地上滋長的新的生命將更加堅強，更加不易戰勝。這其中有一種偉力，於是，詩的第二節便過渡到對“力量”及懷有這“力量”的“人民”的祝福。“人民”一詞，在戴望舒的詩中是首次出現。和首節一樣，這裏“人民”的形象也具有三個層面的內涵。第一個層面是“我們的”人民，強調人民的歸屬性，“我們”和“人民”是同為一體的。第二個層面是“堅苦的”、“英勇的”人民，從抗戰現實中抽取出人民的美好品質加以讚美。第三個層面是爭取“自由”的人民，“我”的“歌唱”是對一個民族美好未來的憧憬。於是我們可以看出〈元日祝福〉這首詩的創作思路，詩人敏感到一個新的日子到來了，他深情地選取兩個最廣大的對象——“土地”與“人民”——獻上自己的祝福，在描述這兩個抒情對象時，他先是強調對象的歸屬性，繼之描繪其時代性，最後以主觀的筆墨謳歌其未來性——“生命”與“自由”。整首詩既沉鬱頓挫，又洋溢着堅毅有為的樂觀精神，和他早期憂鬱纏綿的詩風截然不同。詩中多次出現“我們”，表明詩人非常自覺地意識到個體“我”的歸屬，“我”是“我們”中同質的一分子，因此，“我”對土地和人民的祝福，也可以看成千千萬萬個普通中國人的祝福。“從這個意義上說，〈元日祝福〉喊出的是整個民族的心聲，是千千萬萬人民的群的呼告，而絕不僅是詩人個人的心靈隱曲。以群的呼告取代個人心靈隱曲的表現，某種意義上說乃是時代的要求，現實的要求。詩人戴望舒應和了這些要求。”[1]

　　筆者在閱讀中國現代詩歌的過程中，發現一個有趣的現象：自新詩誕生的那一天起，對“自我”[2]的表現便成為詩人尤其是以抒情見長的

1　引自朱壽桐的賞析，載孫玉石主編：《戴望舒名作欣賞》（北京：中國和平出版社，1993年），頁 300。

2　本章所分析的詩人的“自我”，分別或同時具有以下三方面的含義：心理學或精神分析學上所稱形成主體意識的“自我”；作為詩歌抒情主體的“自我”；在現實生活、包括政治權力格局中佔據特定位置的“自我”。只不過對於不同詩人而言，“自我”的含義偏向於不同的側面。

詩人們矚目的中心主題，其重點在於追問：我是誰？我與世界的關係怎樣？我將何所為？為了回答這些問題，詩人們接受了西方浪漫主義以來詩風的影響，開始在寫作中大量地使用"我"這一第一人稱代詞，通過"我"直抒胸臆，"我是……"成為新詩人們熱衷的固定抒情句式，清晰地定義"我"以及"我"與世界的關係。譬如我們耳熟能詳的下列詩句："我是一條天狗呀！"、"我是一條小河"、"我的寂寞是一條蛇"、"我是天空裏的一片雲"、"假如我是一隻鳥，/ 我也應該用嘶啞的喉嚨歌唱……"[1] 詩人們將所思所感凝聚於"我"，一個個鮮明的抒情主人公形象在詩中被塑造出來。相形之下，戴望舒詩歌對這一句式更是情有獨鍾，"我是……"的陳述反覆出現（這也使得他儘管先後受到象徵派、現代派、超現實主義等的影響，但作品中明白曉暢的其實佔了主流）。不妨估舉數例："我是個疲倦的人兒，我等待着安息。"（*Spleen*）"我真是一個懷鄉病者"。（〈對於天的懷鄉病〉）"我是寂寞的生物"、"我是青春和衰老的集合體"。（〈我的素描〉）"我常是暗黑的街頭的踽踽者"，"我是一個寂寞的夜行人，/ 而且又是一個可憐的單戀者。"（〈單戀者〉）"老實說，我是一個年輕的老人了：/ 對於秋草秋風是太年輕了，/ 而對於春月春花卻又太老。"（〈過時〉）[2] 綜合來看，在 1937 年之前的詩作中，戴望舒詩中不斷出現的這個抒情主人公"我"，完全是一副顧影自憐、軟弱被動、未老先衰、缺乏生機與活力的文弱書生形象，幾乎外界的一切事物都會令他感傷憂鬱，而他卻無以自處，只好退回到暗夜、虛空和夢境中。甚至可以說，這些詩體現出戴望舒有着"女性化的情感方式"，[3] 把詩裏的抒情主體形象看作一名獨守空閨的舊式少女亦無多大不可。

1　以上詩句分別出自：郭沫若〈天狗〉，馮至〈我是一條小河〉、〈蛇〉，徐志摩〈偶然〉，艾青〈我愛這土地〉。

2　分見王文彬，金石主編：《戴望舒全集・詩歌卷》（北京：中國青年出版社，1999 年），頁 37、62、77、79—80、99。

3　胡光付：〈戴望舒早期詩歌的情感自喻〉，《徐州師範大學學報（哲學社會科學版）》2000 年第 2 期，頁 127。

這樣的一個 "我"，將向何處去？有着怎樣的存在價值？這就要從 "我" 和其他人的關係中去探求了。正好，戴望舒的詩作對人稱代詞使用非常頻繁，而且多以組合的方式出現。他一生全部 100 首詩（不含譯詩），[1] 有 92 首使用了人稱代詞，其中，出現第一人稱（我、我們）的有 81 首，出現第二人稱（你、你們）的有 53 首，出現第三人稱（他、她、它、他們、她們、它們）的有 58 首；有且僅有第一、第二人稱合用的有 25 首，有且僅有第一、第三人稱合用的有 22 首，有且僅有第二、第三人稱合用的有 2 首，第一、第二、第三人稱共用的有 25 首。在人稱的組合運用中，戴望舒最習慣的搭配是 "我"、"你" 並用（21 首），其次是 "我"、"它" 並用（7 首），"我"、"你"、"它" 並用（6 首），以及 "我"、"她" 並用（4 首）。正如馬克思的經典名言所說："人的本質並不是單個人所固有的抽象物。在其現實性上，它是一切社會關係的總和。"[2] 那麼，抒情詩中 "我" 的本質與內涵，除了 "我" 自陳如何如何，更主要的是體現在 "我" 和包括 "你"、"他" 在內的外部世界的結構性關係網絡當中。

這種關係的實質是怎樣的呢？先來看 "我" 和 "他"（"她"）這組比較遠的關係。大量例子表明，由於 "我" 過於軟弱和被動，在面對理想中的 "她" 時，常常毫無作為。以戴望舒的名作〈雨巷〉為例。詩的首節是："撐着油紙傘，獨自 / 彷徨在悠長，悠長 / 又寂寥的雨巷，/ 我希望逢着 / 一個丁香一樣地 / 結着愁怨的姑娘。"[3] 前三句講述的是一個簡單的事實，第四句則明白告訴讀者，以下各節所寫只是 "我希望" 中出現的情景而已。接下來，詩的第二節和第三節着重寫想像中的這個姑娘的形象，第四至第六節則想像 "她" 和 "我" 由邂逅到分離的情景，

1　二十世紀八十年代以來，戴望舒的詩集出版甚多，一些全集之類的版本，一般收詩九十餘首。對戴望舒詩作收錄較為全面的是王文彬、金石主編的《戴望舒全集·詩歌卷》（北京：中國青年出版社，1999 年），其中共收戴望舒創作詩一百首（以《抗日民謠》為總題的四首計為一首）。

2　馬克思：〈關於費爾巴哈的提綱〉，《馬克思恩格斯選集（第一卷）》（北京：人民出版社，1995 年 6 月，第二版），頁 56。

3　王文彬，金石主編：《戴望舒全集·詩歌卷》（北京：中國青年出版社，1999 年），頁 41。

下篇
話語實踐

其中第四、第五節分別有"像夢一般地"、"像夢中飄過"這樣的形容。事實上，這就是"我"的一場白日夢，只不過因其出自"我"清醒的"希望"，所以才加上了一個"像"字。也正因為這一邂逅只在想像中發生，並非事實，所以末節才重複這一"希望"，只是把"逢着"改為"飄過"而已。問題是，為何本詩寫"我"的"希望"（白日夢），佔據畫面中心的卻是"她"的形象，"我"在想像中和"她"邂逅時，為何無動於衷，一任其遠離？在這場夢一般的邂逅中，"我"眼看着"她"由遠而近，直至相遇，再至分離，擦肩而過，竟然毫無舉措，仿若一個局外人！這只能歸之於"我"的怯弱。對此，可以拿另一首 *Spleen* 互相印證："我如今已厭看薔薇色，／一任她嬌紅披滿枝。"何故？且看下文："去吧，欺人的美夢，欺人的幻象，／天上的花枝，世人安能癡想！"[1] 原來是"薔薇"高不可攀，"我"求而不得，產生了自卑與憎厭對方的雙重心理。

將對方視為"天上的花枝"，將自己擺放在一個非常卑下被動的位置，二者之間的交流並不對等，這在戴望舒眾多抒寫"我"對"你"的愛慕的情詩中尤為常見。譬如〈生涯〉的第一節："淚珠兒已拋殘，／只剩了悲思。／無情的百合啊，／你明麗的花枝。／你太娟好，太輕盈，／使我難吻你嬌唇。"[2] 此處以百合喻女性，"你"具有兩個特點，一是"無情"，二是過於"明麗"、"娟好"、"輕盈"。前者使"我"的感情投入得不到回應而成為單向度的放送，後者則令"我"自慚形穢，怯於主動向"你"靠近。[3] "我"和"你"的這種相對位置和情感交流模式，在其他幾首詩中得到了反覆的表達。一方面明知求而不得是難以避免的結局，一方面又忍不住苦苦相求，癡癡等待。在這過程中，"我"的所有希望都寄託於"你"，"你"完全主宰了"我"的喜怒哀樂，決定了"我"的

1　王文彬，金石主編：《戴望舒全集·詩歌卷》（北京：中國青年出版社，1999 年），頁 37。

2　王文彬，金石主編：《戴望舒全集·詩歌卷》（北京：中國青年出版社，1999 年），頁 21。

3　從心理分析的角度，可以從文本以外找到這種處理模式的部分原因：戴望舒小時候得過天花，痊癒後留下了一臉雀斑，因而很多朋友暗中叫他"麻子"，這令他從小生性敏感而自卑。有學者對詩人創作的心理軌跡有過出色的分析，參見姜雲飛：《戴望舒論》（天津：天津人民出版社，2001 年）之〈引論〉部分。

生命在世間的價值。這從〈可知〉的後兩節可以看出：

　　可是只要你能愛我深，

　　只要你深情不改，

　　這今日的悲哀，

　　會變作來朝的歡快，

　　　　啊，我底歡愛！

　　否則悲苦難排解，

　　幽暗重重向我來，

　　我將含怨沉沉睡，

　　睡在那碧草青苔，

　　　　啊，我底歡愛！[1]

下篇｜話語實踐

　　以"否則"為轉折，前後兩種情形恰成對照，當"你"深情愛"我"時，"我"感覺的只有歡快，倘若"你"不再愛"我"，便只剩下了"悲苦"和"幽暗"，還有"我"心中的"怨"——這股怨氣，在戴望舒的好多首詩中彌漫。"含怨"在心，"我"將何為？在戴詩中，每逢這時，"我"既不是向"你"申辯，作進一步的訴求，也不是將目標轉移，尋求新的希望，而是將自我封閉起來，"沉沉睡"去，逃向夢中得到安慰。如〈生涯〉中的"只有那甜甜的夢兒／慰我在深宵：／我希望長睡沉沉，／長在那夢裏溫存"。[2] 這種沉睡、安息也可以視為一種死亡或獻身的轉喻。[3]

　　由於戴詩中"我"和"你"的非常不對等的關係，使得"我"所抒

1　王文彬，金石主編：《戴望舒全集・詩歌卷》（北京：中國青年出版社，1999 年），頁 26—27。

2　王文彬，金石主編：《戴望舒全集・詩歌卷》（北京：中國青年出版社，1999 年），頁 21。

3　現實生活中，戴望舒曾為了獲取或挽救兩名女性（施絳年與穆麗娟）的感情，自殺過兩次。參見王文彬：《雨巷中走出的詩人：戴望舒傳論》（北京：商務印書館，2006 年），頁253。

發的情感訴求，皆像是弱者仰視強者的低沉呼喚。有人將戴望舒情詩中的基本抒情模式概括為"曠男訴愛"，是"在哀怨中期待對方的愛，是一種祈求式的愛的呼喚"。[1]這種對愛的祈求通常不會成功，等待着"我"的很可能是被拒絕或遺棄。

以上不惜筆墨，分析戴望舒早期詩中的"我"，既是為了發現某種"症候"，也是為了給分析他的後期詩歌提供一個背景和參照。所謂"症候"，是指這個"我"過於柔弱、自卑，和交往的對象處於一個不平等的位置，心裏懷有的常常是憂鬱、寂寞、哀怨等不良情緒，看不到美好的前景，只好一個勁地退縮；渴求在他者身上找到歸宿，得到的卻是傷害。這樣一個"我"，生命看上去很難綻放，精神很難找到一個合適的出口。不過這種情形最終得到了很大的改變——因為抗戰的發生。抗戰令這個"小我"找到了新的皈依對象——"人民"，"我"因成為"人民"中的一員，無形中獲得了力量和堅定樂觀的品質。

以是，可以把〈元日祝福〉視為戴詩的一個里程碑。詩中的"我們"是戴望舒作品中"大我"的首度呈現。"我們"是誰？由於"土地"和"人民"都屬於"我們"，通過簡單的語詞替換可知，"我們"可以指"中國"，更準確地是指"中華民族"。"你"則指"人民"。在"我們"、"我"和"你"三者中，表示集體性的概念"我們"和"你"更為重要，表示個體的"我"作為"我們"中的一分子，已經融入到群體的"大我"之中，為抗戰中的"你"——"人民"而歌唱。

"我們"（中華民族）比"我"更重要，"我們"的命運更值得關注，這樣的思路在戴望舒後來多篇詩作中得到重複。有一個細節可以證明此點。戴望舒在將自己的詩歌收入詩集時，很多詩句都會有所改動。這首〈元日祝福〉在 1948 年出版的《災難的歲月》這個集子中，最後一句改

1　趙衛東：〈愛、夜、燈：戴望舒詩歌的情感與意象〉，《南京航空航天大學學報（社會科學版）》2003 年第 2 期，頁 35。

成了"苦難會帶來自由解放"。[1] 從詩意上說，仍然是強調未來的"自由"，二者相差不大，但從表意手段上看，卻大不一樣，修改後的整首詩，"我"和"你"都沒了，剩下的只有"我們"，這首改定版的〈元日祝福〉因之成為戴望舒 92 首運用過人稱代詞的詩篇裏，唯一一首只出現"我們"（中華民族）的詩。這一細小的改動，體現了〈元日祝福〉發表以後詩作者民族主義意識和愛國熱情的進一步高漲。

〈元日祝福〉宣告了戴望舒詩歌創作一個新階段的到來，他詩中的"我"終於有了一個安身立命的好去處。當然，對詩人創作的分期都是相對的，詩人的作品不可能在一夜之間換上一副"全新"的面貌。1940年以後，戴望舒所寫的十多首詩，有一些還在繼續探索原來的那個珍視個人心靈隱曲的"小我"在新的時空背景下的存在狀態，例如〈白蝴蝶〉中對"寂寞"的體驗，〈致螢火〉中對死亡的想像，〈過舊居〉、〈示長女〉中對往昔幸福歲月的追憶，〈贈內〉中對寧靜生活的流連，〈蕭紅墓畔口占〉中在長夜漫漫中的等待，〈偶成〉中對希望之花重開的憧憬等。但也有幾首是對民族、祖國之愛的直接抒發。[2] 在這幾首影響頗大的詩中，"小我"和"大我"同時出現，對於考察二者的關係提供了方便。

先看〈題壁〉——

如果我死在這裏，

朋友啊，不要悲傷，

我會永遠地生存

在你們的心上。

你們之中的一個死了，

1　現在通行的本子都選用這一改定後的版本。其中，王文彬、金石主編的《戴望舒全集·詩歌卷》（北京：中國青年出版社，1999 年）對每首詩的改動情況都有註釋，但這一首卻沒有作出說明，而是直接選用了改定版，標註的卻是在報章發表的原始出處。錄之存疑。

2　1942 年春滯留香港的戴望舒被日軍逮捕入獄，飽受酷刑，是這些詩作產生的重要寫作背景。

在日本的牢獄裡，

他懷着的仇恨，

你們應該永遠的記憶。

把他的身軀放在山峯，

曬着太陽，臨着飄風：

在暗黑潮濕的土牢，

這是他唯一的美夢。[1]

　　此詩流露出鮮明的獻身意識，和戴望舒早期詩歌中的為個人情愛獻身不同，這是為了一個民族的解放事業而獻身，而這正是"我"生命的最大價值、"唯一的美夢"。詩中的"你們"指的是"朋友"，也可以擴大開來指當時堅持抗日的人們。"我"是"你們之中的一個"，在面對共同的敵人時，這一身份歸屬意識最為重要，至於"我"的其他側面，也僅寫出了對日本佔領軍的仇恨和對抗戰勝利的冥想，而於個人日常生活隻字不提。"我"是自願為了一個民族而獻身的，但其實也有一些顧慮，因此才會想像死後的情景，希望戰爭勝利，希望在"你們"的心裏永存不朽，似乎要通過這些來確認自我犧牲的價值。在這裏，"大我"成為"小我"的價值依歸。至於從第二節開始，以"他"代替了"我"成為觀照對象，是便於更為冷靜地思索生命的價值和意義。[2]

　　中國古代愛國詩篇中，抒發獻身精神的不少。不過古詩中抒情主體獻身的對象，一般是君主或封建王朝。就算是"為國捐軀"，這個"國"也指的是一家一姓統治的朝代。〈題壁〉所表現的獻身意識與此有了很大差異，抒情主體效忠的對象變為現代民族國家及其人民（"你們"），

1　林泉居士〔戴望舒〕:〈題壁〉,《新生日報 · 新語》, 1946 年 1 月 5 日。

2　對此也有不同理解。香港學者陳智德對此詩的解讀是，第二節以後出現的這個"他"並不是"我"的另一指代，而指的是與"我"處於同一時空的一個獄友。因此，詩的第一節是寫抒情主體"我"的想像，後面重在表現犧牲者"他"的形象。參見陳智德:〈論香港新詩 1925—1949〉（香港：嶺南大學哲學博士學位論文，2004 年），頁 110—111。

"我"和這一新的對象有一種明確的歸屬關係。這是在新的時代條件下出現的新的愛國詩。

在〈等待〉（後改題〈等待（二）〉）中，對於"我"和"你們"的關係有更複雜的表現——

你們走了，留下我在這裏等，
看血污的鋪石上徊徘着鬼影，
饑餓的眼睛凝望着鐵柵，
勇敢的胸膛迎着白刃，
恥辱黏住每一顆赤心，
在那裏，熾烈地燃燒着悲憤。

把我遺忘在這裏，讓我見見
屈辱的極度，沉痛的界限，
做個證人，做你們的耳，你們的眼，
尤其做你們的心，受苦難，磨煉，
彷彿是大地的一塊，讓鐵蹄蹂踐，
彷彿是你們的一滴血，遺在你們後面。

…………

有多少人就從此沒有回來，
然而活着的卻耐心地等待。

讓我在這等待，
耐心地等你們回來，
告訴你們我曾經生活，

或留碧塚在風中訴說。[1]

　　和〈題壁〉一樣，本詩中“我”渴望向自己的呼告對象“你們”融入，而且程度更深。“我”希望成為“你們”之中的一員，“做個證人”，以自己在敵人監獄中受到的痛苦體驗為代價，指認敵軍的罪行，加強祖國人民抗日的合法性。“我”甚至希望作“你們”的耳、目和心，乃至“你們的一滴血”，建立血肉般不可分割的聯繫。為此，儘管身居險境，飽受磨難，生死叵測，“我”仍耐心而堅忍地等待着，在這等待中，哪怕遭遇不測，只留下一座碧塚，“我”也能夠宣稱自己“曾經生活”，體現了生命的價值。

　　不過，這樣一首直接抒發詩人堅貞的民族氣節的名詩，內部也存在着一些不那麼和諧的音符。“我”是那麼堅定地追隨着“你們”，要和“你們”融為一體，而“你們”卻“把我遺忘在這裏”，自己走了，導致“我”在日本佔領地的監獄裏受盡了苦刑和磨煉，飽嚐恥辱和悲憤。而且，“我”所受的這一切“你們”並不必然完全理解。全詩多處面對“你們”直抒胸臆，以及第四節對牢獄中酷刑的形象化描寫，都表明此詩的寫作，有着強烈的自明心志、自我剖白的動機。上文提到過戴望舒早期詩歌寫作的症候，在他的大量情詩中我們多次讀到“你”對“我”的遺棄，現在又看到了“你們”對“我”的遺棄——戴詩中這個被動、屠弱的“我”，無論試圖皈依愛情還是人民，從對方求得理解、關愛和融合，結果都實在很難把握住自己的命運。固然，“我”不會因此改變對“你們”的認同，堅持着“耐心地等你們回來”，然而，“我”對群體的認同究竟能否實現，“你們”是否能夠回來，回來後會否相信“我”的自白，實在是個未知數。

　　〈題壁〉、〈等待〉以及〈我用殘損的手掌〉等詩，都寫於抗戰時期，

1　戴望舒：〈詩二章・等待〉，《文藝春秋》第 3 卷第 6 期（1946 年 12 月 15 日），頁 36。

蘊含抗戰的主題，可以歸入廣義的抗戰詩。[1]和其他詩人的作品不同的是，戴望舒此期的詩作特別熱衷於表現個體自我和一個集體、民族"大我"的關係。這其實和他的生平經歷有關。在許多人的印象中，戴望舒的形象是一個"雨巷詩人"、現代派詩人，他後期的詩作似乎令他的慣有形象發生了陡轉。但實際上，戴望舒早在大學時期即熱衷"革命"，1927 年更因參加共青團和進行革命宣傳工作遭到通緝。後來他遠離了革命組織，以詩藝探索等為畢生事業，但思想上的基因一直還在。他較早地翻譯過有關無產階級藝術的書籍，翻譯過各國革命詩人的作品，對抗戰文化的積極參與更應和了他的某種心理需求。他在思想和藝術方面的追求，可以其在上海時的現代派同道施蟄存後來的概括來說明，就是"政治上左翼，文藝上自由主義"。這種情形，至少在抗戰期間，戴望舒把二者結合得較為完美，他找到了自己靈魂的棲息地。一方面，在努力報國和民族大義等方面，他是沒有什麼可慚愧和遺憾的，另一方面，他這一時期的詩歌創作，也達到了個人詩藝的高峰。而這，在某種程度上是由於抗戰的成全。

令人不無感觸的是，戴望舒的詩和他的現實生活具有強烈的"互文性"，某種程度上，詩歌正是詩人命運的預言。香港淪陷後，戴望舒被文協的同事們所遺忘，1945 年 8 月，滯留香港飽受屈辱的他等到了抗戰的勝利，正欲重整旗鼓，恢復文協香港分會，然而曾落入敵手的他卻不被原先同一陣營中的人們所理解，反而被部分返港的南來文人公開檢舉附敵，以致他精神受到很大打擊，被迫寫出〈我的辯白〉，向組織辯護。雖然不久疑雲消散，茅盾等人都相信他的清白，但他在香港已難以容身。[2]此後雖然還斷續在香港居住過一年多，但他在香港文壇不再具有領袖一般的地位，他在這個島嶼上也沒有再寫過任何一首詩。我們也就無從追索，他詩歌中的那個輾轉流離的"自我"，這時飄散到哪裏去了。

1　參見陳智德：〈論香港新詩 1925—1949〉（香港：嶺南大學哲學博士學位論文，2004 年），頁 110。

2　參見王文彬：〈論戴望舒晚年的創作思想〉，《中國現代文學研究叢刊》2001 年第 2 期，頁 127—144。

1949 年 3 月，他最終決定投身“革命”，加入“人民”的隊伍。他毅然離港北上，心中又一次滿懷希望。他經歷了“新中國”的誕生，遺憾的是幾個月後便因病離開了人世。

第二節　徐遲

　　1938 年 5 月，戴望舒懷着對前途的未知踏上了前往香港的旅途，同船的還有徐遲一家三口。出生於 1914 年 10 月的徐遲比戴望舒小了近十歲，當時還不滿二十四歲，已經結婚，並有了一個女兒。他也是現代詩派的成員之一，被稱為“現代派的小夥計”，[1] 兩年前出版了個人第一部詩集《二十歲人》，在詩壇嶄露頭角。儘管如此，相比於亦師亦友的戴望舒，他對在香港的生活更加忐忑，沒有把握。好在抵港後，他很快找到了幾份工作，先是為《星報》和《立報》翻譯外電，後任職於國民政府在香港開辦的陶記公司。此後的三年半多時間裏，除了 1940 年 2 月曾去桂林一個月，1940 年 10 月至 1941 年 5 月在重慶生活，其餘時間基本居於港島。除了本職工作，他也積極參與文藝界活動，包括 1939 年與戴望舒、葉君健、馮亦代等主編英文版《中國作家》，1940 年任文協香港分會理事，1939—1941 年擔任文協香港分會所屬文藝通訊部導師等，並在各大報刊發表過大量作品，體裁廣泛，包括詩作、譯詩、散文、小說及評論。他的日子似乎過得緊張而充實，但在平靜的外表下，卻經歷過一場精神上的危機及其客服。半個多世紀以後，他談到這一段經歷，仍形容自己是“經過精神的‘再生’，炮火的洗禮”。[2]

　　我們不妨追蹤時間的腳步，主要從徐遲當年的詩歌寫作與對詩歌的論述中，理解他的這一場“精神再生”。

　　來到香港四個月後，徐遲在戴望舒主編的副刊上，發表了第一首

1　徐遲晚年回憶，1936 年在上海時，戴望舒“有兩個小嘍羅：路易士和我”。見徐遲：〈我悼念的人〉，載徐遲：《網思想的小魚》（武漢：湖北人民出版社，1997 年），頁 56。

2　徐遲：〈我對香港有感情〉，《大公報·文藝》，1995 年 10 月 8 日。

詩，名為〈戰場的邀請〉——

你到戰場上去，

讓戰爭勾攝你，

像牠是一個攝你的遊戲。

幾十輛勾攝你的機器，

熊腰虎背的大軍用車，

唱着歌，在天空下滾滾行進。

你應該知道這幅畫，

天空下，幾十輛大軍用車，

天空，這是很重要的。

因為你知道了天空比地球更大，

這就是你保衛祖國，

為世界和平而戰鬥的理由。[1]

　　這首詩鼓勵人到戰場上去，為和平而戰鬥。詩中的呼籲對象 "你"
是泛稱，可以指想要成為士兵或戰地服務人員的任一人，而不太可能指
向作者自己。詩的構思來源是一幅畫——天空下幾十輛軍車在行進的畫
面，這幅畫可能是實有的，也可能是詩人想像中的。不管怎樣，這個場
面濃縮了詩人此期對戰爭的某一側面的想像。他將戰爭比喻成勾攝人的
"遊戲"，而這種勾攝的道具是幾十輛列隊的軍車，[2] 至於戰鬥的理由，則
歸之於天空—— "比地球更大" 的 "天空"。整首詩構思比較簡單，描

1　徐遲：〈戰場的邀請〉，《星島日報・星座》，1938 年 9 月 16 日。

2　軍車（包括火車）在徐遲此期的作品中經常出現，對他構思作品有較大重要性，其他作品
　　有詩歌〈出發〉（《星島日報・星座》，1939 年 5 月 2 日）、散文〈運輸〉（《星島日報・
　　星座》，1939 年 8 月 24 日）、〈關於車的奇怪事〉（《星島日報・星座》，1940 年 6 月 30
　　日）等。

寫比較浮泛，不過也體現了徐遲詩歌的一般特點：比如對具象的描寫和抽象的思考相結合，以及對時代性特徵的重視等。

　　1939 年元旦，戴望舒發出了對一個民族的"元旦祝福"，2 月的最後一天，徐遲則發表了他對"新的中國"的〈獻詩〉。和〈元旦祝福〉的直抒胸臆和高度概括不同，〈獻詩〉用了不少篇幅細緻描寫戰場的畫面：入夜時分，戰士們跋涉過樹林、湖沼，趕往最前線。他們的"光亮的槍膛"拂過了樹葉和水波，"繁星和子彈"交相輝映。在戰鬥的前夜，"我們的秀麗的村鎮城市，/ 小脈河流，在我們中間入睡。""我們"要守衛着"肉體，靈魂和意志"，當黎明到來，在"一個新的日子"，向敵軍衝刺。在這些虛實相映的描寫過後，詩的最後兩節是對明天激烈戰鬥場面的比喻性的描繪："讓血像水花的飛濺，/ 我們的活潑像魚，/ 我們向光榮的日子游泳過去，/ 我們是在光榮的歷史裏游泳。// 我們有個戀愛，我們是死的戀人，/ 我們和死有了一個婚姻，/ 她已有一個孕育，/ 這便是新的中國。"此詩寫戰場行軍、戰鬥準備與對戰鬥場面的想像，表現軍隊視死如歸的大無畏氣概，與對祖國土地的一片深情，本來是炮火味極濃的題材，但卻寫得異常優美。這和作者選用的意象與表現方式有關。詩的前半部呈現的畫面安詳靜謐，雖然軍隊在急急前進，但夜色下的樹林、湖沼、水波、雲海、微霧、繁星等意象，無一不美麗而朦朧，它們沖淡了行軍過程中的緊張感與疲憊感。中間也穿插有議論，如詩的第三節："怎樣會不美麗，在戰場上，/ 侵略者和一個被侵略的土地，/ 怎不在相形之下醜美懸殊呢？"[1] 但這裏強調的是"美麗"，並未破壞整首詩的和諧。詩末對戰鬥場面的描寫很有動感，也寫到了血，但由於整個用的是比喻，將鮮血比喻成水花，戰士的衝殺比喻成游泳的魚，仍然是為了維持詩意的美感。最後寫到了死，卻把戰士比喻成"死的戀人"，戰士與死的"婚姻"孕育了"新的中國"。儘管代價慘重，但全無悲觀憂鬱的氣息。通觀全詩，它和當時流行的抗戰詩有着非常大的距離，從中可以看出徐遲那現代派的唯美主義的底色。

1　徐遲：〈獻詩〉，《大公報·文藝》，1939 年 2 月 28 日。

以上兩首詩都是"無我"的。一個多月以後，徐遲發表了另一首詩〈轟炸〉。詩的前四節寫日軍的飛機四處轟炸中國的土地，從秦淮、西湖、長城直到巫峽，用的也是比喻的筆墨，將其形容為"巡禮"、"遊了山"、"玩了水"、"遊覽"、"舉行一個狂歡的宴會"。在此基礎上，第五、六節來了個小結，仍然用的是比喻："牠們的食譜是中國人酒單子是血，/牠們是醉飽的賭徒瘋狂地下賭注，/牠們盡情地歌舞了。能盡情地歌舞//如果這是個不設防城市，/若然又是個無雲無雨的日子，/明月夜滿月夜興緻更濃，留下一個杯盤狼藉的筵席，/留下月光大火飄然引去。"面對中國人民任人蹂躪無力反抗的現實，詩人陷入了沉思——

我常愛在城市轟炸中作炸彈之沉思，

我數牠們到六十到四百如長街邁步，

數着門牌的號數要找一個朋友的住家，

而等我從防空壕出來長街門牌從此都沒有了

孩子的屍體常常這樣平靜，

女人的被炸的屍體卻這樣寒涼，

而男子漢的屍體惡兇憤怒愛國的，

我們的斷殘的肢體沉思了，

開始形成了我們的民族哲學的體系。[1]

詩的最後兩節，"我"和"我們"先後出現。"我"以一個沉思者的面目出現，在防空壕裏，數着敵機投下的炸彈的數目，數着街上門牌的號數，但等"我"走出來後，發現門牌都被炸沒了，有的只是孩子、女人和男子漢的屍體。接下來的一句，承接上文，"斷殘的肢體"應當是指死者的，是"他們"的，但作者用了"我們"一詞，無形中完成了置換，表明"我"意識到和"他們"之間毫無距離，感同身受，死者的肢

1　徐遲：〈轟炸〉，《星島日報 · 星座》，1939 年 4 月 2 日。

體彷彿是長到了"我"的身上。全詩構思完整，表達冷靜，平靜中蘊蓄着情感的激流。雖然，最後一句"我們的民族哲學的體系"所指為何，在詩的內部缺乏足夠的明示或暗示。

1939 年的徐遲，創作力旺盛。正好一個月後，他又捧出了一首名為〈出發〉的新詩——

在後面的是歷史，延長的
城市和稼穡血肉做成的，
在最高速度裏我們上火線去，

再做原始人。歷史在後面成長，
每秒鐘從我們的車輪裏生出許多；
更近更近我們的文化的脆弱部份。

是一條商業的血管會流溢金錢，
農夫和旅行者，情書，
現在是戰爭的血管運輸軍隊。

我們經過一些破車的結構；
我們經過一個車站只認出輪廓；
向炸彈挺胸的肋骨，絕版的鄉村。

是血管，火車頭拖着血的列車，
關於牠的英雄故事將來要說的；
而當我們跨進這個世界，

什麼也不剩只有戰場的修辭，
白骨造成的世界我們造成的，而

我們的妻，孩子在後方的城裏開花。[1]

可以把這首詩和〈戰場的邀請〉對讀，甚至把它看作後者的續篇：一個是鼓勵人們走上戰場，一個是描寫火車運輸軍隊開赴前線的情景。從詩的藝術表現看，本詩比七八個月前的〈戰場的邀請〉顯然要圓熟深邃得多。詩的前兩節描寫人與歷史的互動：歷史由血肉做成，"我們"——軍人——參與和創造了歷史，這種歷史"成長"的速度極快，在"我們"身後綿延得越來越長。這實際是形容抗日戰爭的緊迫感。接下來描寫士兵們在車上往外看到的景象。詩人把火車比喻成戰爭的血管，強調它在運輸軍隊過程中的重要作用。士兵們透過車窗，看到了外邊廢棄的車輛、被炸毀的車站和被洗劫過的鄉村。面對此情此景，"我們"義憤填膺，同仇敵愾，在這個世界上眼裏只有戰爭，"什麼也不剩只有戰場的修辭"。"我們"寧願與敵人同歸於盡，造成一個白骨的世界，因為"我們"的妻兒正在後方被害。詩的題目是"出發"，讀者可以感覺到，在這出發的一瞬，士兵們意志堅定，求戰心切，情緒達到了沸點，這將是一支勇猛之師。全詩抽象與具象交織，通過一個非常恰切的比喻，寫出了戰爭令人恐怖又令人振奮的本質特點。

除了不斷地發表詩歌，徐遲還不斷地刊登詩論，尤其是在 1939 年的夏天，他接連就戰爭背景下詩歌的一些重要問題進行論述。這其中，影響最大的是那篇〈抒情的放逐〉。這篇論文從西方詩人討論近代詩的特徵說起，認為艾略脱（現通譯艾略特）的詩開始放逐了抒情，而這是近代詩表現方法的一條新出路。接着聯繫實際，討論在戰爭年代詩歌為什麼要放逐抒情：

……千百年來，我們從未缺乏過風雅和抒情，從未有人敢詆辱風雅，敢對抒情主義有所不敬。可是在這戰時，你也反對感傷的生命了。即使亡命天涯，親人罹難，家產悉數毀於砲火了，人們的反應也是忿恨或其他的

1　徐遲：〈出發〉，《星島日報·星座》，1939 年 5 月 2 日。

感情，而決不是感傷，因為若然你是感傷，便尚存的一口氣也快要沒有了。也許在流亡道上，前所未見的山水風景使你叫絕，可是這次戰爭的範圍與程度之廣大而猛烈，再三再四地逼死了我們的抒情的興緻。你總覺得山水雖如此富於抒情意味，然而這一切是毫沒有道理的。所以轟炸已炸死了許多人，又炸死了抒情，而炸不死的詩，她負的責任是要描寫我們的炸不死的精神，你想想這詩該是怎樣的詩呢。[1]

　　作者反對在戰時所寫的詩歌和抒情聯姻，立論的依據有二：一是戰爭給人帶來的感情是忿恨等，而不是感傷，因此不能表現感傷的情緒；二是戰爭摧毀了人們對世界的正常審美心理，理性被破壞，讓人體會到某種荒誕——"一切是毫沒有道理的"。在這種情形下，作者提出詩歌要放逐抒情，特指的是放棄抒發感傷之情，他沒有說出的潛臺詞是，因為感傷有損士氣，不利於抗戰。在作者看來，詩歌選擇什麼樣的表現內容和表現方式，必須服從時代的需要。因此，抒情本身雖是好的，而放逐抒情更是當時必須的。"我們自然依舊肯相信，抒情是很美好的，但是在我們召回這放逐在外的公爵之前，這世界這時代還必需有一個改造。而放逐這個公爵，更是改造這世界這時代所必需的條件。我也知道，這世界這時代這中日戰爭中我們還有許多人是仍然在享賞並賣弄抒情主義，那末我們說，這些人是我們這國家所不需要的。至於對於這時代應有最敏銳的感應的詩人，如果現在還抱住了抒情小唱而不肯放手，這個詩人又是近代詩的罪人。在最近所讀到的抗戰詩歌中，也發見不少是抒情的，或感傷的，使我們很懷疑他們的價值。"最後更明確說，"在中國，正在開始的，是建設的，而抒情反是破壞的。"[2]

　　沿着類似的主題，半個多月後，徐遲又發表了一篇〈詩的道德〉，號召中國詩人們放棄五四以來的個人主義傳統，多去表現戰爭給時代造成的影響，這樣的詩才是道德的。作者這樣形容當時的時代："亞洲的

1　徐遲：〈抒情的放逐〉，《星島日報・星座》，1939 年 5 月 13 日。

2　徐遲：〈抒情的放逐〉，《星島日報・星座》，1939 年 5 月 13 日。

日子天天都是血跡"，"在這個時代，我們又該提起詩的道德的問題來了。"接下來檢討詩歌界的創作，認為"在這時代之前，我們正在一個給'個人'以自由的時代"，具體來說，"自五四以來，我們的文學都是背着這次的戰爭走的，到這個戰爭到來，就發現我們自己所走的路，走得這樣遠。當初走這個遠路的時候，一路也受了不少指摘，漸漸我們已得到了信仰，我們的文學開放了各式各樣的花朵，我們的詩從郭沫若，到徐志摩，到戴望舒，到新的詩人，可是戰爭一起來，他們差不多啞喑了。到他們再要歌唱時，他們必需要有另一個喉嚨，另一個樂器，另一個技巧，因為詩的道德上的價值，已經改變過了。"文中指出的這一現象，即詩人因應時代而改變創作道路，在戴望舒身上有鮮明體現。徐遲舉的例子則是路易士及袁水拍。兩人都是他的好友，但分別走了兩條道路。他認為路易士的一首寫寂寞的詩"用了一些美麗的字眼，可是我不得不說他沒有道德上的價值"，而袁水拍的一首描寫母親悲哀地埋葬孩子的詩則"具有了一首詩應有的道德上的價值"。[1] 顯然，判斷的標準主要還是詩歌表現的題材與抒發的情感內容，而非詩的表現藝術。

此外，關於詩歌對時代的效用、詩歌的形式等問題，徐遲也都發表過意見。如他認為"新的詩傳統將是一種為正義的鬥爭的抒詠，則詩應不應該用為宣傳的工具，已可不必討論，則既然詩已經上口，她比她在鉛字的時代更接近了民眾，作為宣傳的工具也更犀利。"[2] 又如他提倡："在詩劇的理論上，不僅是可能而已，牠還是最理想的一種藝術表現媒介。中國正在一個動盪的時代中，這是最宜於偉大作品的產生的，一些偉大作品的形式是什麼，則我推薦詩劇。"[3] 他還藉對歐美作家作品的評介，討論"文藝者的政治性"。[4] 結合他的詩作和詩論，客觀來說，他是當年香港南來詩人中，對兩方面都有較多介入，而且取得了不俗成績的為數不多的幾個之一。單看這些詩論文本，他留給我們的印象是意氣風

1　徐遲：〈詩的道德〉，《星島日報·星座》，1939 年 6 月 1 日。

2　徐遲：〈從緘默到詩朗誦〉，《星島日報·星座》，1939 年 7 月 11 日。

3　徐遲：〈談詩劇〉，《星島日報·星座》，1939 年 8 月 5 日。

4　徐遲：〈文藝者的政治性〉，《星島日報·星座》，1939 年 9 月 8 日。

發，思維清晰，表述明確，立場堅定，從中看不到任何精神上的苦悶與困惑。然而他的傳記作品卻經常提到自己此時經歷了精神的"再生"。其中內容和過程究竟怎樣，自會引起後來人的興趣。

據徐遲自述，1939 年 9 月初，他的妻子攜女兒返回上海，留下他孤身一人，遷入林泉居戴望舒家居住。就在這時，他發生了一場精神危機。他在此接觸到戴望舒等文藝界人士、香港大學的教員等知識界人士，看到他們一個個或忙或閒，或工作或享受，無論是哪種狀態，似乎都明白自己需要什麼，在做什麼。而他自己卻很迷惘，感覺外界的一切和自己不相干，找不到自己生活的意義。他十分關心抗戰，每天讀報時，報上的各種消息讓他的感情變化多端，百轉千迴；晚間去郊外看星星，也會想到戰爭，於是在他眼裏，火星是"火紅的，殘酷的，腥氣的，象徵戰爭的星"，木星則是"凜然的，代表正義的"。[1] 他的心似乎應和着時代的脈搏而跳動，但仍常常若有所失，一個人發呆，感覺自己在追求什麼，卻又無法說清楚。這種情形被戴望舒當時的妻子穆麗娟看在眼裏，以為他一定是有了一個女人。"我解釋了大半天，讓她明白，我追求的不是一個情人，而是一種精神，一種意識，一種心靈的自由境界，一種歡樂和幸福的歸宿。"[2]

一個如此在作品中對時代念念不忘的詩人，還要追求一種怎樣的境界和歸宿？他的心靈還有怎樣的缺失？或許我們從他的詩歌作品中可以看出少許端倪。從前面討論的詩作看來，和戴望舒對"自我"念茲在茲、對"自我"和他者的關係深表關注不同，徐遲的作品更重視對時代本身的或客觀或想像性的描繪，戰爭、轟炸、炸彈、戰場、前線、軍車等詞彙和意象反覆出現，而較少出現對"自我"的描述和剖析。即便作品中出現"我"，也多是一個簡單的人稱代詞，對"我"的內在世界並無審視，而對"我們"的稱呼和表現則是理所當然。例如，〈出發〉一詩，出現了八個"我們"，卻沒有一個"我"。以此，雖然徐遲的部分

---

1 徐遲：〈絮語〉，《星島日報·星座》，1939 年 9 月 29 日。
2 徐遲：《江南小鎮》（北京：作家出版社，1993 年），頁 273。

詩作水準不低，表達方面很有個性，但他詩中的"自我"卻是模糊不清的。或者說，他並沒有藉詩歌好好反思過"自我"問題，包括其身份及在人群、世界中的位置。他詩中的抒情主體形象不夠鮮明，"我"好似一個為大眾搖旗吶喊的角色，但本身並沒有加入人群上到"前線"，參與歷史的直接創造。初時徐遲大概並沒有意識到這一問題，不管是文本內的還是文本外的，然而詩人畢竟是敏感的，一旦醒覺，便為這個"自我"的角色定位和安置而驚慌失措了，於是就帶來了所謂的精神危機。

關於這一危機的解除不必作過於詳細的敘述，因為這是我們耳熟能詳的"黨挽救了個人主義的知識分子"這一故事的版本之一。概括來說，當時徐遲遇到了幾個精神導師：《時事晚報》的國際述評專家喬冠華、共產黨員郁風等，以及同伴中較早皈依共產主義的袁水拍等人。袁水拍經常試圖引導徐遲接近馬克思主義，但因方式不當，兩人經常發生爭執。某日晚上，大姐一般的郁風以她獨有的風度和方式，令徐遲茅塞頓開。1940 年 1 月 11 日，他讀完葉靈鳳推薦的恩格斯的《社會主義從幻想到科學的發展》與《論費爾巴哈》，從此將這一天視為"我的覺醒之日，我的第二次誕生。從此我歲歲年年，都把這一天當作我的生辰……暗暗地慶祝着自己的新生。"在郁風和喬冠華等人的關心指點下，他靈魂深處發生了"自我革命"，[1] 思想發生突變。這年二月，他前往桂林進行戰地採訪，親身接觸了一些戰場景象和指戰員。返回香港後，他被接納到一個馬克思主義讀書會，主講老師是喬冠華，參加者當時有馮亦代、袁水拍等十二人，每星期五晚上在馮亦代家客廳舉行。[2] 就這樣，徐遲一步步走近了黨和人民。他的思想和創作都發生了變化，[3] 這以後還寫過不少詩，但在筆者看來，他 1940、1941 兩年的詩作，要從中挑選出能夠和上文所討論的幾首相提並論的，已經非常困難了。

徐遲暫時給他的"自我"找好了一個容身之處，不過終其一生，他

1　徐遲：《江南小鎮》（北京：作家出版社，1993 年），頁 297—299。

2　徐遲：《江南小鎮》（北京：作家出版社，1993 年），頁 333。

3　這種變化的詳細情況，可以參見陳智德：《板蕩時代的抒情：抗戰時期的香港與文學》（香港：中華書局（香港）有限公司，2018 年），頁 147—158。

對"自我"歸宿的追求都無法停止。[1]

第三節　革命詩人的頌歌

如果說，抗戰時期的香港詩壇，由於有着戴望舒這樣等級的大詩人不斷發聲而聲聞於外，那麼，戰後香港詩壇，雖然不再有大家坐陣，但其聲響更大，因為四十年代中後期因內地局勢的惡化，南下香港的詩人更多，在某個時期香港甚至成為中國詩歌寫作和詩歌運動的中心。而這一寫作群體的核心，是左翼"革命詩人"，他們的作品，許多可以稱之為"戰鬥"的詩歌。[2]

對於這樣的詩作，我們仍然可以沿用上文的思路加以解讀。譬如，中國詩壇社的主將、《中國詩壇叢刊》的編輯黃寧嬰有一首〈淚的故事〉，寫的是他近年的三次落淚經歷。其中，詩的第二節寫"我"不滿意自己的工作成績，想到內地人民正和迫害者搏鬥，又想到美國南北戰爭時期惠特曼和林肯積極做着實際事務，因而流下了激動又慚愧的淚水——

> 兩年來，我和我的祖國
> 隔了一個海。
> 我寫出來的一行行詩句
> 填不滿自己生活的空虛，

1　徐遲晚年常對自己 1930 年代末以後的詩作不甚滿意，他曾回憶："到《最強音》〔按：寫於 1939 年〕，詩風來了個突變，變得非常'剛強'而且'健康'了。然而詩意隨之減削，以至消失。"他還說："我有我的幻想，也有我的幻滅，以及我的再幻想，以及我的再幻滅。"見徐遲：〈《二十歲人》新序〉，載《徐遲文集（一）》（武漢：長江文藝出版社，1993 年），頁 4、5。此外，1996 年 12 月 12 日，在武漢住院的徐遲跳樓身亡，儘管外界議論不一，但若聯繫到他一生對"自我"的沉思，也許可給後來人一點啟示。

2　這一方面是詩人們受客觀形勢的影響，另一方面也是理論界大力提倡的結果，如樓適夷曾撰文〈詩與戰鬥〉（刊於《中國詩壇叢刊》第一輯《最前哨》，1948 年 3 月），從軍隊裏的機器詩與槍桿詩談起，大力倡導詩歌和戰鬥聯姻，互相推動。

算不清獨裁政府的暴戾，

我的聲音多麼小啊，

我的氣力往往等於白費！

而海的那邊——

祖國不屈的人民

正和迫害者作生死的搏戰，

祖國英勇的解放戰士

正在大力推翻反動的政權，

這對於我，

是多麼激動的場面啊！

…………

我深心打了一個戰，像觸了電，

我慚愧而又感奮，

讓淚水淌下臉面，

像兩道小河劃過了平原。[1]

詩中，"我"覺得寫詩是一種個人行為，依靠寫作無法填補生活的空虛，一個人的聲音非常微小，讓人產生一種無力感。而一旦想到"人民"，想到"解放戰士"，他們的"大力"令我激動，給我極大鼓舞。"人民"和"戰士"是詩人力量的源泉。自然，要獲得這一力量，"我"必須從情感和思想上靠近乃至加入到他們中間去，這樣個人的工作才會被賦予意義和價值。

也可以嘗試換一個角度，獲得對作品更豐富的理解。鄭樹森曾總結出戰後香港"新詩的特色是時事化、政治化和傾向化。時事化是以當時特定的新聞事件為寫作題材，……政治化是詩中表達對中國的未來、共產黨的執政有一般性的憧憬和寄望，……傾向化指向左翼及左翼文藝路

1　黃寧嬰：〈淚的故事〉，《論主觀問題》（《大眾文藝叢刊》第五輯，1948 年 12 月），頁 124—125。

線的靠攏，……"[1] 其中，關於政治化特色他舉的例子是黃藥眠的〈迎接渡江的旗子〉。不過，左翼詩人的創作，這三種特色往往融合在一起，即以黃藥眠此詩而言亦是如此。詩作倒數第二節寫道："啊，揚子江，我們的母親，/請你也嘩笑起來吧，/這一次，讓幾千年的憂鬱，/讓幾萬萬人的苦難，/都在這砲火中洗滌乾淨。"[2] 此詩選擇解放軍渡江作戰為題材，有對中國未來的憧憬（人民在砲火中得到解放），同時符合一般左翼詩歌的表意模式，時事化、政治化、傾向化有機地結合在一起。

又如鄒荻帆的〈致家鄉〉，寫於詩人聽到自己家鄉被解放的消息以後。詩歌臨近結尾的部分寫道——

> 人民的隊伍永遠是勝利的！
> 請相信這句話，
> 我的兄弟姊妹啊。
> 現在
> 我的家鄉
> 你將是地上的樂園，
> 我的兄弟姊妹們將在你溫暖的園裡
> 工作、歌唱、休息
> 粗糙的大手撫育着嶄新的民主政治。
> 家鄉的兄弟姊妹們
> 現在你們是幸福的，
> 因為你們得到了最早的解放，
> 你們受到了最初的陽光，
> 請記住啊

1　〈國共內戰時期（一九四五——一九四九）香港本地與南來文人作品三人談〉，載鄭樹森、黃繼持、盧瑋鑾編：《國共內戰時期香港本地與南來文人作品選（上冊）》（香港：天地圖書有限公司，1999 年），頁 19。

2　黃藥眠：〈迎接渡江的旗子〉，《生產四季花》（《中國詩壇叢刊》第三輯，1949 年 5 月），頁 1。

在中國，在這世界上依然有着奴隸們

等待着你們伸出溫暖的手掌。[1]

　　詩句裏對幸福未來的憧憬非常自信。"我"和家鄉"兄弟姊妹"的關係，既親密無間，又有着一定距離。在歡呼家鄉的解放時，二者屬於同一個群體，而在解釋這件事包括解釋"幸福"的緣由時，"我"又成了家鄉同胞的啟蒙者，"請相信"、"請記住"，可以是許諾，也可以是提醒，從中可見"我"處於啟蒙的優越地位。這和黃寧嬰詩中那個慚愧的"我"有着較大的差異。

　　四十年代後期，隨着共產黨在內戰中日益取得優勢，一種嶄新的詩歌體式——頌歌——越來越流行。今日已很難考證這樣的"頌歌"起自何時何地，至少，徐遲居於重慶時期，早在 1943 年就寫過〈人民頌〉，1945 年又寫過〈毛澤東頌〉。[2] 香港海洋書屋 1948 年發行的《毛澤東頌》，同名詩歌則出自解放區的魯藜筆下。有一部分這類作品還被譜曲，成為名副其實的讚頌之"歌"。這些作品的歌頌對象，常見的有祖國、人民、領袖或某一特定群體，在表達上也常有相似特點：如多用比喻、誇張、排比句式，好用美麗字眼和最高級形容詞，詩人對歌頌對象常取仰視姿態，寫作過程中常具代言心態，情感奔放洋溢，氣勢恢弘，詩的結尾常是對美好未來的嚮往和預約，或是對讀者的倡議，等等。南來詩人也留下了一些這樣的頌歌，如鄒荻帆的〈中國學生頌歌〉，結末宣稱："你們已經替反對派 / 撞響喪鐘了，/ 你們所呼喚的 / 已疾奔着來了，/ 燦爛的明天 / 永遠是你們底！"[3] 以下重點分析兩篇作品。

　　先看周鋼鳴的〈將革命進行到底〉，詩的主體內容是對毛澤東的歌頌——

1　鄒荻帆：〈致家鄉〉，《論批評》（《大眾文藝叢刊》第四輯，1948 年 9 月），頁 110。

2　參見徐遲：《徐遲文集（一）》（武漢：長江文藝出版社，1993 年），頁 142、143。

3　鄒荻帆：〈中國學生頌歌〉，《論主觀問題》（《大眾文藝叢刊》第五輯，1948 年 12 月），頁 123。

毛主席，

朱總司令，

像太陽一般，走在幾十萬人的隊伍前頭，

不，他不僅是走在解放軍，

和人民隊伍的前頭；

而是走在新的中國，

　　　新的人民，

　　　新的歷史的前頭！

他走到中國的每一個角落，

他走進每個人民的希望和夢想裏，

他是空氣和陽光，

成了每個人和全民族

孕育新生命不可缺少的呼吸。

只有在他的光輝照耀下，

才能將革命進行到底！[1]

在詩人眼中，毛澤東是歷史的創造者，他像上帝和先知一般給全民族帶來福音，沒有一個人可以離開他的"光輝照耀"。而在某些詩人作品中至高無上的"人民"，則是毛澤東這一歷史創造者的追隨者——

我們，

我們四萬萬七千萬人民，

武裝起來吧！

"用血的教訓來武裝頭腦"；

組織起來吧，

用毛澤東的思想組織隊伍；

1　周鋼鳴：〈將革命進行到底〉，《生產四季花》（《中國詩壇叢刊》第三輯，1949 年 5 月），頁 3—4。

迎接光輝的大勝利吧！

迎接中國的大解放吧！

我們，

我們四萬萬七千萬人民，

自己就是上帝呀！

在毛澤東的光輝照耀下，

要創造出一個：

人民共有，

人民共用，

人民共治，

—— 自由、獨立、平等、

和平、民主、幸福的新天國呀！[1]

　　被毛澤東思想武裝過後，"人民"也成了"上帝"，成為歷史的創造者了。或者可以說，如果毛澤東是"上帝"，"人民"就是"上帝之子"，而詩中並未出現、實則加入"人民"歡呼隊伍的"我"則是"人民之子"。於是，詩人追隨人民，人民追隨毛澤東的邏輯關係就建立起來了，並在後來的中國文學中一再呈現。

　　接下來要談到聶紺弩及他的〈一九四九年在中國〉。聶紺弩生性灑脫，不慣受拘束，後被周恩來形容成一個"大自由主義者"。[2] 他 1948 年後到香港，度過了最愜意的一段時光："他正式恢復了黨組織生活，與以群、天翼、力揚、孟超、適夷、天佐等同在一黨小組。……黨每月發給紺弩一百元生活費，他一到香港就為《文匯報》寫社論，不久又為《大公報》每日寫一短文，同時為一九四六年在香港復刊的《野草》投稿。他的收入大概是自他出外謀生以來最高的。生活有餘裕，周圍是朋友和

1　周鋼鳴：〈將革命進行到底〉，《生產四季花》（《中國詩壇叢刊》第三輯，1949 年 5 月），頁 5。

2　周健強：《聶紺弩傳》（成都：四川人民出版社，1987 年），頁 2。

親近的同志，他們常常在一起聚會，計劃回國後各自都要幹些什麼。"[1]
對於未來的中國，他顯然有着很強的主人翁意識。伴隨着大量創作，
他從這時開始學習馬列著作。在這樣的生活和思想背景下，他寫出了
〈一九四九年在中國〉這樣一首超過六百行的長詩，或稱組詩。詩的基
本結構如下：全詩分為〈一九四九年在中國〉、〈我們〉、〈日出〉、〈答謝〉
四首相對獨立的詩。其中，〈我們〉分為兩個部分，題為〈四萬萬七千
萬〉、〈三百萬和三百五十萬〉，前者指全體中國人，後者指三百萬布爾
什維克和三百五十萬人民解放軍。〈答謝〉分為三個部分，題為〈給克
列姆的紅旗〉、〈給先烈〉和〈給毛澤東〉。合起來看，這一組詩包含對
新時代、人民、軍隊和領袖等的歌頌，內容非常豐富。全詩完成於 1949
年 2 月，此後幾個月，詩人對它加以修訂、增補，至 9 月定稿，改題
〈山呼——為中華人民共和國誕生而歌〉，內容重新編排為四章，分別
為〈日出〉、〈元旦〉、〈我們〉、〈答謝〉。聶紺弩當時以雜文名家，也
寫小說，五十年代後其舊體詩聞名遠近，他一生發表的新詩不過十五六
首，這首〈山呼〉卻在很多評論者眼中具有特別意義。[2] 以下的討論以該
詩最初發表的面貌為準。

　　這一組詩給人的最大印象是感情熱烈到了極點，與此相適應，全
詩極盡誇張形容之能事，節奏短促，大量短句的排比是形式上的最大特
點，讀之似令人感覺作者用了最大的氣力在呼喊和咆哮。詩人開篇即如
此斷言——

　　　　一九四九年，

　　　　在中國，

　　　　自有史以來，

　　　　自人類用兩隻腳走路以來，

1　周健強：《聶紺弩傳》（成都：四川人民出版社，1987 年），頁 197—198。

2　某種程度上，〈山呼〉與胡風寫於 1949—1950 年間的交響樂式的政治抒情長詩〈時間開始
　　了〉有許多相似之處，後者在文學史上被廣泛稱引，但〈山呼〉產生於"新中國"成立之
　　前，歷史意義同樣不容忽視。

沒有可以比並的年辰！[1]

接下來的幾節將一九四九年比喻成一架山、一把火和一面旗，從不同角度證明它在人類歷史上具有劃時代的意義。其中一段寫道——

一九四九年是一把火，
給人民光明，
給人民溫暖，
替人民延長白天，
　趕走冬天，
　提早春天！[2]

〈我們〉的第一部分，對甦醒的中國人民具有的無窮力量給予最熱烈的禮讚——

沉睡的獅子醒了！
抖了抖身子，
趕走了惺忪的睡意；
聳立在危崖，
面臨着萬頃波濤，
面臨着血紅的朝日，
吸滿一口大氣，
向遙天，
發一聲吼！
朝日失色了，

1　紺弩：〈一九四九年在中國〉，《新形勢與文藝》（《大眾文藝叢刊》第六輯，1949 年 3 月），頁 121。

2　紺弩：〈一九四九年在中國〉，《新形勢與文藝》（《大眾文藝叢刊》第六輯，1949 年 3 月），頁 122。

波濤無聲了，

山谷和鳴了，

百獸震恐了，

草木搖落了，

天地顫動了，

這就是我們！

我們是四萬萬七千萬！

瞎子眼亮了，

聾子會聽了，

啞吧說話了，

癱子走路了，

傻子聰明瞭，

枯骨長肉了，

死人復活了，

雞鴨能飛了，

牛羊能跑了，

犬馬長角了，

豬變成野豬了，

貓變成老虎了！

我們是四萬萬七千萬！[1]

大量的排比，通過一連串的靈異事蹟的想像，表明一個新生的民族具有幾乎無所不能的偉力。儘管從邏輯上看，這些靈異現象，有的未必能和其他的並列：如果說枯骨長肉、死人復活、雞鴨能飛之類表現的是民族旺盛的生命力與自由，那麼犬馬長角之類表達的又是什麼？當然，急欲痛痛快快宣洩情感的詩人也許已來不及考慮這些細節。

1　紺弩：〈一九四九年在中國〉，《新形勢與文藝》（《大眾文藝叢刊》第六輯，1949 年 3 月），頁 123。

〈答謝〉的第三部分，對毛澤東的歌頌維持了同樣的情感強度和表現力度——

毛澤東，

我們的旗幟，

東方的列寧，史太林，

讀書人的孔子，

農民的及時雨，

老太婆的觀世音，

孤兒的慈母，

絕嗣者的愛兒，

罪犯的赦書，

逃亡者的通行證，

教徒們的釋迦牟尼，

　　耶穌，

　　　謨罕默德，

地主，

買辦，

四大家族，

洋大人的活無常，

舊世界的掘墓人和送葬人，

新世界的創造者，領路人！

四萬萬七千萬雙眼睛望着你，

四萬萬七千萬雙耳朵聽着你，

四萬萬七千萬雙手擁護你，

四萬萬七千萬顆心愛你，

四萬萬七千萬個生命交給你！

聽囉！

他們向世界高呼：

"偉大者毛澤東！"

他們向過去高呼：

"勝利者毛澤東！"

他們向未來高呼：

"開闢者毛澤東！"

一切光榮怎樣屬於人民，

一切光榮更怎樣屬於你！

告訴我：

怎樣的言詞，

才是最能讚美毛澤東的！[1]

　　和上文一樣，這裏對毛澤東的比喻，有的也不倫不類，如將其比喻成 "觀世音"、"通行證"、"絕嗣者的愛兒"、"活無常" 等，幾年以後回頭看肯定存在政治不正確或形容不恰當的毛病，但詩人提筆的當兒完全出自一片赤誠之心。和前引周鋼鳴的詩一樣，本詩中毛澤東和人民的關係也是領路人和追隨者，四萬萬七千萬人民得到的全部光榮，還不及毛澤東一個人。詩人對毛澤東作了如此至高無上的描寫，結尾卻還在請求讀者告訴他最能讚美毛澤東的言詞。若干年後，毛澤東被視為神，身兼偉大的領袖、導師、舵手、統帥於一身，表達上更為精練，但要說到地位的崇高，聶紺弩詩中的形容已經是最高級了。

　　學界在討論中國現當代文學的政治抒情詩時，一般都以胡風、賀敬之、郭小川等詩人為對象，而在談論對毛澤東的歌頌時，則多以胡風的〈時間開始了〉為例。論者以為，頌歌體的政治抒情詩，一般都具有如下缺點：語言不精練、詩體程式化、"無節制的主觀感情宣洩以及對領

1　紺弩：〈一九四九年在中國〉，《新形勢與文藝》（《大眾文藝叢刊》第六輯，1949 年 3 月），頁 131。

袖人物的狂熱崇拜傾向"等。[1] 產生於"解放"前夕的〈一九四九年在中國〉其實是這類詩作的前身，理應得到更多關注，而此詩無疑也具有這些缺點。其中，與對領袖人物的狂熱崇拜相對應的是，詩人"自我"的萎縮與隱而不彰。如果說在抗戰時期，戴望舒詩中的"自我"過於柔弱，徐遲詩中的"自我"曾因未與人民結合而感到驚惶，那麼，到了國共內戰後期，革命詩人滿腔熱情地歌頌革命領袖時，他們的詩裏，作為個體的"自我"早已無影無蹤了。

下篇｜話語實踐

---

1 陳思和：〈第一章 迎接新的時代到來〉，載陳思和主編：《中國當代文學史教程》（上海：復旦大學出版社，1999 年），頁 25。

第七章　"文藝的新方向" 與 "新中國" 的誕生

堅決進行自身意識的改造，加強羣眾的觀點，發揚自我批評的精神，放棄智識份子的優越感，克服宗派主義的傾向。

——邵荃麟（1948，香港）[1]

新民主主義的新中國將是一個獨立，自主，和平的大國，將是一個平等，自由，繁榮康樂的大家庭。在世界上，中國人將不再受人輕侮排擠。人人有發展的機會，人人有將其能力服務於祖國的機會。

——茅盾（1949，香港）[2]

第一節　"講話" 與作家的自我改造

1947 至 1949 年間，伴隨着 "方言文學" 的討論與實踐，南來作家從事的另一項 "運動" 是集中學習毛澤東著作，進行自我的思想改造，並反映到文學批評實踐中，通過針對不同派別和對象的批評活動，在文藝界初步實現了一次意識形態的清理工作，為迎接 "新中國" 的到來在 "新文化" 建設方面進行了一次預演。

"思想改造" 作為一個專用名詞，一般是和中共建國初期在全國範圍內大力推行的 "知識分子思想改造運動"[3] 聯繫在一起的，而其發端則

1　本刊同人、荃麟執筆：〈對於當前文藝運動的意見〉，《文藝的新方向》（《大眾文藝叢刊》第一輯），頁 13。

2　茅盾：〈迎接新年，迎接新中國〉，《華商報》，1949 年 1 月 1 日，十版。

3　狹義的 "知識分子思想改造運動" 發生於 1951 年 9 月至 1952 年 6 月，主要內容有動員學習、批評與自我批評、組織清理等。廣義的則包括 1949 年至 1952 年間發生於知識分子身上的各類思想政治教育和改造活動。參見孫丹：〈建國初期知識分子思想改造運動研究述評〉，《當代中國史研究》2008 年第 3 期，頁 92—93。

可以追溯到 1942 年延安整風運動前後。延安整風內容豐富，包括 "反對主觀主義以整頓學風，反對宗派主義以整頓黨風，反對黨八股以整頓文風"，[1] 而改組黨的中央權力機構是整風的重要目的之一。"而為要從組織上整頓，首先需要在思想上整頓，需要展開一個無產階級對非無產階級的思想鬥爭。"[2] 思想鬥爭的矛頭，首先指向的是根據地的幹部和知識分子。毛澤東認為對知識分子的思想迫切需要來一個改造，這和他對 "知識分子" 和 "知識" 的一貫看法有關。在 "新民主主義革命" 時期，毛澤東對各類社會群體的評價，主要着眼於他們的階級屬性和對 "革命" 的態度，以及在 "革命" 中所處的位置和發揮的作用。在他看來，"知識分子和青年學生並不是一個階級和階層。但是從他們的家庭出身看，從他們的生活條件看，從他們的政治立場看，現代中國知識分子和青年學生的多數是可以歸入小資產階級範疇的。……他們有很大的革命性。……但是，知識分子在其未和群眾的革命鬥爭打成一片，在其未下決心為群眾利益服務並與群眾相結合的時候，往往帶有主觀主義和個人主義的傾向，他們的思想往往是空虛的，他們的行動往往是動搖的。"[3] 由於知識分子具有這樣的特點，"毛澤東在很長時間內所持的是這樣一種看法：他總是把知識分子作為一種可以利用的力量，而沒有把他們看成是自己人。"[4] 他對知識分子的態度一直是於肯定中又有保留，看不慣某些知識分子的態度、作風和情緒，有時還語帶嘲諷。例如他在一次演講中說："我們尊重知識分子是完全應該的，沒有革命知識分子，革命就不會勝利。但是我們曉得，有許多知識分子，他們自以為很有知識，大擺其知識架子，而不知道這種架子是不好的，是有害的，是阻礙他們前進的。他們應該知道一個真理，就是許多所謂知識分子，其實是比較

1　毛澤東：〈整頓黨的作風〉，《毛澤東選集（第三卷）》（北京：人民出版社，1991 年，2 版），頁 812。

2　毛澤東：《論文藝問題》（香港：新民主出版社，1948 年，再版），頁 26。

3　毛澤東：〈中國革命和中國共產黨〉，《毛澤東選集（第二卷）》（北京：人民出版社，1991 年，2 版），頁 641—642。

4　謝泳：〈思想改造〉，《南方文壇》1999 年第 5 期，頁 4。

地最無知識的，工農分子的知識有時倒比他們多一點。"何故？因為知識分子一般"有的只是書本上的知識，還沒有參加任何實際活動"，因而"他的知識還不完全"。"有什麼辦法使這種僅有書本知識的人變為名副其實的知識分子呢？唯一的辦法就是使他們參加到實際工作中去，變為實際工作者，使從事理論工作的人去研究重要的實際問題。"[1]毛澤東堅持馬克思主義的實踐觀，寫過《實踐論》，反對教條主義和經驗主義，在他看來，感性認識和直接經驗更為重要，因此他非常重視工農群眾的生活經驗，而對單純的"讀書"則幾乎嗤之以鼻："這是世界上最容易做的事，比炊事員準備飯要容易得多，比叫他去殺一頭豬更要容易得多。"[2]他反覆強調理論必須和實際相結合，沒有調查就沒有發言權，知識分子只有參加實際工作，和群眾打成一片，在群眾鬥爭中克服自身缺點。由於在中國革命的進程中，作為馬克思主義中國化的代表，他在政治和軍事方面的成功，容易令一般知識分子相信他的這些論述和判斷。

對於文藝工作者需要進行思想改造的論述，在這一時期主要集中於毛澤東的《講話》。《講話》的引言部分，毛澤東明確提出了個人對文藝的性質與文藝生產目的的看法，即在民族解放鬥爭中，存在着文化戰線和軍事戰線兩條戰線，要戰勝敵人，"首先要依靠手裏拿槍的軍隊"，其次"還要有文化軍隊"，"要使文藝很好地成為整個革命機器的一個組成部分，作為團結人民，教育人民，打擊敵人，消滅敵人的有力武器，幫助人民同心同德地和敵人作鬥爭"。[3]為此文藝工作者們應該解決立場問題、態度問題、對象問題、工作問題和學習問題。在談到對象問題的時候，毛澤東將革命文藝的接受對象定為"工農兵及其幹部"，為了瞭解和熟悉他們，改變"不熟，不懂，英雄無用武之地"的局面，就需要作家們"自己的思想情緒應與工農兵大眾的思想情緒打成一片。而要打成

1　毛澤東：〈整頓黨的作風〉，《毛澤東選集（第三卷）》（北京：人民出版社，1991 年，2版），頁 815、816。

2　〔美〕R. 特里爾著，劉路新等譯：《毛澤東傳》（石家莊：河北人民出版社，1989 年），頁198。

3　毛澤東：《論文藝問題》（香港：新民主出版社，1948 年，再版），頁 1、頁 2。

一片，應從學習群眾的言語開始"。[1] 接下來毛澤東以親身經歷，說明知識分子思想感情必須來一番改造：

> 你要羣眾瞭解你，你要與羣眾打成一片，就得下決心。經過長期的甚至是痛苦的磨練。在這裏，我可以說一說我自己感情變化的經驗。我是個學校裏學生子出身的人，在學校養成了一種學生習慣，在一大羣肩不能挑手不能提的學生面前做一點勞動的事，比如自己挑行李吧，也覺得不像樣子。那時我覺得世界上乾淨的人只有知識份子，工農兵總是比較髒的。知識分子的衣服，別人的我可以穿，以為是乾淨的，工農兵的衣服，我就不願意穿，以為是髒的。革命了，同工農兵在一起了，我逐漸熟悉了他們，他們也逐漸熟悉了我。這時，只是在這時，我才根本地變化了資產階級學校所教給我的那種資產階級的與小資產階級的感情。這時，拿未曾改造的知識分子與工農兵比較，就覺得知識分子不但精神有很多不乾淨處，就是身體也不乾淨，最乾淨的還是工人農民，儘管他們手是黑的，腳上有牛屎，還是比大小資產階級都乾淨。這就叫做感情起了變化，由一個階級變到另一個階級。我們知識分子出身的文藝工作者，要使自己的作品為群眾所歡迎，就得把自己的思想感情來一個變化，來一番改造。沒有這個變化，沒有這個改造，什麼事情都是做不好的，都是格格不入的。[2]

在《講話》的結論部分，毛澤東對引言中提到的幾個問題基本上都做了深入闡述。他先提出問題的中心在於"為羣眾與如何為群眾"，[3] 接下來分五個部分展開分析。第一個部分談文藝的對象，明確提出文藝"是為人民的"，而"人民大眾"則是指佔全人口百分之九十以上的工農兵和小資產階級。其中，工人是"領導革命的階級"，農民是"革命中最廣大最堅決的同盟軍"，士兵是"戰爭的主力"，而小資產階級"也

1　毛澤東：《論文藝問題》（香港：新民主出版社，1948年，再版），頁4。
2　毛澤東：《論文藝問題》（香港：新民主出版社，1948年，再版），頁4—5。
3　毛澤東：《論文藝問題》（香港：新民主出版社，1948年，再版），頁6。

是革命的同盟者"。[1] 由於在革命中的地位和作用不同,因此,"第一是為着工農兵,第二才是為着小資產階級"。一部分文藝工作者對此沒有正確認識,因而注重表現知識分子,而且是站在小資產階級立場,"把自己的作品當作小資產階級的自我表現來創作"。他們對於工農兵缺乏接近、瞭解和研究,因而不善於描寫,"倘若描寫,也是衣服是工農兵,面孔卻是小資產階級"。[2] 他們有時不愛工農兵的感情、姿態和萌芽狀態的文藝,而偏愛知識分子,這說明"這些同志的屁股還是坐在小資產階級方面,或者換句文雅的話說,他們的靈魂深處還是一個小資產階級的王國",這個問題必須解決,"一定要把屁股移過來,一定要在深入工農兵,深入實際鬥爭的過程中,在學習馬列主義與學習社會的過程中,逐漸地移過來"。這其實是又一次要求文藝工作者改造自我、改變立場。毛澤東稱"為什麼人的問題,是一個根本的問題,原則的問題",[3] 這個問題明確了,其他問題也就迎刃而解。於是,第二部分討論普及與提高的問題,因為文化程度較低的工農兵是第一對象,自然,"對於人民,第一步最嚴重最中心的任務是普及工作,而不是提高工作"。[4] 第三部分討論文藝界統一戰線問題,提出"一切文化和文藝都是屬於一定的階級,一定的黨,即一定的政治路線的。……無產階級的文學藝術是無產階級整個革命事業的一部分,……文藝是從屬於政治的,但又反過來給偉大影響於政治"。[5] 為了實現政治要求,實現革命任務,就要在抗日、民主和藝術作風方面盡量與黨外的文藝家團結起來,其中小資產階級文藝家"是一個重要的力量","幫助他們克服缺點,爭取他們到為工農兵大眾服務的戰線上來,是一個特別重要的任務"。[6] 第四部分討論"文藝界的主要鬥爭方法之一"的文藝批評,提出要將動機與效果統一起來,

1 毛澤東:《論文藝問題》(香港:新民主出版社,1948年,再版),頁8。
2 毛澤東:《論文藝問題》(香港:新民主出版社,1948年,再版),頁9。
3 毛澤東:《論文藝問題》(香港:新民主出版社,1948年,再版),頁10。
4 毛澤東:《論文藝問題》(香港:新民主出版社,1948年,再版),頁14。
5 毛澤東:《論文藝問題》(香港:新民主出版社,1948年,再版),頁18。
6 毛澤東:《論文藝問題》(香港:新民主出版社,1948年,再版),頁19。

在評價作品時"以政治標準放在第一位，以藝術標準放在第二位"，實現"政治與藝術的統一"。[1] 接下來針對延安文藝界存在的一些"糊塗觀念"，如"人性論"、文藝的基本出發點是"人類的愛"、文藝作品應寫光明與黑暗並重、文藝的任務在於暴露等，逐一批駁，其中多次強調要站在人民的立場和無產階級的立場從事批評活動。第五部分提到延安文藝界中存在的一些思想問題，指出根據地已經進入了一個新的時代，"既然必須和新的群眾的時代相結合，就必須澈底解決個人與羣眾的關係問題"，"改造自己和自己作品的面貌"。[2]

《講話》雖然尚未將"思想改造"作為一個固定名詞加以使用，但對這一意思的強調隨處可見。《講話》產生之際，因香港已淪陷，南來作家幾乎全部北返，多數回到國統區，也有個別的到過延安，其中的部分人已經看到《講話》的全部或部分內容，但無條件進行集中學習和討論。戰後，作家們紛紛再度南來香港，革命形勢的變化，包括毛澤東在黨內的核心地位越來越穩固，個人威望達到一個高峰，使得學習毛澤東著作成為迫切要求，而毛澤東重要著作在香港的出版則為此提供了客觀物質條件。[3] 香港工委文委領導下的各個黨小組，分別組織成員學習《講話》，通過批評和自我批評，改造思想。從華嘉對 1947 年香港文藝運動進行總結的一篇文字中，我們依稀可以感受到當時的氛圍，其中寫道：

這一年，香港出版的文藝作品單行本並不多，而居留在香港的文藝工作者的卻又是這一年寫得很少。出版的困難固是事實，許多文藝工作者

1　毛澤東：《論文藝問題》（香港：新民主出版社，1948 年，再版），頁 20、頁 21。

2　毛澤東：《論文藝問題》（香港：新民主出版社，1948 年，再版），頁 28。

3　在《論文藝問題》（香港：新民主出版社，1948 年，再版）的書末，附有兩頁圖書預告，一是"毛澤東選集"，包括《中國革命與中國共產黨》、《新民主主義論》、《論聯合政府》、《目前形勢和我們的任務》、《論新階段》等，廣告語稱"毛澤東是中國革命的太陽，東方殖民地解放的導師"；一是"整風文叢"，包括《改造學習》、《加強鍛鍊》、《反黨八股》、《一往無前》四輯，廣告語稱"這是幾十年來中國人民革命鬥爭經驗的總結，在這一部文叢裡，我們不但可以學習到科學的思想方法來克服工作中的盲目性，可以掙脫小資產階級的鎖鍊而獲得個性的解放；而且可以得到處理人與人之間的正確原則和方法。因此這不只是共產黨員和進步青年的必讀書籍，而且是每個想在各種事業上有所成就的人的指南針"。

南來作家陳殘雲的自我檢討（原刊司馬文森編《文藝生活選集》
第四輯《創作經驗》，香港：智源書局，1949 年）

寫得很少發表得更少也是事實。為什麼呢？由於這一年的新形勢的發展，
文藝工作者在思想上有很大的變化，同時也加強了自我的思想教育，一方
面嚴格的檢查和批評過去自己寫下來的作品，另一方面在集體的座談會上
相互批評相互檢討，在思想的反省和改造過程中，思想的覺悟的程度開始
提高了，因此越感到生活的體驗貧乏，下筆較為慎重，甚至暫時的擱下筆
來。於是，表現在創作方面，這一年是歉收了。但這是不是就說不好呢？
也不完全是。因為這也可以說是問題跨進一步之前的醞釀，和創作前的沉
默。[1]

　　這種對自己過往的作品紛紛進行檢討乃至暫時擱筆的情況，或許證
實知識分子正如毛澤東所說，要進行自我改造就需經受 "長期的痛苦的
磨練"。不過，在香港，這一磨練很快見到了效果。從當時各個不同地
區的情況來看，香港的南來作家緊跟延安，在非解放區一馬當先，走在

1　華嘉：〈向前跨進一步〉，載華嘉：《論方言文藝》（香港：人間書屋，1949 年），頁 22。

了上海等地的前面。1948 年 12 月，達德學院文學系舉行了一次作家招待會，會上，來自上海的蔣天佐提到上海和香港兩地進行的文藝爭論，認為兩方面都有道理，"上海文藝界的朋友們認為，文藝需要大眾化，這是沒有問題的，文藝家需要改造，這也是沒有問題的，不過在上海這樣的地區，作家怎樣能夠到大眾中去呢？這是事實問題。所以我們認為，作家能夠投身到大眾中去改造自己，當然是最好，但改造亦不一定要投身到大眾中去，只要作家的脈膊與大眾的脈膊一齊跳動，也是可以收改造之效的，他舉出魯迅做例子"。對此，速寫文章的學生作者這樣評論："蔣先生的話，非常之精簡，但對於他的看法，同學們都抱着保留的態度。比方，以魯迅來比我們今天的作家，這就有些不十分恰當。魯迅所處的時代，和我們所處的時代已經是有很大的不同了。" 文末還提到，組織招待會的中文系教授黃藥眠也表示，"在上海一部份文藝界友人和香港文藝界友人的爭論中，他個人認為香港友人的意見，基本上是正確的，儘管還有些缺點。"[1] 從該文的報道和細節可以看出，對於文藝大眾化和作家的自我改造，香港文藝界經過討論已經基本達成共識，而且甚至連達德學院文學系的學生也非常瞭解這方面的討論內容，並接受了毛澤東《講話》中的有關論述。相反，蔣天佐初來乍到，他的看法更多的考慮到上海實際情況，因而和《講話》在原則上產生了分歧。

　　從 1948 年初開始，南來文藝工作者，主要是以文委為核心的作者群，他們的文學批評活動大大加強。由於深入學習了毛澤東著作，使他們能夠以經過自我改造的革命知識分子身份與革命文藝代言人、領導者的角色，高屋建瓴地對當前整個文藝運動和解放區、國統區各個代表性作家的作品加以大氣磅礴的批評和解析。其中，最重要的批評園地是該年創刊的《大眾文藝叢刊》，此外也得到了同年創辦的《小說》月刊等的密切配合。

1　阿超：〈來港作家小記〉，載茅盾等著：《關於創作》（香港：達德學院文學系會，1949年 1 月 30 日），頁 148、149。

第二節　現代文學批評與“毛文體”實踐

一、文學力量劃分與意識形態清理

　　《大眾文藝叢刊》（以下除了引用他人文字，他處皆簡稱《叢刊》）是由香港工委文委創辦的一份以理論批評為主、文學創作為輔的文藝刊物，出版時間為 1948 年 3 月至 1949 年 3 月，為期一年，共出六輯，各輯有獨立書名，分別為：《文藝的新方向》（1948 年 3 月）、《人民與文藝》（1948 年 5 月）、《論文藝統一戰線》（1948 年 7 月）、《論批評》（1948 年 9 月）、《論主觀問題》（1948 年 12 月）、《新形勢與文藝》（1949 年 3 月）。[1] 從出版間隔來說，前四輯可視為雙月刊，後兩輯為季刊。《叢刊》由生活書店（前四輯）及合併後的生活·讀書·新知香港聯合發行所（後兩輯）總經售，採用當時較為流行的“以書代刊”方式，為 32 開本，篇幅長短不一，根據內容而定，最短的只有 86 頁，最長的達 135 頁，相距過半。

　　曾經參與創辦《叢刊》的周而復在他的多篇回憶文章裏都談到刊物當年初創時的情景。其中一處提到：“有一天，我們在英皇道住處談起這個問題，大家覺得有出版一種文藝理論刊物的必要，夏衍和馮乃超同志十分贊成，最積極的是荃麟同志，好像胸有成竹，早就想好怎麼出這個刊物。”而“考慮到單純出版文藝理論刊物，讀者面狹小一些，馮乃超同志和我建議登一些短小創作，以介紹解放區作品為主，也刊登在香港作家的作品，這樣讀者面廣泛一些，影響也大一些。”幾個人商定，“這個刊物不編號的，每期以中心內容或文章的題目命名，版權頁只寫著作者即中心文章作家的姓名，不寫編輯者。”[2]

　　作為一份文藝刊物，在版權頁的署名方面，“編輯”或“編者”通常是必不可少的一項，而“作者”一般只會出現在目錄頁。但《叢刊》

1　《叢刊》第四至第六輯不標輯數，目的是迴避國民黨的郵件查封。而且，這三輯存在兩種印刷版本，另一種版本另有輯名，分別為《魯迅的道路》、《怎樣寫詩》、《論電影》。

2　周而復：〈回憶荃麟同志〉，《新文學史料》1980 年第 3 期，頁 78。

恰恰與此相反，在它的版權頁上，找不到"編輯者"，突出的卻是"著作者"。有學者的研究首先注意到的就是刊物這一"形式上的特色"，從而"對這個影響重大的刊物的考察也就從這裏開始"，進而關注到刊物作者的背景——"主要著作者都是當時及 1949 年以後中共主管文藝工作的重要領導人，或作為主要依靠對象（'旗幟'）的文壇領袖人物"，以及刊物的性質——"辦刊方針、指導思想、重要文章與重要選題，都不是個人（或幾個人）的意見，而是代表了'集體'即至少是中共主管文藝的一級黨組織的意志"，然後才進入刊物理論文章的批判內容及文體特徵的分析。[1] 另有論者通過考察刊物的創辦背景，明確指出《叢刊》"雖是一個'群眾的刊物'，但它更是在中共直接領導下的左翼文藝界在港的一個機關刊物"。[2]

在另外一篇回憶錄裏，周而復對於刊物的創辦目的、性質、核心人員與組織方式等有更明確的表述："為了宣傳介紹馬列主義和毛澤東文藝思想，並有計劃澄清和批評一些資產階級文藝思想，乃超、荃麟和我們經常在醞釀準備創辦一個以文藝理論為主的刊物……要辦成在黨領導下統一戰線性質的帶有戰鬥性的進步的叢刊"，"這是文委領導下的叢刊"，"除文委主要委員參與外，重要文章有關人員開會研究，積極參與其事者有潘漢年（曾以蕭愷筆名為叢刊撰稿）、胡繩、喬冠華、林默涵、周而復等。夏衍從新加坡回到香港，也大力支持。實際負責的是乃超和荃麟。"[3] 此處提到的這八個人，事實上就是《叢刊》理論文章的核心作者群。無一例外，他們全部是中共黨員，全部是香港工委及其下設各委員會的領導成員，幾乎已將當年中共在香港負責意識形態工作的最高層人員盡數納入。加之撰稿人隊伍中還有其時居港的郭沫若、茅盾這樣的著名"民主人士"、文壇領袖，發表的作品有的來自趙樹理、丁玲這樣

1　參見錢理群：《1948：天地玄黃》（濟南：山東教育出版社，1998 年）第二章〈南方大出擊〉，頁 21—47。

2　曾令存：〈1948—1949：《大眾文藝叢刊》〉，《中國現代文學研究叢刊》2002 年第 2 期，頁 51—52。

3　周而復：《往事回首錄》，《新文學史料》1992 年第 1 期，頁 39。

的解放區名家，《叢刊》的作者群不可謂不顯赫一時。

　　據筆者統計，《叢刊》六輯全部 34 篇原創理論文章（另有 6 篇譯作）[1]，出自以上八人之手的即有 21 篇，當中，"最積極"的邵荃麟執筆最多，達 7 篇，並有 4 篇被選作其中四輯的"中心文章"。其次是馮乃超，先後撰寫了 4 篇，胡繩與林默涵也各有 3 篇。從頁面分佈看，論文每期所佔頁面比例穩定在 60％ 左右，六輯合計總共所佔比例為 59％，可見該刊確是"以文藝理論為主"。40 篇理論文章，譯作部分引經據典的理論資源主要是馬克思、恩格斯、列寧、斯大林、日丹諾夫、高爾基等馬列主義經典作家的有關論述，而原創性的理論批評文字則更多的引用毛澤東有關文藝方面的論述，核心是《講話》。一個總體趨勢是，從第一輯到第六輯，《講話》被引用或變相引用的頻率愈來愈高，絕大多數文

1　因《叢刊》在內地不易覓得，在香港亦無任何一家圖書館收羅齊全，此處稍費筆墨，列出其全部 40 篇理論文章作者及篇名如下：第一輯《文藝的新方向》：本刊同人、荃麟執筆：〈對於當前文藝運動的意見──檢討・批判・和今後的方向〉，郭沫若：〈斥反動文藝〉，馮乃超：〈戰鬥詩歌的方向〉，茅盾：〈再談方言文學〉，〔法〕科爾瑠：〈論西歐文學的沒落傾向〉，〔法〕加薩諾瓦：〈共產主義、思想與藝術〉，胡繩：〈評路翎的短篇小說〉，默涵：〈評臧克家的《泥土的歌》〉，黎紫：〈評柯藍的《紅旗呼啦啦飄》〉，乃超：〈略評沈從文的《熊公館》〉；第二輯《人民與文藝》：夏衍：〈"五四"二十九周年〉，喬木：〈文藝創作與主觀〉，穆文〔林默涵〕：〈略論文藝大眾化〉，荃麟：〈朱光潛的怯懦與兇殘〉，胡繩：〈評姚雪垠的幾本小說〉，馮乃超：〈評《我的兩家房東》〉；第三輯《論文藝統一戰線》：蕭愷〔潘漢年〕：〈文藝統一戰線的幾個問題〉，呂熒：〈堅持"腳踏實地"的戰鬥〉，靜聞〔鍾敬文〕：〈方言文學的創作〉，〈關於《對於當前文藝運動的意見》的討論〉，靈珠：〈談紀德〉，馮乃超：〈從《白毛女》的演出看中國新歌劇的方向〉，紺弩：〈有奶便是娘與乾媽媽主義〉；第四輯《論批評》：胡繩：〈魯迅思想發展的道路〉，荃麟：〈論馬恩的文藝批評〉，同人〔邵荃麟執筆〕：〈敬悼朱自清先生〉，周鋼鳴：〈評《蝦球傳》第一二部〉，力夫〔邵荃麟〕：〈羅曼羅蘭的《搏鬥》──從個人主義到集體主義的道路〉；第五輯《論主觀問題》：〔蘇〕A. 法捷耶夫：〈展開對反動文化的鬥爭〉，荃麟：〈論主觀問題〉，默涵：〈論文藝的人民性和大眾化〉，〔日〕藏原惟人：〈現代主義及其克服〉，周而復：〈評《萬家燈火》〉，〔蘇〕V. 馬耶闊夫斯基：〈怎樣寫詩〉；第六輯《新形勢與文藝》：荃麟：〈新形勢下文藝運動上的幾個問題〉，史篤〔蔣天佐〕：〈文藝運動的現狀及趨勢〉，于伶：〈新中國電影運動的前途與方針〉，〔蘇〕A. 塔拉辛可夫：〈論社會主義的現實主義〉，周立波：〈蕭軍思想的分析〉，柳晨：〈哈爾濱文化界批評蕭軍的思想〉。需要說明的是，第三輯中的〈關於《對於當前文藝運動的意見》的討論〉包括多封讀者來信和兩篇較短的論文，總共算作 1 篇，第六輯中柳晨的〈哈爾濱文化界批評蕭軍的思想〉本屬"通訊"，因文中多有批評分析文字，也算作 1 篇論文。

《大眾文藝叢刊》前五輯

章言必稱《講話》，以《講話》的相關論述為根本出發點和基本立論依
據。[1] 這樣的做法，相對延安文藝界來說或許顯得滯後，但在解放區以外
卻是總體超前的。鑒於《叢刊》的創辦背景和基本內容，可以判定，《講
話》對於《叢刊》的創辦及其基本面貌具有決定性作用。從總體上看，
《叢刊》是二十世紀中國文學史上，在非解放區的第一份全面和集中闡
釋毛澤東《講話》的文藝刊物。對於《講話》闡述的文藝為工農兵的方

1　冀汸在 1989 年的回憶文章裏寫道："1947 年下半年……文藝的領導中心從大陸暫時遷到
　　了香港。所以《大眾文藝叢刊》才有可能集中火力、採取高屋建瓴的姿態，開始了規模更
　　大、更有系統地對胡風文藝理論的批評。所有的批評文章，都是以《講話》作為唯一的參
　　照系。"參見冀汸：〈歷史法庭上的證詞〉，收入曉風主編：《我與胡風》（銀川：寧夏人民
　　出版社，1993 年），頁 406。

向、文藝大眾化、群眾語言、文藝批評的標準、文藝統一戰線、創作方法、作家立場、作家的自我改造等問題，叢刊編者都有專文詮釋，有的還反覆論述。自然，在此過程中，作者有時也會考慮到抗戰和內戰時期不同的語境，結合毛澤東的最新著作，對《講話》中的一些具體論述進行某種程度的修正。文委、工委的同人們學習討論了《講話》之後，把集體（而非個人）的共同理解寫成文章，或"指點江山"，從宏觀出發立"論"，對當時的"文藝運動"作出"檢討"和"批判"，表示"意見"，並提出"今後的方向"；或"解剖麻雀"，從微觀入手置"評"，選取個別具體作品進行"分析"，抓取其中的"立場"、"態度"和"傾向"。[1]兩相結合，對如何將《講話》等所蘊含的毛澤東文藝思想貫徹到文藝批評運用中去，較早地進行了一次大規模實踐。除了作者身份和"機關刊物"的性質，《叢刊》和《講話》的這種緊密關聯，可能才是它在當時獲得權威地位和日後產生深遠影響的最重要的內在因素。

《叢刊》的重要論文中，以其開篇之作〈對於當前文藝運動的意見——檢討·批判·和今後的方向〉影響最大。該文可稱《叢刊》的"宣言"和六輯批評論文的總綱，經刊物編者共同討論，由邵荃麟執筆寫成。作者以延安主流文藝實踐者的身份自居，試圖對抗戰以來國統區的左翼文藝運動進行全面檢討，着重批判幾種不良傾向，提出今後發展的方向。在這過程中，作者實現了對解放區與國統區文藝的等級劃分，以《講話》所提原則為文藝批評的最高準則，以《講話》提出的服務於工農兵的文藝為唯一的"新"的方向。文章一開頭即指出國統區和解放區人民對於文藝作品截然不同的態度：國統區的廣大群眾對新文藝"背過臉去，採取冷淡的態度"，以致"一般文藝創作出版物的銷路，跌落到前所未有的慘況"，原因是"文藝和羣眾的需要脫了節，呈現出一片混

---

1 《叢刊》的這兩類文章，在標題上是有嚴格區分的，前者為"論"，後者為"評"。前者如第二輯中的〈略論文藝大眾化〉、第四輯中的〈論馬恩的文藝批評〉、第五輯中的〈論主觀問題〉、〈論文藝的人民性和大眾化〉等，後者如第一輯中的〈略評沈從文的《熊公館》〉、第二輯中的〈評姚雪垠的幾本小說〉、第四輯中的〈評《蝦球傳》第一二部〉、第五輯中的〈評《萬家燈火》〉等。

亂和空虛"，"我們的創作生活多少是從那傳統的革命文藝路綫上脫逸出來了"；而在解放區，"文藝書籍的暢銷和受到群眾熱烈歡迎的情況，是打破中國出版界與文藝界的紀錄的"。[1] 按照毛澤東在《講話》中所強調的動機與效果統一論，這一鮮明的對比，已經證明了解放區文藝路綫的正確和作品大眾化的成功，為作者接下來的立論提供了最具說服力的證據。在作者看來，"這十年來我們的文藝運動是處在一種右傾狀態中"，這是由於在抗日文藝統一戰綫中忽略了對於兩條路綫鬥爭的堅持，削弱了自己的階級立場，因而"就缺乏一個以工農階級意識為領導的強旺思想主流，缺乏這種思想的組織力量"，開展的文藝運動"形式超過了內容，組織龐雜而思想空虛"。[2] 作者將當前文藝思想上的混亂狀態歸結於"個人主義意識和思想代替了羣眾的意識和集體主義的思想"，而個人主義思想在文藝上儘管表現為互相拒斥的多種傾向，"實際上卻是同樣出發於小資產階級思想的根源"。[3] 在檢討這些互相拒斥的傾向時，作者主要選取了左翼文藝運動中存在的自然主義傾向和追求主觀精神的傾向，前者是由於受到十九世紀歐洲資產階級古典文藝的影響，後者則是不點名批評胡風一派的文藝主張，認為它從個人主義意識出發，"流向於強調自我，拒絕集體，否定思維的意義，宣佈思想體系的滅亡，抹煞文藝的黨派性與階級性，反對藝術的直接政治效果"。[4] 文章接下來的部分，論述今後的文藝運動需要注意的五個方面的問題，包括明確文藝運動的性質和內容、作家要加強思想改造、鞏固和擴大文藝統一戰綫、加強思想鬥爭，以及實踐文藝大眾化。其中，作者特別指出，"在思想鬥爭中要無情地加以打擊和揭露的是那各種反動的文藝思想傾向"，包括美國的黃色電影、黃色藝術和"地主大資產階級的幫兇和幫閒文藝"，其中有"朱光潛、梁實秋、沈從文之流的'為藝術而藝術論'，有徐仲年的'唯生主義文藝論'和'文藝再革命論'，有顧一樵的'文藝的復興論'，

1　本刊同人、荃麟執筆：〈對於當前文藝運動的意見〉，《文藝的新方向》，頁 4。
2　本刊同人、荃麟執筆：〈對於當前文藝運動的意見〉，《文藝的新方向》，頁 5。
3　本刊同人、荃麟執筆：〈對於當前文藝運動的意見〉，《文藝的新方向》，頁 6。
4　本刊同人、荃麟執筆：〈對於當前文藝運動的意見〉，《文藝的新方向》，頁 11。

以及易君左、蕭乾、張道藩之流一切莫名其妙的怪論。這些人，或則公然擺出四大家族奴才總管的面目，或者扭扭捏捏化裝為‘自由主義者’的姿態，但同樣掩遮不了他們鼻子上的白粉”。[1] 聯繫到前文提到過朱自清、馮至、李廣田等走“聞一多的道路”的“若干進步自由主義作家”，可見作者對當時全國的主要文學力量已在總體上進行了明確的劃分：解放區一般是革命作家，國統區則包括為國民黨統治服務的“反動作家”、進步自由主義作家、革命小資產階級作家、一般小資產階級作家等，並根據不同類別的作家確定或打擊揭露、或批評爭取、或團結發展的不同策略。在《叢刊》其他論文中，用力最勤的是對“反動作家”的批判與對小資產階級文藝思想的批評，二者分別以對沈從文的批判和對左翼文藝內部胡風等“主觀論者”的批評為重心。

對沈從文的批判集中於《叢刊》的第一輯，除了上文多次提到以外，郭沫若的〈斥反動文藝〉以其為桃紅色“反動文藝”代表，馮乃超的〈略評沈從文的《熊公館》〉更具有專門針對性。其中影響最大的還是郭沫若的〈斥反動文藝〉。該文以雷霆萬鈞之勢，斥責了紅、黃、藍、白、黑五種顏色的“反動文藝”，而以沈從文為“桃紅色”的代表：

什麼是紅？我在這兒只想說桃紅色的紅。作文字上的裸體畫，甚至寫文字上的春宮，如沈從文的“摘星錄”，“看雲錄”，及某些“作家”自鳴得意的新式“金瓶梅”，……特別是沈從文，他一直是有意識地作為反動派而活動着。在抗戰初期全民族對日寇爭生死存亡的時候，他高唱着“與抗戰無關”論；在抗戰後期作家們正加強團結，爭取民主的時候，他又喊出“反對作家從政”。今天人民正“用革命戰爭反對反革命戰爭”，也正是鳳凰煸滅自己，從火裏再生的時候，他又裝起一個悲天憫人的面孔，謐之為“民族自殺悲劇”，……這位看雲摘星的風流小生，你看他的抱負多大，他不是存心要做一個摩登文素臣嗎？[2]

1　本刊同人、荃麟執筆：〈對於當前文藝運動的意見〉，《文藝的新方向》，頁 16—17。
2　郭沫若：〈斥反動文藝〉，《文藝的新方向》，頁 19。

郭沫若對沈從文的批判從兩方面進行：描寫色情，政治反動。文章發表後，在文壇無異於引起一場地震，而對被批判的當事人的傷害是很巨大的。1949 年二三月間，因為北大學生將〈斥反動文藝〉抄在大字報上，飽受壓力的沈從文多次試圖自殺。[1] 以往學界一般認為這是由於身為自由主義知識分子的沈從文和中共新政權難以相容，而忽略了郭沫若文中對他色情描寫所做的指摘給他帶來的精神壓力。儘管自三十年代初起，對於沈從文作品中的性愛描寫就毀譽參半，他早已受過相似的批評，按理說對此已有一定的"免疫力"，不過郭沫若在文中直接點明批評的依據是〈摘星錄〉和〈看雲錄〉〔按：應是〈看虹錄〉〕，這可能給沈從文帶來了隱憂，因為對於〈摘星錄〉，由於描寫了他個人的一段隱秘情事，他一直諱莫如深。這篇小說長期湮沒，二十一世紀初才被學者發掘出來，原來它是沈從文以李犖周的筆名，於 1941 年 6 月 20 日、7 月 5 日與 7 月 20 日分三次連載於香港《大風》雜誌第 92—94 期。後來，昆明、桂林等地對沈從文的一些"類色情"作品進行批評，為了隱去批評的主要目標，沈從文將自己的另一篇作品〈夢與現實〉（於 1940 年 8 月 20 日、9 月 5 日、9 月 20 日、10 月 5 日連載於《大風》第 73—76 期）先改名為〈新摘星錄〉刊發於昆明《當代評論》，復改名為〈摘星錄〉刊發於桂林《新文學》，而在香港發表的〈摘星錄〉則無人提及。沈從文對〈摘星錄〉如此避諱，一方面固然因為作品裏有比較刻露的性描寫，更重要的原因恐怕還在於小說裏的愛慾對象，是以他現實中有過一段情事的姨妹張充和為原型。[2] 至於郭沫若文中提到的〈摘星錄〉，可能是易名的〈夢與現實〉，也有可能正是在香港發表的〈摘星錄〉（郭沫若寫作此文時人正在香港），後者中有類似這樣的描寫：

手白而柔，骨節長，伸齊時關節處便現出有若干微妙之小小窩漩，

1　陳徒手：《人有病，天知否──1949 年後中國文壇紀實》（北京：人民文學出版社，2000年），頁 13。

2　參見裴春芳：〈虹影星光或可證〉，《十月》2009 年第 2 期，頁 30—38。

輕盈而流動。指甲上不塗油，卻淡紅而有真珠光澤，如一列小小貝殼。腕白略瘦，青筋潛伏於皮下，隱約可見。天氣熱，房中窗口背風，空氣不大流暢覺微有汗濕。因此將紗衣掀扣解去，將頸部所繫的小小白金練綴有個小小翠玉墜子輕輕拉出，再將貼胸紗背心小扣子解去，用小毛巾拭擦着胸部，輕輕的拭擦，好像在某種憧憬中，開了一串白〔百〕合花，她想笑笑。瞻顧鏡中身影，頸白而長，肩部微凹，兩個乳房墥起，如削玉刻脂而成，上面兩粒小紅點子，如兩粒香美果子。記起聖經中所說的葡萄園，不禁失笑。[1]

　　因為作品中藏着這樣一段隱秘的心曲，沈從文對這篇小說取捨兩難，曾兩度焚稿，終於還是以筆名發表了。不過郭沫若的批判文章可能令他隱隱擔心文本外的真相暴露。於是一方面是來自新政權的壓力，另一方面是個人情事帶來的家庭倫理壓力，兩下夾攻，迫得他試圖結束生命。

　　對胡風及其追隨者路翎等的批評，則是左翼文藝界內部進行的一場"鬥爭"。胡風堅持五四新文藝方向，提倡"主觀戰鬥精神"，對於現實主義有一套自己的理論體系，儘管他個人認為和《講話》並無原則分歧，然而在《叢刊》編者看來，他的主張和《講話》相差甚遠，必須加以糾正。文委同人開始是以對同志的團結態度來批評胡風的主觀論的，然而在知悉胡風一派在重慶等地雜誌上發表反批評文章後，《叢刊》編者的態度更加強硬了，於第五輯發表長文，逐一從哲學上和文藝觀點上批駁主觀論者，而其出發點則是由於主觀論者"處處以馬列主義與毛澤東文藝思想者自命"，因而"我們是有責任予以澄清的"。[2] 胡風一派在建國後從不受重用到被嚴厲打擊，固然有文藝主張方面的因素，但其歷史因緣，一部分可以追溯到此次《叢刊》對他們的批判。

　　《叢刊》通過對"反動作家"和"主觀論者"等作家群體及個人的

1　李蓁周〔沈從文〕：〈摘星錄〉，《大風》第 92 期（1941 年 6 月 20 日），頁 3080。

2　荃麟：〈論主觀問題〉，《論主觀問題》，頁 12。

郭沫若〈斥反動文藝〉　　　　　沈從文〈摘星錄〉

批判，在文藝界進行了一次意識形態大清理，確立了延安解放區文藝的方向性地位，並將自身塑造成這種文藝的堅決擁護者和實踐者。這種對文藝的基本認識，以及部分論文中對新中國文藝運動所作的組織規劃等，其成果在 1949 年 7 月於北京召開的第一次中華全國文學藝術工作者代表大會上得到了體現。這次大會一般被視為中國當代文學的起點。因之，南來作家於 1948 年前後所展開的批判運動，對中國現代文學轉向當代文學作出了很大 “貢獻”。《叢刊》的出版，不僅給四十年代末的中國文壇帶來了重大衝擊，其餘波經久不散。以此，二十世紀末以來，文學史家開始青睞這份薄薄的刊物，對它在文學史上的地位給予了極高的評價。如洪子誠認為，《叢刊》作者群所代表的左翼文學主流力量對當時文學力量 “所作的類型描述和劃分，是實現四五十年代文學‘轉折’的基礎性工作。這種描述成為政治權力話語”，“深刻地影響了四五十年代之交的文學進程。"[1] 錢理群也肯定《叢刊》的影響 "十分深遠，以至今日要瞭解與研究 1948 年的中國文學及以後的發展趨向，就一定得查閱這套叢刊"。[2]

二、"毛文體" 實踐與革命主體性確認

集中閱讀《叢刊》所載論文，人們很容易對其獨特鮮明的文風留下深刻印象。這種文風常常被後人形容為高屋建瓴、勢如破竹、斬釘截鐵、雄辯滔滔、義正詞嚴、聲情並茂。文章的作者一副真理在握的架勢，對於自己筆下的每一個字都充滿了信心。無論是總結歷史或眺望未來，還是批判或鼓吹文藝，他們的語氣都是那樣不容置疑。例如郭沫若的〈斥反動文藝〉開篇就是一個斷論："今天是人民的革命勢力與反人民的反革命勢力作短兵相接的時候，衡定是非善惡的**標準非常鮮明。凡是有利於人民解放的革命戰爭的，便是善，便是是，便是正動；反之，便是惡，便是非，便是對革命的反動。我們今天來衡論文藝也就是立在**這個標準上的。"[3]（黑體為筆者所加，下同）由於自認是非分明，對於事物有絕對把握，作者常常強調意識和表述要 "明確"，像 "我們必須明確地地區分出"、"這一切都要求有一個明確的概念"、"缺乏一個很明確的革命的人生觀在指揮着"、"經過了整風學習，邊區文教大會，方才找到了非常明確的道路"、"文藝為人民服務的明確認識" 一類的句子比比皆是。[4] 有一個作者宣稱 "事情明白得像一張**白紙**"，[5] 另一個作者則表示 "我們對於這個勝利，已經奠立了**鋼鐵般的信心**"。[6]

透過《叢刊》文風，有研究者看到了 "一種新的美學原則、批評與創作模式正在孕育之中"。[7] 這樣一群主管意識形態工作的共產黨員作家

1　洪子誠：《中國當代文學史》（北京：北京大學出版社，2007 年，2 版），頁 11。

2　錢理群：《1948：天地玄黃》（濟南：山東教育出版社，1998 年），頁 23。

3　郭沫若：〈斥反動文藝〉，《文藝的新方向》，頁 19。

4　分見《文藝的新方向》頁 16、27，《人民與文藝》頁 6，《論文藝統一戰線》頁 4。

5　喬木：〈文藝創作與主觀〉，《人民與文藝》，頁 14。

6　本刊同人、荃麟執筆：〈對於當前文藝運動的意見〉，《文藝的新方向》，頁 13。

7　錢理群：《1948：天地玄黃》（濟南：山東教育出版社，1998 年），頁 37。

幹部，和他們的領袖毛澤東一樣，之所以對自己的書寫飽含自信，在於他們自認掌握了"馬克思主義基本原理"——歷史唯物主義、辯證唯物主義和階級鬥爭學說，從而形成了某種相似的以不變應萬變的"辯證"的、"歷史"的思維方式，並反映到他們的作品中。這種"辯證思維"運用到文藝批評中去，就會產生一些比較明顯的理路，乃至形成某種固定的批評模式——

一是從唯物論出發，認定物質決定意識，客觀決定主觀，本質決定現象，因此重視作家的階級屬性對其思想意識的決定作用，對於大部分屬於小資產階級的作家，就強調要他們投入工農兵大眾的生活中去，藉此改造自身意識，尤其是要根除其頑強的自我表現的主觀意識；對於作品，就要求描寫現實的社會階級關係，寫什麼非常重要，是和"政治經濟的具體任務不能分離的。在政治或經濟建設的某一號召下，文藝家就應該去奔赴這號召而寫出作品來。例如在農村的土改運動中，人民就需要大量寫土改的作品，在經濟建設運動中，人民就需要大量寫生產的作品"。[1]一旦作家不這樣做，就會被認為脫離現實，孤芳自賞；如果寫了這樣的題材但不符合政治領袖、批評家對於各階級民眾的想像，作家的階級意識和作品的主題傾向就會受到指摘。於是，作家的立場、創作態度、作品的題材和"中心思想"便成為批評家眼中最重要的內容。發展到極端，便是要在所有的作品中尋找"階級鬥爭"，而且必須是站在"人民大眾"的立場上去加以描繪。例如，林默涵在評論臧克家的詩集《泥土的歌》時，就"奇怪"地發現在這些詩中"幾乎看不到一點農村階級鬥爭的影子"，"差不多看不到地主的罪惡"，"也看不到農民的仇恨和抗爭"。批評家這樣解釋這一"奇怪"現象："這不是我們周遭的現實的農村和農民，這只是詩人幻想中的農村和農民，是從陳舊的書本子裏抄襲過來的農村和農民。"並據此推測作者的寫作動機——"只是因為他有點厭惡都市，厭惡都市的咄咄逼人的高樓巨廈，而想把自己的有點兒脆弱的心安置到幻想中的平和靜穆的鄉村裏去，到那裏去尋求一點自欺

1 荃麟：〈新形勢下文藝運動上的幾個問題〉，《新形勢與文藝》，頁 11。

的慰安。"[1] 又如周鋼鳴在分析當年大受歡迎的《蝦球傳》第一二部時，着重強調"作者在前二部所表現的中心思想，就是這種'我總不會餓死的！'的生存鬥爭的思想"，這種"生存鬥爭"和無產階級提倡的"階級鬥爭"是不一樣的，而作品中之所以"缺少控訴黑暗的感情的流露"，他判斷是由於"生活的觀照態度和小資產階級的感情，障礙了作者對於這舊社會的批判和暴露的敏銳能力。"[2] 胡繩對於姚雪垠作品的批評同樣如此，認為作者描寫的只是抽象的人物性格，"表現于《牛全德》與《春暖》中的創作態度不是向人民負責，向歷史現實負責的態度。"[3]

二是從辯證法出發，用運動的發展的聯繫的全面的觀點看問題，從而在分析具體事物時，充滿了二元對立統一的思維方式。批評家熟練地運用主要／次要、第一位／第二位、目前／將來、新／舊、鬥爭／團結、左傾／右傾、普及／提高、實踐／理論、客觀／主觀等成對概念，區分其是非、主次，顯得既全面又重點突出。例如談到文藝統一戰線的問題時，這一群作者認為在鬥爭和團結之間，當前應以鬥爭為主，"第一等的任務，首先要確立無產階級的文藝思想在文藝統一戰線中的領導"，並對以前所犯的右傾錯誤有點痛心疾首："實際上我們是只有團結沒有鬥爭，不能不說是文藝戰線上的尾巴主義。沒有思想鬥爭的團結，表面上一團和氣，骨子裏貌合神離。這是統一戰線上的貧血症，經不起上陣作戰，遇敵必紛紛潰退。"[4]

今天看來，這樣的批評模式是一種典型的意識形態批評，而且是很狹隘和機械的一種階級論批評，由此形成的文風，當時被其論敵形容為"'判決詞'式的批評"。[5] 評論家們"主題先行"，慣於尋章摘句，讀了被批判對象的一兩篇作品，便從中擇出一鱗半爪，上綱上線，直批到

1 默涵：〈評臧克家的《泥土的歌》〉，《文藝的新方向》，頁 75、77。
2 周鋼鳴：〈評《蝦球傳》第一二部〉，《論批評》，頁 56、58、59。
3 胡繩：〈評姚雪垠的幾本小說〉，《人民與文藝》，頁 36。
4 蕭愷〔潘漢年〕：〈文藝統一戰線的幾個問題〉，《論文藝統一戰線》，頁 5、7。
5 冀汸：〈活着的方然〉，收入曉風主編：《我與胡風》（銀川：寧夏人民出版社，1993 年），頁 435。

對方的 "靈魂深處"。運用這種模式寫出來的文藝論文，很多時候幾乎要使人疑心是政治論戰文章，因為其中充斥着大量政治、哲學和軍事術語，概念的堆積到處都是，如作為人物身份的人民、群眾、大眾、工農兵、知識分子、無產階級、資產階級、大資產階級、小資產階級、封建地主，作為社會現象的階級、政治、鬥爭、戰鬥、革命、翻身、解放、運動、集體、統一戰線，作為抽象理念的生活、真實、實踐、進步、改造、立場、主義、思想、理論、世界觀、提高、普及等等，無處不在。有的句子或段落中，這些關鍵字頻繁出現，乃至加起來的字數在句段長度上佔了一個很大比例。即如以下兩段話：

> 真正的**普及**，應該從**人民**的**生活**出發，就是說要真正反映**人民**的**生活**、**鬥爭**和要求，要站在**人民**的**思想立場**上來表現**人民**，為**人民**而**鬥爭**，要用**人民**的語言**真實**地寫出**人民**的**思想**與感情，這樣才會使**人民**覺得喜見樂聞。[1]

> 當前**文藝運動**的方針，必然服從當前全國**人民反帝反封建反官僚資本**的巨大**政治鬥爭**的任務。這個驚天動地的**人民大翻身**的**鬥爭**，是以**無產階級**為領導，團結**農民**，**城市小資產階級及民族資產階級**，展開鞏固而擴大的**統一戰線**，為實現**新民主主義**的**聯合政府**而奮鬥。[2]

第一段話只有一個句子，卻包含了八個 "人民"、兩個 "生活"、兩個 "思想"、兩個 "鬥爭" 和一個 "立場"。第二段話也不過百來字，卻更包括了 "廣闊" 的 "歷史內容"。只是，這樣的文字，如今已很難被視為文藝論文了。

如果說前面所列構成了《叢刊》論文的實詞表意系統，那麼另外還存在一個虛詞表意系統，也構成了這一批評模式的一部分。這批作者特別鍾愛選用表示肯定（含雙重否定）、條件和轉折意義的連詞、副詞

1　穆文〔林默涵〕：〈略論文藝大眾化〉，《人民與文藝》，頁 22。

2　蕭愷〔潘漢年〕：〈文藝統一戰線的幾個問題〉，《論文藝統一戰線》，頁 4。

和語氣詞，最常見的有"應該"、"必須"、"不能不"、"只有……才能……"、"並不是……而是……"等。譬如："作為一個人民詩人的創作與認識，**不能不**是統一在社會生活的實踐中；而在今天，作為一個寫農村的詩人來說，他**不能不**是從今天中國農民革命的實踐中，去直接認識這革命的實質和意義。"[1]"對於馬列主義與毛澤東文藝思想的曲解，我們是**不能不**予以糾正的。"[2]"我們**應該**堅決承認文藝服從政治的原則，承認文藝的階級性與黨派性，反對藝術獨立於政治的觀念。**只有**政治思想上更明確的認識，**才能**克服藝術思想上的種種偏向。"[3]這類表意強烈的虛詞的大量運用，從論文的內在肌理上顯露出作者獨斷的霸權式的思維特徵和思維痕跡。

如果說論敵們在這樣的文風面前可能顯得"不堪一擊"，那麼批判者的這種思維模式和批評模式是否就那麼"堅如磐石"呢？事實上，在這些概念接踵而來的文本內部，貌似客觀公正、充滿辯證的論述，存在着大量空隙。不妨以那篇影響很大的〈斥反動文藝〉為例。從批評態度上說，批判者往往只是為了批判的需要，才臨時閱讀了批判對象的一兩篇短文，如郭沫若提到"關於這位教授〔按：指朱光潛〕的著作，在十天以前，我實在一個字也沒有讀過。為了要寫這篇文章，朋友們才替我找了兩本《文學雜誌》，我因此得以拜讀了他的一篇〈看戲與演戲——兩種人生理想〉"，一個字沒讀，就先判定對方是反動作家，這是不是主觀主義？從文風上說，在怒"斥"了蕭乾為代表的"黑色""反動文藝"之後，郭沫若意猶未盡，竟然"怒吼"了起來："御用，御用，第三個還是御用！／今天你的元勳就是政學系的大公！／鴉片，鴉片，第三個還是鴉片，／今天你的貢煙就是大公報的蕭乾！"這和文委的作者們批評的那種"標語口號式"的文風和暴跳如雷式的姿態有什麼不同？從思維方式上說，文章臨結尾時這樣宣稱："人民真正作主的一天，一切反

---

1 默涵：〈評臧克家的《泥土的歌》〉，《文藝的新方向》，頁79。

2 荃麟：〈論主觀問題〉，《論主觀問題》，頁13。

3 本刊同人、荃麟執筆：〈對於當前文藝運動的意見〉，《文藝的新方向》，頁14。

人民的現象也就自行消滅了。……人民文藝取得優勢的一天，反人民文藝也就自行消滅了。"[1] 對照許多人耳熟能詳的"毛主席語錄"——"凡是反動的東西，你不打，他就不倒。這也和掃地一樣，掃帚不到，灰塵照例不會自己跑掉"，[2] "反人民的現象"、"反人民文藝"怎麼會"自行消滅"呢？這豈不是一種"小資產階級"的空想，違背了馬克思主義？

　　當年的作者們顯然無暇及此。他們彷彿佔據了歷史和思維的制高點，急需一種綿密的痛快的宣洩或宣判，因而選用了這種基於獨特思維方式、有着獨特詞彙表意系統的"大批判"文體。問題是，這種文體是從哪兒來的？

　　如果說，《叢刊》論文的作者群對自身能夠"正確"認識和表述歷史的自信歸根結底來自於歷史事實本身——人民解放軍在戰場上的"勢如破竹"最終決定了批評家們行文風格上的"勢如破竹"，那麼，《講話》以及毛澤東的其他代表性著作所呈現出來的思維方式與文體特徵，則是論者更為直接的學習和模仿對象。《叢刊》作為《講話》在文藝批評領域裏的具體運用，在很大程度上可以視作《講話》的註釋、轉述和複製，二者存在強烈的互文關係。在《講話》等與《叢刊》文本之間，不難發現無論是思想內容還是語言形式都存在着大量對應關係，後者仿若依照前者進行的造句練習，雖然常常免不了要改換字詞、添加解釋、轉換論述對象、改變論述領域。例如，《講話》裏提到"在我們的根據地就完全不同"、"在我們這裏，情形就完全兩樣"，[3] 在《叢刊》裏就可以看到如出一轍的表述："解放區的情形就完全兩樣。"[4]《講話》判定"在文藝界統一戰線的各種力量裏面，小資產階級文藝家在中國是一個重要的力量"，[5] 評論家將其具體化為"在文化落後的中國，小資產階

1　郭沫若：〈斥反動文藝〉，《文藝的新方向》，頁 20、21、22。

2　毛澤東：〈抗日戰爭勝利後的時局和我們的方針〉，《毛澤東選集（第四卷）》（北京：人民出版社，1991 年，2 版），頁 1131。

3　毛澤東：《論文藝問題》（香港：新民主出版社，1948 年，再版），頁 3、11。

4　史篤〔蔣天佐〕：〈文藝運動的現狀及趨勢〉，《新形勢與文藝》，頁 29。

5　毛澤東：《論文藝問題》（香港：新民主出版社，1948 年，再版），頁 19。

下篇　話語實踐

級智識份子在一個很長時期內，將仍是文化戰線上一個重要的力量，他們將擔負文化啟蒙的責任"。[1]《講話》肯定地指出"人民大眾也是有缺點的，但人民的缺點主要地是侵略者剝削者壓迫者統治他們的結果"，[2]《叢刊》作者以雙重否定等方式將其替換為"不承認廣大的工農勞動群眾身上有缺點，是不符合事實的；但在本質上，廣大的勞動人民是善良的，優美的，堅強的，健康的"。[3]《講話》常常以一分為二、非此即彼的思維方式看待問題，例如"同志們很多是從上海亭子間來的。從亭子間到根據地，不但是兩種地區，而且是兩個歷史時代。一個是大地主大資產階級統治的半封建半殖民地社會，一個是無產階級領導的革命的新民主主義社會"，[4]《叢刊》論文這樣的表述也駕輕就熟："多年來中國就分裂成兩個世界，一個是求民族的獨立自由和人民的解放幸福的進步的革命的新世界，一個是賣身於帝國主義而奴役剝削人民的倒退的反動的舊世界。"[5]毛澤東以社會發展史的眼光定義"抗日民族統一戰線的政權，它既不是資產階級一個階級的專政，也不是無產階級一個階級的專政，而是在無產階級領導之下的幾個革命階級聯合起來的專政"，[6]《叢刊》作者轉換論述領域，以相似的方式表述為"我們今天文藝運動的性質，既不是舊民主主義的文藝，也不是社會主義的文藝，而是新民主主義的文藝"。[7]毛澤東部分文章常以號召作結，如"一個新民主主義的中國不久就要誕生了，讓我們迎接這個偉大的日子吧！"[8]《叢刊》編者也跟着發出相似的號召："一個新的形勢快將到來了，為了迎接這即將到來的新形

1　本刊同人、荃麟執筆：〈對於當前文藝運動的意見〉，《文藝的新方向》，頁 15。

2　毛澤東：《論文藝問題》（香港：新民主出版社，1948 年，再版），頁 23。

3　喬木：〈文藝創作與主觀〉，《人民與文藝》，頁 12—13。

4　毛澤東：《論文藝問題》（香港：新民主出版社，1948 年，再版），頁 27。

5　史篤〔蔣天佐〕：〈文藝運動的現狀及趨勢〉，《新形勢與文藝》，頁 17。

6　毛澤東：〈中國革命和中國共產黨〉，《毛澤東選集（第二卷）》（北京：人民出版社，1991 年，2 版），頁 648。

7　本刊同人、荃麟執筆：〈對於當前文藝運動的意見〉，《文藝的新方向》，頁 12。

8　毛澤東：〈論聯合政府〉，《毛澤東選集（第三卷）》（北京：人民出版社，1991 年，2 版），頁 1098。

勢……"[1]

　　有了這樣的對照，人們大概要驚歎"二者何其相似乃爾"了，無怪乎後世的論者指出後者只是前者的"翻版和摹寫而已"，"其用語色彩上的權威與自信都是有所依賴與寄託的"。[2]

　　針對《講話》等所代表的毛澤東著作的文體特徵，批評家李陀提出了一個概念："毛文體"。其主要觀點是："毛文體"是一種主宰中國人言說和寫作長達幾十年的特殊文體，它的形成，最重要的環節是1942年的延安整風。它既是一種話語（革命話語），又是一種文體（既有大眾化特點，又提供了一套獨特的修辭法則和詞語系統），二者有着一而二、二而一的不可分解的關係。"毛文體"充當了使話語實踐和社會實踐相聯結的有效媒介，實現對社會的統治和支配，並逐漸建立起自己的霸權，從此，利用"毛文體"寫作成為一種隱喻：是否選擇"毛文體"，也就成為作者是否選擇革命的標誌。"毛文體"霸權的建立，離不開知識分子的複製和轉述，這種複製和轉述儘管可以採用各種不同的形式，但必須具備一種大致統一的文體。知識分子在"毛文體"的號召和制約下，通過"寫作"完成自身階級立場和階級感情的轉化，從而在革命中獲得主體性。[3]

　　李陀的分析非常有見地。以此，《叢刊》論文的作者群可以被視作在解放區以外最早通過集中複製"毛文體"來獲得和確證自身革命主體性的一個很好的樣本群。《叢刊》對《講話》的大量引述、模仿和論證，目的在於獲取毛澤東文藝思想的合法解釋權，將自身塑造成立場堅定的毛澤東文藝思想的正統擁護者和革命文藝實踐者，就像延安的主流文人

1　〈編後〉，《新形勢與文藝》，頁33。

2　符傑祥：〈知識分子、"公文複寫"與"自我批判"——從《大眾文藝叢刊》看1948年的"文藝運動"〉，《東方論壇》2005年第6期，頁23。

3　李陀關於"毛文體"研究的文章主要有：〈雪崩何處？〉，《文學報》，1989年6月5日；〈現代漢語和當代文學〉，《新地文學》1991年第6期；〈丁玲不簡單——毛體制下知識分子在話語生產中的複雜角色〉，《今天》1993年第3期；〈轉述與毛文體的產生〉，《文化中國》1994年9月號；〈汪曾祺與現代漢語寫作——兼談毛文體〉，《花城》1998年第5期，頁126—142。此處的概括主要根據〈汪曾祺與現代漢語寫作——兼談毛文體〉。

一樣。

　　毛澤東受馬克思主義階級學說影響，自二十世紀二十年代起，一直重視考察和分析中國社會各階級的狀況，據此確定它們和革命的關係，而批評家們與此類似，為了確認自身的革命性，也將作家劃分為反動（封建、買辦、幫閒）、小資產階級、革命小資產階級、無產階級、工農兵等三六九等，從此出發進行作品評論。在他們看來，作家的階級出身和政治立場，幾乎已經完全決定了作品的價值。因此，他們會將不屬於左翼陣營的沈從文、朱光潛、蕭乾等斥為反動作家，宣判朱光潛其人是"躲在統治者袍角下的""奴才"，其文字"卑劣，無恥，陰險，狠毒"；[1] 蕭乾其人是"代表封建性與買辦性雙方兼備完美無缺的高明理論家"，其作品流露出"極端的反民族的思想"和"反民主的封建思想"。[2] 對於一般接近革命的小資產階級作家作品，例如黃谷柳的《蝦球傳》，批評家的評價則是它"有着積極的意義的一面，也有消極的意義的另一面"。[3] 至於解放區的革命作家，例如柯藍，由於"作者自己就是生活在群眾鬥爭中的一員，與農民同呼吸共脈搏……思想和感情經過了生活鬥爭的錘煉，已經擺脫了小資產階級的虛偽氣息，而真正的同農民打成一片了"，因此他就能"成功地刻劃了個別的人物"，在他筆下，"他們的情感是真正的農民情感"。[4] 比較這些不同等級的評價，批評家背後的潛臺詞幾乎就要脫口而出：作家階級立場越正確，越革命，作品價值就越高。至於一般所謂的"藝術"或"技術"，批評家雖然會在宏觀論述中提到，適當地肯定其價值，但一進入具體的作品分析幾乎就付之闕如了。這一點，時在解放區的艾青也曾提到，對於"新民主主義的文學"，"批評應該儘量地展開，只是在進行批評的時候，首先應着重注意的是政治思想上的傾向，其次才是文學方法、風格、形式上的傾向。"[5] 在南

1　荃麟：〈朱光潛的怯懦與兇殘〉，《人民與文藝》，頁 30、27。

2　紺弩：〈有奶便是娘與乾媽媽主義〉，《人民與文藝》，頁 49、52。

3　周鋼鳴：〈評《蝦球傳》第一二部〉，《論批評》，頁 56。

4　黎紫：〈評柯藍的《紅旗呼啦啦飄》〉，《文藝的新方向》，頁 84、83、82。

5　艾青：《釋新民主主義的文學》（香港：海洋書屋，1947 年），頁 4。

來作家對"反動作家"的批判中，"首先"變成了"唯一"。這並不奇怪，因為毛澤東講過，對於資產階級藝術，只能"批判"地吸收利用，也就是批判其內容，吸收其藝術上的優點，但他又說，"內容愈反動的作品愈帶藝術性，就愈能毒害人民，就愈應該排斥。"他還講過，"日本法西斯和一切人民的敵人"，"都是萬惡的反動派。他們在技術上也許有些優點，譬如說他們槍炮好，但是好的槍炮拿在他們手裏就是反動的。"[1]在這種情況下，批評家慎重起見，誰還膽敢或者顧得上去分析沈從文"之流"作品的藝術性呢？

批評家對不同階級立場作家作品的分析，顯示出不破不立、大破大立、大開大闔的"革命精神"和大無畏風格。問題是，如果說他們對"反動作家"的批判是由於對方階級立場和政治立場與己有異，因而可以直接判決對方的錯誤，那麼，對於同屬左翼革命文藝陣營內部的胡風等人，他們批評的正義性從何而來？按照毛澤東的階級劃分法，邵荃麟等人與其時的胡風等從出身上看都屬"小資產階級"，也都贊成"革命"，他們之間的區分，於是歸結到是否願意按照《講話》等的要求進行積極的自我改造這一點上。"小資產階級"的文藝工作者要轉變自身立場到"無產階級"和"人民大眾"方面來，主要有兩個途徑：深入群眾，積極參加實際的社會鬥爭，以及加強對馬列主義毛澤東思想的學習。對於前者，身在香港的南來作家與居於大後方城市的胡風等一樣很難做到，於是問題的關鍵便在於雙方對待《講話》等毛澤東著作的學習和接受態度了。正是在這一點上，可以看出雙方的最大分歧。《叢刊》的編者視毛澤東著作為絕對正確，不容置疑，自身只是傳達和解釋，《講話》等的權威性可以賦予《叢刊》權威闡釋者的地位，而胡風雖則沒有明確反對《講話》，甚至以為自己是真正的毛澤東思想的擁護者，但他卻想成為一個創造者，建立自己的文藝體系，這在堅持"一元論"的《叢刊》編者看來，當然屬於異端了，於是他們想方設法將"小資產階級"、"個人主義"、"唯心主義"等名號派定給胡風等主觀論者，以加大雙方本來

1　毛澤東：《論文藝問題》（香港：新民主出版社，1948 年，再版），頁 21、2。

就存在的分歧。於是，事情變得非常"簡單"：與《講話》統一便是對，不統一便是錯；對《講話》的解釋，越接近、越相似、越單義、越明瞭越好，倘若具有歧義或多義性，就很容易被懷疑和批評。如此一來，《叢刊》這些缺乏創造性的論文，卻在很大程度上保證了它們和《講話》的一致性，也就是保證了它們的"正確性"和"革命性"。

這批堅決皈依革命的黨的文藝幹部，在從事黨所安排的文藝工作的時候，積極而愉快，甚至進入了一種忘我狀態。如林默涵在編輯《群眾》的時候，人手很少，"工作十分緊張。付印的那天晚上我們一起到印刷廠看清樣，看完清樣，我們擠坐在一輛三輪車上回到住處，天就蒙蒙亮了。"[1] 而邵荃麟對工作的投入更令同事周而復印象深刻："他腦筋裏想的是工作，聊天內容也是工作，彷彿無時無刻不考慮工作。……荃麟同志從來不過問家裏的事，甚至他個人的生活也是靠葛琴同志照料，什麼時候該穿什麼衣服，該吃什麼，該買什麼，全靠她安排。他像是小弟弟生活在大姐無微不至的溫暖的關懷裏一樣。荃麟同志不注意生活小事甚至到這樣的程度，連刮鬍髭這樣的瑣事也要人催，而他只是馬馬虎虎刮一下。我認識他以後，幾乎沒有一次看到他的鬍髭刮得乾乾淨淨，總有一些地方沒有刮到，留着殘餘的鬍髭。荃麟同志表面上看好像自己不會管理生活，實際上是他一心撲在革命工作上，沒有時間去關心自己的起居生活瑣事。"[2] 邵荃麟的這種工作作風和精神狀態是一貫的，很多人都感受到了。另一位在四十年代的桂林等地和他有過交往的詩人，半個多世紀後給予他高度評價，稱他為"一個屬於最大多數人而不屬於他自己的人"、"一個最忘我的人"、"一個獻身為真理戰鬥的人"、一個"共產主義聖徒"。[3]

不過，這些工作態度令人感佩的批評家們，他們表現出來的"革命性"在一定程度上只存在於文本中，而不一定和現實生活相符。在文本

---

1 陸華：〈林默涵自述〉，《新文學史料》2006 年第 3 期，頁 66—67。
2 周而復：〈回憶荃麟同志〉，《新文學史料》1980 年第 3 期，頁 76。
3 彭燕郊：〈荃麟——共產主義圣徒〉，《新文學史料》1997 年 2 期，頁 83。

284

內與文本外，作者們念茲在茲的立場、態度、情感、意識未必能保持一致，未必能文如其人。文學史研究者通常會注意到《叢刊》批判者與被批判者在日常生活中的私人關係。不妨舉兩個小例子。其一，胡風與喬冠華、馮乃超、邵荃麟等早就相識，且私交不錯，因此最開始聽到自己被對方大力批判的時候感到懷疑。《叢刊》出版後，他收到馮乃超從香港寄來的信，"很客氣地希望我看後提意見"。[1] 可見，《叢刊》中對胡風一派"主觀論者"火力很猛的批判未必完全出自作者的本意，而可能是組織的決定，文章發表後作者對胡風也還是抱着要團結的想法。然而，在第四輯準備付印的時候，他們看到胡風一派發表在《泥土》和《歌唱》等雜誌上的反駁文章後，《叢刊》的編者就很不客氣了，竟然迫不及待地在這一輯的《編後》先判定對方是"以一種暴跳如雷的辱罵和誣蔑的姿態來答復本刊"，是"一種宗派的喧鬧"，然後提前預告下一輯將"從原則上去批判"。[2] 第二個例子是，《叢刊》第六輯發表了蔣天佐（筆名史篤）的〈文藝運動的現狀及趨勢〉，蔣是當時中共在上海文化方面的負責人，與香港文委的同人們本屬同一陣營，不過，也許是蔣的文章更堅持"辯證"地看問題，較多地肯定了小資產階級作家積極的一面，《叢刊》編者不忘在該輯的〈編後〉中特意指出："本刊編委會討論時有人對於其中論點認為尚值得商討。"[3] 可見，《叢刊》的編者對於自身的立場問題十分警惕，習慣於在把編輯集體和外來者進行比對中確認自身。在他們看來，立場最重要，為此可以拋棄生活中的私人關係或所謂人情味的東西。由於他們在生活中的表現（如很客氣地請胡風提意見）和在文章裏表現出的革命堅決性是有距離的，導致作者人格上某種程度的分裂性，而為了彌合這種分裂，他們只有令自己更為革命，讓生活中的自我向文本中的自我靠近，在革命的痛感與快感的交集中一路前行，直至多年後發展到"六親不認"的地步。自然，在這過程中，他們需要不斷地

1　胡風：《胡風自傳》（南京：江蘇文藝出版社，1996 年），頁 253。

2　〈編後〉，《論批評》，頁 78。

3　〈編後〉，《新形勢與文藝》，頁 33。

自我改造，以致愈來愈失去原來的自我，因為"知識分子走向革命的唯一方式，便是在一種原罪式的自我改造的過程中拋棄並擦抹掉這個自我的存在"。[1]而這，竟然都和一種文體——"毛文體"——的實踐有關！作為一種新的話語和文體的結合體，"毛文體"不只在文學史，同時在社會史、思想史上留下了深遠的印記。所謂文體問題，在二十世紀的中國有着極其複雜深廣的內容。

第三節 "新中國"的誕生

二十世紀四十年代末，幾乎所有中國的知識分子都意識到，一個新的民族國家就要誕生了。不管是擁抱還是離開，歡呼還是猶疑，國共雙方在軍事戰場上力量對比的迅速變化，使得這一原來還存在於想像中的情景正在迅猛地成為現實，而作家們也必須或主動或被迫地針對這一現實作出自己的回應。

自晚清以來，自中國遭受列強侵略被強行納入世界歷史以來，無數仁人志士就投入到了民族解放的巨大洪流，為擺脫帝國的剝削和國家的貧困而奮鬥。在這途中，幾代知識分子設想過富國強民的種種方案，以黃鐘大呂之聲發出各自的"喻世明言"。不少懷抱社會文化理想的作家，更是將自己對於一個理想中的新的中國的想像寫進了作品中。作為改良主義的中堅，梁啟超的《新中國未來記》因充滿了烏托邦式的想像而多少顯得有些荒誕不經，然而由他開啟的"民族國家的政治倫理與現世的歷史進步哲學"[2]則對後世產生了深遠影響。一個"新"的"中國"的形象從此縈繞在作家們的腦海，儘管這些形象可能大相徑庭。在啟蒙主義者魯迅的想像中，"要曉得將來容不得吃人的人，活在世上"，[3]民眾的國民性得到改造，精神世界實現更新，整個社會不再充斥着主子和奴才的

1　賀桂梅：〈知識分子、革命與自我改造——丁玲"向左轉"問題的再思考〉，《中國現代文學研究叢刊》2005 年第 2 期，頁 209。

2　魏朝勇：《民國時期文學的政治想像》（北京：華夏出版社，2005 年），頁 189。

3　魯迅：〈狂人日記〉，《魯迅全集（第一卷）》（北京：人民文學出版社，2005 年），頁 453。

二元結構。在無政府主義者巴金的憧憬中（藉作品中人物之口表達），未來的理想國家將"革去這一切不人道的弊端，剷除這一般喝人血吸人腦的富人。使土地和一切財產盡歸平民掌握……每日每人只須工作四小時，便可得到充分的需要，享受充分的安慰。其餘的時間用來探討科學，研究藝術。"[1] 香港時期的許地山，雖然沒有想像一個"中華民國"之後的新階段，但他認定"民國底產生是先天不足的。三十年前底人民對於革命底理想與目的多數還在睡裏夢裏"，民國時期，整個國家受外國控制更深，因而他念念不忘要自力更生，獨立自主，不要受他國援助，只有這樣，未來種種才"是有希望的，是生長的，是有幸福的。"[2] 對現實的不滿催生了對一個新的民族國家的多樣性的想像，其中，民族的獨立和國家的富強是前提，而"進步"和"自由"在很多人看來也必不可少。不過，在這些作者的有生之年，他們設想中的理想國家和人民的幸福生活並沒有出現。

認為自己建國理想得以最終實現的，是高舉起革命大旗的革命領袖與革命作家們。早在抗日戰爭中期，毛澤東全面論述了新民主主義的政治、經濟和文化，明確提出："我們共產黨人，多年以來，不但為中國的政治革命和經濟革命而奮鬥，而且為中國的文化革命而奮鬥；一切這些的目的，在於建設一個中華民族的新社會和新國家。……一句話，我們要建立一個新中國。"至於這個"新中國"在政治方面的含義，當時毛澤東將其稱為"中華民主共和國"，指的是"在無產階級領導下的一切反帝反封建的人們聯合專政的民主共和國"。而"所謂新民主主義的文化，一句話，就是無產階級領導的人民大眾的反帝反封建的文化。"[3] 此後，這樣的論述日益規範和限定了那些信奉共產主義的左翼作家，而

1　巴金：〈斷頭臺上〉，《巴金全集（第二十一卷）》（北京：人民文學出版社，1993 年），頁 72。

2　許地山：〈民國一世（三十年來我國禮俗變遷底簡略的回觀）〉，《大公報》，1941 年 1 月 1 日。

3　毛澤東：〈新民主主義論〉，《毛澤東選集（第二卷）》（北京：人民出版社，1991 年，2 版），頁 663、675、698。

他們正是戰後香港南來作家的大多數。

自 1947 年下半年起，在國共內戰中，共產黨軍隊由戰略防禦轉為戰略進攻。這年 12 月下旬，毛澤東在陝北作了〈目前形勢和我們的任務〉的報告，披露了國共雙方的兵力對比及其變化等情況。報告開篇即宣稱：“中國人民的革命戰爭，現在已經達到了一個轉折點……這是一個歷史的轉折點。這是蔣介石的二十年反革命統治由發展到消滅的轉折點。這是一百多年以來帝國主義在中國的統治由發展到消滅的轉折點。這是一個偉大的事變。”[1] 這種對歷史正在發生轉折的強烈感覺和肯定判斷，很快傳遞到南來作家心中。邵荃麟將毛澤東的報告形容為 “歷史性的文件，它是當前中國一切運動的總指標”，在展望文藝運動今後的方向時，他意識到自身來到了一個新時代：“一條光芒萬丈的歷史道路，展開在我們的面前。一個明確而輝煌的箭標，在指引着這條道路。”[2] 當時以民主人士身份留港的茅盾，觀察到南來知識分子精神狀態因此而來的變化：“一九四八年的香港十分熱鬧，從蔣管區各大城市以及海外匯集到這裏來的各界民主人士和文化人總在千數以上，隨便參加什麼集會，都能見到許多熟悉的面孔。大家都興高采烈，沒有一點 ‘流亡客’ 的愁容和淒切。兩個朋友碰到一起，不出十句話就會談到戰局，談到各戰場上各路解放軍的輝煌勝利；就會議論毛澤東在一九四七年十二月二十五日所作的重要報告〈目前形勢和我們的任務〉，議論文章中提出的種種重大的激動人心的問題。大家都認為一九四八年將是中國歷史的偉大轉折中具有決定意義的一年。”[3]

1948 年 1 月 1 日，茅盾在報章上發表新年祝福，稱 “反帝反封建的革命事業，有在本年內完成的希望了”，“我祝福所有站在人民這一邊的人士：更堅決，更團結，把反帝反封建的革命事業進行到底，讓我們的

1　毛澤東：〈目前形勢和我們的任務〉，《毛澤東選集（第四卷）》（北京：人民出版社，1991年，2 版），頁 1243—1244。

2　本刊同人、荃麟執筆：〈對於當前文藝運動的意見〉，《文藝的新方向》，頁 12。

3　茅盾：〈訪問蘇聯·迎接新中國——回憶錄〔三十三〕〉，《新文學史料》1986 年第 4 期，頁 28。

兒孫輩不再流血而只是流汗來從事新中華民國的偉大建設！」[1]整整一年後，他在同一家報紙發表了另一篇新年祝詞，也是他三度居港發表的最後一篇文章，在文中直接宣稱「新中國誕生了，這是五千年來中華民族的第一件喜事，這也是亞洲民族有史以來第一件喜事！」[2]將這個新的國家置於世界格局中，發掘它誕生的意義。不只是茅盾，那些加入了「人民」隊伍的作家們，讀到毛澤東的報告後，都感到極大鼓舞，從此具有了一種「勝利在望」的豪情，下筆時對於理想中的「新中國」有了越來越多的呼喚和描繪。大約從1948年開始，「新中國」由一個臨時組合而成的詞組，漸漸變成一個具有特定所指的專用名詞。在一篇紀念「五四」的文章中，夏衍強調「新中國」的太陽最先是從解放區升起的：

> 假如我們的鬥志不被暫時起作用的烏雲壓倒，把視線放遠一點，深一點，那麼這半個黑暗的中國實際上不過是黎明之前的一段濃黑，而那邊佔全中國人口三分之一的地方，不已經日麗天青，顯現出一片光明的景象了麼？暗了南方，亮了北方，南方的暗雲愈加低迷，北方的陽光就愈顯得燦爛，清勁的風在吹掃，沉滯污濁的氣圍已經衝散，新中國的曙光，不已經清晰在望了麼？[3]

「新中國」的誕生，在這些作家們看來，意味着他們長期為之奮鬥的理想的全面實現，意味着一切關於美好未來的承諾全部成為現實，也意味着革命話語在獲取合法性的過程中得到了最重的一個砝碼。從此，無往而不「新」，而「新」的必然是符合理想的。如前文所引，郭沫若相信，在「人民真正作主的一天」，「一切反人民的現象」和「反人民文藝」都會「自行消滅」。另一位作者相信，「全國的勝利就在目前，一種嶄新的生活就在目前，一片真正的自由解放的天地就在目前」。[4]具體

1　茅盾：〈祝福所有站在人民這一邊的！〉，《華商報》，1948年1月1日，四版。

2　茅盾：〈迎接新年，迎接新中國〉，《華商報》，1949年1月1日，十版。

3　夏衍：〈"五四"二十九週年〉，《人民與文藝》，頁4。

4　史篤〔蔣天佐〕：〈文藝運動的現狀和趨勢〉，《新形勢與文藝》，頁16。

到文藝領域，有作者憧憬："'五四'以來，新文藝運動已經經歷過幾個階段，現在我們正跨入一個嶄新的階段，這個階段的前途是壯闊無比的⋯⋯"[1] 這樣樂觀的心態和天真的情懷，在作者們直抒胸臆的散文甚至論文中比比皆是。也許是"歷史的轉折"過於巨大，帶給他們強烈的情感衝擊，令他們喪失了對問題的複雜性進行深入思考的能力。

當然，在迎接"新中國"的到來時，他們沒有忘記自己的崗位和責任。正如梁啟超認為小說可以"新民"，造就新的國民，魯迅認為小說可以用來啟蒙，改良人生，胡適認為一個古老國家的改變可以從語言的轉變入手，聲稱"中國將來的新文學用的白話，就是將來中國的標準國語。造中國將來白話文學的人，就是制定標準國語的人"，[2] 長久以來，中國的不少政治家、思想家和作家們都認為文藝對於一個現代民族國家的建構具有極重大的作用，革命作家們同樣如此。他們中的一位清醒地意識到："一個空前的歷史局面就要在我們眼前出現了。那些長久地被壓抑在社會底層的人民大眾，他們的基本權利急待爭取，他們的精神和文化急待解放、滋養。這是又一種的戰鬥！它意義的重大決不下於疆場上的作戰，而困難的程度也正一樣。在這個新的戰鬥中，文學、藝術的職責，不但不稍微減輕，倒是更加沉重起來。它要為新中國政治、社會的鞏固，要為廣大的勞動人民的澈底解放和進步貢獻出最大力量。"[3] 當然，他這裏所說的文學藝術，指的只能是那種為人民服務、主要是為工農兵服務，在形式上具有大眾化特點和普及作用的解放區文藝及其追隨者。至於一般的"反動作家"等人的文藝，"新中國"對他們具有排他性。

對"新中國"的寬泛想像已足夠令很多作家激動不已，如能親臨現場，目睹"新中國"的誕生過程，更會令人進入一種忘我的陶醉狀態。在這方面，司馬文森留下的一本薄薄的隨筆集《新中國的十月》可將我們帶回到"歷史現場"。這本集子記述了作者從香港北上參加全國政協

1　荃麟：〈新形勢下文藝運動上的幾個問題〉，《新形勢與文藝》，頁 15。

2　胡適：〈建設的文學革命論〉，《新青年》第 4 卷第 4 號（1918 年 4 月 15 日），頁二九四。

3　靜聞〔鍾敬文〕：〈方言文學運動的新階段〉，載中華全國文藝協會香港分會方言文學研究會編：《方言文學（第一輯）》（香港：新民主出版社，1949 年），頁 1。

會議和開國大典過程中的所見所感，全書收入十一篇文章，有八篇即時記錄了在北京的見聞，重點是對北京城新氣象——解放軍如何軍紀嚴明，各階層人士如何歡欣鼓舞，蘇聯友人如何情誼深厚——的描寫和對人民領袖毛澤東的禮讚。在這些篇什裏，"歡樂"、"幸福"、"鼓掌"、"劃時代"、"四萬萬七千五百萬人民"等表述反覆出現，且多用排比句式，然而，心情亢奮的作者似乎尚不足以"盡情地抒發"自己的感情，不少語句近乎興奮的叫喊。例如在〈毛澤東，我們的親人！〉一文中，作者這樣描寫與會代表見到毛澤東出場時的情景——

掌聲像狂風暴雨的起了，掃過會場，六百多個代表們一致的起立，給一個人鼓掌，致熱烈的敬意。那就是在馬克斯列寧史太林之後，最英明的人類領袖，是我們的親人，毛澤東！高大，雄偉，莊嚴的毛澤東，那象徵了中國巨人的毛澤東，那代表了從東方升起，光芒萬丈的太陽的毛澤東，謙虛的，誠懇地向大家點頭、微笑、鼓掌！掌聲更瘋狂了，有人在歡呼，有人眼中含着熱淚。他們，代表了各黨派，各階層，各民族，代表了全中國四萬萬七千五百萬人民，多麼的熱愛自己的救星，自己的親人——毛澤東啊！

盡情的歡呼吧！盡情的鼓掌吧！盡情的歡笑吧！那是我們的權利，那是我們的光榮，我們不放棄這權利，我們不放棄這光榮，我們連續的歡呼，鼓掌！三分鐘過去了，五分鐘過去了，而我們的歡呼聲，我們的掌聲不停，不願停，停不下來！[1]

在聽到會場外鳴放的禮炮時，作者如此形容"我們"的心情："我們摒着氣，全場沒有一點聲息，注神傾聽禮炮的嗚嗚！這是中國人民第一次聽見祝賀自己勝利的炮聲！這是舊中國被埋葬，新中國被迎接着降到人間的信號！我們的血在沸騰，我們快活，我們想奔向前去，去擁抱他，擁抱那把新中國迎接到人間的巨人。如果不是在這個莊嚴的會堂，

1　司馬文森：《新中國的十月》（香港：前進書局，1950 年），頁 25。

司馬文森《新中國的十月》（香港：前進書局，1950 年）書影

我們就一定會這樣做。我們要把他抱起來，放在我們肩上，讓他巡行全場，讓大家更清楚的望望他那光輝燦爛的面孔！"而文章的結尾仍然在描寫鼓掌的盛況："……鼓掌呀，鼓掌呀！讓這掌聲叫國內外反對派聽的發抖去吧，而我們不放棄這個權利，我們把手拍紅了，拍痛了，但我們一點不感覺到，我們還要鼓掌下去，歡呼下去！"[1]

此時此刻，這個把手掌拍痛而失去感覺的作者，頭腦中已沒有任何自我意識：他消失了冷靜觀察的作家身份，消失了獨立思考的知識分子身份，而成為一個巨人、太陽照耀下的"子民"。他的許多同伴儘管沒有他那麼"幸福"，能夠目睹一個新時代的誕生，感受這種令人暈眩的陶醉，不過他們中的多數不久後也都成了這樣的"子民"。

1　司馬文森：《新中國的十月》（香港：前進書局，1950 年），頁 26、28。

結語

中國的歷史是"除舊布新"了，我們個人的生活也應當努力"除舊布新"，然後可望跟上時代，而不至於落伍，中國的知識份子在最近三十年來確實盡了歷史賦予他們的使命，三十年來，知識份子中間的確也出現了奴才，西崽，以及各式各樣的幫閒，幫兇，然而絕大多數的知識份子經過辛亥革命，十年內戰，十年抗戰，最近三年的人民解放戰爭，——這多次嚴屬的考驗，都能夠表示出貧賤不能移，威武不能屈，有所不為的精神，中國知識份子的文藝工作者尤其是一向站在戰鬥的前列，而所受壓迫亦最甚。所以中國的知識份子實在有資格在中國歷史"除舊布新"的大時代挺起胸膛做一個公民。

——茅盾（1948，香港）[1]

　　南來作家群體與香港發生密切關係，源於歷史的因緣際會。當歷史的客觀條件發生變化，他們在香港這一臨時文化中心的宣傳使命已經告一段落後，也就到了他們中的絕大多數告別的時候。1949 年春夏之交，南京國民黨統治覆滅，由共產黨領導的第一次全國文學藝術工作者代表大會、新的政治協商會議、開國大典等都在積極籌備，這些都亟需大量知識分子的參與，於是，除了極少數南來作家因工作需要繼續留在香港，絕大部分左翼作家都由組織安排北上，進入各解放區從事新的工作。與此同時，一些追隨國民政府的右翼作家，或對共產黨政權存在疑慮的中立作家，則由大陸南下香港，從而形成四五十年代之交香港文壇左右翼"大換班"的歷史現象。這以後的情形，已經超出本書的論述範圍了。

　　在本書上、下篇分別對南來作家的文學生產和話語實踐進行考察之後，現在可以嘗試對〈緒論〉一開始提出的幾個問題作出回應。

　　核心問題是：南來作家在其香港書寫中展現了怎樣的現代民族國家想像？一個現代民族國家的誕生，不僅僅是在政治和經濟的意義上擺脫外來統治，實現獨立自主，而且需要在文化方面營造出一個有別於其他國家等政治實體、能夠進行自我指認的主體形象，因而它既是一個現

1　茅盾：〈歲末雜感〉，《文藝生活》總第 44 期（1948 年 12 月 25 日），頁 3。

實的存在，同時也時刻處於意識形態的不斷想像和建構之中。如果說，
"二十世紀的中國是複雜的時代精神的產物。在一個關於新的民族國家
的想像中，它成為了一種現在；而且，它是一個浸染着昨天的現在。
二十世紀的中國文學，首先面對的 '現代民族國家的想像' 是其中非常
重要的線索"。[1] 那麼，南來作家的文學實踐不但證明在總體上沒有脫離
這一現代民族國家想像的重要線索，而且相對於大陸其他地區具有此時
此地的一些不同特徵。

　　首先，南來作家的現代民族國家想像具有多元化特點。由於港英
殖民統治提供了一個較大的言論自由空間，加之多種政治勢力的進入與
對文學生產有意識的組織引導，使得香港成為多種話語的爭奪空間和實
踐場所。這和內地許多個別城市在文化色彩上通常較為 "純粹" 有很大
不同。在南來作家群體中，有着像蕭紅這樣堅持個人較為單純的作家身
份，與時代主流話語拉開很大距離的 "左翼作家"，也有像許地山這樣
政治上堅持抗戰，文化上注重發掘傳統，而創作上既有針砭時弊、又有
對宗教人性進行思考的學者型作家，還有像戴望舒這樣政治上左翼、藝
術上奉行自由主義立場，而在具體創作中仍對時代主題有着強烈呼應的
作家。當然，更多的還是一大批無論政治上還是藝術上都緊跟黨派，視
文學服務於政治、文學為宣傳工具的 "革命" 作家。如果考慮到本地原
有的以市民趣味為寫作取向的各類作家，此地作家的構成具有多派別多
層面的特點。很難想像，如果蕭紅當年去了延安，她還能在極端的寂寞
中寫下《呼蘭河傳》、〈後花園〉、〈小城三月〉這些既憂傷又美麗的篇
章，以及《馬伯樂》這樣的長篇諷刺傑作，因為延安是不允許一個作家
如此寂寞地存在與如此深刻地諷刺的。同樣很難設想，如果香港工委文
委的同人們四十年代末身處重慶或南京，他們還能發動一場激烈的大批
判運動，為現代文學總結，為當代文學開路。因為除了解放區，只有在
香港，毛澤東著作和解放區文藝作品才能自由傳播，從事意識形態領導

1　陳潤華：〈二十世紀中國文學想象的現代性——"虛無、暴力與烏托邦"的世界性因素〉（上
　　海：復旦大學中文系博士學位論文，2004 年）之〈內容摘要〉，頁 1。

工作的左翼作家們才能將自身定位為延安文化人的同伴，而和一般的在國統區受壓迫的進步作家區分開來。這就讓他們在檢討和批判國統區文藝運動時能夠站上一個更高點，上演一齣“隔山打牛”的好戲。所以，無論是個人創作也好，集體進行的文藝批評活動也好，很大程度上都與香港所提供的背景和環境有關。另外值得注意的是，在香港不僅存在多種聲音，其中的一種——左翼——還特別高亢，這自然和作家受到的政治壓力相對較小和不那麼直接有關。香港的文化空間在某種程度上類似於上海的租界。共產黨一向善於利用租界的庇護從事革命活動，二十年代中期，上海產生了“革命文學”，同樣，到了四十年代後期，香港產生了對毛澤東《講話》和延安文藝“新方向”的大力標舉。

其次，南來作家的現代民族國家想像具有全國性（民族性）和地域性（本土性）交織的特點。以文藝“民族形式”論爭過程中香港論者對方言土語的重視以及戰後的“方言文學”運動為例，二者的目標無疑是全國性的，即是通過將方言吸收進文學，實現文藝的大眾化和普及功能，動員民眾參加抗戰或內戰，謀求民族或階級的獨立和解放。目光在內地，實踐在香港，於是就面臨一個與香港本地文化的衝突和調適問題。對於這一問題，南來作家有過努力，但解決得並不好。譬如在“方言文學”運動中，不少參與者將其視為一個階級意味濃重的命題，將讀者對象定位為廣東的工農大眾，尤其是文盲和半文盲的農民，因而作品的題材、思想意識等各方面都從這樣的角度處理，結果寫出來的東西既到不了工農大眾群中，香港的讀者也不愛看，以致運動轟轟烈烈，實際效果並不見佳。又如，茅盾等作家在連載長篇小說時也曾試圖從形式等方面作出改變，以適應本地讀者，結果慘敗後也就沒有繼續努力下去了。南來作家那些能夠在文學史上流傳的作品，如蕭紅和茅盾的一些長篇小說，都是按照個人此前習慣的創作方式寫出來的。這些作品內容上既和香港無關，也不以香港讀者為目標讀者，風格上離他們的閱讀習慣很遠。從總體上看，南來作家的一些文學實踐以全國性（民族性）為目標，以階級性為突破口，但因對本土性——“本土”意識和“本土”特徵——缺乏深入瞭解，或調適不當，從而使其實踐效果大打折扣。

再次，南來作家的現代民族國家想像具有鮮明的意識形態化乃至政治化特點。除了蕭紅等個別作家，一般的南來作家，包括茅盾這樣領袖級的資深作家，在抗戰以後事實上都主動或被動地接受了文學是宣傳的工具這樣的認識，將文學與抗戰、革命聯繫起來。茅盾、許地山、戴望舒等均積極從事抗戰文化的宣傳工作，徐遲這樣的原現代派詩人，此期的作品幾乎都和時代緊相呼應，在詩歌中描寫想像中的戰爭及其具體場面。而到了戰後，毛澤東《講話》進一步規範了左翼作家對文學性質的認識及對現代民族國家的想像，在他們對"新中國"的描繪和禮讚的文字裏，隱含着種種政治化的表述與政治化思維的痕跡。很多時候，可以將他們的文學批評等文字和政治領袖的著作對讀，二者在思維和文風上都有很大的相似性。

在〈緒論〉中還提出了兩個相關問題：中國現代文學在香港發生了什麼？它為香港文學帶來了什麼？綜合起來其實是一個問題，也就是南來作家在文學史上如何定位的問題。

無疑，南來作家從事的文學實踐，由於基本出自"中原心態"，是對"北中國"的描繪，順理成章地主要地是屬於中國現代文學的範疇。抗戰時期，香港被南來文化人建成為一個全國性的文化中心，南來作家於創作和理論批評活動上的努力，是當時文學界所取得成果的重要組成部分。蕭紅晚期的小說、戴望舒後期的詩歌、茅盾的《腐蝕》、許地山的〈玉官〉等不僅是他們個人畢生的代表作，也是整個中國現代文學史上不可忽視的佳作。合而觀之，他們的作品，呈現了戰時"中國"形象的不同側面：蕭紅筆下的東北大地和流亡中的大後方，戴望舒〈我用殘損的手掌〉對不同地區的想像，許地山筆下對華南城鄉的描寫等等，都不僅是對一時一地的表現，而具有典型化的意義。這些創作和內地其他地區作家的作品一道，開始將一個戰爭背景下的"現代中國"的形象完整地呈現出來。[1] 而南來作家在香港以《文藝陣地》、《文藝青年》等為載

1　參見黃萬華：〈戰時中國：現代中國形象完整呈現的開端〉，《社會科學輯刊》2002 年第 4 期，頁 153—159。

體廣泛開展的理論探討，例如關於抗戰文藝之形式與內容的討論（部分與“民族形式”討論相重合）、“反新式風花雪月”論戰等，都來源於現實，服務於現實，充滿着緊張的時代氣息。

在現代文學史格局中，戰後南來作家對文學史的影響較戰前為大，這主要是由於他們在中國現當代文學的轉折中扮演了重要角色。按照學界當前通常的理解，中國現代文學和當代文學分指 1919—1949、1949 年以來的中國大陸地區的文學，而“‘當代文學’這一文學時間，是‘五四’以後的新文學‘一體化’趨向的全面實現，到這種‘一體化’的解體的文學時期。”[1] 這種“一體化”，指的是文學形態、文學規範等由多元走向單一。這種“一體化”進程，主要是四五十年代之交，以毛澤東《講話》等為標準，通過頻繁的文藝批評或批判活動，以及各種“社會主義”文藝機制的設立等來完成的。就前者而言，在四十年代後期，左翼文學的主流派別已在多地對國統區文人，包括國民黨作家和部分自由主義作家，以及左翼文藝內部的其他派別展開過批判。例如在重慶，1945 年前後已發生過一次對左翼文藝界內部的整肅，針對的是夏衍《芳草天涯》的“非政治的傾向”以及胡風等的“主觀論”文藝思想；在上海，1947 年開展過對某些與“革命大眾文藝”等尚有距離的進步作家的批評，巴金、靳以、李健吾、唐弢等因其“新感傷主義”、“市儈主義”或“一團和氣”而接受來自左翼文藝界的“再教育”；在東北，則發生了對蕭軍的批判。[2] 不過在這些不同地區的文藝批判中，以香港所展開的火力最猛，涉及面最廣，對作家造成的打擊最大，也最具示範意義。有學者指出，由於戰後香港左翼文化勢力主導文壇，“使此時的香港文學政治化、傾向化明顯，甚至成為 50 年代新中國文學的某種預演。”這種預演的具體內容，一是“左翼文藝政策在香港文壇得到了全面的詮釋、宣傳、推廣”，二是呈現出“大批判性和自我改造性”的特徵，以

1　洪子誠：《中國當代文學史·前言》（北京：北京大學出版社，2007 年，2 版），頁 3。

2　參見郭建玲：〈1945—1949 年中國現代文學格局轉型研究〉（上海：華東師範大學中文系博士學位論文，2007 年），頁 5—7。

致“香港是毛澤東《講話》的相關精神在解放區以外得到最有力貫徹的地區”。[1] 香港的文藝批判所取得的“理論成果”，相當部分後來被 1949 年 7 月召開的中華全國第一次文學藝術工作者代表大會所採用，而這次大會因其對全國文藝運動的總結檢討、對文藝“新方向”的合法性論證，以及領導文藝的機構設置等方面的成果，一般被視為中國當代文學的開端。在這樣的背景下，可以說南來作家對中國現當代文學的轉折作出了關鍵性的“貢獻”。所謂“轉折”，指的是現代文學原有面貌的改變與當代文學特質的生成，具體來說涉及以下層面：

其一，隨着《講話》在全國範圍內形成了支配性地位，毛澤東文藝思想成為支配文學批評與創作的唯一指導思想，現代文學的發展失去了多樣性的可能，而迅速走向以解放區“工農兵文學”為樣板的一體化的格局。解放區文學在四十年代初期只是現代文學的一支，當這一支在四十年代末成為唯一具有合法性的一支、個別成為全體時，原先意義上的現代文學已經不存在了。如果將解放區文學的形態和規範視為當代文學“質的規定性”的重要內容，那麼可以說，在 1942 年前後（趙樹理的部分作品創作於他閱讀到《講話》之前），“當代文學”已然存在，不過它只是一種局部存在，從全局看來，此時“現代文學”仍佔主體。南來作家文藝批判的重要性在於，它強烈要求國統區作家接受解放區文學所代表的政治和文學準則，從而和解放區作家一統江山，當這樣的目的實現以後，“當代文學”就成為了一個全局性的存在，整個文學的性質隨之發生改變。

其二，隨着一種新的美學原則——“人民美學”或“大眾美學”——在全國文藝界獲得霸權地位，其中蘊含的“絕對階級原則”與“絕對大眾原則”對於文學中的人性意識和個體意識形成了強力整合與壓制，從而使得各種現代主義文學流派遭遇困境，難以生存。[2] 從此，多元互補的

1　黃萬華：〈1945～1949 年的香港文學〉，《中國現代文學研究叢刊》2004 年第 2 期，頁 91、93、95。

2　參見劉再復：〈絕對大眾原則與現代文學諸流派的困境〉，《中國現代文學國際研討會論文集——民族國家論述》（臺北：中央研究院中國文哲研究所籌備處，1995 年），頁 305。

創作方法、文學流派一個個走向消失，"抽象"的人性、愛、自我意識等逐步被摒除在文學創作之外。與此同時，在左翼文學主流力量對現代文學進行意識形態清理，進而對現代文學主要作家進行劃分和重組後，能夠代表現代文學最高成就的作家，大部分被剝奪了寫作的權利或迫於意識形態壓力面臨着寫作的困境。[1]文學生產全面走向體制化，從創作主體來說，現代文學失去了它的核心力量，也就難以再有作為。

其三，也許最重要的是，批評與權力的結合雖然並非始於四十年代末，但隨着國共雙方政治、軍事力量的對比在全國範圍內發生變化，共產黨即將獲得全國統治權，文藝服從政治，文藝的命運由權力予以定奪，就不再只是一種意識形態化的表述，而日益成為社會現實。郭沫若所稱的文藝上的"大反攻"和"全面的打擊"，包括旁觀者就算"不受正面射擊，也要被流彈誤傷"[2]的局面，此後屢次演化為社會政治生活中的慘痛事實。文學不再只是文學，一個國家的文學逐步演變成為一個黨的事業的組成部分，這在總體上而言是屬於當代文學的特徵。

如果說，"現代文學"和"當代文學"不過是"新文學"在不同階段的發展，很難說二者在哪一方面或哪一個具有"決定意義"的點上呈現出"質的不同"或"難以逾越的鴻溝"，那麼，綜合以上層面，我們可以說，由於左翼香港南來作家的努力，在四十年代末，中國現代文學主要在空間意義上整體走向了終結，而中國當代文學開始被強有力地推向全國。

關於南來作家和香港文學史的關係，前文已經介紹，目前主要存在"推動說"和"阻礙說"兩種對立的看法，二者各有其闡釋的有效性及不足。弔詭的是，無論是"推動"還是"阻礙"，都是將南來作家置於論者各自想像的"香港文學"之外，而在具體的討論中，如內地學者的各種《香港文學史》的寫作與香港學者的香港文學研究中，南來作家又

1　參見賀桂梅：《轉折的時代：40—50 年代作家研究》（濟南：山東教育出版社，2003 年）；程光煒：《文化的轉軌："魯郭茅巴老曹"在中國（1949—1976）》（臺北：秀威資訊科技股份有限公司，2004 年）。

2　郭沫若：〈斥反動文藝〉，《文藝的新方向》，頁 22。

都包含於其中。究竟是將南來作家視為香港文學所受到的"外來影響"，還是香港文學發展的某些階段的內在組成部分，還是一個相當複雜的問題。個人以為，對此不必忙於作出結論，目前需要的是展開更細緻的研究：如果說是"影響"，那麼具體影響到哪些方面？是南來作家從上海帶來的影響？從廣州帶來的影響？新感覺派的影響？現實主義的影響？主題或手法的影響？影響到香港的哪些作家？如果說是"有機構成"，那麼南來作家和本土作家有何異同？二者的"最大公約數"是什麼？最終的問題則是："香港文學"是什麼？"香港作家"是什麼？儘管已有許多學者對此下過定義，但考慮到南來作家的複雜性（如居住年限、香港公民身份等方面各不相同），這些定義也未必適用。只有在更多具體問題上積累了更豐富的研究成果，再來討論南來作家和香港文學的關係可能才更具說服力。[1]

也有個別學者將南來作家和本土作家在"香港文學"的大題目下結合起來討論，而在具體論述過程中展開對二者關係及南來作家內部複雜性的分析。例如，黃萬華認為，戰時的香港文學呈現出中原心態和本地化進程的糾結，南來作家主要受"中原心態"支配，香港文學的本地化進程則"只能寄希望於本土作家"。不過也不盡然，例如南來的許地山就沒有"過客"心理，他"是南來作家中協調中原心態和香港文學本地化進程最自覺而有效的"，在創作方面具有"香港意義"，如〈鐵魚底腮〉"是篇地道的香港小說"。[2] 他還觀察到，戰後的香港文學同時在進行兩種"預演"，一種是新中國文學的預演，一種是"家國意識"的產生、"香港文學開始有了自己獨立的生命機制"的預演。[3] 他敏銳地注意到，個別南來作家，例如黃藥眠，對香港有親近感，代表的是非左翼立場。這樣

結語

---

1 陳國球在《文學史書寫形態與文化政治》（北京：北京大學出版社，2004 年）一書的第七章〈"香港"如何"中國"〉專門討論香港文學如何被寫進中國文學史，目前的處理都不盡如人意。與此相對，南來作家如何被寫入香港文學史，也是一個值得深入討論的題目。

2 黃萬華：〈戰時香港文學："中原心態"與本地化進程的糾結〉，《中國現代文學研究叢刊》2003 年第 1 期，頁 96、94。

3 黃萬華：〈1945～1949 年的香港文學〉，《中國現代文學研究叢刊》2004 年第 2 期，頁 103。

的研究試圖打破將香港文學視為南來作家和本土作家各自創造的文學加以簡單嫁接的固有思路，而發覺一些不易為人覺察的"你中有我，我中有你"的因素，不惜為一種可取的態度，不過具體論述還是有點重蹈覆轍，存在拼接痕跡，而且稍嫌牽強，尤其是對南來作家作品（如許地山的小說和劇本）的分析似乎與其實際面貌有着一定距離。

本書在對南來作家的研究中，借助了一些思想史研究的方法和材料，這是由於個人認為南來作家對後世的影響不僅存在於文學史層面，同樣存在於思想史等層面。在思想史層面上，筆者比較看重南來作家如何想像一個現代民族國家，以及如何定位自我與這一想像中的政治文化實體的關係。以是，不少章節中都討論過南來作家的自我意識，例如戴望舒、徐遲、左翼革命詩人對自我與時代、民族、領袖關係的想像，"方言文學"運動和文藝批判過程中作家的自我改造意識等，試圖從一個側面管窺現代中國知識分子精神的變遷。

從大的方面看，在對現代民族國家的想像與渴望中，以及對革命主體性的追求和實踐中，知識分子具有獨立批判精神的自我一步步走向喪失。對自我主體性的苦苦追尋是二十世紀不同階段的中國人文知識分子面臨的共同遭遇，但他們似乎始終沒有解決好這一難題。五四時期，以《新青年》作者群為代表的啟蒙知識分子大力宣揚新文化運動，一度成為社會上的意見領袖和民眾導師，但現實政治情勢的惡化令五四新文化運動很快"退潮"，知識分子陣營迅速分化。三十年代，一部分自由主義知識分子積極參政議政，在教育等方面作出了不少制度性建設，但並不能進入政治權力核心，干預政府運作，和下層民眾也因缺乏交流而導致隔膜，愈來愈多的知識分子則逐漸"革命化"，擁抱大眾，願成為其普通一員。到了四十年代延安整風運動，在政黨領袖看來，大部分知識分子（基本上是由於其"小資產階級出身"的階級身份）更是已經從啟蒙的導師變為"群眾的學生"，成為"精神"和"身體"都"不乾淨"，需要進行思想改造的可疑群體。而左翼南來作家對這樣的派定，最終或主動或被動地接受了。考察其原因，當與中國知識分子的精神傳統有關。

中國知識分子的前身是"士"，春秋以前的"士"，是貴族階級中最低的一層，在社會身份、政治、思想上都有着特別限定，不容易發展出一種超越精神和社會批判功能。戰國以後的"士"，地位下降，不再屬於貴族，而成為四民之首，但同時"從固定的封建秩序中獲得了解放"，"因此在思想上也解放了"，出現了超越精神，不但能"對於現實世界進行比較全面的反思和批判，而且也使他們能夠自由自在地探求理想的世界——'道'。"[1] 概括地說，於自身以"道"為目標，通過修身養性，追求內在超越，於外在世界以"道"為準繩，發揮社會批判功能，是古代知識分子的基本角色意識和個人使命，而這種批判也具有制度上的保障，如國家設立的言官制度。這些可謂是知識分子的優良傳統。但另一方面，由貴族沒落而形成的士大夫階層，由於失去了"恆產"，"在社會上無物質生活的根基；除政治外，亦無自由活動的天地。……於是中國的知識分子，一開始便是政治的寄生蟲，便是統治集團的乞丐。"[2] 自身命運不能自主。社會批判者和乞丐，可謂普通知識分子的兩極。二十世紀初，隨着科舉制度的廢除，士大夫階層解體，知識分子被社會邊緣化，但其歷史性格仍不斷閃現。五四一代知識分子，激烈地反傳統，對現實社會也主要持批判態度，此後幾十年，若以對全國性政府的態度而言，這一路的知識分子始終為數不少。南來作家對國民政府的批判，也是歷代知識分子社會批判的回聲。然而問題是，知識分子在批判"非道"現象的同時，對於自身推崇的"道"往往缺乏反省和自我批判，而其"道"的標準，則凝聚於少數"聖人"和權威身上，這也成為知識分子的一種傳統思維方式。這種思維方式，雖經五四啟蒙運動，也並未被普遍打破。近些年來，學界對啟蒙主義進行反思，發現其存在的問題之一，便是並沒有實現過一場思維方式的革命，建立起一個"理性法庭"，在多數場合，理性是缺位的，而"傳統的佔支配地位的思維方式，

結語

1　余英時：〈中國知識人之史的考察〉，載許紀霖編：《20 世紀中國知識分子史論》（北京：新星出版社，2005 年），頁 15。

2　徐復觀：〈中國知識分子的歷史性格及其歷史的命運〉，載許紀霖編：《20 世紀中國知識分子史論》（北京：新星出版社，2005 年），頁 65—66。

儘管也不乏批評、闕疑的精神，但從根本上說，它是信奉、屈從乃至迷信各種權威、聖賢、經典、傳統與習慣的。批評與闕疑，更多的是針對着'異端'，針對着'旁門邪說'。"當啟蒙思想家們猛烈抨擊了中國傳統權威，以達爾文、盧梭、斯大林取代了孔子、孟子、老子、朱熹，這只不過是"以對新權威的迷信和盲從取代了對舊權威的迷信與盲從，以新的信仰主義取代了舊的信仰主義。'惟上智下愚不移'的等級性思維這一根深蒂固的傳統也延續了下來。領袖們、精英們是睿智者、教育者、灌輸者，凡夫俗子們是受教育者、被灌輸者、服從者、行動者。與此相應，便只承認思想與認知的單一性，不能容忍思想與認知的多元性、豐富性、多樣性、多層次性。"而在方法論上，也沒有從根本上改變"傳統的經傳注疏進行演繹的認知方法"，"唯上、唯書，不唯實。"[1]於是我們看到，南來作家對毛澤東《講話》的詮釋仿若為經典作註，對左翼陣營內胡風等主觀論者的批判則是通過對"異端"的排斥來進一步鞏固權威，這種思想與認知的單一性，最終導致對於具有豐富個性和認知潛能的自我的放棄和排除。

現代民族國家的組成個體本應是具有平等意識的"公民"，但"公民"的意識在中國現實土壤中很難生根，這也和知識分子文化傳統有關。知識分子因對"道"的追求而很容易具有道德上的優越感，儘管大量知識分子加入"群眾"隊伍，由獨立的"舊社會"的思考者和批判者轉變為"新中國"的螺絲釘和傳聲筒，以及"革命領袖"的追隨者和學習者，但在意識深處，這種優越感是很難根除的。茅盾渴望知識分子能在新時代"挺起胸膛做一個公民"，一來這未必是他真正能夠滿足的渴望，二來從歷史現實看，知識分子高至"帝王師"，低至"臭老九"，就是從來沒有、也從來不甘於成為一個普通"公民"。

1　姜義華：《理性缺位的啟蒙》（上海：上海三聯書店，2000年），頁7、8。

附
錄

香港南來作家傳略

說明：

一、 南來作家的選擇，綜合考慮作家知名度、居港時長、在港期間對文藝活動的參
與及影響、創作的數量和質量等因素。

二、 為節省篇幅，本"傳略"一般只概述作家們 1937—1949 年間南下香港期間的
主要文藝活動及作品，在此前後經歷很少涉及，對作家的文學史地位也不作主
觀評價。讀者欲知其詳細生平事蹟及文學成就，請參閱各類文學史著作、文學
辭典及相關作家傳記等。

三、 作家排列以名稱漢語拼音為序，而作家名稱則以常用性、知名度為準，選用原
名或筆名，原名與筆名姓氏不一致時，略加說明。

四、 部分作家生卒年後所附年份，是指該作家加入政治黨派的年份，如無特別註
明，則指加入中國共產黨的年份。

五、 本"傳略"編寫過程中的主要參考資料如下（不再列入本書〈參考文獻〉）：

a) 徐州師範學院《中國現代作家傳略》編輯組編：《中國現代作家傳略》（上、
下集），成都：四川人民出版社，1981 年、1983 年。

b) 北京語言學院《中國文學家辭典》編委會編：《中國文學家辭典》（現代第
一分冊、第二分冊、第三分冊），成都：四川人民出版社，1979 年、1982
年、1985 年（第三分冊改由四川文藝出版社出版）。

c) 陳衡、袁廣達主編：《廣東當代作家傳略》，廣州：中山大學出版社，1991
年。

d) 魏玉傳編：《中國現當代女作家傳》，北京：中國婦女出版社，1990 年。

e) 曹聚仁等：《現代作家傳略》，香港：一新書店，〔1974 年〕。

f) 《書影留蹤》，香港：香港中文大學圖書館系統，2007 年。

g) 《新文學史料》、《香港文學》等期刊所載相關回憶與評論文章。

h) 其他相關圖書與文章，如個別作家的傳記、各類文學史著作、相關研究論
文等。

巴人（1901—1972）1924

原名王任叔，浙江奉化人。1941 年 3 月至 7 月在港，臨時寓所在香港灣仔，此
後輾轉於新加坡、印尼等地。長篇小說〈沉滓〉連載於《華商報》1941 年 5 月 18

日至 9 月 14 日，文藝論集《竅門集》由香港海燕書店 1941 年 5 月初版。此前，四幕話劇《前夜》和五幕話劇《兩代的愛》分別由香港海燕書店於 1940 年 7 月和 1941 年 2 月初版。1947 年 10 月被逐回港，參加連貫負責的華僑委員會，在港工作十個月，1948 年 8 月離港赴解放區。

蔡楚生（1906—1966）1956

廣東潮陽人。1937 年 11 月上海失陷後轉赴香港，與司徒慧敏合編粵語電影劇本《血濺京山城》、《游擊隊進行曲》，與趙英才合編《孤島天堂》，編導電影《前程萬里》等。1940 年創作電影劇本《南島風雲》初稿（1949 年前未拍攝）。1948 年再度來港，任南國影業公司導演，協助陳殘雲等編導《珠江淚》並任監製。1949 年 5 月抵京。

陳殘雲（1914—2002）1945

廣州人。年輕時在香港當過幾年店員。廣州淪陷後，1939 年來港，參與文協香港分會活動，與黃寧嬰復刊《中國詩壇》。皖南事變後，1941 年夏至港，10 月經夏衍介紹赴新加坡。1946 年夏再度來港，從事民主運動與文藝運動，任民盟南方總支部組織部副部長，任教於香島中學，後任南國影業公司編導室主任，1948—1949 年任文協香港分會理事。與黃寧嬰等合編《中國詩壇》，與司馬文森合編《文藝生活》，與黃秋耘合編《大公報·青年週刊》，與章泯合編《大公報·電影週刊》，組織“粵片集評”。期間在港出版中篇小說《風砂的城》（寫作於廣州）、《新生群》、《南洋伯還鄉》，短篇集《小團圓》，創作粵語電影劇本《珠江淚》並拍攝公映。1950 年離港回到廣州。

陳蘆荻（1912—1994）1948（民盟，民進）

廣東南海人。1945 年秋來港，任教於香島中學，參加文協香港分會（任候補理事）和香港中國詩歌工作者協會的文學活動，與胡明樹合編青年學生讀物《學生文叢》，參加人間書屋，與黃寧嬰、陳殘雲等復刊《中國詩壇》。期間，寫了不少諷刺詩、朗誦詩、粵謳、歌詞在報刊發表及給作曲家譜曲。1949 年 5 月出版詩集《旗下高歌》，8 月離港赴東江解放區。

戴望舒（1905—1950）

江蘇南京人，出生於杭州。1938 年 5 月攜妻女與徐遲一家同行，自上海來港，由《大風》旬刊主編陸丹林推薦，任《星島日報·星座》主編，8 月 1 日開始出版，直至 1941 年 12 月 10 日。1939 年春任文協香港分會首屆幹事，同年任中國文化協進會理事。1939 年 5 月與金仲華、張光宇等合編《星島週報》，7 月與艾青合編《頂點》詩刊，8 月與馮亦代、徐遲、葉君健等創辦英文版《中國作家》。1940 年 4 月任郁風主編的《耕耘》雜誌編委。1940 及 1941 年度任文協香港分會幹事、理事、宣傳部負責人及編輯委員會委員。1941 年 1 月在《星島日報》創設 "俗文學" 週刊。1942 年春被日軍逮捕，寫作〈題壁〉等詩。1944—1945 年間先後擔任《華僑日報‧文藝週刊》、《香港日報‧香港文藝》、《香島日報‧日曜文藝》編輯工作。戰後主編《新生日報‧新語》。於各報刊發表詩作、小說、散文等，翻譯《西班牙抗戰謠曲》。1946 年 3 月返回上海，1947 年出版《惡之華掇英》，1948 年 2 月出版《災難的歲月》，5 月因參加教授罷課被國民黨通緝，再度流亡香港。1949 年 3 月 11 日與卞之琳結伴乘掛巴拿馬旗的貨船離港赴北京工作。

杜埃（1914—1993）1937

原名曹傳美（乳名）、曹芥茹（學名），廣東大埔人。1937 年 9 月由廣州來港，在八路軍駐港辦事處廖承志領導下作抗日文藝宣傳工作，在共產黨與十九路軍合辦的《大眾日報》寫社論、編副刊一年，參加 "九龍中華藝術協進會" 領導工作，在茅盾赴新疆後代為編輯《立報‧言林》，並在 "九龍業餘藝術學校" 授課。期間在《文藝陣地》等報刊發表政論、文藝理論、散文、小說。1939 年春被派赴廣東東江游擊區。1940 年由廖承志派往菲律賓做海外抗日宣傳工作。1947 年回港，任復刊後的《華商報》副總編輯，1948 年 8 月至 1949 年四五月間主編副刊〈茶亭〉，後調任《群眾》週刊編輯。參與人間書屋工作，出版《人民文藝淺說》。

杜衡（1907—1964）

姓戴，筆名蘇汶，江蘇人。1938 年上半年避居香港，先居西環學士臺、桃李臺一帶。因陶希聖推薦主編《國民日報‧新壘》，後推薦路易士接編。介紹路易士認識胡蘭成。1939 年春，被謠傳依附汪偽，被開除出香港文協，由前好友戴望舒親口宣佈。1940 年 1 月，加入陶希聖創辦的 "國際通訊社"。搬到九龍居住，先後居於佐敦道及天文臺道，與路易士一家合租一層樓。香港淪陷後，1942 年初隨 "國際通訊社" 同人離港赴重慶。

端木蕻良（1912—1996）1952

原名曹京平，遼寧昌圖人。1940 年初應孫寒冰之邀，同蕭紅由重慶抵香港，住在九龍樂道 8 號三樓。為《星島日報》副刊撰稿，主編《時代文學》及《大時代文藝叢書》，寫作長篇〈大時代〉（未完成）。香港淪陷後去桂林。1948 年秋再到香港，出版《揚子江頌歌》，1949 年 8 月去北京。

范長江（1909—1970）1939

四川內江人。1941 年皖南事變前後到香港，在廖承志領導下主辦共產黨在海外的機關報《華商報》。1942 年進入蘇北解放區。

馮乃超（1901—1983）1928

原籍廣東南海，生於日本橫濱。1946 年 10 月，由黨組織安排，由上海抵港，與夫人李聲韻租住英皇道 172 號。繼夏衍之後任文委書記，主管文化工作。為海洋書屋編輯瞿秋白《論中國文學革命》，推動文藝大眾化。1948 年參與創辦《大眾文藝叢刊》，發表〈戰鬥詩歌的方向〉、〈評《我的兩家房東》〉、〈從《白毛女》的演出看中國新歌劇的方向〉等論文。此外在《華商報》、《群眾》、《正報》、《文藝生活》等發表政論、文藝評論、散文與雜文。1949 年 3 月上旬率領二百多名文化界人士乘坐"寶通號"輪船離港赴京。

馮亦代（1913—2005）

浙江杭州人。1938 年 2 月由上海抵港，任職國民黨中央信託局。後在《星報》做外文電訊翻譯工作，主編該報〈第八藝術〉週刊，並開始在《星島日報・星座》等發表影評、散文和小說。1939 年參加國際新聞社，由戴望舒介紹加入文協香港分會，與戴望舒、葉君健、徐遲、鄭安娜等籌辦英文版《中國作家》。1940 年參加香港業餘聯誼社，為東江游擊區義演籌款。與郁風、戴望舒、馬國亮、黃苗子、張光宇、張正宇、葉淺予、丁聰等發起出版《耕耘》雜誌，同年與沈鏞出版不定期刊《電影與戲劇》，任主編。在港期間還參加宋慶齡主持的保衛中國大同盟歷次為抗戰的義演籌款工作。1941 年 2 月，中央信託局於重慶籌建印刷廠，被調去工作。

戈寶權（1913—2000）1938

江蘇東台人。1941 年皖南事變後，由周恩來親自安排秘密由重慶赴香港，與葉以群創辦文藝通訊社，香港淪陷後逃離。

葛琴（1907—1995）1926

江蘇宜興人。長期從事黨的地下工作。1947 年 3 月，由上海至香港。在港期間，從事婦女與統戰工作，並任文委委員。協助杜麥青負責的文化資料供應室的工作。在《大公報》、《華商報》等發表不少政治性雜文，並把自己的小說《結親》改編成同名電影劇本，在夏衍支持下，於 1948 年由香港南群影業公司拍攝。1949 年秋離港赴京。

公劉（1927—2003）1953

原名劉耿直，學名劉仁勇，江西南昌人。1948 年 2 月為逃避國民黨逮捕，從大學三年級輟學，由南昌經上海來港，參與共產黨領導的"全國學聯"宣傳部工作，任"全國學聯"地下機關刊物《中國學生》編輯。曾任香港生活書店附設的持恆函授學校社會科學組導師，學校停辦後，進入遷港復刊的《文匯報》，初任校對，三個月後升任副刊編輯。期間用公劉、龍鳳兮、揚戈的筆名寫作雜文、評論、小說、活報劇腳本、政治諷刺詩、學運通訊，發表於《群眾》週刊、《正報》、《華商報》、《文匯報》、《大公報》、《週末報》等。1949 年初加入文協香港分會，11 月廣州解放後，申請返回內地參軍。

郭沫若（1892—1978）1927

四川樂山人。1947 年 11 月，與茅盾一道，在黨組織安排下，由葉以群護送撤退到香港。住在九龍山林道，文藝界一些聚會不便在其他地方舉行的，便於郭家聚會。領導中國學術工作者協會和文協香港分會的工作，支援南方學院工作。1948 年 8 月 25 日至 12 月 5 日於《華商報・熱風》連載〈抗戰回憶錄〉（後更名《洪波曲》出版）。1948 年魯迅逝世十二周年紀念大會於六國飯店大廳會場舉行，根據黨的指示發表演講。11 月初，至南方學院演講，11 月下旬，應邀離開香港赴解放區。

韓北屏（1914—1970）1959

江蘇揚州人。1946 年來港，先後任香港《新生日報》編輯部主任，建華、永華及南國電影公司編導委員，新聞學院教授，並與夏衍等組成七人影評小組，展開對電影的批評工作。當選過文協港粵分會理事。1946 年電影劇本《豪門華閥》由香港大中華電影公司拍成電影，改名《某夫人》。完成電影劇本《海市蜃樓》。出版知識性讀物《電影的秘密》、《詩歌的欣賞與創作》。1950 年回廣州。

洪遒（1913—1994）

原名張鴻猷，浙江紹興人。1946 年初抵港，與周鋼鳴等發起成立文協粵港分會，並任理事。任《中國詩壇》編委，參加中國新詩歌工作者協會工作。與夏衍、瞿白音、葉以群、周鋼鳴、孟超、韓北屏等組成七人影評小組，於《華商報》發表影評文章。1949 年任《文匯報》副刊編輯。1950 年與司馬文森等發起組織香港電影學會。

胡春冰（1906—1960）

1938 年暮春來港，居於深水埗。任國民黨港九地區支部書記、《國民日報》副刊主編。1939 年與簡又文、陸丹林等發起成立中國文化協進會。1949 年再到香港，從事話劇運動。

胡風（1902—1985）

原名張光人，湖北蘄春人。1941 年 5 月 7 日，為抗議國民黨發動皖南事變，根據共產黨的安排，全家離開重慶，6 月 5 日抵香港。由廖承志安排孫鈿照顧，先住九龍彌敦道新新酒店，後租住西洋菜街 175 號。在港半年間，生活大半由黨照料和維持。為《筆談》、《華商報》、《光明日報》、《大眾生活》等撰稿。計劃出《七月》香港版，因註冊問題遷延，未實現。1942 年 1 月 12 日，脫險出九龍。

胡蘭成（1906—1981）

浙江嵊縣人。1938 年初，由上海《中華日報》調到香港《南華日報》任總主筆，以流沙筆名撰寫社論，同時在皇后道華人行蔚藍書店兼職，研究戰時國際情勢。住在薄扶林道學士臺，鄰居有杜衡、穆時英、戴望舒、張光宇、路易士等。10 月，由商務印書館出版《最近英國外交的分析》。在《南華日報》上發表社論〈戰難，和亦不易〉，受汪精衛妻陳璧君賞識，1939 年 5 月汪精衛抵上海後，胡蘭成隨即離開香港回到上海，開始替汪精衛的親日偽政權服務。

胡明樹（1914—1977）

原名徐善源，廣西桂平人。抗戰勝利後來港，從事民主運動。任《華僑日報·兒童週刊》執行編輯，主編《學生文叢》、《少年時代》等。在《新兒童》半月刊發表大量兒童文學及翻譯故事，在《星島日報·星座》、《中國詩壇》、《文匯報·文藝週刊》、《大公報·文藝》等發表詩作。期間主要作品有長篇童話《海灘上的裝甲部隊》、《小黑子失牛記》及續篇《小黑子流浪記》，童話集《大鉗蟹》，中篇小說《江文清的口袋》、《初恨》（原名《娜娜珂》），兒童詩集《微薄的禮物》。1949 年後返回內地。

胡繩（1918—2000）1938

江蘇蘇州人。1941 年初至港，任《大眾生活》編委、中共香港文化工作委員會五人小組成員。1942 年離港至重慶。1946 年再度來港，任香港工委文委委員、香港生活書店總編輯。居英皇道 171 號。為《大眾文藝叢刊》等撰稿。

胡仲持（1900—1968）1952

浙江上虞人。字學志，筆名宜閑。1940 年遭日偽通緝，被迫由上海出走香港，先在國際新聞社任職，後到《華商報》任總編輯。太平洋戰爭爆發後離港去廣西。戰後再度流亡香港，任新加坡《南僑日報》駐港特派員。1949 年 1 月離港到北平。在港期間出版譯作多部，包括德國歌德的小說《女性和童話》、美國薩洛揚的短篇小說集《我叫阿拉謨》、英國普列查特的《文藝鑒賞論》等。

華嘉（1915—1996）1938

原名鄺劍平，祖籍廣東南海，生於廣州。1941 年春皖南事變後由桂林隨夏衍等到香港辦《華商報》並任港聞版記者，香港淪陷後返回桂林，出版報告文學集《香港之戰》。1946 年秋與黃寧嬰、黃藥眠結伴由廣州乘船抵達香港。1947 年夏接替呂劍編輯《華商報·熱風》至 1948 年 8 月 24 日。1949 年四五月間接編《華商報·茶亭》至 8 月底，隨後離港返抵東江解放區。亦曾為《正報》文藝版編輯。曾為文協香港分會籌辦文藝函授學院，參與創辦人間書屋，編輯出版《人間文叢》、《人間詩叢》、《人間譯叢》。積極參與“方言文學”運動。此期作品有小說集《復員圖》，創作與論文合集《論方言文藝》及童話《森林的故事》。

黃谷柳（1908—1977）1949

出生於越南海防市，幼年寄居雲南河口外祖母家。1927 至 1931 年在港謀生，在《大光報》、《循環日報》等發表小說散文。1946 年 3 月攜全家從廣州至香港，以賣稿為生，生活清苦，租住在九龍聯合道一間用木板隔成的只有四平米的小房子。從 1947 年 11 月 14 日起，應夏衍之約在《華商報》副刊連載小說《蝦球傳》，分為《春風秋雨》、《白雲珠海》、《山長水遠》三部，持續一年多。華南進步文藝界為小說專門召開過座談會。小說很快被改編為電影，並被翻譯成日文。另編寫粵語電影劇本《此恨綿綿》，創作中篇小說《劉半仙遇險記》和童話《大象的經歷》等。參加司馬文森等主持的粵語影片清潔運動。後搬家到九龍城郊牛池灣村一處平房居住。1949 年 6 月離港赴粵西游擊區，任中國人民解放軍粵桂邊縱隊司令部秘書。

黃寧嬰（1915—1979）1945（民盟）1954

廣東台山人，中山大學畢業生。1938 年 10 月廣州淪陷後來港，初在九龍一間小咖啡店當店員，後任文協香港分會理事，與陳殘雲復刊《中國詩壇》，共出版三期，因未在港英當局註冊，受到取締，被迫停刊。1940 年夏初離港轉赴桂林。1946 年秋內戰爆發後再度離穗來港，居住在香港半山堅尼地道。1948—1949 年間在港復刊三期《中國詩壇叢刊》。曾任教於香島中學，並擔任《華商報》影劇雙週刊編輯、文協香港分會理事、秘書、民盟廣東省支部委員、南方總支部委員等。參與創辦人間書屋，編輯《人間詩叢》。參與新粵劇改編。出版詩集《九月的太陽》、《民主短簡》及長詩《潰退》。1949 年廣東解放前夕入東江游擊區。

黃慶雲（1920—2018）1980

廣州人。童年在香港受教育，1932 年回廣州讀書。1938 年廣州淪陷後到香港，入嶺南大學讀書，積極參加難童救濟和兒童劇場等活動，並開始兒童文學創作。1940 年考進嶺南大學社會科學研究所，以兒童文學作為專題研究。在教授們幫助下，1941 年在香港創辦了《新兒童》半月刊，在刊物上開闢"雲姊姊信箱"，與兒童討論各種問題。1942 年雜誌遷桂林出版，抗戰勝利後先後在廣州、香港復刊。1947—1948 年赴美國哥倫比亞大學攻讀教育碩士，仍以兒童文學為研究對象。1949 年前香港進步教育出版社出版了她的童話集、兒童小說集、詩歌及翻譯兒童小說二十多種。

黃秋耘（1918—2001）1936

原籍廣東順德，祖居佛山，生於香港。中小學時代在香港讀書，1935 年秋考入北平清華大學。抗戰爆發後，曾在八路軍駐香港辦事處和其他部門做軍事工作和地下工作，打進日寇情報機關刺探軍事情報，後又打進國民黨軍事機關當過尉級軍官和中校軍官，曾率領小部隊和日本侵略軍作戰。1940 年後協助編輯《青年知識》。1942 年初因從淪陷區營救進步文化人士及民主人士受表揚。1946 年 6 月為逃避軍統特務搜捕再次逃至香港，從事文化工作，公開身份是香島中學英語教員。常在報刊用筆名發表散文、小說、雜文。在港出版散文集《浮沉》，與陳實合譯羅曼羅蘭的長篇小說《搏鬥》。

黃繩（1914—1988）

又名黃承燊，廣州人。1937 年遷居香港，任中學教員，同時開始文藝工作，參加文協香港分會，常於《文藝陣地》、《立報·言林》、《申報·自由談》（港版）發表文章，亦是文協香港分會主要撰稿人之一。寫作之外，還為香港中華業餘學校及文協香港分會文藝通訊部講授文藝理論課程。香港淪陷後至桂林。1948 年重返香港，任香島中學校長，在《文匯報·文藝》等發表散文作品。在香港出版的集子有

《文藝與工農》、《怎樣讀小說》、《文學學習與寫作修養》、《文藝作品分析》等。

黃文俞（1917—1996）1941

廣東番禺人，生於廣州。1938 年加入全國抗敵文藝工作者協會香港分會，1940 年起任香港《大公報》校對、副刊助理編輯。1946 年於香港出任中共廣東區委主辦的《正報》社長兼總編輯，1948 年返回內地。

黃藥眠（1903—1987）1928，1944（民盟）

廣東梅縣人。曾在共青團中央做地下工作。1941 年皖南事變後由桂林來港，在八路軍駐港辦事處擔任國際抗日宣傳工作，兼寫時事評論，1942 年返回梅縣。1946 年再度來港，參與創辦達德學院，任文學系主任。並參與民盟領導工作，主編民盟機關報《光明報》。1948—1949 年任文協香港分會理事。在《華商報》、《大公報·文藝》、《星島日報·星座》、《小說》月刊、《文匯報·文藝週刊》、《中國詩壇》等發表詩作、評論等。在港期間出版長詩《桂林底撤退》，小說集《暗影》、《再見》（寫於桂林），論文集《論約瑟夫的外套》、《論走私主義的哲學》，散文集《抒情小品》（部分寫於梅縣）等。1949 年 5 月離港赴京參加第一次文代會和全國政協第一次全體會議。

簡又文（1896—1978）1926（國民黨）

廣東新會人。美國芝加哥大學碩士。曾任國民黨立法委員。1937 年至港從事文化工作，1938 年在香港與林語堂等創辦《大風》旬刊，任社長，至 1941 年太平洋戰爭爆發後停刊。1939 年國民黨香港支部改組後，被委任為執行委員，負責文化方面工作，籌組中國文化協進會，擔任主任委員。另開始研究太平天國史。香港淪陷後輾轉赴桂林。1949 年 6 月攜眷至香港定居。

蔣牧良（1901—1973）1938

湖南湘鄉（今屬漣源）人。1948 年到香港，任《小說》月刊編委，出版傳記《高爾基》。1949 年春繞道北上參加第一次文代會。

金仲華（1907—1968）1943（民盟）

浙江桐鄉人。中共地下黨員。1936 年至港，協助鄒韜奮等籌辦《生活日報》，同年夏回上海後任《世界知識》雜誌主編。1938 年 8 月再到港，參與籌建中國青年新聞記者學會香港分會和國際新聞社香港分社，並任《世界知識》主編、《星島日報》總編輯。兼任宋慶齡創辦的保衛中國同盟執行委員、中國新聞學院（由中國青年新聞記者學會香港分會創辦）副院長，主持院務。1942年初與夏衍等離港至桂林。1948年7月再到香港，受中共委託，主編新華社香港分社對外英文期刊《東方通訊》。1949年3月離港返回內地。

柯靈（1909—2000）1945（民進）

原名高季琳，浙江紹興人。1948年5月由於國民黨特務搜捕，由上海逃往香港，參與創辦港版《文匯報》，兼任永華影業公司編劇，並任中國民主促進會中央常務委員。1949年4月離港進入解放區，到京參加第一次文代會。

犁青（1933—）

原名李福源，生於福建安溪。1947年為生計由上海來港，從事貨倉管理、漁船作業、小學教師等職業。參加新詩歌社及文協香港分會文藝通訊部，任"文通"詩歌組長。參加"新青年文藝叢刊"編輯工作與"方言詩歌創作組"活動。與詩人沙鷗、呂劍等結交，發表了兩千行的長詩〈苦難的僑村〉，出版短詩集《瓜紅時節》等。1948年離港赴南洋。

廖沫沙（1907—1991）1930

湖南長沙人。曾作黨的地下工作，三次被捕。1941年春由廣西桂林抵港。參與創辦《華商報》，任編輯主任，編輯要聞版，住在中環半山坡擺花街的編輯部，以懷湘等筆名，在副刊〈燈塔〉發表雜文，在《大眾生活》週刊發表歷史小品多篇，1949年集為《鹿馬傳》出版。1942年春撤退至桂林。1945年11月初離開重慶，12月中旬抵港，任復刊後的《華商報》副總編輯兼主筆，撰寫社論，負責軍事評論專欄〈每週戰局〉，為《群眾》週刊、《正報》寫文章，先後居報社位於干諾道中的編輯部及西環桃李臺《群眾》週刊所在地。加入香港工委報委。離開報社後，主持新民主出版社的編輯工作。1949年6月初離港赴京。

林煥平（1911—2000）1931

廣東台山人。1938年夏由廣州來港，任文協香港分會理事、廣東國民大學香港分校教授、民族革命通訊社香港分社社長，從事抗戰宣傳。香港淪陷後赴廣西桂林等地。1947年1月底由上海再度來港，先在華僑工商學院任教，後創辦南方學院並任院長，兼任《文匯報》社論委員、中國學術工作者協會理事、文協香港分會理事，撰寫有關日本及國際問題的署名專論。1951年南方學院被港英當局封閉後返回桂林。在港期間發表大量詩歌、散文、評論、譯作等，著有《抗戰文藝評論集》、《文藝的欣賞》、《文學論教程》、《論新民主主義教育》等，譯有藏原惟人的《文化革命論》等。

林林（1910—2011）1938

學名林仰山，福建詔安人。1941 年春由廣西抵港，參與《華商報》工作。1948 年春由菲律賓回到香港，參加文協香港分會，曾在達德學院和南方學院任文學系教授，為《華商報》編輯副刊〈筆談〉、〈讀書生活〉等，並為《文藝生活》撰稿。期間出版過《詩歌雜論》、反映菲律賓游擊戰爭的詩集《同志，攻進城來了！》（改名為《阿萊耶山》），翻譯出版海涅的詩集《織工歌》和《海涅愛情詩集》。1949 年秋離港至廣州。

林默涵（1913—2008）1938

福建武平人。曾從事地下工作。1946 年夏，由黨組織安排，由上海抵港，租住英皇道 172 號。10 月負責籌辦《群眾》週刊香港版工作，1947 年二三月間開始出版。同年當選為文協香港分會候補理事。1948 年與邵荃麟等共同編輯《大眾文藝叢刊》。1949 年初繼章漢夫之後任香港工委報委書記兼《華商報》社論委員，同年秋回到北京參加第一次文代會。在港期間撰寫抨擊國民黨政府和針砭時弊的雜文及文藝論文，輯為雜文集《獅與龍》、論文集《在激變中》，於 1949 年出版。

零零（1917—2004）

原名鄭樹榮，廣東恩平人。1939 年考入南遷香港的嶺南大學，參與校內"藝文社"話劇活動，1943 年畢業。1946 年發表以戰時從香港播遷廣東曲江（今韶關）的嶺南大學為背景的抗戰小說〈人鬼戀〉，1947 年與導演關文清合著電影小說《復員淚》。在香港《生活日報》、《國民日報》等發表詩作、報告文學、小說等，著有詩集《時代進行曲》等。1951 年返回內地。

劉思慕（1904—1985）1925（國民黨）1946（民盟）1957（共產黨）

原名劉燧元，廣東新會人。抗戰期間曾於香港國際新聞社等處從事抗戰宣傳工作。1946 年後任復刊後的《華商報》總編輯、《文匯報》總編輯。

柳亞子（1887—1958）1924（國民黨）1944（民盟）1948（民革）

江蘇吳江人。1940 年底由上海租界潛往香港，寫作〈羿樓日札〉，1941 年 9 月起連載於茅盾主編的《筆談》，並組織扶餘詩社，任社長。太平洋戰爭爆發後，輾轉至桂林。1947 年因受當局迫害，再度由上海來港，同年由耕耘出版社印行《乘桴集》、《南遊集》、《懷舊集》。1948 年初參與發起中國國民黨革命委員會並任秘書長。1949 年春應毛澤東電邀離港至北平，出席政協會議。

樓棲（1912—1997）1946（民盟）

原名鄒冠群，廣東梅縣人。1937 年中山大學畢業後來港，任教於香港華南中學，業餘從事創作。1938 年參加文協香港分會，1939 年任教於香港中華業餘學校，1941 年至桂林。1946 年回港，任《人民報》副刊編輯，1947 年春任達德學院文史系教授。1949 年廣州解放後離港。1949 年在港出版客家方言長詩《駕鴦子》和雜文集《反芻集》。

樓適夷（1905—2001）

浙江餘姚人。曾經從事地下工作。1938 年 11 月由武漢經廣州抵港，協助茅盾編輯《文藝陣地》，並繼茅盾之後代理主編工作。1939 年 6 月因安全原因回上海。1947 年由上海再度來港，住在九龍，與周而復等創辦《小說》月刊，負責實際編輯工作。曾任文協香港分會監事，1949 年離港赴北京參加第一次文代會。在港期間發表散文、小說及評論，出版散文集《四明山雜記》。

陸丹林（1896—1972）

廣東三水人，生於廣州。1938 年初由上海至港，任 3 月 5 日創刊的《大風》旬刊編輯、主編。於從政外多從事報刊編輯及教育工作。

呂劍（1919—2015）抗戰時期（民盟）

原名王聘之，山東萊蕪人。1946 年在港參與復刊《華商報》，主編副刊〈熱風〉至 1947 年夏。任文協香港分會理事。編輯《風雨詩叢》。1948 年春赴華北解放區。

呂志澄（1915—1991）

廣東高要人。1945 年底至香港，任進步教育出版社《新兒童》半月刊副編、主編、督審等職，撰寫及翻譯兒童故事小說、童話、詩歌、少年科學等在上面發表。參加文委領導下的影評寫作組，影評、文藝作品主要在《華商報》、《大公報》、《文匯報》副刊發表。又在華南分局民聯負責人譚天度、羅理實領導下，與黃天若等組建進步組織"西江青年"，出版刊物《西江》。1950 年回廣州。

駱賓基（1917—1994）1938

原名張璞君，吉林琿春人。1941 年夏由桂林輾轉至香港，9 月抵達，為茅盾主編的《筆談》撰寫中篇連載小說〈罪證〉，在《時代文學》上發表長篇連載〈人與土地〉（寫於桂林）。太平洋戰爭爆發，陪伴在病重的蕭紅身邊。蕭紅逝世後，隻身離港。1949年初在南京作為政治犯被釋放，4月又轉走香港，6月離港赴京。

茅盾（1896—1981）1921

原名沈德鴻，字雁冰，浙江桐鄉人。1938年2月底，應生活書店約請主編《文藝陣地》，應薩空了約請主編《立報·言林》，遷居香港，先住在軒尼詩道一間出租房內，三四個月後遷至九龍太子道一九六號四樓。於《立報·言林》連載長篇小說《你往哪裏跑？》。1938年12月赴新疆擔任新疆學院文學院長。1941年1月皖南事變後，周恩來領導文化界人士疏散，3月二度來港，任務是開闢"第二戰線"，先住旅店，5月遷至香港半山堅尼地道。任鄒韜奮主持的《大眾生活》編委，從新一號開始連載日記體長篇小說《腐蝕》。於《華商報·燈塔》連載散文〈如是我見我聞〉十八篇（後更名《見聞雜記》）。創辦並主編半月刊《筆談》，9月1日出版創刊號，不到5天即出版再版本，共出版7期。在港九個月，除《腐蝕》與短篇小說〈某一天〉之外，還寫了近百篇雜文。香港淪陷後，第一批撤退，由東江游擊隊保護離港。1947年11月上旬，由葉以群安排，離開上海赴香港，在公寓中住了一個半月，後在九龍彌敦道租住。任文協香港分會常務理事。續寫《蘇聯見聞錄》、《生活之一頁》（後更名為《脫險雜記》），新寫《雜談蘇聯》。創作最後的長篇《鍛煉》，於香港《文匯報》連載了111天。主編《文匯報·文藝週刊》，任新創辦的《小說》月刊編委。1948年12月底，作為第三批文化界人士，離開香港赴東北解放區，參加新政治協商會議的籌備工作。

孟超（1902—1976）

山東諸城人。1947年從重慶至港。為了維持生計，與秦似等參與編寫小學教科書（夏衍為了解決一些人的生活困難，從新加坡一位愛國華僑那裏領來的任務）。與秦似等復刊《野草》，與樓適夷、以群等創辦《小說》月刊，為《華商報》、《大公報》、《文匯報》副刊寫稿。期間還寫出雜文集《水泊梁山英雄譜》（上海學習出版社，1950年），借古喻今，諷論時事和人物。

穆時英（1912—1940）

浙江慈溪人。1936年2月為追蹤舞女妻子仇飛飛到香港，一度在《星島日報》任職，1939年3月出席文協香港分會成立大會，10月回上海，主辦汪精衛偽政權《中華日報》副刊〈文藝週刊〉及〈華風〉，1940年5月主編《國民新聞》。

聶紺弩（1903—1986）1922（國民黨）1934

湖北京山人。早年為國民黨員，黃埔軍校學員，與蔣經國、谷正綱等國民黨知名人士同為莫斯科大學同學。1947年為逃避國民黨追捕離開重慶赴香港，1948年3月抵達，居於九龍棱亞道十五號。在港期間為《文匯報》寫社論，任《野草》編委。出版散文雜文集《天亮了》、詩集《元旦》、雜文集《二鴉雜文》等。1949年6月赴京參加第一次文代會，年底返回香港，1950年夏任香港《文匯報》總主筆。

鷗外鷗（1911—1995）

原名李宗大，廣東東莞人。1918年移居香港，居於跑馬地，1922年遷返廣州。1938年廣州淪陷前夕至港，任教於香江中學，並主編《中學知識》月刊，在《大地畫報》發表〈和平的礎石〉等詩。後任國際印刷公司總經理，支援生活書店的出版工作，印刷鄒韜奮主編的《大眾生活》週刊和茅盾主編的《筆談》等。1939年出席文協香港分會成立大會，1942年逃出香港赴桂林。1946—1947年間在香港《新兒童》發表兒童詩多首。

歐陽予倩（1889—1962）1955

湖南瀏陽人。1937年上海淪陷後因受漢奸特務迫害，前往香港，編寫古裝片電影《木蘭從軍》，為中國旅行劇團導演話劇《流寇隊長》、《魔窟》、《一心堂》、《欽差大臣》、《日出》等。1939年冬遷至桂林。抗戰勝利後，1946年9月再度來港，編導影片《關不住的春光》（《弱者，你的名字是女人》）和《戀愛之道》（與夏衍合編），表達進步知識分子對革命的嚮往之心。1949年離港赴京。

潘漢年（1906—1977）1925

江蘇宜興人。長期負責文化統一戰線工作。上海淪陷前，奉中共中央指示，負責愛國民主人士向內地撤退或向香港轉移的工作，自己也奉命轉移到香港，並與廖承志一起建立了八路軍駐香港辦事處。太平洋戰爭爆發後，又奉命負責在港文化界人士的撤退工作。1946年10月30日乘飛機再度由上海抵港，參與中共香港分局和中共華南局的領導工作，主持在港的統一戰線等工作。1948年9月至1949年3月，先後分四批負責護送約350名愛國民主人士北上解放區。

喬木（1913—1983）1939

原名喬冠華。1938年至港，在八路軍駐港辦事處工作，為《新生晚報》寫社論，參與籌建文協香港分會，任中國新聞社社長。1946年任香港工委委員，負責外事組，公開社會身份是新華社香港分社社長。居於英皇道。

秦牧（1919—1992）1945（民盟）1963

原名林覺夫，廣東澄海人，歸國華僑。生於香港，三歲隨父母遷居新加坡，1932 年底回國，1936 年到香港唸高中，住在貧民窟。1938 年後輾轉粵桂等地。1946 年冬至香港，任《中國工人》編輯，過了三年職業作者的生活。同時擔任民盟港九支部宣傳部長。1949 年 8 月離港進入廣東東江解放區。

秦似（1917—1986）1947

原名王揚，廣西博白人。1935 年在廣州讀高中時曾遙領香港《循環日報》的〈文學〉雙週刊編輯之職。抗戰開始後參與救亡運動。1946 年夏由廣西到港，居於港島桃李臺。參與復刊同人雜誌《野草》，任執行編輯，以叢刊形式出版，主要發行地區是香港和南洋，共出版 12 期。曾在《華商報》作英文電訊翻譯，又在《文匯報》編輯副刊〈彩色版〉。在港期間出版雜文集《在崗位上》。1949 年 8 月化裝離港進入東江解放區。

饒彰風（1913—1970）

別名蒲特，廣東大埔人。1936 年秋，被調往香港參加中共南方臨時工作委員會工作，主辦其機關刊物《大路》，並負責與新聞界、文化界聯繫。曾任東江游擊隊秘書長。1945 年抗戰勝利後被派駐香港領導復刊《華商報》，任總經理。住在七姊妹。此前先行創辦中共廣東區委機關報《正報》，創建新華南通訊社，兼任社長。擔任香港工委文委和報委領導工作，領導健全了香港中原劇社，幫助從內地轉移到香港的第七戰區藝宣大隊第五隊和第七隊合併成立中國歌舞劇藝社。負責對民主黨派、愛國民主人士和文化界的統戰工作。新中國成立前夕，親自安排中國歌舞劇藝社、中原劇社、虹虹歌詠團、螞蟻劇社以及文藝界人士，分批進入粵東地區，成立華南文工團。

薩空了（1907—1988）

原籍內蒙古昭烏達盟翁牛特旗，生於四川成都，蒙古族人。1938 年至港，復刊《立報》，任總編輯及總經理，主編〈小茶館〉。9 月，因與《立報》社長成舍我意見不合，遠赴新疆。1945 年再度至港，1946 年接替饒彰風任《華商報》總經理，並任《光明報》總經理。1949 年離港赴京。

沙鷗（1922—1994）

原名王世達，重慶人。1947 年逃亡至香港，參與《新詩歌》在港的復刊工作，以"新詩歌叢書"名義在港出版了一批詩集，個人出版詩集《百醜圖》等三本集子。並任文協香港分會文藝通訊部顧問。1948 年秋離港赴平山解放區。

邵荃麟（1906—1971）1926

祖籍浙江寧波，生於重慶。1947 年 1 月，由周恩來親筆介紹，自上海赴港，租住香港東北角的馬寶道，任香港工委文委委員，後任文委書記和工委副書記，從事統戰工作。1948 年參與創辦《大眾文藝叢刊》，發表〈對於當前文藝運動的意見〉〈論主觀問題〉〈論馬恩的文藝批評〉等多篇理論文章。期間還翻譯了一些馬列主義文藝理論，如阿‧梅耶斯涅可夫的《列寧與文藝問題》；寫過一些介紹馬列文論的小冊子，如《文藝的真實性與階級性》等，列入《文藝生活叢書》出版。1949 年 8 月中旬與喬冠華等最後一批撤離香港赴北京。

施蟄存（1905—2003）

生於浙江杭州，長於松江。約於 1938 年 8 月途經香港，於《星島日報‧星座》發表〈新文學與舊形式〉、〈再談新文學與舊形式〉參與文壇討論。1940 年 3 月至 11 月旅居香港，住在學士臺，在天主教真理學會幫忙校閱天主教文學的中文譯稿，並應楊剛之邀籌備文協香港分會暑期講習班，每週為之講課兩次。期間在《大風》旬刊發表散文〈薄鳧林雜記〉等，在《星島日報‧星座》發表小說、散文與翻譯作品。12 月回上海省親。

司馬文森（1916—1968）1933

原名何章平，福建泉州人。九歲即被迫外出，赴南洋當童工謀生，十二歲回國。曾於軍隊工作。1946 年為逃避國民黨迫害由廣州撤退至香港，復刊《文藝生活》，出版海外版。擔任中共南方局文委委員、港澳工委委員、達德學院文學教授、《文匯報》主編，及文協香港分會常務理事等職，倡導報告文學。同時擔負統戰工作。並創作長篇小說《南洋淘金記》、《海外尋夫記》，中篇小說《成長》、《折翼鳥》、《危城記》、《香港淘金記》以及許多短篇小說、散文、評論等。編寫的六部電影劇本《火鳳凰》、《南海漁歌》、《血海仇》、《娘惹》、《海角亡魂》、《海外尋夫》均被拍成電影。1949 年秋奉召離港赴京參加政協會議和開國典禮，創作特寫報告集《新中國的十月》。1950 年後任香港《文匯報》總主筆。

宋雲彬（1897—1979）

　　浙江海寧人。1946年到港，任香港文化供應社總編輯、《文匯報‧青年週刊》編輯、《野草》編委，又為上海書店編寫南洋華僑中學的語文教科書，並任達德學院教授。期間出版《中國文學史簡編》和《中國近百年史》。平津解放後，1949年春離港赴京。

宋之的（1914—1956）

　　原名宋汝昭，河北豐潤人。1941年皖南事變後奉周恩來指示從重慶撤退至香港。在廖承志領導下，出面組織"旅港劇人協會"，演出《霧重慶》（自編自導）、《希特勒的傑作》（《馬門教授》）、《北京人》（曹禺編劇）等劇。創作劇本，做團結統戰工作，當舞臺監督，在《華商報》、《大眾生活》等發表短論雜文。香港淪陷後隨東江游擊隊北撤。後寫作劇本《祖國在呼喚》，描寫香港之戰期間中共對文化界人士的"偉大的搶救"工作。

吳紫風（1919—2011）

　　廣東台山人。戰後與丈夫秦牧一同來港。期間，寫作諷刺小說〈新鏡花緣〉、〈媒婆〉、〈火腿科長〉，歷史小品〈伐商〉，諷刺話劇〈垃圾下海〉等。1949年出版中篇小說《學士帽子》，編寫《世界婦女名人剪影》等。

吳祖光（1917—2003）

　　原籍江蘇武進，生於北京。1947年秋天因受國民黨當局警告和威脅，應香港大中華影業公司之聘，赴港任電影編導。行前為香港永華影業公司編寫了兩個電影劇本：由話劇本《正氣歌》改編的《國魂》，與喜劇《公子落難》。在港期間，為大中華影業公司編導電影《風雪夜歸人》及聊齋故事《莫負青春》，為永華影業公司導演唐漠編劇的《山河淚》及改編自黃谷柳小說的《春風秋雨》。1949年秋應中央電影局之召離港赴京。

夏衍（1900—1995）1927

　　原名沈乃熙，字端先，祖籍河南開封，生於浙江杭縣。1941年1月下旬，皖南事變後，奉周恩來急電，轉移赴香港，任中共南方工作委員會委員，並建立黨對海外的宣傳據點。4月，在廖承志領導下，與范長江、鄒韜奮、胡仲持、廖沫沙等創辦中共海外機關報《華商報》，任社務委員，撰寫社論和時事述評，兼管文化評論工作和文藝副刊〈燈塔〉，組織發表茅盾〈如是我見我聞〉、鄒韜奮〈抗戰以來〉等，同時根據周恩來指示，從事黨的統戰工作。並兼任《大眾生活》編委，創作連載唯一長篇《春寒》。1942 年 1 月 8 日，化名撤退出香港。1946 年 10 月 30 日乘機與潘漢年一道抵港，先後居英皇道 171 號與九龍彌敦道附近，逗留 4 個多月，為《華商報》、《野草》等撰文。1947 年 3 月中旬抵新加坡，9 月被英國殖民當局禮送出境，返抵香港。1948 年，任中共中央華南分局委員、香港工作委員會委員（後任書記），積極進行統戰工作，同時任《華商報》董事會董事和社論委員，先後兼管文藝副刊〈熱風〉、〈茶亭〉，以汪老吉筆名發表大量短評雜感，並與友人合作開辦「七人影評」。又參加文協香港分會，在新聞戰線開展進步文藝活動。在港期間出版雜文集《劫餘隨筆》、《蝸樓隨筆》，及與他人合集《血書》等。1949 年 4 月底，遵照黨中央指示，離港赴北平。

蕭紅（1911—1942）

　　原名張廼瑩，另有筆名悄吟，黑龍江呼蘭人。1940 年 1 月與端木蕻良由重慶來港，租住九龍樂道。同年完成長篇散文體小說《呼蘭河傳》的最後一章，寫作長篇《馬伯樂》及續稿（未完稿），1941 年夏寫作最後一個短篇〈小城三月〉等。年底肺病日重，香港淪陷後，輾轉醫院各處，於 1942 年 1 月 22 日病逝。在港期間於重慶出版《蕭紅散文》、《回憶魯迅先生》、《馬伯樂》等，於上海雜誌公司出版《呼蘭河傳》。

蕭乾（1910—1999）

　　蒙古族人，祖籍內蒙古，生於北京。1938 年夏到港，參加港版《大公報》籌備工作。8 月 13 日《大公報》在香港復刊，編輯〈文藝〉副刊至 1939 年 8 月底，連載沈從文的長文《湘西》。1939 年春，副刊逐漸放棄純文藝傳統，開始出綜合版。1月出了一個連載專刊「日本這一年」，後結集為《清算日本》，以「大公報文藝編輯部」名義於 3 月出版。1939 年 9 月 1 日離港赴倫敦。1948 年 10 月由上海經臺北飛抵香港，由報館安排住在九龍一幽靜地帶，公開崗位仍是《大公報》編輯，同時擔任地下黨對外宣傳英文刊物《中國文摘》（China Digest）改稿。1949 年 8 月乘坐「華安」號輪船離港赴京。

徐遲（1914—1996）1983

　　浙江吳興人。1935 年冬第一次到港，居住不到一個月。1938 年 5 月攜妻女與戴望舒一家由上海一同來港，為《星報》和《立報》翻譯外電，後任職於國民政府在香港辦的陶記公司。1939 年與戴望舒、葉君健、馮亦代等主編英文版《中國作家》，

1940 年任文協香港分會理事，1939—1941 年擔任文協香港分會文藝通訊部導師。先居桃李臺，後遷彌敦道、波斯富街。1939 年 9 月 1 日，妻女回上海後，遷居於戴望舒所居林泉居。1940 年 2 月曾去桂林一個月，10 月去重慶，1941 年 5 月返回香港，1942 年 1 月離開。於香港報刊發表大量詩作、譯詩、散文、小說及評論。

許地山（1893—1941）

出生於臺灣，甲午戰爭後遷居大陸。1935 年因與燕京大學校長司徒雷登不洽，被解聘，經胡適推薦，應聘香港大學，9 月 1 日就任香港大學中文學院主任教授，租住羅便臣道 125 號。於港大大力改革教學內容，設文學、史學、哲學三系，加強新文學教育，並任新文字學會理事，提倡新文字運動。1939 年後任文協香港分會常務理事，主持工作，同時任中國文化協進會常務理事等。在中共地下黨支持下，積極宣揚抗日救國。皖南事變後，和張一麐致電蔣介石，呼籲團結和息戰。在港期間於《大風》旬刊、《大公報》、《新兒童》半月刊等發表小說〈玉官〉、〈鐵魚底腮〉、童話〈螢燈〉、〈桃金娘〉，獨幕劇〈女國士〉及大量評論隨筆等。1941 年 8 月 4 日因突發心臟病去世。

薛汕（1916—1999）1936

原名黃谷隆，廣東潮州人。曾從事抗日救亡活動，遭國民黨逮捕後任獄中地下黨小組長。1946 年遭國民黨特警搜捕，隻身由上海出走香港，與沙鷗、黃雨、蕭野、許戈陽、丹木等組織新詩歌社，繼續出版《新詩歌》叢刊。參加文協香港分會民間文藝部及"方言文學研究會"工作，出版《憤怒的謠》、《嶺南謠》等歌謠集，以及潮州方言小說《和尚舍》。又與戴望舒、馬鑒合編《星島日報·民風》，出版近 50 期。為迎接華南解放，在《正報》、《華商報》、《文匯報》、《大公報》和馬來亞《現代週刊》等，用筆名寫了大量通訊、特寫和軍事報導。1949 年離港進入廣東潮汕游擊區。

楊剛（1909—1957）

祖籍湖北沔陽，生於江西萍鄉。1939 年 8 月赴港，接替蕭乾主編《大公報·文藝》至 1941 年冬。1940 年任文協香港分會理事，1939—1941 年任該會文藝通訊部導師。發起和參與 1940 年冬的"反新式風花雪月"論戰。1939 年 5 月 11 日起於香港《大公報·文藝》連載政治抒情長詩〈我站在地球中央〉，翌年出版同名詩集。另出版散文集《夢的沸騰》、歷史小說《公孫鞅》。1942 年初至桂林，1944 年赴美，在哈佛大學進修。1948 年秋回國，任香港《大公報》社評委員，為推動《大公報》

"起義" 發揮重要作用。1949 年初返內地。

葉君健（1914—1999）

湖北黃安人。筆名馬耳。1938 年武漢失守前夕撤退到香港，參加樓適夷編輯的畫報《大地》與金仲華編輯的《世界知識》，主編對外宣傳刊物《中國作家》（*Chinese Writers*），出版兩期後，1939 年秋離港。在港期間，用英文翻譯劉白羽、嚴文井、楊朔、姚雪垠等解放區和國統區作家的作品，寄到紐約《小說》月刊（*Story*）、倫敦《新作品》（*New Writing*）叢刊與莫斯科《國際文學》（*International Literature*）等刊物發表。在港出版了兩部中國抗戰短篇小說集：用世界語譯的《新任務》（*Nova Tasko*）和用英文譯的《中國抗戰短篇小說集》（*War-time Chinese Stories*），在海外發行。

葉靈鳳（1905—1975）

江蘇南京人。1938 年經廣州到香港，在此定居直至逝世。曾任《星島日報・星座》、《立報・言林》、《國民日報》副刊編輯，在多家報刊上發表作品。淪陷期任《新東亞》、《大同》等期刊編輯。在港期間，對香港史地掌故進行了大量資料搜集及研究工作，發表許多文章。

葉以群（1911—1966）1932

安徽歙縣人。1941 年皖南事變後至港，太平洋戰爭爆發後撤離。1948 年從上海至港，住在九龍，負責 "文藝通訊社"，開展對海外華僑文藝社團及報刊的文藝通訊聯絡活動，將大陸文藝作品寄往南洋一帶報刊發表。解放初期離開香港回到上海。

于逢（1915—2008）1949

原名李兆麟，原籍廣東台山，生於越南海防。1934 年回國。1948 年初赴香港治病，任《大公報・文藝》編輯。1950 年 9 月回廣州，同年在港出版文學評論集《論〈蝦球傳〉及其他》。

于伶（1907—1997）1932

原名任禹成，江蘇宜興人。1941 年初化名 "任向之" 由上海赴香港，3 月 16 日到達，協助夏衍辦《華商報》，領導當地電影工作，與司徒慧敏等發起組織 "旅港劇人協會"。香港淪陷後轉移到東江游擊區。1948 年秋為了治病再到香港，任文委委員，負責戲劇電影的組織領導工作，主編《華商報・舞臺與銀幕》。1949 年春離港，乘海輪北上。

郁風（1916—2007）

　　祖籍浙江富陽，生於北京。1939 年按照共產黨指示到香港，先後任職於《星島日報》、《華商報》。1940 年主編同人刊物《耕耘》雜誌，該刊圖文並茂，是當時在香港出版而有較好印刷條件的唯一的文藝刊物，4 月出版創刊號，共主編三期，印行兩期。

袁水拍（1919—1982）1942

　　原名袁光楣，筆名馬凡陀，江蘇吳縣人。1937 年底由漢口來港，任職於中國銀行香港分行信託部。1939 年參加文協香港分會，任〈文協〉週刊編輯委員，1940 年任文協香港分會理事，1939—1941 年任該會文藝通訊部編輯股負責人。1940 年 10 月調任重慶總行，1941 年 5 月調回香港。1942 年初撤離。於《星島日報·星座》、《大公報·文藝》、《立報》、《頂點》詩刊等發表詩作、散文、評論及譯詩。1948 年再度來港，任職於《大公報》，1949 年夏離港回滬。在港期間出版詩集《人民》（1940）、《馬凡陀的山歌續集》（1948）、《解放山歌》（1949）、《江南進行曲》（1949）、《今年新年大不同》（1949）等。

章泯（1907—1975）1932

　　原名謝韻心，四川峨嵋人。1941 年皖南事變後奉周恩來指令從重慶撤退至香港。參與組織成立"旅港劇人協會"。導演話劇《馬門教授》、《北京人》。1942 年春撤離。1946 年第二次撤退至香港，轉業從事電影。在《華商報·熱風》發表五幕劇《惡夢》。為香港建華影業公司編寫電影劇本《紅塵白壁》（又名《怨偶情深》）。1948 年後為南群影業公司（葉以群為經理）導演故事片《結親》（葛琴原著，夏衍改編），自編自導故事片《靜靜的嘉陵江》，並為南國影業公司編導《冬去春來》。期間出版《導演與演員》。1949 年離港赴京。

張天翼（1906—1985）

　　湖南湘鄉人，生於南京。1948 年秋至香港養病，期間到過澳門等地，1950 年 5 月離港赴京。在港期間，於《小說》月刊等發表寓言式小說〈老虎問題〉及其續篇、〈混世魔王〉等。

鍾敬文（1903—2002）

　　廣東海豐人，筆名靜聞。1947 年夏，因"左傾思想"被中山大學解除教授職務，7 月末化裝離開廣州，避難香港，在共產黨和民主黨派共同辦理的達德學院文學系任教。此外任文協香港分會常務理事、方言文學研究會會長，開始認真學習馬列主義，運用其觀點處理文藝問題。發表關於一般文藝、民間文藝和方言文學的論文，及一些關於彭湃、冼星海、郁達夫、朱自清的回憶紀念文章，並主編《方言文學》。1949 年 5 月初離港赴京參加第一次文代會。

周而復（1914—2004）1939

原籍安徽旌德，生於南京。1946 年夏，由黨組織安排，與龔澎、喬冠華、林默涵等一道，乘船由上海抵港，租住英皇道 171 號。任香港文藝學院講師、《小說》月刊編委、海洋書屋總編輯，編輯出版《北方文叢》和《萬人叢書》。在港期間，創作兩個長篇小說《白求恩大夫》和《燕宿崖》，都連載於《小說》月刊。另寫作中篇小說〈西流水的孩子們〉。出版雜文集《北望樓雜文》、評論集《新的起點》等。1949 年，負責安排文化界知名人士秘密離開香港，前往解放區。1949 年 5 月率領一百多名文化界人士乘坐一艘掛挪威國旗的貨輪離港。

周鋼鳴（1909—1981）1934

生於廣西羅城。抗戰勝利後到香港，負責香港九龍文學界協會工作，編輯《文藝叢刊》，發表了論雜文創作、方言文學、黃谷柳《蝦球傳》的論文，後分別收入《論文藝改造》、《論群眾文藝》兩本集子裏。

鄒荻帆（1917—1995）

湖北天門人。抗戰爆發後，從事抗日救亡工作。1938 年 9 月參加洪深、金山、王瑩、白魯等領導的上海救亡演劇第二隊（後改名中國劇團），在武漢、桂林、香港一帶從事演劇活動，個人在劇團做宣傳工作，也演群眾角色。1939 年在香港停留半年，離隊回內地。1948 年初由武漢遠走香港，曾在飛機修理工廠做過雜工，後為《華商報》編副刊。1949 年在香港用史紐斯的筆名自費出版諷刺美蔣的諷刺詩集《噩夢備忘錄》，另出版短詩集《跨過》。1949 年 6 月離港經東北到北京。

鄒韜奮（1895—1944）1944（追認）

原籍江西餘江，生於福建永安。1941 年皖南事變後，生活書店各分店被當局查封，2 月憤而辭去“國民參政員”職務，被迫出走香港，4 月 25 日抵達。因特務活動，幾次搬家，先後居於堅尼地、永安街、灣仔、雲咸街等地。在港復刊《大眾生活》週刊，5 月 17 日出版新一號，至 12 月香港淪陷停刊，期間連載茅盾《腐蝕》與夏衍《春寒》等。與救國會留港代表茅盾等八人聯名發表〈我們對於國事的主張和態度〉。香港淪陷後撤退到廣東游擊區。

參考文獻

說明：

一、　文獻排列以著作者名稱現代漢語拼音為序。

二、　"原始文獻"部分，為更好地反映歷史，除採用上述排序原則，兼取以下方法：

　　a)　文獻以年份劃分，同一年出版的，原創作品在前，譯作列於最後。

　　b)　文獻出版時間一般具體到月份，個別的具體到日期。

　　c)　文獻題名不足以反映體裁的，盡可能標出文獻所屬文體，多種體裁的混合體則列為
　　　　"合集"。

三、　"原始文獻"部分所收為文學著作，出版於 1937—1949 年間（個別作品於 1949 年前創
　　　作、1950 年出版），內容都與南來作家或香港有關，具體有以下四種情況（以下"創作"
　　　一詞，意義上包括翻譯），不再一一標明（正文論述對象以第一種情況下的作品為主）：

　　a)　南來作家在香港創作、在香港出版的作品。

　　b)　南來作家在香港創作、在內地出版的作品。

　　c)　南來作家在內地創作、在香港出版的作品。

　　d)　內地作家在他處創作、在香港出版的作品。因其多由南來作家引進，亦列於此。

四、　為較全面地反映 1937—1949 年間香港文學生產概況，特將香港本土作家此期出版的文學
　　　書籍附於"原始文獻"之末。

五、　其他參考文獻（報刊除外）一般初版於 1950 年以後。為節省篇幅，發表於各類報刊上的
　　　作家回憶錄、他人撰寫的史料性文章與期刊論文、文集論文等不再單獨列出；凡有所徵
　　　引的，已隨文註明。

原始文獻

1937

　　黃魯：《紅河》（詩集），香港：詩場社，1937 年 10 月。

　　溫流：《最後的吼聲》（詩集），香港：詩歌出版社，1937 年 11 月。

1938

　　陳殘雲：《鐵蹄下的歌手》（詩集），香港：詩歌出版社，1938 年 2 月。

　　賀宜：《我的導師》（散文），香港：救亡出版社，1938 年。

　　黃寧嬰：《九月的太陽》（詩集），香港：詩歌出版社，1938 年 1 月。

　　零零：《時代進行曲》（詩集），香港：詩歌出版社，1938 年 1 月。

零零：《自由的歌唱》（詩集），香港：詩歌出版社，1938 年 8 月。

蒲風：《黑暗的角落裏》（詩集），香港：詩歌出版社，1938 年 2 月。

蒲風：《真理的光澤》（詩集），香港：詩歌出版社，1938 年 7 月。

青鳥：《奴隸的歌》（詩集），香港：詩歌出版社，1938 年 1 月。

清水：《一隻手》（詩集），香港：詩歌出版社，1938 年 7 月。

施平：《朱德將軍三十年戰鬥史》（報告文學），香港：救亡出版社，1938 年。

唐納：《中國萬歲》（劇本），香港：香港大公報代辦部，1938 年 10 月。

星人煸：《魔手下的上海》（報告文學），香港：救亡出版社，1938 年。

熊佛西：《後防・中華民族的子孫》（劇本），香港：生活書店，1938 年。

徐韜：《上戰場》（劇本），香港：生活書店，1938 年。

佚名編著：《八百英雄抗敵記》（報告文學），香港：救亡出版社，1938 年。

誼社編選：《第一年》（合集），香港：未名書店，1938 年 9 月。

大華烈士〔簡又文〕編譯：《硬漢》（中篇小說），香港：逸經社，1938 年。

〔美〕史諾：《中國的紅區》（報告文學），香港：救亡出版社，1938 年。

1939

陳孝威：《若定廬隨筆（第一集）》（雜文），香港：香港天文臺半週評論社，1939 年 2 月。

陳孝威：《若定廬隨筆（第二集）》（雜文），香港：香港天文臺半週評論社，1939 年 2 月。

豐子愷：《戰地漫畫》（合集），香港：英商不列顛圖書公司，1939 年 5 月。

廣東戲劇協會同人集體創作、胡春冰編：《黃花崗》（劇本），香港：香港書店，1939 年 3 月，再版。

雷群：《影人特寫（第一集）》（報告文學），香港：中國電影報，1939 年 1 月 15 日。

李南桌：《李南桌文藝論文集》，香港：生活書店，1939 年 8 月。

林煥平：《抗戰文藝評論集》，香港：民革出版社，1939 年 10 月。

林煥平：《西北遠征記》（報告文學），香港：民革出版社，1939 年 10 月。

劉良模：《十八個月在前方》（報告文學），香港：香港青年協會書局，1939 年 3 月。

蘆荻：《馳驅集》（詩集），香港：詩歌出版社，1939 年 4 月。

蒲風：《兒童親衛隊》（詩集），香港：詩歌出版社，1939 年 7 月。

蒲風：《取火者頌集》（詩集），香港：詩歌出版社，1939 年 12 月。

未艾：《火山口》（詩集），香港：中國詩壇分社，1939 年 12 月。

吳涵真：《苦口集》（雜文），香港：香港國訊港社，1939 年 5 月。

夏衍等：《守住我們的家鄉》（劇本），劇友社，1939 年 12 月。

蕭乾編：《清算日本》，香港：大公報文藝編輯部，1939 年 3 月。

楊剛：《公孫鞅》（歷史小說），上海：文化生活出版社，1939 年。

楊剛：《沸騰的夢》（散文），上海：上海美商好華圖書公司，1939 年 4 月。

楊剛：《西北游擊戰》（報告文學），香港：大公報館，1939 年 11 月。

野風等編選：《第一年續編》（合集），香港：香港美商未名書店，1939 年 5 月。

〔美〕賽珍珠著，戴平萬等譯：《愛國者》（長篇小說），香港：香港光社，1939 年 6 月。

〔日〕高沖陽造著，林煥平譯：《藝術學》，廣東國民大學，1939 年。

〔日〕尾崎士郎等著，林煥平譯：《揚子江之秋及其他》，香港：民革出版社，1939 年 10 月。

〔蘇〕高爾基等著，羅稷南等譯：《高爾基與中國》，香港：讀書生活出版社，1939 年 8 月。

1940

S.M.〔阿壟〕：《閘北七十三天》（報告文學），香港：海燕書店，1940 年 12 月。

艾烽：《祖國進行曲》（詩集），詩歌出版社，1940 年 3 月。

艾青：《向太陽》（長詩），香港：海燕書店，1940 年 6 月。

艾青：《土地集》（詩集），香港：微光出版社，1940 年 12 月。

巴金等：《中國勇士》（小說集），香港：奔流書店，1940 年 3 月。

巴尼編：《生活雜寫》（報告文學），香港：奔流書店，1940 年 3 月。

巴人：《前夜》（劇本），香港：海燕書店，1940 年 7 月。

巴人：《生活、思索與學習》（雜文），香港：高山書店，1940 年 8 月。

程造之：《地下》（長篇小說），香港：海燕書店，1940 年 5 月。

杜埃、孫鈿、畢公裔：《初生期》（合集），香港：新知書店，1940 年 1 月 1 日。

端木蕻良：《江南風景》（小說集），重慶：大時代書局，1940 年 5 月。

黑丁：《北荒之夜》（小說集），香港：海燕出版社，1940 年 2 月。

胡明樹：《難民船》（詩集），詩社，1940 年 3 月。

老舍：《文博士》（長篇小說），香港：作者書社，1940 年 11 月。

李輝英：《黎明》（劇本），香港：海燕出版社，1940 年 2 月。

林煥平：《活的文學》，香港：海燕出版社，1940 年 3 月。

林如斯、林如雙著，朱川譯：《吾家》（散文），港社，1940 年 11 月。

林英強：《麥地謠》（散文詩集），上海：文藝新潮社，1940 年 3 月。

劉思慕：《櫻花和梅雨》（散文），香港：大時代書局，1940 年 5 月。

魯迅：《阿 Q 正傳》，香港：時輪出版社，1940 年 1 月。

馬彥祥：《海上春秋》（劇本），香港：申萱出版社，1940 年 2 月。

馬蔭隱：《航》（詩集），中國詩壇社，1940 年 11 月。

茅盾、適夷主編：《水火之間》（合集），香港：生活書店，1940 年 7 月。

茅盾、適夷主編：《論魯迅》（合集），香港：生活書店，1940 年 8 月。

任何：《偉大的教養》（小說集），香港：海燕書店，1940 年 8 月。

宋超：《離婚》（劇本），香港：海燕書店，1940 年 1 月。

孫鈿等：《最初的勝利》（合集），香港：文藝生活社，1940 年 1 月。

陶雄：《0404 號機》（小說集），香港：海燕書店，1940 年 6 月。

蕭紅：《蕭紅散文》，重慶：大時代書局，1940 年 6 月。

蕭紅：《回憶魯迅先生》，重慶：重慶婦女生活社，1940 年 7 月。

新中國文藝社編：《鷹》（合集），香港：新中國文藝社，1940 年 2 月。

楊剛：《我站在地球中央》（長詩），上海：文化生活出版社，1940 年 7 月。

誼社主編：《第二年》（合集），香港：未名書店，1940 年 10 月。

嬰子：《季候風》（詩集），上海：上海雜誌公司，1940 年 5 月。

尤競等：《盲啞恨》（劇本），劇友社，1940 年 1 月。

袁水拍：《人民》（詩集），新詩社，1940 年。

雜文社編：《荊棘蔓草第一分冊：紫荊》（雜文），香港：雜文社，1940 年 11 月。

張天翼：《跳動》（長篇小說），香港：奔流書店，1940 年 3 月。

左明：《到明天》（劇本），香港：海燕出版社，1940 年 2 月。

〔法〕C.J.Mullaly 著，施蟄存譯：《轉變》（小說集），香港：若望書店，1940 年 8 月。

〔日〕森山啟等著，林煥平譯：《社會主義現實主義論》，上海：海燕書店，1940 年。

〔蘇〕高爾基等著，滿濤等譯：《鷹》（小說集），香港：新中國文藝社，1940 年 2 月。

〔蘇〕A. 雷森等著，什之輯譯：《有錢的“同志”（蘇聯各民族短篇小說集）》，香港：海燕書店，1940 年 9 月。

〔蘇〕淑雪兼珂著，斯曛譯：《新時代的曙光》（中篇小說），香港：海燕書店，1940 年 5 月。

〔蘇〕綏拉菲摩維支著，金人譯：《荒漠中的城》（長篇小說），香港：海燕書店，1940 年 5 月。

〔蘇〕A. 托爾斯泰著，蔡詠裳譯：《黑暗與黎明（上、下冊）》（長篇小說），香港：香港尼羅社，1940 年 7 月。

1941

艾思奇：《論中國特殊性及其他》，香港：辰光書店，1941 年 5 月。

巴人：《兩代的愛》（劇本），香港：海燕書店，1941 年 2 月。

曹白：《呼吸》（散文），香港：海燕書店，1941 年 9 月。

長江等：《今日的中國》（合集），香港：自由出版社，1941 年 7 月。

陳白塵：《後方小喜劇》（劇本），香港：光夏書店，1941 年。

陳斯馨：《初步集》（散文），香港：自刊，1941 年 4 月。

郭沫若：《我的結婚》（自敘傳），香港：強華書局，1941 年 8 月。

郭沫若：《羽書集》（雜文），香港：孟夏書店，1941 年 11 月。

李仲融：《蘇格拉底之死》（詩劇），香港：海燕書店，1941 年 3 月。

林淡秋：《交響》（散文），香港：海燕書店，1941 年 6 月。

林山：《戰鬥之歌》（詩集），香港：生活・新知・讀書生活出版社，1941 年 1 月。

林語堂：《行素集》（雜文），香港：光華出版社，1941 年 1 月。

林語堂：《披荊集》（雜文），香港：光華出版社，1941 年 1 月。

魯迅等：《直入》（合集），香港：奔流出版社，1941 年 11 月。

落華生〔許地山〕：《螢燈》（小說），香港：進步教育出版社，1941 年 6 月。

落華生〔許地山〕、周苓仲：《我底童年》，香港：進步教育出版社，1941 年。

茅盾：《腐蝕》（長篇小說），上海：知識出版社，1941 年 10 月。

茅盾等：《大題小解》，香港：星群書店，1941 年 6 月。

歐陽凡海：《沒有鼻子的金菩薩》（中篇小說），香港：海燕書店，1941 年 9 月。

歐陽山等：《一缸銀幣》（合集），香港：生活書店，1941 年 1 月。

宋之的等：《小夫妻》（小說集），香港：香港群社，1941 年 5 月。

蕭紅：《馬伯樂》（長篇小說），重慶：大時代書局，1941 年 1 月。

蕭紅：《呼蘭河傳》（長篇小說），上海：上海雜誌公司，1941 年 5 月。

蕭軍：《側面（從臨汾到延安）》（報告文學），香港：海燕書店，1941 年 2 月。

許地山：《許地山語文論文集》，香港：新文字學會，1941 年 9 月。

楊剛：《桓秀外傳》（小說集），上海：文化生活出版社，1941 年 6 月。

以群：《生長在戰鬥中》（報告文學），香港：中國文化服務社，1941 年，再版。

雜文社編：《荊棘蔓草第二分冊：菖蒲》（雜文），香港：雜文社，1941 年 11 月。

雜文社編：《荊棘蔓草第三分冊：水莽》（雜文），香港：雜文社，1941 年 11 月。

〔波〕華西列芙斯嘉著，穆俊譯：《被束縛的土地》（長篇小說），香港：海燕書店，
1941 年 4 月。

〔法〕巴比塞編，徐懋庸譯：《列寧家書集》，香港：光夏書店，1941 年。

〔美〕高爾德著，陳澄之譯：《今日之重慶》（散文），香港：新中國出版社，1941 年 7 月。

〔美〕戈連士著，鄭郁郎譯：《法蘭西傾國記》（報告文學），香港：明日出版社，
1941 年 5 月。

〔美〕斯諾著，星光編譯社編譯：《中國見聞錄》（報告文學），香港：星光出版社，
1941 年 9 月，再版。

〔蘇〕愛倫堡等著，高揚等譯：《戰爭與文學》（合集），香港：海燕書店，1941 年 10 月。

〔蘇〕貝洛‧貝爾采可夫斯基著，葛一虹譯：《生命在呼喊》（劇本），香港：孟夏書店，1941 年 8 月。

〔蘇〕B. 高力里著，戴望舒譯：《蘇聯文學史話》，香港：林泉居，1941 年。

〔蘇〕戈爾巴托夫著，高揚譯：《紅軍偵察隊》（中篇小說），香港：海燕書店，1941 年 11 月。

〔蘇〕A. 托爾斯泰著，適夷譯：《彼得大帝》（長篇小說），香港：遠方書店，1941 年 9 月。

〔蘇〕左祖黎等著，金人譯：《大城市之毀滅》（小說集），香港：海燕書店，1941 年 8 月。

〔英〕霍特生著，陳信友譯：《大戰隨軍記》（中篇小說），香港：大時代書局，1941 年 4 月。

1942

艾蕪選註：《翻譯小說選》，香港：文化供應社，1942 年 11 月。

胡明樹編：《若干人集》（詩集），詩社，1942 年 6 月。

華嘉：《香港之戰》（報告文學），桂林：熱風出版社，1942 年 3 月。

樓棲：《窗》（合集），桂林：山城文藝社，1942 年 7 月。

茅盾：《劫後拾遺》（報告文學），桂林：學藝出版社，1942 年 6 月。

唐海：《香港淪陷記（十八天的戰爭）》（報告文學），桂林：遠東書局，1942 年 3 月。

田漢、夏衍、洪深：《風雨歸舟》（劇本），桂林：集美書店，1942 年 5 月。

許幸之：《最後的聖誕夜》（劇本），桂林：今日文藝社，1942 年 11 月。

鄭瑞梅、宋家修：《港滬脫險記》（報告文學），勝利出版社福建分社，1942 年 8 月。

1943

蔡楚生：《自由港》（五幕劇），重慶：文風書局，1943 年 2 月。

韓北屏：《沒有演完的悲劇》（短篇集），桂林：科學書店，1943 年 7 月。

黃寧嬰：《荔枝紅》（詩集），桂林：詩創作社，1943 年 2 月。

盧森：《倦鳥之歌》（詩集），曲江：文海出版社，1943 年 1 月。

馬寧：《香島煙雲》（長篇小說），桂林：椰風出版社，1943 年 9 月。

穗青：《脫韁的馬》（中篇小說），重慶：自強出版社，1943 年 12 月。

宋之的：《祖國在呼喚》（五幕劇），桂林：遠方書店，1943 年 2 月。

1944

羅拔高〔盧夢殊〕：《山城雨景》，香港：華僑日報社，1944 年 9 月 1 日。

鷗外鷗：《鷗外詩集》，桂林：新大地出版社，1944 年 1 月。

〔蘇〕蘭道著，李育中譯：《拿破崙之死》（歷史小說），桂林：文獻出版社，1944 年。

1945

黃谷柳：《碧血丹心》（三幕劇），重慶：獨立出版社，1945 年 11 月。

考驗社編：《方生未死之間》（論文），香港：考驗社，1945 年 5 月。

茅盾：《第一階段的故事》（長篇小說），重慶：亞洲圖書社，1945 年 4 月。

1946

艾蕪：《文學手冊》，香港：文化供應社，1946 年。

蔡儀：《文學論初步》，香港：生活書店，1946 年 8 月。

陳殘雲：《風砂的城》（中篇小說），香港：文生出版社，1946 年 10 月。

陳公哲：《白首青春集》（文言體隨筆集），香港：自刊，1946 年 3 月。

端木蕻良：《新都花絮》（中篇小說），上海：知識出版社，1946 年 5 月。

豐子愷：《藝術修養基礎》，香港：文化供應社，1946 年 12 月。

郭鑄：《鄉村的烽火》，香港：文藝社，1946 年 4 月。

胡愈之：《郁達夫的流亡和失蹤》，香港：咫園書屋，1946 年 9 月。

華嘉：《復員圖》（短篇集），香港：文生出版社，1946 年 11 月。

黃寧嬰：《民主短簡》（詩集），香港：文生出版社，1946 年 12 月。

黃藥眠：《暗影》（短篇集），香港：中國出版社，1946 年 8 月。

黃藥眠：《美麗的黑海（遊蘇漫記）》，香港：文海供應社，1946 年。

梁青藍：《生命樹》（散文），香港：星火文藝出版社，1946 年 3 月。

廖輔叔：《中國文學欣賞初步》，香港：生活書店，1946 年 9 月。

林洛編著：《獨幕劇新輯》，香港：文叢社，1946 年。

樓棲：《反芻集》（雜文集），香港：文生出版社，1946 年 12 月。

馬凡陀〔袁水拍〕：《馬凡陀的山歌》（諷刺詩集），香港：生活書店，1946 年 10 月。

馬寧：《將軍向後轉》（長篇小說），香港：椰風社，1946 年。

薩空了：《香港淪陷日記》，香港：進修出版教育社，1946 年 4 月。

薩空了：《由香港到新疆》（報告文學集），香港：新民主出版社，1946 年。

石兆棠：《大時代之夢》（雜文集），香港：蘊山出版社，1946 年 9 月。

司馬文森：《危城記》（短篇集），香港：文生出版社，1946 年 9 月。

司馬文森：《雨季》（上、中、下）（長篇小說），香港：智源書局，1946 年 9 月。

陶亦夫：《新生的祖國》，香港：激流詩歌社，1946 年 2 月。

許地山：《雜感集》，上海：商務印書館，1946 年 11 月。

曾子敬：《遠征心影錄》（報告文學集），香港：南國雜誌社，1946 年 9 月。

〔德〕海涅著，林林譯：《海涅詩選》，香港：橄欖社，1946 年。

〔法〕羅曼羅蘭著，陳實譯：《造物者悲多汶》，香港：人間書屋，1946 年 12 月。

〔美〕S.D. 金斯萊著，侯鳴皋譯：《民主元勳》，香港：文建出版社，1946 年。

〔英〕普列查特著，胡仲持譯：《文藝鑒賞論》，香港：文化供應社，1946 年。

1947

艾青：《釋新民主主義的文學》，香港：海洋書屋，1947 年 10 月。

陳殘雲：《南洋伯還鄉》（中篇小說），香港：南僑編譯社，1947 年 1 月。

東平：《茅山下》（中篇小說），香港：海洋書屋，1947 年 4 月。

葛琴選註：《散文選》，香港：文化供應社，1947 年 7 月。

海滔：《飢餓》（詩集），香港：詩星火社，1947 年 6 月。

韓北屏：《詩歌的欣賞與創作》（論文集），香港，1947 年。

韓起祥：《劉巧團圓》（說書），香港：海洋書屋，1947 年 10 月，再版。

胡明樹：《大鉗蟹》（童話），香港：學生文叢社，1947 年。

黃藥眠：《桂林底撤退》（長詩），香港：群力書店，1947 年 10 月。

康濯：《我的兩家房東》（短篇集），香港：海洋書屋，1947 年 1 月。

柯藍：《洋鐵桶的故事》（長篇小說），香港：海洋書屋，1947 年 10 月。

柯藍：《紅旗呼啦啦飄》（中篇小說），香港：海洋書屋，1947 年 12 月。

孔厥、袁靜等：《中原突圍記》（報告文學），香港：中國出版社，1947 年 4 月。

李季：《王貴與李香香》（長詩），香港：海洋書屋：1947 年 3 月。

林林：《同志，攻進城來了》（詩集），香港：文生出版社，1947 年 9 月。

柳亞子：《懷舊集》（散文），上海：耕耘出版社，1947 年。

魯風：《鋼鐵的隊伍》（報告文學），香港：揚子出版社，1947 年 8 月。

馬塞冰：《王震南征記》（報告文學），香港：中國出版社，1947 年 1 月。

麥大非：《香港暴風雨》（三幕劇），香港：新地出版社，1947 年。

茅盾：《生活之一頁》（散文），上海：新群出版社，1947 年 3 月。

毛澤東：《論文藝問題》，香港：新民主出版社，1947 年。

某准尉：《內戰英雄譜》（報告文學），香港：天南出版社，1947 年 7 月。

秦牧：《秦牧雜文》，上海：開明書店，1947 年 6 月。

秦牧等：《讀書人》（合集），香港：學生文叢社，1947 年 12 月。

瞿秋白著，馮乃超編：《論中國文學革命》，香港：海洋書屋，1947 年 7 月。

荃麟選註：《創作小說選》，香港：文化供應社，1947 年 9 月，港一版。

任桂林等：《三打祝家莊》（平劇劇本），香港：海洋書屋，1947 年 11 月。

薩空了：《兩年的政治犯生活》（報告文學集），香港：春風出版社，1947 年 11 月。

施方穆主編：《抗戰前後（名家短篇小說選）》（上、下），香港：新流書店，1947 年 9 月。

史與恩等：《犯罪的功勞》（合集），香港：華僑出版公司，1947 年 8 月。

司馬牛等：《蚓眼小集》（雜文集），香港：自由世界出版社，1947 年 11 月。

司馬文森：《人的希望》（長篇小說），香港：智源書局，1947 年 1 月，再版。

司馬文森：《成長》（中篇小說），香港：南僑編譯社，1947 年 2 月。

司馬文森：《尚仲衣教授》（中篇小說），香港：文生出版社，1947 年 5 月。

孫犁：《荷花淀》（散文），香港：海洋書屋，1947 年 4 月。

唐海：《臧大咬子傳》（報告文學），香港：海洋書屋，1947 年 10 月。

吳伯簫：《潞安風物》（報告文學），香港：海洋書屋，1947 年 10 月。

希風：《集中營回憶錄》（報告文學），香港：風雨書屋，1947 年 5 月。

夏衍：《春寒》（長篇小說），香港：人間書屋，1947 年 11 月。

夏衍等：《能言鸚鵡毒於蛇》（合集），香港：雜文社，1947 年 12 月 1 日。

蕭野：《戰鬥的韓江》（詩集），香港：人間書屋，1947 年 11 月。

許地山：《危巢墜簡》（短篇集），上海：商務印書館，1947 年 4 月。

袁水拍：《沸騰的歲月》（詩集），香港：新群出版社，1947 年。

趙樹理：《李有才板話》（中篇小說），香港：海洋書屋，1947 年 9 月。

周而復：《松花江上的風雲》（報告文學），香港：中國出版社，1947 年 3 月。

周而復：《高原短曲》（短篇集），香港：海洋書屋，1947 年 6 月。

〔法〕波特萊爾著，戴望舒譯：《惡之華掇英》（詩集），上海：懷正文化社，1947 年 3 月。

〔美〕白修德著，以沛、端納譯：《中國暴風雨》（上、下），香港：風雲書屋，1947 年 10—11 月。

〔美〕薩洛揚著，胡仲持譯：《我叫阿拉謨》（短篇集），香港：恖園書屋，1947 年 3 月。

1948

阿印：《林黛玉的悲劇》，香港：千代出版社，1948 年 2 月。

艾青等：《舵手頌》（詩集），香港：海洋書屋，1948 年 3 月。

艾青等：《新的伊甸》，香港：學生文叢社，1948 年。

伯子：《龍鬚島歷險記》（散文），香港：學生書店，1948 年。

陳殘雲：《新生群》（中篇小說），香港：香港學生社，1948 年。

陳凡：《淚是這樣流的》（中篇小說），香港：南國書店，1948 年 12 月。

陳江帆：《南國風》（詩集），香港：南國社，1948年。

陳祖武：《四十八天》（報告文學），香港：南洋書店，1948年2月。

春草：《孩子們》（四幕劇），香港：學生書店，1948年。

戴望舒：《災難的歲月》（詩集），上海：星群出版社，1948年2月。

丹木：《死了的動脈》（中篇小說），香港：潮光出版社，1948年5月。

丁玲：《邊區人物風光》（報告文學），香港：海洋書屋，1948年。

凍山：《逼上梁山》（長詩），香港：詩歌出版社，1948年3月。

端木蕻良：《揚子江頌歌》，香港：同代人社，1948年。

方思：《冀東行》（報告文學），新生，1948年4月。

紺弩等：《春日》（合集），香港：野草社，1948年2月。

戈陽：《血仇》（長詩），香港：新詩歌社，1948年8月。

谷柳：《大笨象旅行記》（童話），香港：智源書局，1948年。

谷柳：《劉半仙遇險記》（章回小說），香港：海洋書屋，1948年5月。

谷柳：《牆》（獨幕劇），香港：南國書店，1948年10月1日。

谷柳著，特偉繪圖：《蝦球傳第一部：春風秋雨》（長篇小說），香港：新民主出版社，1948年2月。

谷柳著，特偉繪圖：《蝦球傳第二部：白雲珠海》（長篇小說），香港：新民主出版社，1948年7月。

郭沫若等：《天下大變》（合集），香港：野草社，1948年1月。

海蒙：《激變》（詩集），香港：新詩歌社，1948年8月。

何其芳：《吳玉章革命的故事》（傳記），香港：海洋書屋，1948年。

何文浩：《黑帶（新黑奴籲天錄）》（小說），香港：學生書店，1948年。

賀敬之、丁一、王斌編劇：《白毛女》（六幕歌劇），香港：海洋書屋，1948年5月，再版。

賀宜：《飛金幣》（童話），香港：進步教育出版社，1948年11月。

胡明樹：《初恨》（中篇小說），香港：學生文叢社，1948年5月。

胡明樹：《江文清的口袋》（中篇小說），香港：南國書店，1948年8月。

胡仲持等：《論文藝修養》，香港：文生出版社，1948年。

華嘉：《森林裏的故事》（中篇小說），香港：學生書店，1948年9月。

黃茅：《清明小簡》（散文），香港：人間書屋，1948年9月。

黃寧嬰：《潰退》（長詩），香港：人間書屋，1948年6月。

黃慶雲：《國慶日》（獨幕劇），香港：進步教育出版社，1948年11月。

黃慶雲：《國王的試驗》（三幕劇），香港：進步教育出版社，1948年11月。

黃慶雲：《慶雲短篇童話集》（一至五集），香港：進步教育出版社，1948年11月。

參考文獻

黃慶雲：《慶雲短篇故事集》（一至四集），香港：進步教育出版社，1948 年 11 月。

黃慶雲：《圖畫信集》，香港：進步教育出版社，1948 年 11 月。

黃慶雲：《小同伴》，香港：進步教育出版社，1948 年 11 月。

黃慶雲：《雲姊姊的信箱（一至五，1941—1944）》，香港：進步教育出版社，1948 年 11 月。

黃慶雲：《中國小主人》（獨幕劇），香港：進步教育出版社，1948 年 11 月。

黃慶雲編：《名人傳記》（一、二），香港：進步教育出版社，1948 年 11 月。

黃藥眠：《抒情小品》（散文），香港：文生出版社，1948 年 2 月。

黃藥眠：《論約瑟夫的外套》（評論），香港：人間書屋，1948 年 8 月。

黃雨：《殘夜》（詩集），香港：新詩歌社，1948 年 11 月。

黃雨：《潮州有個許亞標》，香港：人間書屋，1948 年。

姜天鐸編譯：《路燈》（童話），香港：進步教育出版社，1948 年 11 月。

蔣有林：《青色的戀》（詩集），香港：南國社，1948 年。

金帆：《新綠的土地》，香港：人間書屋，1948 年。

金帆：《野火集》（詩集），香港：人間書屋，1948 年 5 月。

李何林編著：《近二十年中國文藝思潮論》，香港：生活書店，1948 年，勝利後三版。

力揚：《射虎者》（詩集），香港：新詩歌社，1948 年 12 月。

林煥平：《文藝的欣賞》，香港：前進書局，1948 年 7 月。

林煥平：《文學論教程》，香港：中國文化事業公司，1948 年 9 月。

林林：《阿萊耶山》（詩集），香港：人間書屋，1948 年。

林洛：《大眾文藝新論》，香港：力耕出版社，1948 年 7 月。

劉白羽等：《新中國目擊記》（報告文學），香港：新中國叢書出版社，1948 年 10 月。

劉石：《真假李板頭》（短篇集），香港：海洋書屋，1948 年 8 月。

劉心皇：《人間集》（詩集），香港：人間書屋，1948 年。

落華生〔許地山〕：《我底童年》，香港：進步教育出版社，1948 年 11 月，再版。

馬凡陀〔袁水拍〕：《馬凡陀的山歌（續集）》，香港：生活書店，1948 年 6 月。

馬蔭隱：《旗號》（詩集），香港：生活書店，1948 年 1 月。

馬嬰：《一個戰士的遺詩》，香港：風社，1948 年 1 月。

茅盾：《多角關係》（長篇小說），香港：生活書店，1948 年 7 月，勝利後一版。

茅盾等：《文化自由》，香港：新文化叢刊出版社，1948 年。

孟超等：《論白俄》（合集），香港：野草社，1948 年 4 月。

聶紺弩：《沉吟》（散文），桂林：文化供應社，1948 年 10 月。

歐文：《今時唔同往日》（話劇），香港：海洋書屋，1948 年 8 月。

秦牧：《賤貨》（中篇小說），香港：南國書店，1948 年 11 月 15 日。

秋雲〔黃秋耘〕：《浮沉》（合集），香港：人間書屋，1948 年 7 月，再版增訂本。

仇章：《香港間諜戰》（長篇小說），上海：遠東圖書公司，1948 年 10 月。

薩空了：《科學的藝術概論》，香港：春風出版社，1948 年 7 月。

沙鷗：《燒村》（長詩），香港：新詩歌社，1948 年 8 月。

沙鷗：《百醜圖》（詩集），香港：新詩歌社，1948 年 12 月。

沙鷗：《丁家寨》（詩集），香港：新詩歌社，1948 年。

沙平：《少年科學兵》（長篇小說），香港，1948 年。

邵子南：《李勇大擺地雷陣》（短篇集），香港：海洋書屋，1948 年 6 月。

宋雲彬：《中國文學史簡編》，上海：文化供應社，1948 年。

宋芝〔司馬文森〕：《上水四童軍》（報告文學），香港：學生書店，1948 年 8 月。

索非：《頑童雜記》，香港：進步教育出版社，1948 年 11 月。

童晴嵐：《狼》（長詩），香港：新詩歌社，1948 年 8 月。

宛兒：《詩與畫》，香港：進步教育出版社，1948 年 11 月。

魏中天：《回顧集》（短篇集），香港：海外通訊社，1948 年 1 月。

吳費：《讀書的故事》，香港：學生書店，1948 年。

吳費：《讀書的故事續集》，香港：學生書店，1948 年。

夏衍：《劫餘隨筆》，香港：海洋書屋，1948 年 3 月。

夏衍等：《血書》（合集），香港：野草社，1948 年 7 月。

夏衍等：《論肚子》，香港：智源書局，1948 年 11 月。

香港學生文叢社編：《新生的一代》，香港：學生文叢社，1948 年 1 月。

香港學生文叢社編：《答同學問》（合集），香港：學生文叢社，1948 年 6 月。

香港學生文叢社編：《青年必讀書》（合集），香港：學生文叢社，1948 年 7 月。

香港中國詩壇社編：《最前哨》（合集），香港：中國詩壇社，1948 年 3 月。

香港中國詩壇社編：《黑奴船》（合集），香港：中國詩壇社，1948 年 6 月 15 日。

蕭紅：《小城三月》，香港：海洋書屋，1948 年 1 月。

新青年文學叢刊社編：《飢餓的隊伍：香港的一日》，香港：新青年文學叢刊社，1948
年 3 月 15 日。

新青年文學叢刊社編：《騷動》（香港的一日徵文），香港：新青年文學叢刊社，1948
年 5 月 7 日。

許地山：《桃金娘》（童話），香港：進步教育出版社，1948 年 11 月。

薛汕：《嶺南謠》（詩集），香港：新詩歌社，1948 年。

薛汕編：《憤怒的謠》（歌謠集），香港：中華全國文藝協會香港分會，1948 年 4 月。

以空編：《大江日夜流》（報告文學），香港：真知書店，1948 年 9 月。

于君：《無聲的英雄》（短篇集），香港：學生書店，1948 年 11 月。

雲彬等：《論怕老婆》（合集），香港：野草社，1948 年 6 月。

趙樹理：《李家莊的變遷》（長篇小說），香港：海洋書屋，1948 年。

鄭思：《夜的抒情》（詩集），香港：草莽社，1948 年 6 月。

周而復：《翻身的年月》（短篇集），香港：海洋書屋，1948 年 1 月。

周鋼鳴：《論文藝改造》，香港：人間書屋，1948 年。

周筧〔周揚〕編：《論文藝問題》，香港：穀雨社，1948 年 6 月，再版。

周為：《最初的羽毛》（中篇小說），香港：南國書店，1948 年 10 月。

周揚：《表現新的群眾的時代》（論文），香港：海洋書屋，1948 年 2 月。

〔美〕史諾著，方霖譯：《毛澤東自傳》，香港：新民主出版社，1948 年 3 月。

〔日〕臧原惟人著，林煥平譯：《文化革命論》，香港：人民書店，1948 年。

〔蘇〕高爾基著，羅稷南譯：《旁觀者》（長篇小說），香港：生活書店，1948 年 4 月。

〔蘇〕高爾基著，適夷譯：《奧萊叔華》（中篇小說），香港：生活書店，1948 年 4 月。

〔蘇〕高爾基著，杜晦之譯：《鹽場上》（短篇集），香港：人間書屋，1948 年 9 月。

〔蘇〕西蒙諾夫等著，楊嘉譯：《斯大林兒女》（短篇集），香港：人間書屋，1948 年。

〔英〕哈代著，林倫彥譯：《月下人影》（短篇小說），香港：人間書屋，1948 年。

〔英〕羅斯金著，余多艱譯：《金河王》（童話），香港：進步教育出版社，1948 年 11 月。

〔英〕羅斯金著，余多艱譯：《美滿王子》（童話），香港：進步教育出版社，1948 年 11 月。

米爾斯著，黃慶雲譯：《雲妮寶寶（一至三）》（童話），香港：進步教育出版社，1948 年 11 月。

宜閑〔胡仲持〕等譯：《失去尾巴的母牛》（童話、民間故事集），香港：初步書店，1948 年 10 月。

1949

艾蕪：《一個女人的悲劇》（長篇小說），香港：新中國書店，1949 年 3 月。

巴人：《群島之國——印尼》（報告文學），香港：新中國書店，1949 年。

筆軍：《遙遠的聲音》（詩集），香港：詩沼社，1949 年 4 月。

陳殘雲：《小團圓》（短篇集），香港：南方書店，1949 年 10 月。

陳天河編：《東方紅》，香港：平原出版社，1949 年 7 月。

丹木：《暹羅救濟米》（詩集），香港：潮書公司，1949 年 5 月。

丹木：《香港二十四小時》（短篇集），香港：赤道出版社，1949 年。

蒂克：《黎明前》（短篇集），香港：前進書店，1949 年 12 月 15 日。

董均倫：《半彎鐮刀》（短篇集），香港：新民主出版社，1949 年 8 月。

杜埃：《在呂宋平原》（短篇集），香港：人間書屋，1949 年 2 月。

杜埃：《人民文藝淺說》，香港：新民主出版社，1949 年。

杜埃等：《東北之春》（合集），香港：野草社，1949 年 3 月。

方青：《活捉笑面虎》（章回小說），香港：新民主出版社，1949 年 6 月。

紺弩等著，野草社編：《追悼》（合集），香港：智源書局，1949 年 3 月。

葛琴：《結親》（短篇集），上海：群益出版社，1949 年。

谷柳著，特偉繪畫：《蝦球傳第三部：山長水遠》（長篇小說），香港：新民主出版社，1949 年 1 月。

谷柳等：《在摸索中》，香港：學生文叢社，1949 年 1 月。

郭沫若等：《創作經驗》，香港：智源書局，1949 年 11 月。

韓萌：《芭場》（長篇小說），香港：赤道出版社，1949 年。

韓萌：《海外》（短篇集），香港：赤道出版社，1949 年。

何達著，朱自清編：《我們開會》（詩集），上海：中興出版社，1949 年 6 月。

黑嬰：《紅白旗下》（長篇小說），香港：赤道出版社，1949 年。

華嘉：《論方言文藝》（合集），香港：人間書屋，1949 年 7 月。

黃道：《解放區回來》（報告文學），香港：我們的出版社，1949 年 6 月。

黃茅：《讀畫隨筆》，香港：人間書屋，1949 年 7 月。

黃藥眠：《再見》（短篇集），香港：群力書店，1949 年 2 月。

黃藥眠：《論走私主義的哲學》，香港：求實出版社，1949 年 5 月。

加因等：《阿麗漫遊童話國》（童話），香港：初步書店，1949 年。

堅白：《劫塵紅粉》（中篇小說），廣州：民智書局、大成書局，1949 年 6 月。

江上青〔舒湮〕：《萬里風雲》（報告文學），香港：棠棣社，1949 年 8 月。

蔣牧良：《高爾基》（傳記），香港：新中國書局，1949 年 5 月。

金丁等著，司馬文森編：《人民作家印象記》，香港：智源書局，1949 年 11 月。

林華：《歌墟》（童話），香港：學生書店，1949 年。

林林：《詩歌雜論》，香港：人間書屋，1949 年 8 月。

劉白羽：《時代的印象》（報告文學集），香港：新中國書局，1949 年 5 月。

柳青：《種穀記》（長篇小說），香港：新中國書局，1949 年 6 月，港版。

樓棲：《鴛鴦子》（客家方言長詩），香港：人間書屋，1949 年 6 月。

樓適夷：《四明山雜記》，香港：求實出版社，1949 年。

蘆荻：《旗下高歌》（詩集），香港：人間書屋，1949 年 7 月。

盧森：《夜漫漫》（四幕劇），廣州：文壇叢書出版社，1949 年 3 月。

馬彬：《紅牆》（短篇集），上海：大家出版社，1949 年 1 月。

馬凡陀〔袁水拍〕：《解放山歌》（詩集），香港：新群出版社，1949 年 6 月。

馬凡陀〔袁水拍〕等：《今年新年大不同》（合集），香港：新詩歌社，1949 年 1 月。

馬健翎原著，顏一煙、端木炎改編：《血淚仇》（三幕新型秧歌劇），香港：北方出版社，1949 年 6 月，港一版。

茅盾：《雜談蘇聯》，香港：人間書屋，1949 年 8 月。

茅盾等：《關於創作》，香港：達德學院文學系系會，1949 年 1 月 30 日。

繆文渭：《生產互助》（淮劇），香港：新中國書局，1949 年 7 月，港一版。

默涵：《獅和龍》（雜文集），香港：人間書屋，1949 年 6 月。

默涵：《在激變中》（評論），香港：新中國書局，1949 年 6 月。

那沙：《捉鬼》（三幕劇），香港：新中國書局，1949 年 5 月，港一版。

聶紺弩：《天亮了》（短篇集），香港：求實出版社，1949 年 2 月。

聶紺弩：《兩條路》（短篇集），上海：群益出版社，1949 年 7 月。

聶紺弩：《元旦》（詩集），香港：求實出版社，1949 年 7 月。

聶紺弩：《二鴉雜文》，香港：求實出版社，1949 年 8 月。

聶紺弩：《巨像》（散文），上海：學習出版社，1949 年 8 月。

聶紺弩：《血書》（雜文集），上海：群益出版社，1949 年 8 月。

聶紺弩：《小鬼鳳兒》（劇本），上海：新群出版社，1949 年。

裴裴：《怒向集》（雜文集），香港：微微書屋，1949 年 4 月。

飄颻：《袂痕》（中篇小說），香港：梅侶書報社，1949 年 8 月。

秦牧：《洪秀全》（歷史小說），香港：生活・讀書・新知聯合發行所，1949 年 7 月。

秋雲〔黃秋耘〕等：《二伯父恩仇記》（劇本），香港：南方書局，1949 年 9 月。

荃麟、葛琴編：《文學作品選讀》（合集），香港：實踐出版社，1949 年 4 月。

荃麟、胡繩等：《〈大眾文藝叢刊〉批評論文選集》，香港：新中國書局，1949 年 6 月。

任生：《談“文學語言”》，香港：綠榕書店，1949 年 2 月。

薩空了：《懦夫》（長篇小說），香港：大千出版社，1949 年 11 月。

史紐斯〔鄒荻帆〕：《惡夢備忘錄》（詩集），香港：人間書屋，1949 年。

司馬文森著，黃永玉插圖：《南洋淘金記》（長篇章回小說），香港：大眾圖書公司，1949 年 12 月。

司馬文森編：《報告文學選》，香港：智源書局，1949 年 12 月。

司馬文森編：《獨幕劇選》，香港：智源書局，1949 年 12 月。

司馬文森編：《文藝學習講話》，香港：智源書局，1949 年 12 月。

司馬文森等：《秧歌劇與花燈戲》（劇集），香港：智源書局，1949 年 11 月。

宋之的：《群猴》（獨幕劇集），香港：新中國書局，1949 年 5 月。

王崇編：《老爺歌（潮州大眾詩歌）》，香港：潮書公司，1949 年 4 月。

文向珠主編：《人人說好》（獨幕劇集），香港：大眾圖書公司，1949 年 11 月。

文向珠主編：《春英翻身》（獨幕劇集），香港：大眾圖書公司，1949 年。

夏衍：《蝸樓隨筆》，香港：人間書屋，1949 年 5 月。

許滌新等：《新中國的誕生》（報告文學），香港：綠原書店，1949 年 9 月。

許稚人：《奔流》（中篇小說），香港：南國書店，1949 年 5 月。

許稚人等：《他們的夢想》（合集），香港：學生文叢社，1949 年 3 月。

薛汕：《和尚舍》（中篇小說），香港：潮州圖書公司，1949 年 1 月。

楊文、荒煤等：《糧食》（五幕劇），香港：新中國書局，1949 年 6 月。

姚仲明、陳波兒等：《同志，你走錯了路！》（劇本），香港：新中國書局，1949 年 5 月。

〔佚名〕：《長征故事》（報告文學集），香港：新民主出版社，1949 年 4 月。

余心清：《在蔣牢中》（報告文學），香港：華商報社，1949 年 6 月 15 日。

越生：《在香港的白華們》（報告文學集），香港：大同出版社，1949 年 7 月。

中國詩壇社編：《生產四季花》（合集），香港：中國詩壇社，1949 年 5 月。

中華全國文藝協會香港分會方言文學研究會編：《方言文學》，香港：新民主出版社，1949 年 5 月。

中華全國文藝協會香港分會編：《文藝卅年》，香港：中華全國文藝協會香港分會，1949 年 5 月 4 日。

周而復：《子弟兵》（五幕劇），香港：新中國書局，1949 年 5 月。

周而復：《白求恩大夫》（長篇小說），上海：知識出版社，1949 年。

周而復：《北望樓雜文》，上海：文化工作社，1949 年。

周而復：《殲滅》，上海：群益出版社，1949 年。

周而復：《新的起點》（評論集），上海：群益出版社，1949 年。

周而復：《燕宿崖》（長篇小說），上海：群益出版社，1949 年。

紫風：《學士帽子》（中篇小說），香港：南國書店，1949 年 7 月。

鄒荻帆：《總攻擊令》（詩集），香港：新群出版社，1949 年 5 月。

〔德〕歌德著，胡仲持譯：《女性和童話》（小說），香港：智源書局，1949 年 1 月。

〔德〕海涅著，林林譯：《織工歌》（詩歌），香港：人間書屋，1949 年 2 月。

〔法〕泰勒著，沈起予譯：《藝術哲學》，香港：群益出版社，1949 年 1 月。

〔捷〕尤利斯·伏契克著，劉遼逸譯：《絞刑架上》（報告文學），香港：新中國書局，1949 年 5 月。

〔美〕蕭路斯（R.Shaw）編，凌山譯：《列寧畫傳》，香港：生活書店，1949 年 2 月。

〔蘇〕車爾尼舍夫斯基著，周揚譯：《生活與美學》，香港：海洋書屋，1949 年 9 月，再版。

〔蘇〕格林著，葉至美譯：《南邊的風》（中篇），香港：新文化叢刊社，1949 年 4 月。

〔蘇〕顧爾希坦著，戈寶權譯：《論文學中的人民性》，香港：海洋書屋，1949 年 5 月，再版。

〔蘇〕江布爾著，鐵弦譯：《我的故鄉》（詩歌），香港：生活・讀書・新知聯合發行所，1949 年 6 月。

〔蘇〕羅曼・金著，柏園譯：《金元文化山夢遊記》（長篇節譯），香港：新中國書局，1949 年 7 月。

〔蘇〕A. 托爾斯泰著，適夷譯：《彼得大帝》（長篇小說），香港：新中國書局，1949 年。

〔烏克蘭〕A. 岡察爾著，袁水拍譯：《旗手》（長篇小說），香港：新文化叢刊社，1949 年 5 月。

〔英〕達爾著，傅東華譯：《天下太平》（中篇），香港：龍門聯合書局，1949 年 1 月。

亞歷山大・布魯斯坦等著，蔣宛譯：《蜘蛛國王》（兒童劇），香港：智源書局，1949 年。

1950

秦牧：《珍茜兒姑娘》（中篇小說），香港：南方書店，1950 年 1 月。

〔法〕羅曼羅蘭著，陳實、秋雲〔黃秋耘〕譯：《搏鬥》（長篇小說），香港：人間書屋，1950 年。

附：香港作家創作

黃天石：《花瓶》（小說），香港：源源出版社，1948 年。

黃天石：《一片飛花》（小說），香港：大公書局，1949 年。

江萍：《馬騮精》（中篇小說），香港：南國書店，1949 年 8 月。

傑克：《生死愛》（中篇小說），香港：華南出版社，1939 年。

傑克：《紅巾誤》（長篇小說），香港：復興出版社，1940 年 6 月。

傑克：《香港小姐》（長篇小說），香港：大公書局，1940 年 6 月。

傑克：《一曲秋心》（長篇小說），香港：新新出版社，1947 年。

傑克：《合歡草》（初編）（長篇小說），基榮文化公司，1948 年。

傑克：《合歡草》（中、下編）（長篇小說），香港：大公書局，1949 年。

傑克：《奇緣》（中篇小說），香港：大公書局，1949 年。

傑克：《選擇》（長篇小說），香港：大公書局，1949 年。

李育中：《凱旋的拱門》，香港：自印，1941 年 12 月。

侶倫：《黑麗拉》（短篇集），上海、香港：中國圖書出版公司，1941 年 7 月。

侶倫：《無盡的愛》（短篇集），香港：虹運出版社，1947 年 12 月。

侶倫等：《輝煌的新年》，香港：學生文叢社，1949 年 2 月。

平可：《山長水遠》（上、中、下），香港：工商日報營業部，1941 年。

平可：《滿城風雨》（上）（長篇小說），重慶：五洲書局，1945 年 8 月。

平可：《滿城風雨》（下）（長篇小說），重慶：五洲書局，1946 年 11 月。

王香琴：《惜取年華》（長篇小說），香港：勝利出版社，〔1940 年代〕。

望雲：《杜夫人》（小說），香港：新新書局，1940 年。

望雲：《星下談》（隨筆），香港：東方出版社，1949 年 7 月 7 日。

望雲：《愛與恨》（中篇小說），香港：新生出版社，〔1940 年代〕。

望雲：《天若有情》（上、中、下）（長篇小說），〔1940 年代〕。

望雲：《一念之差》（長篇小說），〔1940 年代〕。

望雲著，陳子多插畫：《黑俠》（上、下）（長篇小說），香港：南華出版社，〔1940 年代〕。

報刊

《文藝陣地》，1938—1939

《星島日報‧星座》，1938—1941

《大公報‧文藝》，1938—1941

《大風》，1938—1941

《文藝青年》，1940—1941

《時代文學》，1941

《大眾生活》，1941

《筆談》，1941

《野草》（含《野草叢刊》、《野草文叢》、《野草新集》），1946—1949

《文匯報‧文藝週刊》，1948—1949

《文藝生活》，1948—1949

《大眾文藝叢刊》，1948—1949

《中國詩壇叢刊》，1948—1949

《小說》，1948—1949

《新文學史料》，1979—

《香港文學》，1985—

中文專著

A

阿城：《閑話閑說：中國世俗與中國小說》，臺北：時報文化出版企業有限公司，1994 年。

艾曉明：《從文本到彼岸》，廣州：廣州出版社，1998 年。

C

蔡益懷：《想象香港的方法：香港小說（1945～2000）論集》，北京：中國社會科學出版社，2005 年。

陳殘雲文集編委會編：《陳殘雲文集》，天津：百花文藝出版社，1994 年。

陳昌鳳：《香港報業縱橫》，北京：法律出版社，1997 年。

陳國球：《文學史書寫形態與文化政治》，北京：北京大學出版社，2004 年。

陳國球總主編：《香港文學大系（一九一九—一九四九）》，香港：商務印書館（香港）有限公司，2014—2016 年。

陳惠英：《感性·自我·心象——中國現代抒情小說研究》，香港：商務印書館（香港）有限公司，1996 年。

陳建華：《"革命"的現代性：中國革命話語考論》，上海：上海古籍出版社，2000 年。

陳思和：《陳思和自選集》，桂林：廣西師範大學出版社，1997 年。

陳頌聲、鄧國偉編：《南國詩潮——〈中國詩壇〉詩選》，廣州：花城出版社，1986 年。

陳智德：《板蕩時代的抒情：抗戰時期的香港與文學》，香港：中華書局（香港）有限公司，2018 年。

陳智德：《愔齋書話——香港文學札記》，香港：麥穗出版有限公司，2006 年。

陳智德編：《三、四〇年代香港詩選》，香港：嶺南大學人文學科研究中心，2003 年。

陳智德編：《三四〇年代香港新詩論集》，香港：嶺南大學人文學科研究中心，2004 年。

程光煒：《文化的轉軌："魯郭茅巴老曹"在中國（1949—1976）》，臺北：秀威資訊科技股份有限公司，2004 年。

F

樊善標、危令敦、黃念欣編：《墨痕深處：文學、歷史、記憶論集》，香港：牛津大學出版社，2008 年。

方德萬著，胡允桓譯：《中國的民族主義和戰爭（1925—1945）》，北京：生活·讀書·新知三聯書店，2007 年。

馮並：《中國文藝副刊史》，北京：華文出版社，2001 年。

馮亦代：《龍套集》，北京：生活·讀書·新知三聯書店，1984 年。

G

高巍選輯：《許地山文集》（上、下），北京：新華出版社，1998年。

戈公振：《中國報學史》，臺北：臺灣學生書局，1982年，四版。

葛紅兵主編：《20世紀中國文藝思想史論》，上海：上海大學出版社，2006年。

郭志剛主編：《中國現代文學書目彙要：詩歌卷》，北京：書目文獻出版社，1994年。

郭志剛主編：《中國現代文學書目彙要：小說卷》，北京：書目文獻出版社，1994年。

H

賀桂梅：《轉折的時代：40—50年代作家研究》，濟南：山東教育出版社，2003年。

洪子誠：《中國當代文學史》，北京：北京大學出版社，2007年，2版。

侯玉蘭、徐波：《情感與利劍：民族主義何以重構世界版圖》，北京：昆侖出版社，1999年。

胡從經編纂：《歷史的跫音：歷代詩人詠香港》，香港：朝花出版社，1997年。

胡從經編纂：《香港近現代文學書目》，香港：朝花出版社，1998年。

黃繼持：《文學的傳統與現代》，香港：華漢文化事業公司，1988年。

黃繼持、盧瑋鑾、鄭樹森：《追跡香港文學》，香港：牛津大學出版社，1998年。

黃康顯：《香港文學的發展與評價》，香港：秋海棠文化企業，1996年。

黃寧嬰：《黃寧嬰詩選》，廣州：廣東人民出版社，1980年。

黃淑嫻編：《香港文學書目》，香港：青文書屋，1996年。

黃維梁：《香港文學初探》，香港：華漢文化事業公司，1985年。

黃子平：《革命‧歷史‧小說》，香港：牛津大學出版社，1996年。

黃子平：《害怕寫作》，香港：天地圖書有限公司，2005年。

J

計紅芳：《香港南來作家的身份建構》，北京：中國社會科學出版社，2007年。

季紅真：《蕭紅傳》，北京：北京十月文藝出版社，2000年。

姜義華：《理性缺位的啟蒙》，上海：上海三聯書店，2000年。

姜雲飛：《戴望舒論》，天津：天津人民出版社，2001年。

L

李谷城：《香港報業百年滄桑》，香港：明報出版社有限公司，2000年。

李國祁等：《近代中國思想人物論：民族主義》，臺北：時報文化，1980年。

李歐梵：《上海摩登——一種新都市文化在中國1930—1945》，北京：北京大學出版社，2004年。

李歐梵：《現代性的追求：李歐梵文化評論精選集》，臺北：麥田出版股份有限公司，1996 年。

李世濤主編：《知識分子立場：民族主義與轉型期中國的命運》，長春：時代文藝出版社，2000 年。

李怡：《現代性：批判的批判——中國現代文學研究的核心問題》，北京：人民文學出版社，2006 年。

李澤厚：《中國近代思想史論》，北京：人民出版社，1979 年。

李澤厚：《中國現代思想史論》，北京：東方出版社，1987 年。

李澤厚、劉再復：《告別革命》，香港：天地圖書有限公司，1995 年。

廖炳惠編著：《關鍵詞 200：文學與批評研究的通用詞彙編》，南京：江蘇教育出版社，2006 年。

林友蘭：《香港報業發展史》，臺北：世界書局，1977 年。

劉登翰主編：《香港文學史》，香港：香港作家出版社，1997 年。

劉青峰編：《民族主義與中國現代化》，香港：香港中文大學出版社，1994 年。

劉少奇：《論國際主義與民族主義》，北京：人民出版社，1951 年，2 版。

劉小楓：《現代性社會理論緒論：現代性與現代中國》，香港：牛津大學出版社，1996 年。

劉小楓：《儒教與民族國家》，北京：華夏出版社，2007 年。

劉心皇：《抗戰時期淪陷區地下文學》，臺北：正中書局，1985 年。

劉以鬯：《端木蕻良論》，香港：世界出版社，〔1977 年〕。

劉以鬯：《短綆集》，北京：中國友誼出版公司，1985 年。

劉以鬯：《見蝦集》，瀋陽：遼寧教育出版社，1997 年。

劉以鬯：《暢談香港文學》，香港：獲益出版事業有限公司，2002 年。

劉以鬯主編：《香港文學作家傳略》，香港：市政局公共圖書館，1996 年。

劉忠：《思想史視野中的中國現當代文學》，上海：上海人民出版社，2006 年。

盧瑋鑾：《香港文縱》，香港：華漢文化事業公司，1987 年。

盧瑋鑾：《香港故事：個人回憶與文學思考》，香港：牛津大學出版社，1996 年。

盧瑋鑾編：《香港的憂鬱：文人筆下的香港（1925—1941）》，香港：華風書局，1983 年。

盧瑋鑾編：《許地山卷》，香港：香港中華文化促進中心，1990 年。

盧瑋鑾、黃繼持編：《茅盾香港文輯（1938—1941）》，香港：廣角鏡出版社，1984 年。

盧瑋鑾、鄭樹森主編：《淪陷時期香港文學資料選（一九四一至一九四九年）》，香港：天地圖書有限公司，2017 年。

盧瑋鑾、鄭樹森、熊志琴編：《淪陷時期香港文學作品選：葉靈鳳、戴望舒合集》，香港：天地圖書有限公司，2013 年。

侶倫：《向水屋筆語》，香港：三聯書店香港分店，1985 年。

羅孚等編注：《聶紺弩詩全編》，上海：學林出版社，1992 年。

羅志田：《民族主義與近代中國思想》，臺北：東大圖書公司，1998 年。

羅志田：《亂世潛流：民族主義與民國政治》，上海：上海古籍出版社，2001 年。

M

毛澤東：《毛澤東選集》（一至四卷），北京：人民出版社，1991 年，二版。

孟繁華：《傳媒與文化領導權：當代中國的文化生產與文化認同》，濟南：山東教育出版社，
2003 年。

N

倪偉：《"民族"想象與"國家"統制：1928—1948 年南京政府的文藝政策及文藝運動》，
上海：上海教育出版社，2003 年。

P

潘亞暾、汪義生：《香港文學史》，廈門：鷺江出版社，1997 年。

Q

錢理群：《1948：天地玄黃》，濟南：山東教育出版社，1998 年。

錢理群、溫儒敏、吳福輝：《中國現代文學三十年（修訂本）》，北京：北京大學出版社，
1998 年。

S

薩空了：《香港淪陷日記》，香港：三聯書店（香港）有限公司，2015 年。

單正平：《晚清民族主義與文學轉型》，北京：人民出版社，2006 年。

施蟄存：《沙上的腳跡》，瀋陽：遼寧教育出版社，1995 年。

施蟄存著，陳子善、徐如麒編選：《施蟄存七十年文選》，上海：上海文藝出版社，1996 年。

蘇光文主編：《1937 年—1945 年中國文學愛國主義母題研究》，重慶：重慶出版社，
2001 年。

孫陵：《文壇交遊錄》，高雄：大業書店，1955 年。

T

唐小兵編：《再解讀：大眾文藝與意識形態》，香港：牛津大學出版社，1993 年。

W

汪暉：《現代中國思想的興起》，北京：生活・讀書・新知三聯書店，2004 年。

參考文獻

王寶慶主編：《南來作家研究資料》，新加坡：新加坡國家圖書館管理局、新加坡文藝協會，2003年。

王賡武主編：《香港史新編》，香港：三聯書店（香港）有限公司，1997年。

王宏志：《歷史的偶然》，香港：牛津大學出版社，1997年。

王宏志：《本土香港》，香港：天地圖書有限公司，2007年。

王劍叢：《香港文學史》，南昌：百花洲文藝出版社，1995年。

王瑞華：《殖民與先鋒：中國痛苦——三位女性對香港的文學解讀》，北京：社會科學文獻出版社，2006年。

王述編：《蕭紅》，香港：生活‧讀書‧新知三聯書店香港分店；北京：人民文學出版社，1982年。

王文彬：《雨巷中走出的詩人：戴望舒傳論》，北京：商務印書館，2006年。

王文彬、金石主編：《戴望舒全集》，北京：中國青年出版社，1999年。

王曉明主編：《二十世紀中國文學史論》，上海：東方出版中心，2003年。

王新命：《新聞圈裡四十年》（上、下），臺北：海天出版社，1957年。

王瑤：《中國新文學史稿》（下冊），上海：上海文藝出版社，1982年。

魏朝勇：《民國時期文學的政治想像》，北京：華夏出版社，2005年。

溫奉橋編：《現代性與20世紀中國文學》，青島：中國海洋大學出版社，2004年。

X

夏衍：《懶尋舊夢錄》，北京：生活‧讀書‧新知三聯書店，1985年。

夏志清著，劉紹銘等譯：《中國現代小說史》，香港：香港中文大學出版社，2001年。

香港中文大學中國文化研究所：《"民族主義與現代中國"國際學術研討會》，香港：香港中文大學中國文化研究所，1992年。

曉風主編：《我與胡風》，銀川：寧夏人民出版社，1993年。

謝常青：《香港新文學簡史》，廣州：暨南大學出版社，1990年。

徐遲：《江南小鎮》，北京：作家出版社，1993年。

徐遲：《徐遲文集》，武漢：長江文藝出版社，1993年。

徐遲：《網思想的小魚》，武漢：湖北人民出版社，1997年。

徐廼翔：《文學的"民族形式"討論資料》，南寧：廣西人民出版社，1986年。

許寶強、羅永生選編：《解殖與民族主義》，北京：中央編譯出版社，2004年。

許紀霖編：《二十世紀中國思想史論》（上、下），上海：東方出版中心，2000年。

許紀霖編：《20世紀中國知識分子史論》，北京：新星出版社，2005年。

許子東：《為了忘卻的集體記憶：解讀50篇文革小說》，北京：生活‧讀書‧新知三聯書店，2000年。

Y

楊春時：《百年文心：20 世紀中國文學思想史》，哈爾濱：黑龍江教育出版社，2000 年。

楊春時、俞兆平主編：《現代性與 20 世紀中國文學思潮》，桂林：廣西師範大學出版社，2005 年。

楊厚均：《革命歷史圖景與民族國家想象：新中國革命歷史長篇小說再解讀》，武漢：湖北教育出版社，2005 年。

也斯〔梁秉鈞〕：《香港文化空間與文學》，香港：青文書屋，1996 年。

葉輝：《書寫浮城──香港文學評論集》，香港：青文書屋，2001 年。

葉靈鳳著，盧瑋鑾箋，張詠梅註釋：《葉靈鳳日記》，香港：三聯書店（香港）有限公司，2020 年。

元邦建編著：《香港史略》，香港：中流出版社有限公司，1987 年。

袁良駿：《香港小說史（第一卷）》，深圳：海天出版社，1999 年。

袁小倫：《戰後初期中共與香港進步文化》，廣州：廣東教育出版社，1999 年。

Z

詹慶生：《冰火重天：現代性問題與二十世紀中國文學中的代際衝突》，成都：四川大學出版社，2004 年。

張德明：《現代性及其不滿：中國現代文學的張力結構》，銀川：寧夏人民出版社，2007 年。

張詠梅：《邊緣與中心──論香港左翼小說中的"香港"（1950—67）》，香港：天地圖書有限公司，2003 年。

張毓茂、閻志宏編：《蕭紅文集》，合肥：安徽文藝出版社，1997 年。

趙文敏編：《周而復研究文集》，北京：文化藝術出版社，2002 年。

趙稀方：《小說香港》，北京：生活‧讀書‧新知三聯書店，2003 年。

鄭凡、劉薇琳、向躍平：《傳統民族與現代民族國家：民族社會學論綱》，昆明：雲南大學出版社，1997 年。

鄭樹森、黃繼持、盧瑋鑾編：《早期香港新文學作品選》，香港：天地圖書有限公司，1998 年。

鄭樹森、黃繼持、盧瑋鑾編：《早期香港新文學資料選》，香港：天地圖書有限公司，1998 年。

鄭樹森、黃繼持、盧瑋鑾編：《國共內戰時期香港本地與南來文人作品選》（上、下冊），香港：天地圖書有限公司，1999 年。

鄭樹森、黃繼持、盧瑋鑾編：《國共內戰時期香港文學資料選》，香港：天地圖書有限公司，1999 年。

中華全國文學藝術工作者代表大會宣傳處編：《中華全國文學藝術工作者代表大會紀念文集》，北京：新華書店，1950 年。

鍾紫主編：《香港報業春秋》，廣州：廣東人民出版社，1991 年。

周健強：《聶紺弩傳》，成都：四川人民出版社，1987 年。

周蕾：《寫在家國以外》，香港：牛津大學出版社，1995 年。

周俟松、杜汝淼編：《許地山研究集》，南京：南京大學出版社，1989 年。

鄒荻帆：《鄒荻帆詩選》，北京：人民文學出版社，1997 年。

中文譯著

〔美〕班納迪克·安德森（Anderson，Benedict）著，吳叡人譯：《想像的共同體：民族主義的起源與散佈》，臺北：時報文化出版企業股份有限公司，1999 年。

〔美〕杜贊奇（Duara，Prasenjit）著，王憲明等譯：《從民族國家拯救歷史：民族主義話語與中國現代史研究》，北京：社會科學文獻出版社，2003 年。

〔美〕葛浩文（Goldblatt，Howard）著，鄭繼宗譯：《蕭紅評傳》，臺北：時報文化出版事業有限公司，1980 年。

〔美〕海斯（Hayes，Carlton J.H.）著，帕米爾譯：《現代民族主義演進史》，上海：華東師範大學出版社，2005 年。

〔美〕漢娜·阿倫特（Arendt，Hannah）著，陳周旺譯：《論革命》，南京：譯林出版社，2007 年。

〔美〕史景遷（Spence，Jonathan D）著，袁霞等譯：《天安門：知識分子與中國革命》，北京：中央編譯出版社，1998 年。

〔美〕R.特里爾（Terrill，Ross）著，劉路新等譯：《毛澤東傳》，石家莊：河北人民出版社，1989 年。

〔日〕池田誠編著：《抗日戰爭與中國民眾：中國的民族主義與民主主義》，北京：求實出版社，1989 年。

〔以〕泰米爾（Tamir, Y.）著，陶東風譯：《自由主義的民族主義》，上海：上海譯文出版社，2005 年。

〔英〕艾瑞克·霍布斯邦（Hobsbawm，Eric J.）著，李金梅譯：《民族與民族主義》，上海：上海人民出版社，2000 年。

〔英〕安東尼·史密斯（Smith, A.D.）著，葉江譯：《民族主義：理論，意識形態，歷史》，上海：上海人民出版社，2006 年。

〔英〕厄內斯特·蓋爾納（Gellner，Ernest）著，韓紅譯：《民族與民族主義》，北京：中央編譯出版社，2002 年。

學位論文

白楊：〈文化想像與身份探尋——當代香港文學意識的嬗變〉，長春：東北師範大學中文系博士學位論文，2005 年。

陳偉軍：〈傳媒視域中的文學——論 "文革" 前十七年小說的生產機制與傳播方式〉，廣州：暨南大學博士學位論文，2006 年。

陳潤華：〈二十世紀中國文學想象的現代性—— "虛無、暴力與烏托邦" 的世界性因素〉，上海：復旦大學中文系博士學位論文，2004 年。

陳智德：〈論香港新詩 1925—1949〉，香港：嶺南大學哲學博士學位論文，2004 年。

鄧文初：〈民族主義之旗——近代中國革命與國家轉型（1895—1915）〉，杭州：浙江大學歷史系博士學位論文，2005 年。

高鵬程：〈《大眾文藝叢刊》對《在延安文藝座談會上的講話》精神的傳播與實踐研究〉，長春：吉林大學文學院博士學位論文，2021 年。

郭建玲：〈1945—1949 年中國現代文學格局轉型研究〉，上海：華東師範大學中文系博士學位論文，2007 年。

郭劍敏：〈革命‧歷史‧敘事——中國當代革命歷史小說（1949—1966）的意義生成〉，杭州：浙江大學人文學院博士學位論文，2005 年。

黃仲鳴：〈香港三及第文體的流變及其語言學研究〉，廣州：暨南大學博士學位論文，2001 年。

蔣海升：〈 "西方話語" 與 "中國歷史" 之間的張力——以 "五朵金花" 為重心的探討〉，濟南：山東大學博士學位論文，2006 年。

金進：〈革命歷史的合法性論證——1949～1966 年中國文學中的革命歷史書寫〉，上海：華東師範大學中文系博士學位論文，2007 年。

李建軍：〈現代中國 "人民話語" 考論——兼論 "延安文學" 的 "一體化" 進程〉，武漢：華中師範大學文學院博士學位論文，2006 年。

李向輝：〈 "生死場" 的現代書寫——蕭紅新論〉，蘭州：蘭州大學博士學位論文，2007 年。

劉超：〈民族主義與中國歷史書寫——清末民國時期中學中國歷史教科書研究〉，上海：復旦大學歷史系博士學位論文，2005 年。

魯嘉恩：〈香港文學的上海因緣（1930—1960）〉，香港：嶺南大學哲學碩士學位論文，2005 年。

毛丹武：〈現代性中的階級和民族——左翼文學理論話語的一種考察〉，福州：福建師範大學中文系博士學位論文，2004 年。

王光林：〈錯位與超越——論華美作家和華澳作家的文化認同〉，上海：華東師範大學英語系博士學位論文，2003 年。

魏家文：〈民族國家意識與現代鄉土小說〉，武漢：武漢大學博士學位論文，2005 年。

徐志偉：〈 "鄉土中國" 的再發現——1920—1930 年代文學與思想的一種對讀〉，上海：

華東師範大學中文系博士學位論文，2006 年。

顏同林：〈方言與中國現代新詩〉，成都：四川大學文學與新聞學院博士學位論文，2007 年。

楊思信：〈近代中國文化民族主義研究〉，北京：北京師範大學歷史系博士學位論文，1999 年。

姚藝藝：〈《大眾文藝叢刊》研究〉，北京：中央民族大學文學與新聞傳播學院碩士學位論文，2018 年。

易前良：〈國家主義與中國現代文學〉，南京：南京大學中文系博士學位論文，2004 年。

于立影：〈駱賓基評傳〉，長春：東北師範大學博士學位論文，2006。

于強：〈《小說》月刊（1948—1949）研究〉，上海：華東師範大學中文系碩士學位論文，2008。

張堅：〈東南亞華僑民族主義發展研究（1912—1928）〉，廈門：廈門大學南洋研究院博士學位論文，2002 年。

周雙全：〈大陸作家在香港（1945—1949）〉，上海：復旦大學中文系博士學位論文，2004 年。

人名索引

後記

本書是我博士學位論文的修訂版。2005 年，我決定南下香港求學，並開始作兩手準備：一面報考母校北京大學，一面申請香港的高校。2006 年春夏之交，我同時被母校和嶺南大學錄取攻讀博士學位，經過權衡，最終選擇去體驗一種新的學術文化環境，因此於當年秋天負笈南下，來到新界屯門，在精緻、幽靜而不乏活力的嶺南大學度過了三年求學時光。

我在嶺南大學求學跟隨的導師是許子東教授，副導師是陳順馨博士。許老師在我入學後的第一次談話中就對我說："你這三年的基本任務，第一當然是完成一篇博士論文，而且這篇論文要能夠達到出版的水準。"面對這一要求，三年間我不敢過於懈怠，雖然偶爾感到一種獨學無友的孤獨（那三年整個中文系只有我一個在讀博士生，同期在讀的幾位碩士生，論文選題無人和我的相關），但通過不斷的閱讀和思考，偶有所獲，心裏感覺較為充實。當時在香港讀書，相較內地大學而言有一大便利，就是圖書借閱極其方便，不但可以在本校一次借閱 70 冊之多，而且可以通過館際互借，盡享八大高校的豐富藏書，也可以辦卡，直接去其他大學圖書館徜徉。加之嶺南大學的學制特殊，讀博期間，不要求修學分，不要求修英文，也不要求正式發表論文，除了帶一帶本科生的導修，其餘時間可以一心一意，以完成學位論文為唯一要務。如此寬鬆、便利而自由的求學環境，至今憶起仍令我神往不已。在這樣美好的環境中，我的學位論文得以如期完成。

當初為了申請香港的大學，在設計研究課題時考慮到要和我的專業背景——中國現當代文學——以及香港文學同時相關，便選取了二者的交集"香港南來作家"為研究對象。入學後雖然遇到過一些實際困難，如資料豐贍而時間有限，但始終沒有更換選題的想法，因為我認定這一研究有較大的學術價值。我提交給嶺南大學的博士學位論文題為〈從香港想像中國——香港南來作家研究（1937—1949）〉，2009年8月31日通過口試答辯，此後經過修訂，於當年10月29日提交定本。同年秋天，我來到廣州，入職華南師範大學文學院。2011年，博士學位論文再經修訂，易名為《文壇生態的演變與現代文學的轉折：論中國現代作家的香港書寫（1937—1949）》，由北京的人民出版社出版，是為本書的初版本。在此之前，書中的部分內容曾以單篇論文形式於學術期刊發表。

本書初版本及相關論文面世後，得到學界的一些關注和積極評價。我在北京大學和嶺南大學曾經受業過的錢理群教授、洪子誠教授和許子東教授，懷着提攜後進的雅意，分別在他們的代表性著作《中國現代文學史：以文學廣告為中心（1937—1949）》、《問題與方法：中國當代文學史研究講稿》、《許子東現代文學課》中予以推介。香港的陳國球教授（他是我學位論文的口試委員之一）在他總主編的《香港文學大系（一九一九—一九四九）》書前〈總序〉中予以援引。內地近十份核心期刊及十餘篇博士與碩士學位論文予以引用。此外，初版本在內地被280家圖書館收藏。學術界的反饋令我欣慰，懸想人間還有幾個讀者，同時暗中渴望此書能夠以繁體字原貌的形式與香港學界見面，因為我研究的這一課題，在香港也有不少學者關注。

2021年11月9日，我收到香港三聯書店的編輯王穎小姐的電郵，邀請我將此書初版本修訂後於香港出版。香港三聯書店是一家優秀的學術著作出版機構，面對這樣一次渴想成真的機會，我當然十分開心。於是這個春節後集中全部精力，逐字逐句，對初版本進行了一次全面仔細的修訂。修訂的主要內容包括：納入2011年以來學術界一些新的研究成果，藉助網絡數據庫核實或補充部分史料，製作人名索引，寫作新的"後記"，以及校訂全書格式體例，並進行文字潤色。總計修訂原文百餘處，相對而言，這一新版可以算是比較完善了。當然，限於水平，其中不當之處仍在所難免，書中提出的一些問題也需要繼續思考，期待學界批評指正。

　　自從 2009 年秋天離開香港，返回內地於高校任教以來，因為相關學術資料搜集的困難與個人學術興趣的轉移，我對“香港南來作家”這一課題未能作出進一步的探索，但仍然對該領域新的學術成果保持關注。這一課題仍有較大的研究空間，即如抗戰期間於香港發行的《大風》旬刊，印製精美，內容豐富，全套原刊珍藏於香港大學圖書館，很值得專門研究。在自己的學術處女作修訂再版之際，我期待看到更多的相關研究成果早日面世。

　　感謝在我學術之路上無私給予關懷和幫助的眾多師長、學友、編輯和同行，你們對學術的熱愛、勤勉和認真給我深深的感染，我以成為你們的追隨者或同路人為榮。感謝香港三聯書店接納本書，學術著作的出版通常無利可圖，卻關乎世道人心與人類的精神建設。

2022 年 2 月 15 日，舊曆元宵

於廣州天河

後記

· 香港文庫

執行編輯：梁偉基

· 從香港想像中國：中國現代作家的香港書寫與現代文學的轉折

責任編輯：王　穎

書籍設計：吳冠曼

書　　名	從香港想像中國：中國現代作家的香港書寫與現代文學的轉折
著　　者	侯桂新
出　　版	三聯書店（香港）有限公司 香港北角英皇道 499 號北角工業大廈 20 樓 Joint Publishing (H.K.) Co., Ltd. 20/F., North Point Industrial Building, 499 King's Road, North Point, Hong Kong
香港發行	香港聯合書刊物流有限公司 香港新界荃灣德士古道 220-248 號 16 樓
印　　刷	美雅印刷製本有限公司 香港九龍觀塘榮業街 6 號 4 樓 A 室
版　　次	2022 年 9 月香港第一版第一次印刷
規　　格	16 開（170 × 240 mm）384 面
國際書號	ISBN 978-962-04-5050-1